한 권으로 독파하는
셰익스피어 이야기
Tales from Shakespeare

옮긴이 **박별**

전문번역가, 아카시에이전트 대표.
역서로는 「오늘이라는 날을 살자」, 「성공을 꿈꾸는 부자
의 기술」, 「한 권으로 독파하는 셰익스피어 이야기」, 「철
강왕 카네기 자서전」, 「아무도 가르쳐주지 않는 부의 비
밀」, 「마음먹은 대로 된다」 외 다수가 있다.

한 권으로 독파하는 셰익스피어 이야기

10대 희극 6대 비극 4대 로맨스

2011년 07월 15일 1판 1쇄 인쇄
2017년 03월 15일 1판 15쇄 펴냄

지은이 | 찰스 램 · 메리 램
옮긴이 | 박 별
기 획 | 김종찬
발행인 | 김정재

펴낸곳 | 나래북 · 예림북
등록 | 제 410-313-251-2007-27호
주소 | 경기도 고양시 일산서구 대산로 215 연세프라자 303호
전화 | (031) 914-6147
팩스 | (031) 914-6148
이메일 | naraeyearim@naver.com

ISBN 978-89-94134-11-6 03840

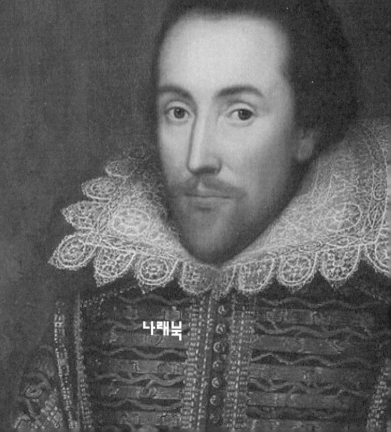

한 권으로 독파하는
셰익스피어 이야기
Tales from Shakespeare
- 10대 희극 6대 비극 4대 로맨스 -

William Shakespeare

찰스.램 · 메리 램 지음 ｜ 박별 옮김

나래북

사람은 참아야 한다.
이 세상을 떠날 때나, 이 세상에 태어날 때나.
때가 무르익는 것이 중요하다.

사느냐 죽느냐
그것이 문제로다.

어찌할 수 없는 일은 잊을 수밖에 없다.
지나간 일은 지나간 일이다.

머리말

　유난히도 추웠던 올겨울을 지나 거리에 만개한 벚나무의 화사한 꽃들을 바라본다. 그리고 묘하게도 벚꽃이 피는 계절만 되면 마치 시샘이라도 하듯이 봄비가 바람과 함께 연약한 벚꽃 잎을 눈처럼 흩날리고 만다. 일본인들은 이것이야말로 벚꽃의 진정한 아름다움이라고 말한다. 하지만 그런 것은 아무래도 좋다. 왜냐하면 그것은 그 나름대로의 이유가 있는 자연의 이치일 테니까. 있는 그대로 각자의 미적 관점에 따라 바라보는 것이 최선일 것이다. 만약 거기에 과학적 이유가 있다면 그것은 과학적 관점에서 바라봐야 하는 사람들의 몫일 것이다.

셰익스피어 또한 그의 작품은 물론 그의 인생에 대해 밝혀지지 않은 부분이 많기 때문에, 예를 들어 작품의 발표시기와 셰익스피어가 살아 있는 동안의 몇 년 동안의 기록이 없다는 등의 이유로 지금까지도 많은 논란의 대상이 되고 있다.

T. S. 엘리엇은,

"셰익스피어의 작품을 갖가지 틀에 맞춰 해석하려는 시도가 너무나도 많았다. 이제 유일하게 시도되지 않은 방법인 그의 작품을 '있는 그대로' 봐라."라고 꼬집기도 했다.

이 책은 셰익스피어 원작에서 벗어나 좀 더 많은 사람들이 쉽게 접할 수 있게 하기 위해 약 200년 전인 1806년에 메리 램과 찰스 램에 의해 소설로 각색된 것이다. 그리고 저자(메리 램)의 바람대로 200여년의 세월 동안 수많은 사람들이 원작 희곡을 접하기 전에 이 책을 통해 많은 감명을 받았으며, 이 책 또한 이미 고전으로 여전히 많은 사랑을 받고 있다. 그 일례로 우리에게 강철왕으로 잘 알려진 카네기 또한 자신의 자서전을 통해 이 책에서 많은 영향을 받았다고 언급하며 인용을 하기도 했다.

'셰익스피어 이야기의 탄생과 배경'에서도 말한 것처럼 것처럼(12쪽) 책 속에 남장을 한 여성과 쌍둥이 이야기가 자주 등장해서 메리 램이 투덜거렸다는 말을 적어 놓았는데, 이것은 우습게도 번

역을 한 사람의 입장에서도 동병상련의 마음을 느끼게 해주는 대목이었고, 혼자서 허탈한 웃음을 터뜨리고 말았다. 그리고 어쩌면 이 책을 읽게 될 독자들 또한 같은 생각하게 될지도 모른다는 생각에 또 다시 미소를 짓게 된다.

어쩌면 400년 전 셰익스피어 자신 또한 같은 수고를 했을지도 모르겠다. 앞의 이야기로 돌아가서 다시 확인을 하고 또 해야 하는 수고를.

—옮긴이

셰익스피어 이야기의 탄생과 배경

『셰익스피어 이야기(Tales from Shakespeare, 1807)』는 영국의 시인이자 수필가인 찰스 램과 그의 누나 메리 램이 함께 쓴 세 권의 아동문학 중 한 권인데, 현재는 셰익스피어의 원작과는 별도로 영국의 고전문학으로 인정 받아 수많은 언어로 번역되었다.

『셰익스피어 이야기』는 셰익스피어의 희곡작품 38편 중에서 20편을 선별해 이야기로 개작한 것으로 200년이 넘는 세월 동안 전세계의 소년소녀는 물론 어른들에게도 많은 사랑을 받고 있다.

이 책은 영국 정치 평론가 겸 소설가이며 사유재산의 부정과 생산물의 평등분배에 입각한 사회정의 실현을 주장했던 무정부주의의 선구자이자 급진주의의 대표였던 윌리엄 고드윈(William Godwin, 1756. 3. 3 ~ 1836. 4. 7)이, 1805년에 위기에 처한 가정을 다시 세우기 위해 부인의 권유로 아동문학을 출판하기 시작하면서 램 남매에게 의뢰해서 성공을 거둔 작품이다. 당시 찰스의 나이 32

세, 메리가 42세로 작가로서 최고의 절정기에 달했을 때였다. 찰스는 1806년 5월 10일, 친구 매닝에게 보낸 편지에 다음과 같이 적었다고 한다.

"지금 누나는 고드윈 출판사의 의뢰를 받아 아이들을 위해서 셰익스피어의 희곡(戲曲) 20편을 이야기로 재구성하고 있다. 누나는 이미 「폭풍우」, 「겨울 이야기」, 「한여름 밤의 꿈」, 「헛소동」, 「베로나의 두 신사」, 「심벨린」의 6편의 작품을 완성한 상태다. 그리고 지금은 「베니스의 상인」을 정리하기 위해 고생을 하고 있다. 나는 「오셀로」, 「맥베스」를 완성해 놓은 상태이다. 그리고 앞으로 비극은 모두 다 내가 정리할 생각이다. 틀림없이 아이들이 좋아할 것이고 수입도 꽤 괜찮을 것으로 생각한다. 60기니(현재의 1.05파운드 상당)를 받기로 계약을 했다. 메리 누나의 작품은 아주 훌륭하다. 자네는 그렇게 생각하지 않을 수도 있지만……."

편지 내용으로 볼 때 금전적인 동기가 있었던 것은 확실하지만 두 사람은 사명감을 가지고 이 일에 몰두했다.

일반적으로 희극이 비극보다 산문으로 고치기가 어렵기 때문에 희극을 담당한 메리가 꽤 많이 고생을 했을 것이라 짐작된다. 특히 쌍둥이 이야기나 여성이 남장을 하는 이야기가 빈번하게 나오기 때문에 셰익스피어의 숭배자였던 메리였지만 인내심에 한계를 느

겪었는지 글을 쓰는 도중에 찰스가 워즈워스(William Wordsworth, 1770. 4. 7~1850 .4. 23:영국 낭만파 시인)에게 보낸 편지에 다음과 같은 속내를 털어놓기도 했다.

"메리는 「끝이 좋으면 다 좋다」에서 완전히 지쳐버렸네. 그녀는 왜 이렇게 많은 여성에게 남장을 시켜야 하냐며 투덜거리고 있다네. 그녀는 셰익스피어가 상상력이 모자란 것이 아닐까 생각하기 시작했네."

찰스는 『셰익스피어 이야기』가 출판된 뒤 1807년 1월 29일에 워즈워스에게 보낸 편지에서 다음과 같이 말했다.

"우리는 메리의 「페리클레스」와 나의 「오셀로」가 가장 훌륭하다고 생각하고 있는데, 둘 다 좋은 결과가 있기를 바라고 있네."

참고로 「페리클레스」의 토대가 된 것은 14세기 영국의 시인 존 가워(John Gower, 1330~1408)의 『사랑의 고백』에 수록되었던 이야기로, 이것과 셰익스피어 그리고 메리의 「페리클레스」를 비교하면서 읽어본다면 서로의 문학적 차이를 느낄 수 있을 것이다.

이 책에는 로마, 영국 등의 역사적 이야기를 다룬 사극을 배제한

다음 20편이 수록되어 있는데, 장르별과 셰익스피어의 작품연대 순으로 나누어보기로 하겠다.

희극

'착오의 희극', '말괄량이 길들이기', '베로나의 두 신사', '한여름 밤의 꿈', '베니스의 상인', '헛소동', '뜻대로 하세요', '십이야', '끝이 좋으면 다 좋다', '자에는 자'

비극

'로미오와 줄리엣', '햄릿', '오셀로', '리어왕', '맥베스', '아테네의 타이몬'

로맨스

'페리클레스', '심벨린', '겨울 이야기', '폭풍우'

이중에서 비극 6편은 찰스가 썼고 나머지 14편과 머리말은 메리가 썼다. 찰스는 정신적으로 불안정한 누나에게 살인과 음모 등, 강렬하고 음침한 장면이 자주 나오는 비극을 맡기고 싶지 않았을지도 모르겠다.

그리고 흔히 희극과 비극을 나누는 기준이 되는 것은, 유럽 문학의 전통적 관례에 의하면 처음에 불행했던 주인공이 마지막에 행복해지면 희극, 처음에 행복했지만 불행하게 막을 내리면 비극으로 나뉘진다. 그리고 희극 중에서도 로맨틱한 특징이 강한 것에는 로맨스라는 이름을 붙였다.

공동저자 찰스 램과 메리 램에 대해

찰스 램(Charles Lamb, 1775~1834)은 메리 램(Mary Lamb, 1764~1847)보다 11살이 어렸으며 둘 다 런던에서 태어났다.

아버지 존은 이너 템플(Inner Temple)의 평의원이자 전 하원의원인 사무엘 솔트의 집사로 주인집에 함께 살고 있었다. 솔트는 어린 남매들의 비범한 능력을 깨닫고 자신의 넓은 서재를 이용할 수 있도록 해주었는데, 이것은 남매에게 대학교육을 받는 것만큼의 영향을 끼쳤을 것이다.

어머니 엘리자베스는 찰스를 편애해서 메리에게는 거의 애정을 표하지 않았기 때문에 메리 또한 찰스에게 애정을 쏟게 되었다. 찰스는 누나에게 의지함과 동시에 자신이 학교에서 배운 지성을 누나에게 전해 주었다.

다행히도 두 사람은 서로 끈끈한 오누이간의 애정뿐만이 아니라

공통된 취미와 공감대로 강하게 이어져 있었다. 그중에서도 특히 셰익스피어와 엘리자베스 왕조의 극작가에 대한 관심은 주목할 만한 것이다.

찰스는 가정의 생계를 위해 1789년 14세의 나이로 크라이스트 호스피틀이라는 빈민자제(貧民子弟)를 위한 학교를 마치자마자 런던 상인의 사무원이 되었으며 이후, 남해상회 및 동인도회사의 하급서기로 50세가 될 때까지 성실하게 장부정리를 하면서 적은 급여로 일가를 꾸려나갔다.

메리는 삯바느질을 했지만 수입이 얼마 되지 않았고, 치매에 걸린 아버지와 병이 들어 신경질적인 어머니와 큰아버지까지 함께 살아야 하는 대가족의 빈곤과 가사노동의 중압감으로 지쳐 있었다. 찰스가 동인도 회사로 이직한 1792년에 아버지의 고용주인 솔트가 사망을 하게 되자 램 일가는 주인집을 나와 이리저리로 전전해야만 했다.

램 일가는 정신적으로 불안정한 상태에 빠지는 경향이 있었는데, 찰스는 1795년 당시 20살이었을 때 극도의 신경쇠약으로 인해 6주간 병원신세를 져야 했다. 그 후로 평생을 광기라는 어두운 그림자에 떨면서 살아야만 했다.

이듬해 1796년에 이번에는 누나 메리가 발작을 일으켜 부모를 포크로 찔러 결국 어머니가 사망하고 말았다. 당시의 법률로는 정신병 판정을 받은 살해범이 가족 중 누군가의 보호를 받을 수 있으면 옥살이를 하지 않아도 됐기 때문에, 21살이었던 찰스가 이 막중한 책임을 떠안게 되었다. 찰스는 이후 평생 동안 누나를 보살폈고, 메리는 동생에 감명을 받아 친절로 고마움에 보답했다. 찰스는 1834년에 59세의 나이에 죽었고, 메리는 동생보다 13년을 더 살다가 1847년에 82세의 나이로 죽어 동생 곁에 묻혔다.

찰스는 23세이던 1798년에 친구인 C. 로이드와 함께 『무운시집(無韻詩集)』을 출판했는데 여기에 많은 호평을 받은 「옛날의 낯익은 얼굴들 The Old Familiar Faces」이 실려 있다.

그는 희곡에도 손을 댔지만 성공을 하지 못했는데, 소극(笑劇) 「Mr, H(H씨)」가 드루어리 레인 극장에서 상연되었지만 하루 만에 공연이 중지되고 말았다. 그의 위대한 업적은 수필과 비평, 아동문학에서 엿볼 수 있다. 30세이 된 1805년에 급진 자유주의자인 윌리엄 코드위의 출판사에서 『마더 구스의 동요집』 중에 「하트의 여왕」을 주제로 한 동요 이야기 「하트 왕과 여왕」을 출판하였고, 계속해서 메리와 공동 작업을 한 『셰익스피어 이야기』 이외에도 채프먼이 번역을 한 호메로스의 『오디세이』를 청소년용으로 개작한 『율리시스의 모험』, 프랑스의 옛날이야기를 기초로 한 『미녀와 야수』를 썼다.

찰스는 33세에 그의 역작인 『영국 셰익스피어 시대의 극시인 명작초(劇詩人名作抄)』를 발표하면서 문필가로서 명성을 얻게 되었다.

그러나 유명한 문필가로서 인정을 받게 된 것은 엘리어라는 필명으로 『런던 매거진』에 실리게 된 수필인 『엘리어 에세이』가 호평을 받게 되면서부터였다. 그리고 1833년에 제2편이 출판되었는데, 이것은 그의 신변 관찰을 멋진 유머와 페이소스(pathos)를 섞어 훌륭하게 문장화한 것으로, 영국 수필의 걸작이라는 평가를 받고 있다

「만우절」이라는 수필에서 그는 "나는 어리석은 자를 사랑한다." 라고 하면서 인간이란 본래 어리석다고 말했는데, 여기에 그의 인생철학이 있다. 이들 작품에는 이미 인생의 큰 고비를 넘긴 한 인간의 과거에 대한 그리움과 너그러움이 실감나는 유머와 함께 드러나 있다.

한편 메리는 『셰익스피어 이야기』와 『유년시집』을 찰스와 공동 집필을 한 뒤 아동 이야기집인 『레스터 선생님의 학교』의 대부분인 20화 중에서 14화를 써서 콜리지의 극찬을 받기도 했다.

메리에 대해 아는 사람들은 한결같이 입을 모아 온화하고, 현명하고, 친절한 여성으로 관대하고 재치가 넘치는 이야기상대라고 평가했다. 그리고 이것은 틀림없는 사실일 것이라고 생각한다. 왜

냐하면 이런 안주인이 없었다면 찰스가 문학적 동료들과 함께 즐거운 모임을 개최하기는 불가능했을 것이기 때문이다.

차례

제1장
10대 희극

한여름 밤의 꿈

　먼 옛날, 아테네에는 이런 법이 있었다. 딸이 아버지가 정해 주는 남자와 결혼하지 않으면 사형시켜도 좋다는 것이었다. 그렇지만 세상에 자기 딸을 사형시킬 아버지는 없으니 딸들이 투정을 좀 부린다고 해도, 이 법률이 실제로 실행된 적은 거의 없었다. 하지만 모르긴 해도 이곳 처녀들은 이 법률을 빌미로 부모에게 종종 협박을 당했을 것이다.

　그런데 딱 한 번, 이지어스라는 노인이 당시 아테네 공국을 다스리던 티시어스에게 이런 호소를 했던 사례가 실제로 있었다.

　내용은 이랬다. 이지어스가 딸 허미어에게 아테네 귀족의 아들 디미트리어스와 결혼하라고 명했는데, 딸은 라이샌더라는 젊은이를 사랑하여 아버지의 말을 듣지 않았다. 이지어스는 티시어스에게 재판을 요구하며 딸에게 잔혹한 형벌을 집행해 달라고 호소했다.

허미어는 자기가 아버지의 명령을 거역하는 이유는 디미트리어스가 이전에 자신의 친구인 헬레너에게 사랑을 고백했고 헬레너도 디미트리어스를 죽도록 사랑하기 때문이라고 주장했다. 하지만 허미어의 그럴싸한 변명도 완고한 이지어스 노인의 마음을 바꿀 수는 없었다.

티시어스 왕은 자비롭고 위대한 왕이었지만 법률을 바꿀 권리는 없었다. 따라서 허미어에게 나흘 동안 생각할 시간을 주었다. 그리고 유예 기간이 끝나고도 여전히 디미트리어스와의 결혼을 거부한다면 사형에 처하겠다고 선고했다.

허미어는 왕의 면전에서 물러나자마자 사랑하는 연인 라이샌더에게 달려가 이 사실을 말했다. 그리고 라이샌더를 포기하고 디미트리어스와 결혼하든가, 나흘 뒤에 죽든가 둘 중 하나를 택할 수밖에 없다고 말했다.

라이샌더는 이 불길한 소식에 고뇌하다가, 아테네에서 조금 떨어진 곳에 숙모님이 계시는데 그곳에서는 이런 잔혹한 법이 효력이 없다는 사실(이 법률은 아테네를 벗어나면 효력이 없었다)을 떠올렸다. 그래서 허미어에게 오늘 밤 몰래 도망쳐 숙모님 댁으로 가서 결혼하자며 이렇게 말했다.

"마을에서 2, 3마일 떨어진 그 숲에서 만나기로 해. 상쾌한 5월에 헬레너와 함께 산책했던 바로 그 즐거운 숲 말이야."

허미어는 기꺼이 동의했다. 그리고 이 사랑의 도피 계획을 친구인 헬레너에게만 털어놓았다. 하지만 헬레너는(젊은 여자들이란 사랑 때문에 어리석은 일을 저지르기도 한다) 비열하게도 디미트리어스에게 이 비밀을 전부 말해 버렸다. 친구의 비밀을 폭로한다고 얻을 건 없었지만 자신을 배신한 연인의 뒤를 밟아 숲으로 들어가는 하찮은 기쁨만은 얻을 수 있었다. 헬레너는 디미트리어스가 틀림없이 허미어를 쫓아 숲으로 가리라는 사실을 알고 있었던 것이다.

라이샌더와 허미어가 도망치기로 약속했던 숲은 요정이라는 작은 생명체들이 즐겨 나타나던 곳이었다. 요정들의 왕 오베론과 왕비 티타니아는 작은 부하들과 함께 숲속 한가운데서 매일같이 잔치를 벌였다.

하지만 요즘, 이 요정들의 왕과 왕비는 한창 부부싸움을 하는 중이었다. 상쾌한 달밤에 숲속의 산책길을 걷다가 마주치기라도 하면 말다툼이 벌어져, 작은 요정들이 모두 숨죽이고 도토리 껍질 속으로 몸을 감출 정도였다.

이 불행한 부부싸움의 원인은 티타니아가 요정과 바꿔치기해 온 사내아이를 오베론에게 주지 않았기 때문이었다. 그 아이의 엄마는 티타니아의 친구였다. 친구가 죽자 유모에게 맡겨진 그 아이를 티타니아가 데려와 몰래 숲속에서 키웠던 것이다.

연인들이 이 숲에서 만나기로 한 날 밤, 티타니아는 궁녀들을 거느리고 산책하다가 요정 신하를 거느린 오베론과 맞닥뜨리고 말았다.

"이 좋은 달밤에 저 거만한 여인을 만나다니 기분을 망쳤군."이라고 요정의 왕이 말하자, 왕비가 이렇게 대답했다.

"어머, 당신이었군요. 질투의 화신 오베론 님. 자아, 요정들아. 어서 저리로 가자. 나는 이분과 절대 상대하지 않기로 맹세했으니까."

"기다려라, 경솔한 요정들아. 내가 너희들 주인이다. 왕비가 왕에게 거역하다니! 당장 그 사내 녀석을 내 앞에 대령하라. 내 시중을 들게 하겠다."

"걱정 마세요. 당신의 요정 나라를 전부 준다 해도 그 아이만은 내줄 수 없으니까요."

티타니아는 그러고도 왕의 화를 끝없이 돋워 놓고 사라져 버렸다.

"좋아, 어디 멋대로 해보시지. 이 어둠이 걷히기 전에 무례함의 대가를 받을 것이다."

오베론은 그러더니 퍼크를 불렀다. 퍼크는 어떤 은밀한 일도 터놓고 의논하는 왕의 심복이었다.

퍼크(때로는 로빈 굿펠로라 불리기도 한다)는 숲 주변 마을로 내려가 심술궂은 장난치기를 좋아하는 꾀 많은 말썽꾸러기 요정이었다. 어느 날은 젖소 우리에 들어가 소젖을 짜기도 하고, 또 어느 날에는 가볍고 날쌘 몸으로 버터를 만드는 교유기 속으로 뛰어들어 괴상한 춤을 추는 바람에 우유를 젓는 아낙네들이 아무리 휘저어도 버터가 만들어지지 않았으며, 마을 젊은 사내들이 있는 힘껏 휘저어도 헛수고였다. 그리고 퍼크가 맥주를 만드는 가마솥 안에 들어가 말썽을 피우기라도 하는 날에는 맥주가 엉망이 돼 버리고 말았다.

또한 이웃끼리 사이좋게 모여 앉아 즐겁게 맥주를 마시고 있으면 구운 사과파이로 변신해 커다란 맥주잔에 뛰어들거나, 할멈이 맥주를 마시려고 컵을 입에 가져가는 순간 입으로 폴짝 뛰어들어 쭈글쭈글한 턱에 맥주를 쏟아버리게 했다. 그리고 그 할멈이 인상을 찌푸리고 '영차' 하며 의자에 앉아 이웃 사람들에게 슬프고 음울한 이야기를 들려주려 하면 퍼크가 의자를 슬쩍 빼내 불쌍한 할멈은 쿵하고 엉덩방아를 찧고 만다. 그러면 요정들은 배꼽을 잡고 웃으며 이렇게 재미있는 일은 처음이라는 듯 낄낄거렸다.

"자, 퍼크, 이리 오너라."

오베론은 이 작고 쾌활한 밤의 방랑자에게 이렇게 말했다.

"처녀들이 삼색제비꽃이라 부르는 꽃을 따오너라. 그 작은 자줏빛 꽃잎을 짜서 잠든 사람 눈꺼풀에 바르면, 눈을 뜬 뒤 가장 먼저 본 사람에게 반할 것이다. 티타니아가 잠든 틈을 타서 그 꽃의 즙을 눈꺼풀에 바르면 눈을 뜨자마자 처음 발견한 것에 홀딱 반할 거야. 그것이 사자든, 곰이든, 골칫거리 원숭이든, 정신없이 나대는 새끼 원숭이든 간에 상관없다. 그리고 내가 마법을 써서 저주를 풀어주기 전까지 그 사내 녀석을 품에서 떼어내 내 시중을 들게 할 것이다.

퍼크는 선천적인 말썽꾸러기라 주인의 이런 장난스러운 계획을 매우 반기며 꽃을 찾아 달려갔다. 오베론은 퍼크가 돌아오기를 기다리다가 디미트리어스와 헬레너가 숲속으로 들어오는 것을 발견했다. 그리고 우연히 디미트리어스가 헬레너에게 왜 쫓아왔냐며 책망하는 소리를 듣게 됐다. 디미트리어스는 그녀를 차갑게 대했지만, 헬레너는 상냥하게 충고하면서 전에는 나를 사랑했고 나를 배신하지 않겠다고 맹세하지 않았냐면서 디미트리어스에게 옛 기억을 들려 주었다. 결국 디미트리어스는 "너 같은 건 들짐승에게나 잡아먹혀라!"고 말하고 헬레너만을 남겨둔 채 사라져 버렸다. 헬레너는 열심히 그의 뒤를 쫓아갔다.

요정의 왕 오베론은 이것을 엿듣고 마음속 깊이 헬레너를 불쌍히 여겼다. 라이샌더가 "상쾌한 5월에 헬레너와 함께 산책했던 바로 그 즐거운 숲 말이야."라고 말했으니 어쩌면 오베론도 디미트리어스의 사랑을 받았던 헬레너를 봤을지도 모른다. 어쨌든 퍼크가 작은 자줏빛 꽃을 들고 돌아오자 오베론은 그에게 이렇게 말했다.

"이 꽃을 조금 떼어가거라. 지금 이 숲에 아테네의 귀여운 처녀가 있다. 자기를 쳐다보지도 않는 젊은 사내를 사랑하고 있으니, 혹시 그 사내가 잠들어 있는 모습을 발견하거든 이 사랑의 묘약을 그의 눈꺼풀에 떨어뜨려 주거라. 하지만 반드시 그 처녀가 사내 곁에 있을 때 약을 쓰도록 해야 돼. 사내가 눈을 떴을 때, 자신이 구박했던 처녀를 가장 먼저 볼 수 있도록 해야 한다. 사내는 아테네 사람들의 복장을 하고 있으니 금방 알 수 있을 것이다."

퍼크는 "걱정 마세요. 착오 없이 해내겠습니다."라고 약속했다. 그리고 오베론은 티타니아가 눈치 채지 못하도록 그녀의 침실로 몰래 숨어들었다. 티타니아는 마침 잠자리에 들 채비를 하고 있었다. 요정의 왕비의 침실은 인동덩굴과 구룬초, 해당화와 붉은 들장미 지붕에, 야생 사향초와 향기로운 제비꽃이 흐드러지게 핀 강둑이었다. 티타니아는 언제나 이 침실에서 밤을 보내고 있었다. 이불은 반짝거리는 뱀 가죽으로 만든 작은 조각이었지만 요정의 몸을 감싸기에는 충분한 크기였다.

오베론이 방에 들어갔을 때, 티타니아는 시중을 드는 요정들에게 자신이 잘 때 해야 할 일들을 이르는 중이었다.

"몇 명은 해당화 꽃망울에 붙어 있는 모기 유충을 잡거라."라고 왕비가 말했다.

"몇 명은 박쥐를 잡아서 얇은 날개를 가져 오거라. 나의 작은 요정들의 웃옷을 만들어 줄 테니. 그리고 몇 명은 밤새 울어대는 시끄러운 부엉이가 내 곁에 오지 못하도록 지켜라. 하지만 그 전에 자장가를 불러 나를 재워 주려무나."

　요정들은 이런 노래를 부르기 시작했다.

　혀가 둘로 갈라진 얼룩뱀도

　가시투성이 고슴도치도 얼씬거리지 마라.

　도롱뇽도, 도마뱀도 장난을 치지 마라.

　우리 요정의 왕비님 곁에 오지 마라.

　꾀꼬리야, 너의 달콤한 혀로

　부드러운 자장가를 함께 불러 다오.

　자장, 자장, 잘도 잔다. 자장, 자장, 잘도 잔다.

　재앙도, 저주도, 주문도

　아름다운 왕비님 곁에 오지 마라.

　이제 자장가를 들으며 편히 잠드세요.

　요정들은 이렇게 귀여운 자장가를 불러 왕비를 재운 다음 각자
맡은 일을 하러 사라졌다. 오베론은 살짝 왕비에게 다가가 눈꺼풀
에 사랑의 묘약을 바르며 말했다.

　눈을 떴을 때 본 것을

　진정한 그대의 사랑이라 여기기를.

이제 다시 이야기를 허미어에게로 돌리자. 허미어는 디미트리어 스와의 결혼을 거절했다는 이유로 사형에 처해질 운명에서 벗어나 기 위해 그날 밤 몰래 집을 빠져나왔다. 허미어가 숲에 들어섰을 때, 그리운 라이샌더가 허미어를 숙모님 댁으로 데려가려고 기다 리고 있었다. 그런데 숲을 반도 채 지나지 못해 허미어는 녹초가 될 정도로 지쳐버렸고, 라이샌더는 자신을 위해 목숨까지 걸며 깊 은 애정을 표현해 준 이 사랑스러운 연인을 걱정해 부드러운 이끼 가 덮여 있는 둑에서 아침까지 쉬었다 가자고 설득했다. 그리고 자 신도 허미어에게서 조금 떨어진 곳에 누웠고, 두 사람은 얼마 안 돼 깊은 잠에 빠져 들었다.

그런 두 사람의 모습을 발견한 퍼크는 아테네 시민의 복장을 하 고 있는 잘생긴 사내가 잠들어 있고 또 아름다운 여성이 그 곁에 잠들어 있는 모습을 보고, 틀림없이 왕이 말한 아테네의 처녀와 그 녀를 경멸하는 사내일 것이라고 생각했다. 또 그곳에는 둘뿐이었 으니 이 사내가 눈을 떴을 때, 제일 먼저 허미어를 볼 것이라고 생 각했다. 그래서 퍼크는 전혀 고민하지 않고 사내의 눈꺼풀에 작은 자줏빛 꽃즙을 떨어뜨렸다.

그런데 그때 마침 헬레너가 그곳을 지나갔다. 그러니까 라이샌더 가 눈을 뜨고 처음 본 건 허미어가 아닌 헬레너가 되었다. 그러자 정말 이상하게도 사랑의 묘약의 효과는 너무도 빨라, 라이샌더는 허미어에 대한 사랑은 완전히 잊고 헬레너에게 홀딱 반해버렸다.

라이샌더가 눈을 떴을 때 가장 먼저 허미어를 봤다면, 퍼크의 실수도 그리 대단한 것은 아니었을 것이다. 왜냐하면 라이샌더는 이 정조 깊은 처녀를 아무리 사랑해도 모자랄 정도로 사랑하고 있었기 때문이다.

하지만 안타깝게도 라이샌더는 요정이 떨어뜨린 사랑의 묘약 때문에 본의 아니게 허미어에 대한 사랑은 까맣게 잊고 다른 여자를 따라갔다. 그리고 잠든 허미어는 그대로 한밤중에 숲속에 혼자 남겨지게 됐다. 참으로 안타깝고 기가 막히는 우연이랄 밖에.

이 불행한 사건이 일어난 경위는 이렇다. 앞서 말했듯이 헬레너는 디미트리어스가 그렇게 무례하게 자신을 버리고 달아나자 필사적으로 달려 쫓아갔지만 장거리 경주에서 여자는 항상 남자를 이길 수 없기에, 한참이 지나자 더 이상 불평등한 경주를 계속할 수 없게 됐다. 헬레너는 결국 디미트리어스를 놓치고 말았고, 실망과 절망에 휩싸여 숲을 헤매다가 라이샌더가 잠든 곳까지 이르렀다.

"어! 라이샌더가 땅바닥에 누워 있네. 혹시 죽은 걸까? 아니면 잠이 든 걸까?"

그리고 살며시 그의 몸을 흔들었다.

"이봐요, 살아 있으면 눈 좀 떠 봐요."

이 말을 들은 라이샌더는 눈을 뜨자마자(사랑의 묘약이 효과를 발휘하기 시작했다) 헬레너에게 터무니없는 사랑과 칭송의 말을 쏟아 부으며, 당신은 허미어보다 훨씬 아름답고 둘의 미모가 마치 비둘기와 까마귀의 차이라는 둥, 아름다운 당신을 위해서라면 불이든 물이든 뛰어들겠다는 둥, 온갖 미사여구를 늘어놓았다.

헬레너는 라이샌더가 친구인 허미어의 연인이며 허미어와 엄숙한 결혼 서약을 한 사이라는 것을 알고 있었기 때문에 이런 말을 듣자마자 화가 머리끝까지 났다. 왜냐하면(그도 그럴 것이) 라이샌더가 자신을 놀린다고 생각했기 때문이다.

"아아! 어째서 나는 모두에게 바보취급을 당하고 멸시를 당하도록 태어난 걸까? 이봐요, 난 디미트리어스에게 따뜻한 눈길 한 번, 상냥한 말 한마디 못 들었어요. 그걸로 충분하지 않나요, 안 그래요? 그런데 어째서 날 바보취급하면서 내게 사랑 고백을 하는 척하죠? 전 당신만은 진실한 사람이라고 믿었어요."

헬레너는 화가 단단히 나서 이렇게 말하고는 뛰기 시작했다. 라이샌더는 여전히 잠들어 있는 자신의 허미어는 완전히 잊고 헬레너의 뒤를 따라 달리기 시작했다.

허미어는 잠에서 깨어 혼자라는 걸 깨닫고 두려웠다. 라이샌더는 어찌 된 건지, 어디로 가야 그를 찾을 수 있는 건지 몰라 무작정 숲을 헤매기 시작했다.

한편, 오베론은 디미트리어스가 허미어와 사랑의 맞수 라이샌더를 찾아 헤매다 지쳐버려 깊은 잠에 취해 버린 모습을 발견했다. 오베론은 퍼크에게 따져 묻고, 아무래도 퍼크가 엉뚱한 자의 눈에 사랑의 묘약을 넣은 것 같다는 결론을 내렸다. 그래서 처음 의도했던 당사자를 발견했기 때문에 잠에 취해 있는 디미트리어스의 눈에 다시 사랑의 묘약을 발랐다. 그러자 디미트리어스는 곧바로 잠에서 깨어났고, 처음 본 사람이 헬레너였기 때문에 라이샌더와 마찬가지로 헬레너에게 열렬한 사랑의 고백을 하기 시작했다.

마침 그때, 라이샌더가 허미어에게 쫓기면서(왜냐하면 불행하게도 퍼크가 실수를 저질러 지금은 허미어가 연인을 쫓는 입장이 돼버렸다) 나타났다. 라이샌더와 디미트리어스는 둘 다 똑같이 강력한 마법에 걸렸기에 서로 헬레너에게 사랑을 호소하며 다가갔다.

깜짝 놀란 헬레너는 디미트리어스와 라이샌더 그리고 절친했던 친구 허미어까지 모두 한통속이 돼서 자신을 바보로 만들고 있는 것이라 여겼다.

허미어도 헬레너 못지않게 깜짝 놀랐다. 라이샌더와 디미트리어스 둘 다 자신을 사랑하고 있었는데 어째서 지금은 헬레너를 사랑하게 됐는지 도무지 이해할 수가 없었다. 허미어는 너무나도 기가 막혔다.

그렇게 사이가 좋았던 헬레너와 허미어는 서로에게 거친 말을 해대기 시작했다.

"허미어, 너 정말 너무하는구나."

헬레너가 말했다.

"라이샌더를 시켜 마음에도 없는 사랑의 말들로 날 놀리게 한 게 너지? 게다가 나를 쳐다보지도 않던, 너의 또 한 명의 연인 디미트리어스까지 선동해 나를 여신이니, 물의 요정이니, 이 세상에서 보기 드문 여자니, 천사니 하는 소릴 하게 한 것도 네가 아니니? 네가 날 조롱거리로 만들려고 한 게 아니라면, 날 그렇게 싫어하던 디미트리어스가 저럴 리가 없잖아.

허미어, 넌 정말 너무해. 남자들과 한통속이 돼 불쌍한 친구를 웃음거리로 삼다니. 학창 시절 우리의 우정을 벌써 잊었니? 애, 허미어. 우리가 대체 얼마나 많은 시간을 같은 쿠션에 앉아 함께 노래를 부르며 같은 꽃 그림 자수를 수놓았는지 잊었어? 우리는 절대로 헤어질 수 없는 쌍둥이 앵두처럼 자랐잖아.

허미어, 남자들과 짜고 불쌍한 친구를 놀리다니. 그러고도 친구라 할 수 있니? 너무 비겁한 거 아니야?"

"어떻게 그런 말을! 놀란 건 나야."

허미어가 말했다.

"내가 언제 널 놀라게 했다고? 너야말로 나한테 그렇게 하잖아."

"그래, 그래. 연기력이 대단하구나."

헬레너가 대꾸했다.

"이러다가 내가 등을 돌리면 서로 눈을 찡긋하고 윙크를 해대며 재미난 장난을 계속하겠지. 너에게 손톱만큼의 동정이나 호의, 예의가 있다면 날 이렇게 괴롭히진 않을 거야."

헬레너와 허미어가 이런 식으로 말다툼하는 동안 디미트리어스와 라이샌더는 헬레너에 대한 사랑을 걸고 결투를 하겠다며 숲속 깊이 들어갔다.

사내들이 사라진 걸 깨달은 헬레너와 허미어는 서로 헤어져 각자의 연인을 찾기 위해 지친 발걸음으로 계속 숲속을 배회했다.

요정의 왕 오베론은 꼬맹이 퍼크와 함께 두 여인의 말다툼을 엿듣고 있다가 그녀들이 사라지자 이렇게 말했다.

"이게 다 네 실수 탓이다, 퍼크. 혹시 네놈이 일부러 이런 일을 저지른 게 아니냐?"

"부디 절 믿어 주십시오. 폐하. 틀림없이 착오입니다. 폐하께서 말씀하지 않으셨습니까. 아테네 시민 복장을 보면 알 수 있을 것이라고요. 하지만 전 이렇게 됐다고 해서 후회하지는 않습니다. 저 인간들이 말싸움하는 것도 꽤 재미있었으니까요."

"너도 듣지 않았느냐. 디미트리어스와 라이샌더가 결투하겠다고 장소를 물색하러 갔단 말이다. 명령이다! 이 밤을 깊은 안개의 장막으로 감싸버려라. 그리고 싸움질을 좋아하는 젊은이들을 어둠 속에 헤매게 해서 서로를 찾지 못하게 해라. 두 사람의 목소리를 흉내 내어 저주를 퍼부어 화를 내게 만들어라. 아마도 자신의 적수라고 생각하고 네 뒤를 쫓아올 것이다. 둘 다 지쳐서 더 이상 꼼짝할 수 없을 때까지 계속 끌고 다녀라.

그리고 둘이 잠에 곯아떨어지면 이 다른 꽃즙을 라이샌더의 눈에 넣어라. 라이샌더가 눈을 뜨면 헬레너는 잊고 허미어를 향한 이전의 뜨거웠던 사랑으로 돌아갈 것이다. 그러면 두 아름다운 처녀들은 각각 자신이 사랑하는 남자와 행복하게 살 수 있을 것이며, 지금까지의 일은 모두 악몽을 꾼 것이라 여기게 될 것이다. 자아, 퍼크. 당장 명령을 실행해라. 나는 티타니아가 어떤 멋진 사랑에 빠졌는지 보러 가겠다."

티타니아는 아직 잠에서 깨지 않았는데, 곁에는 숲속에서 길을 잃고 헤매던 보텀이라는 삼베 장수가 잠에 곯아떨어져 있었다. 오베론은 이렇게 말했다.

"좋아, 이놈이야. 이놈을 티타니아의 진정한 애인으로 만들어 주겠어."

오베론은 보텀의 머리에 당나귀 머리를 덮어 씌웠다. 그러자 마치 당나귀 머리가 처음부터 삼베 장수 어깨 위에 얹어 있었기라도 하듯이 딱 맞았다. 오베론은 당나귀 머리를 조심조심 뒤집어 씌웠지만 보텀은 그 때문에 잠에서 깼다. 하지만 그는 오베론이 자신에게 무슨 짓을 했는지 모르고 요정의 왕비가 잠든 침실 쪽으로 비틀비틀 걸어갔다.

"어머! 어쩜 이런 천사가 다 있을까?"

티타니아가 잠에서 깨어나면서 말했다. 드디어 사랑의 묘약의 약효가 발휘되기 시작했다.

"당신은 잘생긴 데다가 무척 현명해 보이세요."

"그게 무슨 말씀이십니까. 지금 이 숲을 빠져나갈 길을 몰라 이러고 있습니다요."

멍청한 보텀이 말했다.

"숲에서 나가겠다는 말은 제발 하지 마세요."

촌뜨기 삼베 장수를 보고 사랑에 푹 빠져 버린 왕비가 이렇게 말했다.

"전 아주 신분이 높은 요정이에요. 당신이 너무 좋아요. 나와 함께 살지 않을래요? 그러면 제 시중을 드는 요정을 바치겠어요."

그러더니 왕비는 시중드는 요정 넷을 불렀다. 요정의 이름은 콩꽃, 거미줄, 나방이, 겨자씨였다.

"이 아름다운 신사의 시중을 들라. 산책할 때는 잘 보이게 깡충깡충 춤을 추어라. 식사는 포도와 살구, 그리고 꿀벌들의 꿀주머니에서 꿀을 훔쳐다 드려라. 자아, 이리 오셔서 제 옆에 앉으세요."

여왕이 보텀에게 말했다.

"당신의 귀여운 털북숭이 뺨을 어루만지게 해 주세요. 나의 아름다운 당나귀님. 그리고 당신의 아름답고 커다란 귀에 입 맞추게 해 주세요. 나의 고귀한 사랑이여!"

"콩꽃, 지금 어디 있지?"

당나귀 머리를 한 삼베 장수는 요정 왕비의 구애는 그리 탐탁지 않았지만, 새로 얻은 요정의 시중이 너무나 자랑스러워 이렇게 말했다.

"주인님, 여기 있습니다."

작은 콩꽃이 대답했다.

"내 머리를 좀 긁어 다오. 거미줄은 어디에 있나?"

"주인님, 여기 대기하고 있습니다."

"거미줄아, 저기 엉겅퀴 꼭대기에 있는 빨간 말벌을 죽여 다오. 그리고 꿀주머니도 가져 와. 거미줄아, 너무 서두르다가 꿀주머니를 터뜨리지 않도록 조심해. 네가 꿀주머니의 꿀을 전부 뒤집어쓰면 너무 불쌍하니까 말이야. 겨자씨는 어디에 있지?"

"여기 대기하고 있습니다. 주인님, 무슨 일이든 시켜만 주십시오."

"겨자씨야, 별일 아니다. 그저 콩꽃을 도와 내 머리를 긁어 줘. 겨자씨야, 나는 아무래도 이발소에라도 다녀와야 할 것 같구나. 왠지 얼굴이 털투성이 같아."

"사랑스러운 분이시여, 무엇을 좀 드셔야죠? 모험을 좋아하는 요정을 보내 다람쥐가 모아둔 먹이를 찾아 새로 딴 호두라도 가져오라고 하겠어요."

"그보다는 마른 콩을 한 줌 먹고 싶군."

삼베 장수는 당나귀 머리를 쓰고 있어, 당나귀 먹이를 먹고 싶어 했다.

"그보다 아무도 날 방해하지 말아 줘. 지금은 너무 졸리거든."

"그럼 쉬세요, 두 팔로 꼭 안아드리겠어요. 아아, 정말 사랑스러워! 나는 당신에게 푹 빠져버렸어요."

요정의 왕 오베론은 왕비의 품에서 잠들어 있는 천박한 남자를

보고 왕비가 보이는 곳으로 나서서, 부끄러운 줄도 모르고 당나귀 따위와 사랑에 빠지다니 대체 이게 무슨 망신이냐며 왕비를 꾸짖었다.

왕비는 부인할 수가 없었다. 왕이 보는 앞에서 촌뜨기를 두 팔로 안고 있었으며, 그 촌뜨기 당나귀 목에는 왕비가 만들어준 화환이 걸려 있었으니까.

오베론은 한참 동안 왕비에게 으름장을 놓은 뒤 다시 훔쳐온 사내아이를 내놓으라고 명했다. 왕비는 자신이 사랑에 빠진 남자와 함께 있는 장면을 남편에게 들킨 게 너무도 부끄러워 감히 싫다는 말을 할 수 없었다.

오베론은 드디어 오랫동안 자신의 시종으로 삼고 싶었던 사내아이를 얻게 되자, 자신의 유쾌한 장난 때문에 이러지도 저러지도 못하는 상황에 처해 있는 왕비가 안쓰러운 생각이 들어 다른 꽃즙을 왕비의 눈에 넣어 주었다. 그러자 왕비는 순식간에 정신을 차리고 어째서 그렇게 갑자기 흥분했는지 의아스러워하며, 저런 괴물처럼 생긴 촌뜨기는 쳐다보기도 싫다고 말했다.

오베론은 다시 촌뜨기 삼베 장수가 잠에서 깨지 않도록 조심스럽게 당나귀 머리를 떼어내고 원래의 멍청한 얼굴을 붙여 주었다.

오베론과 티타니아는 이제 완전히 화해했고, 오베론은 네 명의 연인들에 대한 이야기와 네 사람이 밤새 사랑싸움을 한 것을 티타니아에게 말해 주었다. 그리고 티타니아는 남편과 함께 네 사람의 사랑싸움이 어떻게 됐는지 구경하러 가는 데 동의했다.

왕과 왕비가 라이샌더와 디미트리어스, 그리고 아름다운 두 처녀를 발견했을 때 네 사람은 서로 멀리 떨어지지 않은 곳에서 잠에 곯아떨어져 있었다. 왜냐하면 퍼크가 이전의 실수를 만회하기 위해 네 명의 연인들 모두를 서로 눈치 채지 못하도록 한 곳에 모으려고 필사의 노력을 다했기 때문이다. 그리고 오베론에게 받은 해독제를 조심스럽게 라이샌더의 눈에 발라 주문을 풀어 주었다.

허미어가 제일 먼저 눈을 떠, 사라졌던 라이샌더가 바로 곁에 잠들어 있다는 사실을 깨닫고 라이샌더의 갑작스런 심경의 변화를 의아하게 생각하면서 유심히 라이샌더의 얼굴을 살폈다. 잠시 후, 라이샌더가 잠에서 깨어나 사랑스러운 허미어를 보고, 요정의 마법으로 넋이 나갔던 이성을 되찾았으며 허미어에 대한 사랑도 되살아났다. 두 사람은 전날 밤에 일어났던 믿기지 않는 일들을 이야기하며 정말 그런 일이 일어났었는지, 아니면 둘 다 생각조차 하기 싫은 악몽을 꾼 것인지 의아해 했다.

그러는 사이 헬레너와 디미트리어스도 잠에서 깨어났다. 깊은 잠을 잔 덕에 헬레너의 혼란스럽고 울분으로 가득 찼던 마음도 누그러들어, 디미트리어스의 변함없는 사랑 고백에 즐거운 마음으로 귀를 기울일 수 있게 됐다. 그리고 디미트리어스의 사랑 고백이 진심이라는 걸 깨달은 헬레너는 놀라고, 너무나도 기뻤다.

밤새 숲속을 헤매고 다녔던 아름다운 두 처녀들도 이제는 더 이상 라이벌이 아니라 사이좋은 친구로 돌아갔다. 서로에게 했던 험악한 말들도 깨끗이 잊기로 했다.

그렇게 해서 네 사람은 앞으로 어떻게 할지를 진지하게 의논했다. 그 결과 디미트리어스가 허미어에게 한 사랑 고백을 취소하기로 하고, 디미트리어스는 허미어의 아버지를 설득해 허미어에게 내려진 잔혹한 사형 선고를 취하하도록 노력하기로 결론을 내렸다.

디미트리어스가 이런 우호적인 일의 대표자로 아테네로 돌아갈 준비를 할 때, 놀랍게도 허미어의 아버지 이지어스가 나타났다. 이지어스는 가출한 딸의 뒤를 쫓아 숲으로 들어온 것이다.

이지어스는 디미트리어스가 이제는 허미어와 결혼할 생각이 없다는 것을 깨닫고, 더 이상 라이샌더와 딸의 결혼을 반대하지 않고 나흘 뒤에 결혼식을 올리는 데 찬성했다. 나흘 뒤라면 허미어가 사형 선고를 받기로 돼 있던 날이었다. 그리고 바로 그날, 헬레너는 자신이 가장 사랑했고, 지금은 성실히 자신만을 사랑해주는 디미트리어스와의 결혼을 흔쾌히 승낙했다.

요정 왕과 왕비는 이들이 화해하는 모습을 몰래 숨어서 지켜보고 있었고, 오베론의 조정 덕에 연인들의 이야기가 행복한 결론을 맞이할 수 있게 됐다는 걸 안 두 사람은 대단히 만족스러웠다. 그렇게 이 친절한 두 요정은, 나흘 뒤 거행될 예식에 맞춰 요정 나라 전체에서 성대한 잔치를 벌이기로 결정했다.

독자 여러분, 이 요정들과 그들의 장난에 대해 읽고 혹시 너무나 허무맹랑하고 터무니없다며 화가 난 사람이 있다면, 지금까지 잠을 자며 꿈을 꾸었다고, 그래서 이 희한한 모든 일들이 전부 꿈속에서 본 환상이라고 생각하면 어떨지.

바라건대, 이 책을 읽는 독자들 중에 이 귀엽고 천진난만한 '한여름 밤의 꿈'에 대해 화를 내는 꽉 막힌 사람은 한 명도 없었으면 한다.

베니스의 상인

　유대인 샤일록은 베니스에 살고 있었다. 샤일록은 고리대금업자로 기독교 상인들에게 높은 이자로 돈을 빌려주어 막대한 부를 축적하고 있었다. 샤일록은 냉혹하고 잔인하리만큼의 빚 독촉으로 악명이 자자했으며 모든 선량한 시민들의 미움을 사고 있었다. 베니스의 젊은 상인 안토니오에게 미움을 사고 있었고, 샤일록 역시 안토니오를 증오하고 있었다. 왜냐하면 안토니오도 곤경에 처해 있는 사람들에게 돈을 빌려주지만 절대로 이자는 받지 않았기 때문이었다.

　이렇게 욕심 많은 샤일록과 선량한 안토니오는 불구대천의 원수지간이었다. 안토니오는 리알토(상업 중심지)에서 샤일록을 만날 때마다 샤일록의 법적 이자 이상의 고리와 빚 독촉에 대해 비난하기 일쑤였다. 당사자인 유대인은 겉으로는 꾹 참으며 태연한 척했지만 마음속으로는 복수의 칼날을 갈았다.

안토니오는 더 없이 친절하고, 더 없이 훌륭한 인품의 소유자로 남을 위해 끝없이 봉사하는 사람이었다. 실제로 이탈리아 전체를 뒤져보아도 안토니오만큼 고대 로마인들의 신의를 중히 여기는 사람은 찾아볼 수 없을 것이다.

안토니오는 모든 사람들로부터 사랑을 받았다. 그리고 안토니오에게는 가장 소중하고, 가장 친한 친구인 바사니오가 있었다. 바사니오는 베니스 귀족으로 부모로부터 물려받은 재산은 얼마 되지 않았지만 신분에 어울리는 호화로운 생활을 누리기 위해 모든 재산을 거의 다 탕진해 버렸다. 가난하고 신분이 높은 청년들은 거의 대부분 이런 곤경에 빠지기 마련이다. 바사니오가 돈 때문에 곤경에 처해 있을 때면 늘 안토니오가 도움을 주었다. 바사니오는 안토니오를 찾아가 이렇게 말했다.

"이번에는 진심으로 사랑하는 부잣집 딸과 결혼해 집안을 일으키려고 하네. 그녀의 아버지는 얼마 전에 돌아가셨고 유일한 상속인인 딸에게 막대한 재산을 물려주셨지. 난 그녀의 부친이 생전에 계실 때 자주 찾아 뵀었는데, 그때마다 그녀가 눈으로 뭔가 무언의 메시지를 보내는 느낌을 받았네. 그녀의 눈길은 내가 결코 환영받지 못하는 청혼자가 아니라고 말하는 것 같았지. 하지만 나는 돈이 없어서 막대한 재산의 상속녀에게 어울리는 행색을 할 수가 없네. 그래서 자네에게 지금까지 많은 도움을 받아왔지만 마지막으로 3천 더커트만 빌려줄 수 없겠나?"

안토니오는 그때 친구에게 빌려줄 돈을 가지고 있지 않았다. 하지만 얼마 후면 몇 척의 배가 물건을 잔뜩 싣고 귀항할 예정이었기에 수전노 고리대금업자 샤일록을 찾아가 그 배들을 담보로 돈을 빌려달라고 했다.

안토니오와 바사니오 두 사람이 함께 샤일록을 찾아갔다.

"3천 더커트만 빌려 주시오. 이자는 당신이 원하는 만큼 주겠소. 지금 항해 중인 내 배의 물건으로 갚겠소."라고 샤일록에게 말했다. 이 말을 들은 샤일록은 마음속으로 생각했다.

'일단 이 놈의 약점을 잡기만 한다면 지금까지의 원한을 다 풀고 말겠어. 이놈은 우리 유대인들을 증오하고 있지. 이 놈은 이자도 받지 않고 돈을 빌려주고 있어. 장사꾼들이 모여 있는 곳에서 내게 망신을 주었고, 내가 뼈가 빠져라 고생해서 번 돈을 가지고 이자가 비싸다고 지껄였지. 이런 놈을 용서하는 것은 우리 민족의 수치야.'

안토니오는 샤일록이 뭔가 생각에 잠겨 대답을 하지 않는 모습을 보고 초조해하며 이렇게 물었다.

"샤일록, 듣고 있소? 돈을 빌려 줄 거요, 말 거요?"

"안토니오 씨, 당신은 시장에서 수도 없이 내 욕을 했소. 내 돈과, 내 이자에 대해서 말이지. 하지만 나는 어깨를 움츠리고 꾹 참 아왔소. 인내는 우리 유대인들의 민족성의 상징이지. 당신은 내게 신앙심이 없고, 사람을 잡아먹는 개라며 저주했고, 내 유대인 전통 의상에 침을 뱉었소. 마치 나를 지나가는 똥개 취급을 했지. 그런 데 뭐라고, 지금 내게 돈을 빌려달라는 말이오? 나를 찾아와 '샤일 록 돈을 빌려주게'라고 하는데, 개한테 돈이 어디 있겠소. 똥개한 테서 3천 더커트란 돈을 빌릴 수 있을까. 깊이 허리를 숙여 말하리 다. 도련님, 지난 수요일에 제게 침을 뱉으셨죠. 그리고 언젠가는 제게 똥개라고 하셨죠. 저를 그렇게 대해주신 답례로 도련님에게 돈을 빌려드리죠."

"앞으로도 당신을 똥개 취급하고, 침을 뱉고, 걷어찰지도 모르 오. 3천 더커트를 빌려줬다고 친구라고 생각하지는 마시오. 그냥 원수라 생각하시오. 만일 내가 파산이라도 한다면 거드름을 피우 며 빚 독촉을 할 테니 말이오."

"오오, 대단한 협박을 하는구려. 나는 당신과 친하게 지내며 사 랑받고 싶소. 당신이 내게 망신을 준 것을 전부 잊어버리겠소. 당 신이 원하는 만큼 돈을 빌려주겠소. 그리고 이자는 한 푼도 받지 않기로 하겠소."

너무나 친절한 샤일록의 말에 안토니오는 깜짝 놀랐다. 그런데 샤일록은 더욱 친절하게 안토니오의 사랑을 받고 싶다는 듯이 반 복해서 말했다.

"원하는 3천 더커트를 빌려드리겠지만 이자는 필요 없습니다. 그저 나와 함께 변호사를 찾아가 차용증에 서명만 해주면 됩니다. 장난삼아 혹시 당신이 정해진 날짜까지 돈을 갚지 못한다면 당신의 살점 1파운드만, 내가 원하는 부위에서 떼어낸다는 단서를 붙이겠습니다."

　"좋소, 그 차용증에 서명하겠소. 그리고 유대인에게도 친절한 마음이 있다는 걸 인정하겠소."

　바사니오는 자신을 위해 안토니오가 그런 차용증에 서명해서는 안 된다고 말렸지만, 안토니오는 변제 기일까지는 빌린 돈의 몇 배의 가치가 있는 물건을 실은 배가 돌아오니 차용증에 서명해도 문제가 없다며 고집을 꺾지 않았다.

　샤일록이 두 사람의 언쟁을 듣고 소리쳤다.

　"허어, 우리의 위대한 조상 아브라함 님! 이 기독교도들은 왜 이렇게 의심이 많은 겁니까! 자신들이 악덕 장사꾼들이라 남의 호의도 의심을 하는군요. 이봐요, 바사니오 씨. 한 가지만 묻겠소. 만약 사람 좋은 안토니오 씨가 변제 기일을 어겼다고 내가 빚 독촉을 한들 얻는 게 뭐가 있겠소? 1파운드의 살점을 떼어낸다고 해도 그건 양고기나 소고기만큼의 가치도 없을 테니 아무 돈벌이도 되지는 않소. 안 그래요? 나는 안토니오 씨와 친하게 지내고 싶어서 친절을 베풀겠다고 제안을 하는 거요. 하지만 내 호의가 필요 없다면 맘대로 하시오. 그럼, 잘들 가시오."

샤일록이 아무리 호의를 베풀고 있다고 설명했지만, 바사니오는 자기 때문에 그런 잔혹한 대가를 치를 수도 있는 모험을 하는 데 반대했다. 그러나 안토니오는 결국 그 차용증에 서명을 하고 말았다. 정말로 샤일록이 말한 대로 그저 장난에 불과하다고 여겼기 때문이다.

바사니오가 결혼하고 싶어 하는 돈 많은 상속녀는 베니스에서 가까운 벨몬트(아름다운 언덕이라는 가상의 지명)라는 곳에 살고 있었다. 그녀의 이름은 포셔였고 아름다운 심성과 외모가 로마 정치가 카토의 딸이자 브루투스의 아내인 그 유명한 포셔에게 뒤지지 않을 정도였다.

바사니오는 친구 안토니오가 고맙게도 목숨을 걸고 돈을 빌려주었기에 화려한 행렬을 이끌고 그레시아노라는 시종과 함께 벨몬트를 향해 출발했다.

바사니오의 청혼이 성공해 얼마 뒤 포셔는 바사니오를 남편으로 받아들이는 데 동의했다. 바사니오는

"내게는 재산이 없소. 내가 자랑할 수 있는 건 고귀한 태생과 훌륭한 조상님들뿐이오."라고 포셔에게 고백했다. 포셔는 훌륭한 성품 때문에 바사니오를 사랑했으며 남편의 재산이 한 푼도 없더라도 불편하지 않을 만큼의 재산을 가지고 있어 다소곳하고 진실 된 마음으로 이렇게 말했다.

"당신에게 어울리는 아내가 되기 위해 저는 지금보다도 천 배 더

아름다워지고 만 배 더 부자가 되겠어요."

그리고 재기발랄한 포셔는 귀엽게 자신을 낮추며 이렇게 덧붙여 말했다.

"저는 교양도, 배운 것도, 경험도 부족한 여자지만 배울 수 없을 만큼 나이를 먹지는 않았으니 무슨 일이든 겸손한 마음으로 당신의 뜻에 따를 생각이에요."

그리고 다시 이렇게 말했다.

"저와 제가 가진 모든 것을 이제는 당신 명의로 바꾸겠어요. 바사니오 님, 저는 어제까지 이 아름다운 저택, 모든 하인들의 주인이었죠. 하지만 이제부터 이 저택과 하인들, 저까지 당신의 것입니다. 저의 주인님, 이 반지와 함께 모든 걸 다 받아주세요."

포셔는 이렇게 말하고 바사니오에게 반지를 건넸다.

바사니오는 부자인 데다가 고상한 포셔가 자신처럼 가난한 남자를 너그럽게 받아 주어서 감사와 놀라움에 압도당했다. 이렇게 자신을 예우해주는 아가씨에게 고작해야 사랑과 감사의 말밖에 해줄 것이 없었다. 그리고 반지를 받아들며 결코 손가락에서 빼지 않겠다고 맹세했다.

포셔가 바사니오의 순종을 다하는 아내가 되겠다며 정숙하게 약속을 한 순간, 그레시아노와 포셔의 시종 네리사는 각각 자신의 주인 곁을 지키고 있었다. 그레시아노는 바사니오와 자상한 아가씨에게 축하인사를 한 뒤에 자신도 동시에 결혼식을 올리고 싶다며 허락을 청했다.

"그레시아노, 결혼 상대만 있다면 기꺼이 허락하겠네."라고 바사니오가 말했다.

"실은 포셔 아가씨의 시녀 네리사를 사랑하고 있습니다. 네리사는 아가씨가 바사니오 님의 청혼을 받아들이신다면 제 아내가 돼 주겠다고 약속해 주었습니다."

"네리사, 그게 정말이니?"

"네, 아가씨. 정말입니다. 결혼만 허락해주신다면."

포셔가 기꺼이 동의해주자 바사니오가 즐거워하며 말했다.

"그럼 우리의 결혼식이 너희 두 사람의 결혼 덕분에 더욱 빛나겠구나."

두 쌍의 연인들의 행복은 바로 그때 방으로 들어온 한 전령에 의해 아쉽게도 산산이 부서지고 말았다. 이 전령은 너무나도 두려운 소식을 담은 안토니오의 편지를 가지고 왔다. 바사니오가 안토니오의 편지를 읽는 모습을 본 포셔는 누군가 아주 친한 벗의 죽음을 알리는 편지가 아닐까 걱정했다. 바사니오의 얼굴이 그만큼 새파랗게 질려 있었던 것이다.

"대체 무슨 편지인데 그렇게 걱정스런 얼굴을 하시나요?"

"아아, 사랑스러운 포셔, 이 편지에는 이제껏 편지에 적혀 있던 적이 없었던 불길한 내용이 적혀 있소이다. 오오, 내 사랑, 내가 그대에게 처음 사랑 고백을 했을 때, 내가 가진 재산이라고는 내 몸속을 흐르는 피뿐이라고 털어놓았소. 사실대로 말하자면 단 한 푼도 없다고 하는 게 좋을 거요. 왜냐하면 나는 빚을 지고 있으니까."

바사니오는 안토니오에게 돈을 빌린 것과 안토니오가 그 돈을 샤일록이라는 유대인에게서 조달했다는 것, 그리고 그 돈을 기일 내에 변제하지 못할 시에는 계약 위반으로 1파운드의 살점을 떼어내기로 약속하는 차용증을 쓴 것에 대한 이야기를 포셔에게 털어놓았다. 그리고 바사니오는 안토니오의 편지를 읽어 내려갔다. 그 내용은 다음과 같았다.

'친애하는 바사니오 군. 내 소유의 배들이 전부 사라져 버렸네. 유대인과 약속했던 기한도 다됐네. 차용증에 적은 약속을 지키면 나는 더 이상 살 수 없을 테니 죽기 전에 마지막으로 자네를 한 번 보고 싶군. 하지만 자네가 원하는 대로 하게. 나에 대한 우정 때문에 나를 찾아오는 것이 아니라면 이 편지를 봤다고 해서 무리를 할 필요는 없네.'

"아아, 나의 사랑스런 연인이여, 어서 떠날 채비를 하십시오. 제가 사랑하는 바사니오 님 때문에 이 친절하신 친구 분이 머리카락한 올이라도 다치기 전에요. 빌린 돈의 20배가 되는 금화를 드리겠습니다. 당신은 힘들게 얻은 제 사랑입니다. 그러니 그만큼 소중하게 여겨야겠죠."

그리고 포셔는 자신의 재산을 쓸 수 있는 법적 권리를 바사니오에게 주기 위해 바사니오가 떠나기 전에 결혼식을 올리자고 제안했다. 그래서 그 날 안에 두 사람은 결혼식을 올렸다. 또한 그레시아노와 네리사도 혼인을 했다. 결혼식이 끝나자마자 바사니오와 그레시아노는 서둘러 베니스로 떠났다. 바사니오가 베니스에 도착해보니 안토니오는 감옥에 갇혀 있었다.

변제 기일이 지나 있었기에 잔인한 유대인은 바사니오가 내미는 돈은 받으려 하지 않고 끝까지 안토니오의 몸에서 1파운드의 살점을 떼어내겠다고 고집을 부렸다. 이 충격적인 소송은 베니스의 공작에 의해 재판 날짜가 결정됐고, 바사니오는 숨이 멎을 듯 불안한 마음으로 재판 날짜만 애타게 기다려야 했다.

포셔는 남편과 헤어질 때 남편을 위로하며 돌아올 때는 소중한 친구 분을 꼭 함께 모시고 오라고 신신당부를 했다. 하지만 안토니오에게 무슨 일이 생기는 게 아닐지 걱정스러워 혼자 남게 되자 자신의 소중한 남편 바사니오의 친구를 살리기 위해 뭔가 도움이 될 만한 것이 없을지 곰곰이 생각하기 시작했다. 남편에게 경의를 표하기 위해 아내로서의 순종과 무슨 일이든 훌륭한 남편의 지혜를 따르겠다고 맹세했음에도 불구하고, 존경하는 남편의 친구를 어떡하든 위험에서 구해내야 하는 지금, 포셔는 자신의 힘을 털끝만치도 의심하지 않고 자신의 냉정하고 정확한 판단에 따라 베니스로 달려가 안토니오를 변호하기로 결심했다.

포셔의 친척 중에는 벨라리오라는 법률 고문이 있었다. 포셔는 이 친척에게 편지를 보내 소송 사건에 대해 말해주고 의견을 구했다. 그리고 조언과 함께 변호사 의상을 함께 보내달라고 부탁했다.
전령은 어떻게 일처리를 해야 하는지에 대한 벨라리오의 조언을
적은 편지와 함께 변호사에게 필요한 모든 의상을 들고 왔다.

포셔는 남장을 했고 시녀 네리사에게도 남장을 시켰다. 그리고
변호사 복장을 한 뒤, 네리사를 서기로 대동하고 아침 일찍 출발해
공판 당일에 베니스에 도착했다. 공작과 상원의원들 앞에서 막 재
판의 심리가 펼쳐지려고 하는 찰나, 포셔가 고등법정에 나타나 벨
라리오의 편지를 제출했다. 이 박학다식한 고문 변호사는 공작에
게 다음과 같은 내용의 편지를 보냈다.

'실은 소생이 직접 출두해 안토니오의 변호를 하고 싶지만 병으
로 인해 꼼짝을 할 수 없습니다. 그러니 소생의 대리인인 박식한
젊은 밸다자(포셔의 가명) 박사가 변호하는 것을 허락해 주시길 바
랍니다.'

공작은 일단 허락은 했지만 변호사 법복과 커다란 가발로 교묘하
게 변장한, 한 번도 본 적이 없는 젊은 변호사를 상당히 의아하게
여겼다.

드디어 아주 중요한 재판이 시작됐다. 포셔는 주변을 둘러본 다
음 인정머리 없는 유대인을 보고, 바사니오를 훑어 봤지만 바사니
오는 포셔의 변장한 모습을 눈치 채지 못했다. 바사니오는 안토니
오의 곁에 서서 친구에 대한 걱정과 공포로 질려 있었다.

포셔가 맡은 책임은 많은 체력이 요구되는 데다 매우 중요한 것

이었기 때문에 이 연약한 아가씨는 더욱더 용기를 내서 자신이 맡은 임무를 대담하게 처리하기 시작했다. 그리고 제일 먼저 샤일록에게 말을 걸어 베니스 법률에 따라 차용증에 적힌 대로 빚을 받아낼 권리가 있다는 걸 인정한 뒤, 자비라는 고귀한 희생에 대해 무자비한 샤일록의 마음을 제외하고 모든 사람들의 마음을 흔들 만큼 감동적인 변론을 했다.

"자비라는 것은 은혜의 빗줄기처럼 하늘에서 대지에 뿌려지는 비와 같은 것이다. 자비에는 두 종류의 축복이 있다. 베푸는 자도, 받는 자도 모두 축복을 받기 때문이다. 자비란 신 자신의 속성이기 때문에 왕에게 있어 왕관보다 더 필요한 것이다. 자비가 정의를 이루어 나갈 때 이 세상의 권력은 신의 힘에 가까워지는 것이다. 우리는 누구나 신의 자비심을 바라지만 샤일록이여, 그때 바로 그 기도가 타인에게도 자비를 베풀어야 한다는 것을 우리에게 가르쳐 주고 있다는 사실을 잊어서는 안 되오."

그러나 샤일록은 그에 대한 대답으로 차용증에 서명한 대로의 처벌을 원한다고 말했다.

"안토니오는 돈을 갚을 수 없는가?"라고 포셔가 물었다. 그러자 바사니오는 유대인에게 3천 더커트의 몇 배가 됐든 원하는 만큼 지불하겠다고 했지만, 샤일록은 그의 제안을 거절한 채 끝까지 안토니오의 살점 1파운드를 원한다고 주장했다. 그래서 바사니오는 박사인 젊은 변호사에게 안토니오의 목숨을 구하기 위해 법 적용을 완화시켜 달라고 간청했다. 하지만 포셔는 한 번 정해진 법률은 결코 바꿀 수 없다고 엄중하게 대답했다.

샤일록은 포셔가 법률을 바꿀 수 없다고 말하자 자신의 편이라고 믿으며 이렇게 말했다.

"명재판관 다니엘 님(기원전 6세기 히브리의 예언자. 「다니엘서」 참조)의 재림이다. 오오, 젊고 현명하신 재판관님. 당신을 진심으로 존경합니다! 겉보기보다 훨씬 훌륭하십니다."

그러자 포셔는 샤일록에게 차용증을 보여 달라고 한 뒤 다 읽고 나서 이렇게 말했다.

"이 차용증은 이미 기한이 지났소. 이로써 유대인은 합법적으로 안토니오의 심장에서 가장 가까운 살점 1파운드를 떼어낼 권리가 있소."

포셔는 이렇게 말한 뒤 다시 샤일록에게 말을 걸었다.

"하지만 자비를 베풀길 바라오. 돈을 돌려받고 차용증은 내가 찢어버리게 해주시오."

그러나 냉혹한 샤일록은 자비는커녕 이렇게 말했다.

"제 영혼을 걸고 맹세하건대 누가 뭐라고 하든 간에 제 마음은 변함이 없습니다."

"그렇다면 안토니오, 이제 당신의 가슴을 열어 칼을 받을 준비를 하시오."라고 포셔가 말했다. 그리고 샤일록이 1파운드의 살점을 도려내기 위해 열심히 칼을 갈고 있는 동안 안토니오에게 이렇게 물었다.

"그대는 마지막으로 하고 싶은 말이 없소?

안토니오는, 자신은 죽을 각오가 돼 있으니 달리 할말이 없다며 조용히 포기한 표정으로 대답했다. 그러고 나서 바사니오를 돌아보며 이렇게 말했다.

"바사니오, 악수를 해주게. 잘 있게! 자네 때문에 생긴 일이라고 너무 슬퍼하지 말게나. 자네의 훌륭한 부인에게 안부를 전해주게. 그리고 내가 자네를 얼마나 사랑했는지 말해주게나."

바사니오는 깊은 고뇌에 잠겨 이렇게 대답했다.

"안토니오, 나는 내 목숨과 바꿔도 아깝지 않을 소중한 아내와 결혼했네. 하지만 내 목숨도, 아내도, 아니 이 세상의 그 어떤 것도 자네의 목숨보다 소중한 것은 없네. 자네를 구하기 위해서라면 모든 것을 잃어도 상관없네. 여기 있는 악마에게 지금 당장 희생을 당한다고 해도 상관이 없네."

심성이 착한 포셔는 남편이 안토니오와 같은 성실한 친구에게 의당 바쳐야 할 사랑의 말을, 이렇게까지 강렬하게 표현해도 전혀 섭섭하지 않았지만 이 한마디만은 하지 않을 수 없었다.

"만약 부인이 이 자리에 있어서 당신이 지금 한 말을 들었다면 그다지 달가워하지 않았을 텐데요."

그러자 무슨 일이든 주인의 흉내 내기를 좋아하는 그레시아노는 본인도 바사니오와 같은 말을 하지 않으면 안 되겠다고 생각하고 포셔 옆에서 서기로 변장하고 재판 과정을 기록하고 있던 네리사가 듣는 데서 이렇게 말했다.

"내게도 아내가 있소. 맹세코 사랑하고 있소. 하지만 차라리 아내가 천국에 있었으면 좋겠소. 만약 이 들개 같은 유대인의 사악한 마음을 바꿔 달라고 신에게 기도 할 수 있다면."

"그런 말은 부인이 듣지 않는 곳에서 하는 게 좋을 겁니다. 그렇지 않으면 집안에 불화가 생길 테니까요."라고 네리사가 말했다.

샤일록은 더 이상 참지 못하고 소리를 질렀다.

"에이, 완전히 시간 낭비요. 빨리 판결을 내려주시오."

순식간에 법정에 무서운 공포가 엄습했다. 그리고 모든 사람의 마음은 안토니오를 동정하는 안타까운 마음뿐이었다.

포셔는 살점의 무게를 달 저울을 가져 왔는지 물었다. 그리고 유대인에게 말했다.

"샤일록, 외과의사도 부르지 않으면 안 되오. 안토니오가 출혈과다로 사망하면 곤란하니까."

그러나 샤일록의 목적은 안토니오가 출혈과다로 사망하는 것이었기에 이렇게 말했다.

"차용증에는 그런 내용이 적혀 있지 않소."

"차용증에는 적혀 있지 않지만 그게 어쨌다는 말이오? 그 정도는 해주는 게 자비를 위해 좋을 것 같소."

이 말에 샤일록은 이렇게만 대답했다.

"없습니다. 차용증에는 적혀 있지 않네요."

"그렇다면 안토니오의 살점 1파운드는 그대의 것이오. 법률이 그것을 인정하고, 법정이 그것을 허락하겠소. 안토니오의 가슴에서 살점을 떼어내시오. 법률이 그것을 인정하고, 법정이 그것을 허락하겠소."

"오오, 현명하고 공명정대하신 재판관님!"

샤일록은 한 번 더 소리치고 다시 긴 칼을 간 뒤 살기 넘치는 눈으로 안토니오를 바라보며 "자아, 각오해라!"라고 말했다.

"유대인이여, 잠시 기다리시오."라고 포셔가 말했다.

"아직 할말이 남았소. 이 차용증에는 그대에게 피 한 방울이라도 주겠다는 말은 없소. 증서에는 분명히 살점 1파운드라 적혀 있소. 만약 1파운드의 살점을 떼어낼 때 기독교도가 피를 단 한 방울이라도 흘린다면 그대의 땅과 재산은 법률에 의거해 베니스 정부에 몰수당하게 될 거요."

샤일록이 안토니오에게서 피 한 방울도 흘리지 않고 1파운드의 살점을 떼어내는 것은 불가능한 일이니, 차용증에 명기돼 있는 것은 살점이지 피가 아니라는 포셔의 기발하고도 현명한 착상 덕에 안토니오는 생명을 건질 수 있었다. 그러자 사람들은 한데 입을 모아 이런 편법을 생각해 낸 젊은 변호사의 뛰어난 지략을 극찬했고 상원 건물이 떠나갈 만큼 우레와 같은 박수갈채가 일어났다. 그러자 그레시아노는 샤일록이 했던 말을 그대로 빌려 큰소리로 외쳤다.

"오오, 현명하고 공명정대한 재판관님! 유대인, 들었는가? 다니엘 님께서 재림하셨다!"

샤일록은 자신의 잔인한 계획이 실패로 끝났다는 걸 깨닫자 실망한 표정으로 그럼 돈이라도 받아 가겠다고 말했다.

바사니오는 안토니오가 구사일생으로 살아나자 뛸듯이 기뻐하며 "자아, 돈은 여기 있다!"라고 큰소리로 외쳤다. 그러나 포셔가 막고 나서 이렇게 말했다.

"기다리시오. 서두를 필요 없소. 유대인은 차용증에 기입된 것밖에 받을 수 없소. 그러니 샤일록, 살점을 떼어낼 준비를 하시오. 하지만 잘 들으시오. 한 방울이라도 피를 흘려서는 안 되오. 1파운드의 살점, 그것보다 많아서도 적어서도 안 되오. 단 한 치의 오차라도 있다면, 아니 털끝만큼의 차이라도 있다면 그대는 베니스의 법률에 따라 사형 선고와 함께 전 재산을 몰수당할 것이오."

"원금을 주십시오. 그리고 저를 돌려보내 주십시오."

"자아, 여기 있다. 받아라."라고 바사니오가 말했다.

샤일록이 돈을 받아들려고 하자 포셔가 또 다시 막고 나섰다.

"유대인, 기다려라. 법률은 그대에게 아직 용건이 남아 있다. 베니스의 법률이 정한 대로 너의 재산은 나라에 몰수될 것이다. 시민의 목숨을 빼앗으려고 한 벌이다. 그리고 네 목숨은 공작님 손에 달려 있다. 그러니 무릎을 꿇고 공작님께 자비를 구하는 게 좋을 것이다."

그러자 공작은 샤일록에게 이렇게 말했다.

"우리 기독교도들의 자비심을 보여주기 위해 네가 청하지 않더라도 목숨은 살려주마. 네 재산의 반은 안토니오에게, 나머지 반은 국가에 귀속시키겠다."

그러자 너그러운 안토니오는 이렇게 말했다.

"만약 샤일록이, 죽은 뒤에 자신의 재산 중에 내가 받을 몫을 딸과 사위에게 물려준다는 각서에 서명한다면, 나는 내 몫을 샤일록에게 되돌려주겠습니다."

왜냐하면 샤일록에게는 딸이 한 명 있는데 최근 샤일록의 반대를 무릅쓰고 안토니오의 친구인 로렌조라는 젊은 기독교도와 결혼했고, 이에 화가 단단히 난 샤일록이 딸과 인연을 끊었다는 사실을 안토니오가 잘 알고 있었기 때문이다.

유대인은 이 제안에 동의했다. 자신의 복수가 실패로 돌아간 것은 물론이고 재산까지 몰수당한 샤일록이 이렇게 말했다.

"몸이 불편하니 집으로 돌아가게 해주십시오. 나중에 각서를 보내주시면 전 재산의 반을 딸에게 유산으로 남기겠다고 서명하겠습니다."

"그럼, 물러가도 좋다. 그리고 반드시 각서에 서명을 하라. 만약 네가 저지른 만행을 후회하고 기독교도로 개종을 한다면 국가가 몰수한 나머지 재산의 반도 돌려주겠다."

공작은 안토니오를 석방하고 폐정을 선언했다. 그리고 젊은 변호사의 창의적인 지혜를 격려하기 위해 집으로 식사 초대를 했다. 포셔는 남편보다 일찍 벨몬트로 돌아가기 위해 이렇게 대답했다.

"각하, 진심으로 감사합니다. 하지만 바로 돌아가지 않으면 안 됩니다."

공작은 변호사가 만찬을 함께 즐길 시간이 없다는 걸 아쉬워하며 안토니오에게 이렇게 덧붙였다.

"이 젊은 변호사에게 감사의 뜻을 전하라. 하마터면 큰일 날 뻔했구나."

공작과 상원의원들은 퇴정했다. 그리고 바사니오는 포셔에게 이렇게 말했다.

"존경스런 변호사님, 저와 친구 안토니오는 오늘 당신의 지혜 덕에 가혹한 형벌을 면하게 됐습니다. 그러니 부디 유대인에게 지불하기로 했던 3천 더커트를 받아주십시오."

안토니오도 이 말에 덧붙여 말했다.

"그뿐만이 아니라 평생 갚기 힘든 은혜를 입었으니 앞으로 평생 당신을 존경하고 도움을 드리도록 하겠습니다."

포셔는 아무리 부탁을 해도 돈을 받으려 하지 않았다. 하지만 바사니오가 너무나 집요하고 간절하게 사례를 받길 청하자 이렇게 말했다.

"그렇다면 당신의 장갑을 주십시오. 당신을 기억하며 그 장갑을 끼기로 하겠습니다."

바사니오가 장갑을 벗자 그의 손가락에 자신이 선물한 반지가 끼워져 있는 게 보였다. 포셔는 장난기가 발동해 나중에 바사니오가 집에 돌아오면 놀려주기 위해 반지를 빼앗기로 작정했던 것이다. 그래서 장갑을 달라고 했고 손가락에 끼워져 있는 반지를 보고 이렇게 말했다.

"정 그렇게 말씀하신다면 그 반지를 제게 주십시오."

바사니오는 절대로 내어줄 수 없는 것을 달라는 변호사의 말에 깜짝 놀라 허둥대며 대답했다.

"이 반지는 드릴 수 없습니다. 아내에게 받은 결혼 예물로 절대 손가락에서 빼지 않겠다고 약속했으니까요. 그 대신 베니스에서 가장 비싼 반지를 선물로 드리겠습니다. 당장 수소문을 해서 찾도록 하겠습니다."

이 말을 들은 포셔는 감정이 상한 척하면서

"당신은 뭔가를 달라고 보채면 어떤 취급을 당하는지 가르쳐 주고 있군요."라고 내뱉으며 법정을 떠났다.

"이보게, 바사니오."

안토니오가 말했다.

"그 반지를 건네주게나. 나에 대한 우정과 변호사에 대한 은혜를 생각해서 부인의 감정이 조금 상하는 것쯤은 참아줄 수 없겠는가?"

바사니오는 자신이 은혜도 모르는 배은망덕한 인간으로 여겨지는 게 부끄러웠기에 안토니오의 뜻에 따라서 그레시아노에게 반지를 건네주며 포셔의 뒤를 쫓아가라고 시켰다. 그러자 서기인 네리사도 그레시아노에게 자신이 결혼 예물로 준 반지를 달라고 졸랐다. 그러자 그레시아노는 흔쾌히 네리사에게 자신의 반지를 빼 주었다.

두 여인은 반지가 없다고 집에 돌아온 남편들을 추궁할 때, 혹시 다른 여자에게 빼준 게 아니냐며 따지자고 말하며 즐겁게 웃었다.

포셔는 집에 돌아오는 길에 선행을 했을 때 항시 동반되는 행복감에 가득 차 있었다. 활기찬 기분이었기에 무엇을 보아도 마음이 즐거웠다. 달이 이렇게 휘황찬란하게 보였던 적이 없었다. 그 아름다운 달이 구름 사이로 사라질 무렵 포셔는 자신의 집에서 새어나오는 한 줄기 빛조차도 너무도 반갑고 아름답게 보였다. 그래서 네리사에게 이렇게 말했다.

"저 멀리 보이는 빛은 우리 집 거실에서 새어나오는 불빛이겠지? 작은 촛불이 이렇게 멀리까지 비추다니. 저 촛불과 마찬가지로 선행도 더러운 세상을 비추는 불빛일 거야."

자신의 저택에서 음악소리가 들려오는 것을 듣고 포셔는 다시 말했다.

"저 음악소리는 낮에 듣는 것보다도 훨씬 더 아름답게 들리는 것 같아."

그리고 포셔와 네리사는 집 안으로 들어섰다. 각자 자신의 옷으로 갈아입고 남편들의 귀가를 기다렸다. 그로부터 얼마 지나지 않아 남편들이 안토니오와 함께 돌아왔다. 바사니오가 친구를 포셔에게 소개하고, 포셔의 축하와 환영 인사가 채 끝나기도 전에 방 한쪽 구석에서 그레시아노와 네리사가 부부싸움을 하고 있는 모습을 발견했다.

　"벌써 부부싸움인가요? 대체 무슨 일이죠?"라고 포셔가 말했다.

　"마님, 네리사가 선물한 아주 사소한 금도금 반지 때문입니다. 철물점 칼에 흔히 새겨져 있는 시처럼 '나를 사랑하고 버리지 말아주오.'라는 글귀가 새겨진 것이죠."라고 그레시아노가 대답했다.

　"시나 반지 값이 대체 어쨌다는 거예요?"라고 네리사가 말했다.

　"제가 그 반지를 줬을 때 죽을 때까지 간직하겠다고 맹세하지 않았나요? 그런데 당신은 그걸 변호사 서기에게 줬다는 말인가요? 다른 여자한테 줬다는 걸 다 알고 있어요."

　"이 손을 걸고 맹세하겠소. 반지는 젊은 서기에게 주었소. 아직 어린 소년으로 당신 정도의 키의 못생긴 친구에게. 그 친구는 현명한 변호로 안토니오 님의 목숨을 구해준 젊은 변호사의 서기란 말이오. 그 말 많은 친구가 보수로 그 반지를 달라고 하도 보채기에 어쩔 수 없이 줬단 말이오."

　그러자 포셔가 말을 막고 나섰다.

　"그럼 당신이 잘못했네요, 그레시아노. 아내가 처음 선물한 것을 쥐버리다니. 나도 바사니오 님에게 반지를 선물했지만 내 남편께서는 아무리 이 세상을 다 준다고 해도 반지와 바꾸지 않을 거라고 믿어요."

그래서 그레시아노는 자신의 실수에 대해 이렇게 변명을 했다.

"바사니오 님도 변호사에게 반지를 주셨습니다. 그 모습을 본 서기가 제게 반지를 달라고 한 겁니다."

포셔는 이 말을 듣고 화가 단단히 난 듯이 바사니오에게 말했다.

"어째서 반지를 빼 주셨죠? 어떻게 된 일인지 네리사가 잘 알려준 것 같네요. 어디 다른 여자에게 준 게 분명해요."

바사니오는 사랑하는 아내가 이렇게 마음 아파하는 것을 비통해하며 아주 진지하게 이렇게 말했다.

"아니오. 명예를 걸고 말하건대 다른 여자에게 주지 않았소. 고상한 박사로 3천 더키트를 준다고 했지만 다 필요 없고 반지만 달라고 했소. 내가 딱 잘라 거절하자 마음이 상한 듯 돌아서 버렸소. 너그러운 포셔, 내가 어떻게 했으면 좋았겠소? 나는 배은망덕한 인간이라 여겨지는 것이 너무나 부끄러웠소. 그래서 할 수 없이 반지를 건네 줄 수밖에 없었소. 포셔, 부디 용서해 주길 바라오. 하지만 당신도 그 자리에 함께 있었다면 틀림없이 그 훌륭한 박사에게 반지를 주라고 했을 거요."

"아아! 안타깝게도 내가 부부싸움의 원인이 됐군."하며 안토니오가 탄식을 했다.

"이 일로 너무 애석해하지 마세요. 당신을 환영하는 마음에는 조금도 변함이 없습니다."라며 포셔가 안토니오에게 말했다. 그러자 안토니오가 이렇게 대답했다.

"저는 단 한 번, 바사니오를 위해 제 몸을 담보로 걸었습니다. 남편이 반지를 건네준 변호사가 없었더라면 저는 지금쯤 이 세상 사람이 아니었을 겁니다. 저는 이번에 다시 제 영혼을 걸겠습니다. 남편은 앞으로 결코 당신과의 맹세를 깨지 않을 겁니다."

"그렇다면 보증인이 돼 주세요. 이 반지를 남편에게 건네주고 이전의 반지보다 더 소중히 간직하라고 말씀해 주세요."

바사니오는 이 반지를 보자마자 자신이 변호사에게 건네준 반지와 똑같다는 것을 깨닫고 너무나 의아해서 깜짝 놀랐다. 그러자 포셔가, 자신이 바로 그 변호사였고 네리사가 서기였다고 털어놓았다. 바사니오는 안토니오의 목숨을 구해 준 것이 아내의 고귀한 용기와 지혜였다는 사실을 깨닫고 말로 형언할 수 없을 만큼 깜짝 놀랐고 또한 매우 기뻤다.

그리고 포셔는 다시 한 번 안토니오를 환영하면서 우연한 기회에 자신의 손에 들어온 편지를 안토니오에게 건네주었다. 그 편지에는 난파됐다고 생각했던 안토니오의 배가 무사히 항구에 도착했다는 보고가 적혀 있었다.

이렇게 해서 이 유복한 상인 이야기의 비극적이던 출발은 뜻밖에 찾아온 행운 덕에 깨끗이 잊혀졌다. 그리고 시간이 날 때마다 반지

에 대한 모험담과, 자신의 아내를 알아차리지 못한 남편을 이야깃
거리로 삼아 웃음꽃을 피웠다. 그레시아노는 음률에 맞는 시로 유
쾌한 맹세를 했다.

앞으로 평생 무엇보다 조심해야 하는 것
그것은 네리사의 반지를 평생 소중히 간직하는 것.

헛소동

시칠리아 섬 메시너 왕궁에 헤로와 베아트리체라는 두 여인이 살았다. 헤로는 메시너의 총독 레오나토의 딸이고, 베아트리체는 조카딸이었다.

베아트리체는 성격이 매우 쾌활하여 언제나 기발하고 재치 넘치는 농담을 해서 신중한 성격의 헤로를 즐겁게 해주기를 좋아했다. 쾌활한 베아트리체에게는 눈앞에서 벌어진 모든 일들이 농담거리가 됐다.

두 여인의 이야기는 젊은 귀족 장교들이 등장하며 시작된다. 그들은 이제 막 전쟁을 끝내고 개선하는 도중에 메시너를 지나게 돼, 레오나토 총독을 방문하기로 했다. 그들은 이번 전쟁에서 혁혁한 공을 세운 전쟁 영웅들이었다. 그중에는 아라곤의 영주 돈 페드로와 그의 친구 피렌체의 귀족 클로디오가 있었다. 또 성격은 까다롭지만 재기 넘치는 재담가인 베네딕도 함께 왔다. 베네딕은 파도바의 귀족이었다.

그들은 전에도 메시너 궁정에 온 적이 있었기에, 사교적인 레오나토 총독은 딸과 조카딸에게 너희들의 옛 친구이자 지인들이 찾아왔노라고 말했다.

베네딕은 방으로 들어서자마자 곧바로 레오나토 총독과 돈 페드로 영주에게 활기차게 잡담을 늘어놓기 시작했다. 베아트리체는 원래 어떤 대화도 잠자코 듣고만 있기를 싫어해서 베네딕의 말을 가로막고 이렇게 말했다.

"베네딕 씨, 언제까지 그렇게 혼자 말씀하실 건가요? 누구 한 사람 듣고 있지 않잖아요."

베네딕은 베아트리체 못지않게 말이 많았지만 그녀의 이런 무례한 인사가 불쾌했다. 이런 되바라진 말투는 좋은 집안에서 자란 처녀에게는 어울리지 않는다고 생각했다. 이전에 메시너에 왔을 때도 베아트리체가 자신을 장난거리로 삼았던 기억이 떠올랐다. 남을 골탕 먹이기 좋아하는 사람일수록 자신이 그렇게 되기는 싫어하는 법인데, 베네딕과 베아트리체야말로 바로 그런 부류였다. 전에도 이 재치 발랄한 둘은 얼굴만 맞대면 서로 냉소와 조롱을 퍼붓다가 결국에는 안 좋게 헤어지기 일쑤였다.

따라서 지금 베네딕이 한창 말하는 중에 베아트리체가 아무도 듣지 않는다며 말꼬리를 자르자, 베네딕은 베아트리체가 거기 있는 걸 전혀 몰랐다는 듯이 이렇게 되받아쳤다.

"이런, 이런. 오랜만이네요, 콧대 높으신 아가씨. 아직 무사히 살아 계셨군요?"

이렇게 또 다시 언쟁이 시작됐고, 시끄러운 실랑이가 끝날 줄을 몰랐다. 베아트리체는 베네딕이 이번 전쟁에서 훌륭히 용맹을 떨친 것을 알면서도 일부러 이렇게 말했다.

"당신이 전쟁터에서 죽인 사람만큼, 난 남김없이 먹어치워 보이겠어요."

그리고는 돈 페드로 영주가 베네딕의 이야기를 재미있어하는 모습을 보고

"당신은 영주의 어릿광대군요."라고 비아냥거렸다.

이 신랄한 비아냥거림은 이제껏 베아트리체가 한 말 중에서 최고로 베네딕의 심장을 찌르는 비수가 됐다. 전쟁터에서 죽인 사람만큼 남김없이 먹어 보이겠다며 베네딕의 공을 비꼬았을 때는 베네딕 스스로 용맹한 군인이라는 자부심이 있어서 전혀 신경 쓰지 않았다. 하지만 어릿광대라는 말은 참을 수가 없었다. 왜냐하면 그런 비난은 가끔 진실을 꿰뚫기도 해서 평소 베네딕이 영주의 마음에 들기 위해 신경 써 왔던 터라 뜨끔했기 때문이다. 따라서 베네딕은 베아트리체가 자신을 '영주의 어릿광대'라고 불렀을 때, 마음속

깊이 베아트리체를 증오했다.

정숙한 숙녀인 헤로는 귀족 손님들 앞에서 얌전히 입을 다물고 있었다. 클로디오 경은 한동안 못 본 사이 더욱 아름다워진 헤로를 힐끔힐끔 쳐다보며 그 아름답고 고상한 기품에 마음을 빼앗겼다(왜냐하면 그녀는 실제로 훌륭한 처녀였기 때문이다). 한편 돈 페드로 영주는 베네딕과 베아트리체의 우스꽝스런 대화를 듣고 아주 재미있어했다. 그리고 레오나토 총독에게 조용히 속삭였다.

"정말 쾌활한 아가씨군요. 베네딕과 결혼한다면 둘이 아주 잘 어울리겠습니다."

레오나토는 이 제안에 이렇게 대답했다.

"아닙니다, 영주님. 둘이 결혼하면 일주일도 안 돼서 싸우다 미쳐버릴 겁니다."

레오나토 총독은 둘이 부부가 되면 얼마 못 갈 것이라고 생각했지만 돈 페드로 영주는 이 날카롭고 재치 넘치는 두 사람을 맺어줘야겠다는 생각을 버리지 못했다.

페드로 영주는 클로디오와 함께 총독 저택을 뒤로했을 때 베네딕과 베아트리체의 결혼 계획을 세우면서 이 유쾌한 일행들 중에서 또 한 쌍의 부부가 탄생할지도 모르겠다는 생각을 했다. 클로디오가 헤로를 입에 침이 마르도록 칭찬하는 걸 보니 그의 심중이 엿보였기 때문이었다. 페드로가 클로디오에게 물었다.

"자네는 헤로를 좋아하고 있지?"

이 질문에 클로디오는 이렇게 대답했다.

"네, 영주님. 이전에 메시너에 왔을 때부터 그녀가 맘에 들었지만 전장에 나가는 군인으로서 사랑할 여유가 없어 그저 바라만 봤습니다. 하지만 지금, 이렇게 행복하고 평화로운 시기가 되니 전쟁에 쏟아 부었던 열정이 사라지고 그 자리에 부드럽고 섬세한 감정이 싹트기 시작했습니다. 그런 저의 모든 마음이 헤로라는 처녀가 얼마나 아름다운지 깨닫게 해주었고, 출정하기 전부터 헤로를 사모했다는 것을 일깨워주고 있습니다."

영주는 클로디오 경의 헤로에 대한 사랑고백에 감동을 받아 아침 일찍 레오나토 총독에게 클로디오를 사위로 맞아주길 바란다고 요청했고, 레오나토 총독은 흔쾌히 수락했다. 클로디오는 빼어난 재능에 고귀한 교양이 몸에 밴 귀족이었으므로, 영주가 정숙한 헤로에게 클로디오 경의 청혼을 받아들이라고 설득하는 건 그리 어려운 일이 아니었다. 이렇게 해서 클로디오는 영주의 도움으로 결국 레오나토 총독의 허락을 받아 결혼식을 서두르게 됐다.

이제 몇 밤만 지나면 결혼식인데도 젊은 클로디오는 기다리는 나날이 너무 길게 느껴져 힘들어 했다. 실제로 대부분의 젊은이들은 그것이 무엇이든 간에 자신이 마음속으로 결정한 일이 이루어질 때까지 참고 기다리기를 힘들어 한다. 그래서 페드로 영주는 클로디오에게 결혼식 전까지 일종의 유쾌한 여흥으로 베네딕과 베아트리체가 서로 사랑에 빠지도록 뭔가 수를 써보자고 제안했다.

클로디오는 영주의 제안이 너무나도 마음에 들어 적극 나서기로 했다. 레오나토 총독도 거들겠다고 약속했다. 게다가 헤로까지 사촌이 훌륭한 남편을 얻을 수 있다면 작은 힘이나마 보태겠다고 말했다.

영주가 생각해낸 계획은, 남자들은 베네딕에게 베아트리체가 그를 사랑한다고 믿게 하는 한편으로 헤로는 베아트리체에게 베네딕이 그녀를 사랑한다고 믿게 하자는 것이었다.

영주, 레오나토 총독, 클로디오가 먼저 작전을 개시했다. 베네딕이 정자에 앉아 조용히 독서를 할 때, 영주와 그의 추종자들이 정자 뒤 가로수 사이에 자리를 잡았다. 세 사람의 이야기가 저절로 베네딕의 귀에 흘러들어갈 수 있는 거리에서 한동안 여유롭게 잡담을 나누다가 페드로 영주가 이렇게 말했다.

"레오나토 총독님, 언젠가 총독님이 말씀하셨던 게 어떤 내용이었죠? 틀림없이 조카따님이 베네딕 군을 연모한다고 하지 않으셨나요? 전혀 눈치 채지 못했는데, 그 처자가 사랑에 빠지다니 말입니다."

레오나토가 대답했다.

"정말입니다. 그 애가 베네딕에게 홀딱 빠져 있을 줄이야. 누가 보더라도 싫어하는 것처럼 보였으니 말입니다."

클로디오는 두 사람의 이야기를 일일이 뒷받침하듯이 이렇게 말했다.

"헤로가 그러는데, 베아트리체는 베네딕을 죽도록 사랑하고 있어서, 만일 베네딕이 똑같은 정도로 사랑해 주지 않는다면 너무 속이 상해 세상을 떠날지도 모른다고 하더군요."

레오나토와 클로디오는 입을 모아 그건 절대 있을 수 없는 일이라고 말했다. 베네딕은 워낙에 여자를 바보 취급하며 거들떠보지도 않는데 베아트리체라면 더더욱 그럴 것이라는 얘기였다.

페드로 영주는 베아트리체를 마음속 깊이 동정하면서 두 사람의 말에 귀를 기울이는 시늉을 하다가 이렇게 말했다.

"이 사실을 베네딕에게 말해주는 것이 좋겠네."

"어째서죠?"

클로디오가 물었다.

"베네딕이 안다면 그걸 웃음거리로 삼아 그 불쌍한 여자를 더욱 힘들게 할 겁니다."

"만약 그런 짓을 한다면 놈의 목을 매달아도 싸지. 베아트리체는 재치 있고 아름답고 모든 면에서 현명한 처녀일세. 베네딕을 사랑하는 것만 제외한다면 말이지."

그리고 페드로 영주는 두 사람에게 이러쿵저러쿵하며 신호를 보냈다. 그리고 뒤에 남겨진 베네딕에게 지금까지 엿들은 이야기에 대해 혼자 천천히 생각할 시간을 주기로 했다.

베네딕은 세 사람의 이야기에 조심스럽게 귀를 기울여 하나도 빠짐없이 들었다. 베아트리체가 자기를 사랑한다는 말을 듣자마자

"정말일까? 정말 그럴까?"하고 중얼거렸다. 그리고 세 사람이 사라지자 혼자서 이렇게 생각했다.

'저렇게 진지하게 이야기하는 걸로 봐서 설마 계략은 아니겠지? 게다가 헤로가 한 말이라고 하는 데다 모두 베아트리체를 동정하는 것 같잖아. 나를 사랑한다고! 그렇다면 대답을 해줘야겠군. 난 결혼 같은 건 한 번도 생각해 본 적이 없어. 왜냐하면 독신인 채로 죽겠다고 선언했을 때는 결혼할 때까지 살아 있을 거라고는 상상조차 하지 않았으니까.

세 사람 다 베아트리체가 정숙하고 아름답다고 했지. 맞는 말이야. 날 사랑하는 것 빼고는 모든 면에서 현명하다고? 하지만 그게 그녀가 바보라는 증거가 될 수는 없어. 이런, 베아트리체가 오는군. 음, 틀림없이 아름다워. 게다가 왠지 사랑 때문에 야위어 보이는 것 같아.'

그때 베아트리체가 다가가 평소의 퉁명스런 말투로 말을 걸었다.

"제 뜻은 아니지만 어쩔 수 없이 찾아 왔어요. 식사 시간이라 모셔오라고 해서요."

이전 같으면 베아트리체에게 이렇게 정중한 태도로 말하지 않았겠지만 자신도 모르게 이렇게 대답했다.

"그것 참 미안하게 됐습니다. 아름다운 베아트리체 님."

그리고 베아트리체가 두세 마디 무례한 말을 내뱉고 사라졌을 때, 베네딕은 베아트리체가 던진 무례한 말 뒤편에 감춰진 친절을 느꼈다. 그리고 다시 이렇게 말했다.

"만약 내가 베아트리체의 가련한 사랑을 받아들이지 않는다면 난 악당이야. 만약 내가 베아트리체를 사랑하지 않는다면 사람도 아니지. 좋아, 그녀의 초상화를 반드시 손에 넣고 말겠어."

베네딕은 이렇게 세 사람이 놓은 덫에 멋지게 걸려들었다. 이제 헤로가 베아트리체에게 덫을 놓을 순서가 됐다. 이 일을 진행시키기 위해 헤로는 자신의 시녀인 어슐라와 마가렛을 불러 마가렛에게 이렇게 지시했다.

"마가렛, 서둘러 손님방에 가 줘. 지금쯤이면 베아트리체가 돈 페드로 영주님과 클로디오 님하고 이야기를 나누고 있을 거야. 베아트리체에게 몰래 귓속말로 나와 어슐라가 과수원을 거닐며 베아트리체에 대해 얘기한다고 해 줘. 베아트리체에게 상쾌한 과수원 정자에 몰래 숨어서 엿들으라고 전하는 거야. 인동덩굴이 해님 덕분에 자란 주제에 은혜도 모르는 신하처럼 완전히 해를 가리고 있다고 말이야."

헤로가 마가렛에게 베아트리체를 꼬여내도록 시켰다. 그 정자는 바로 조금 전 베네딕이 몰래 엿듣고 있었던 바로 그 상쾌한 정자를 말하는 것이었다.

"곧장 달려 나오시도록 만들겠어요, 반드시……"라고 마가렛이 대답했다.

그런 다음, 헤로는 어슐라를 데리고 과수원으로 들어가 이렇게 말했다.

"어슐라, 베아트리체가 오거든 우리는 이 밭길을 거닐며 베네딕 님의 이야기만 하는 거야. 내가 그 분의 이름을 말하거든 너는 그 어떤 분보다 훌륭하신 분이라고 칭찬을 해. 그리고 베네딕이 베아 트리체를 얼마나 사랑하는지 말할 거야. 이제 슬슬 시작하자.

봐, 저기. 베아트리체가 마치 댕기물떼새처럼 몸을 숙이고 달려 오고 있어. 우리 이야기를 엿들으려고 말이야."

그리고 두 사람은 슬슬 이야기를 하기 시작했다. 헤로는 어슐라 가 하는 말에 뭔가 대답을 하는 시늉을 하며 이렇게 말했다.

"안 돼, 어슐라. 안 된단 말이야. 베아트리체는 너무 콧대가 높 아. 마음속은 바위산에 사는 새처럼 내성적이지만 말이야."

"하지만 그게 정말인가요, 베네딕 님이 베아트리체 님을 그렇게 마음속으로 연모하고 계신다는 게요?"

"페드로 영주님께서도 그렇게 말씀하셨고, 내 사랑 클로디오 님 께서도 그렇게 말씀하셨어. 그리고 내게 제발 베아트리체에게 말 좀 전해달라고 부탁까지 하셨어. 하지만 두 분께는 너무 죄송스러 워. 만약 베네딕 님을 진정으로 생각하신다면 베아트리체에게는 절대로 말하지 않는 게 좋을 거라고 말했지."

"맞아요. 베아트리체 님은 베네딕 님이 사랑하고 계신다는 걸 모 르는 게 좋아요. 어차피 웃음거리로 삼고 말 테니까요."

"맞아, 솔직히 그 분이 아무리 총명하고, 고귀하고, 젊고, 남자답

다고 하더라도 분명히 트집을 잡고 말 거야."

"맞아요, 맞는 말씀이에요. 그런 트집은 어떻게 그렇게 잘 찾아내는지 정말 놀라워요."

"그래, 그러니 어떻게 그걸 말할 수 있겠어? 설령 말해 줘도 콧방귀도 뀌지 않을 걸."

"그건 오해예요. 베네딕 님처럼 훌륭한 분을 거절할 만큼 베아트리체님은 분별력이 없지는 않아요."

"베네딕 님은 평판이 아주 좋으신 분이야. 이탈리아 전부를 뒤져도 그분보다 훌륭한 사람은 찾을 수 없을 거야. 물론 내 사랑 클로디오 님은 빼고 말이지."

여기서 헤로가 시녀에게 이야기를 슬슬 바꿀 때가 됐다는 신호를 보내자, 어슐라는 이렇게 말했다.

"그건 그렇고, 아가씨의 결혼식은 언제인가요?"

"벌써 내일이야. 자, 안으로 들어가서 새로 만든 옷을 좀 봐주겠니? 어떤 옷을 입는 게 좋을지 좀 봐줘."

두 사람의 이야기를 침을 삼켜가며 열심히 듣고 있던 베아트리체는 두 사람이 사라지자 탄식을 했다.

"마치 귀에서 불이 나는 것 같아. 이게 정말 사실일까? 이제 경멸도, 조롱도, 여자의 자존심도 다 안녕! 베네딕 님, 부디 지금처럼 저를 사랑해 주세요! 저도 당신을 사랑할게요. 저의 메마른 마음을 당신의 부드러운 손길에 어울리게 길들여 주세요!"

한때 원수 사이였던 두 사람이 사랑으로 넘치는 동지로 바뀌는 모습, 쾌활한 영주의 유쾌한 책략에 속아 서로 호감을 느끼게 된 뒤 두 사람이 처음 만나게 된 모습을 보는 것은 정말로 유쾌한 광경이었다.

하지만 이제부터는 헤로를 덮친 슬픈 운명의 장난에 대해 이야기하지 않으면 안 된다. 헤로의 결혼식이 거행되기로 했던 날 아침, 헤로의 마음과 헤로의 너그러운 아버지 레오나토에게 슬픔이 찾아들고 만 것이다.

페드로 영주에게는 이복동생이 있었는데 페드로 영주와 함께 메시너에 머무르고 있었다. 이 동생의 이름은 돈 존인데 어둡고 불만이 많은 성격의 남자로 언제나 못된 짓만 꾸미는 게 아닐까 여겨졌다. 이 남자는 형 페드로 영주를 증오하고 있었다. 또한 페드로 영주의 친구라는 이유만으로 클로디오도 증오했다. 그래서 클로디오와 헤로의 결혼을 방해하기로 마음먹었다. 동기라고는 그저 클로디오와 페드로 영주를 불행하게 만들어 악의적 쾌락을 맛보고 싶다는 것뿐이었다. 왜냐하면 페드로 영주는 당사자인 클로디오에게 지지 않을 만큼 이 결혼에 커다란 기대를 품고 있었기 때문이었다.

이 흉계를 실행으로 옮기기 위해 돈 존은 보라키오라는 남자를 고용했다. 이 남자는 돈 존에게 결코 뒤지지 않을 정도의 악당으로 보수를 넉넉히 주겠다는 꼬임에 넘어갔다. 이 보라키오는 헤로의 시녀, 마가렛과 연인 사이였다. 돈 존은 이 사실을 알고 있었으므로 보라키오에게 오늘 밤, 헤로가 잠이 들면 마가렛에게 헤로의 옷을 입고 주인의 창가로 나오도록 시키라고 지시했다. 클로디오가 마가렛을 헤로라고 착각하게 하기 위한 속셈이었다. 이것이 돈 존이 달성하고자 하는 흉계의 목적인 것이다.

그리고 돈 존은 이복형인 페드로 영주와 클로디오에게 달려가 이렇게 말했다.

"헤로는 정조 없는 여자라 한밤중에 창문 너머로 남자와 이야기를 하고 있습니다. 게다가 오늘은 결혼 전날 밤입니다. 지금 저와 함께 가보시면 헤로가 외간 남자와 이야기를 나누는 것을 볼 수 있을 겁니다."

페드로 영주와 클로디오는 함께 가서 확인하기로 했다.

"만약 그 이야기가 사실이라면 이 결혼은 무효야."라고 클로디오가 말했다.

"그래, 내일 결혼식을 올리기로 한 교회에서 톡톡히 망신을 주겠어."

페드로 영주도 이렇게 말했다.

"자네가 헤로의 마음을 얻을 수 있도록 도와준 것처럼 이번에는 함께 그 여자를 혼내주자고."

그날 밤, 돈 존이 영주와 클로디오를 헤로의 방 가까이 데려갔을 때, 보라키오가 창가에 기대 있었고 마가렛이 헤로의 창문 너머로 내다보며, 보라키오와 이야기를 나누는 소리가 들렸다. 그리고 마가렛이 헤로의 옷을 입고 있는 것을 본 영주와 클로디오는 그녀가 헤로라고 굳게 믿어 버렸다.

클로디오는 이 모습을 보자(그는 완전히 속았다) 무엇과도 비교할 수 없는 분노를 느꼈다. 순결한 헤로에게 바쳤던 사랑은 순식간에 증오로 바뀌었다. 클로디오는 앞서 말한 바와 같이 다음 날 교회에서 헤로의 가면을 벗기기로 결심했다. 페드로 영주도 그의 결심에 찬성했다. 고결한 클로디오와의 결혼을 앞둔 전날 밤, 자신의 창문 너머로 외간 남자와 이야기를 나누는 풍기문란한 여자에게는 그 어떤 벌을 내려도 엄격하지 않다고 생각했기 때문이었다.

다음 날, 모든 사람이 결혼을 축복하기 위해 모였고, 클로디오와 헤로가 신부님 앞에 서, 이윽고 결혼식의 거행을 막 선언하려 할 때, 클로디오는 격렬한 말로 아무런 죄도 없는 헤로의 죄를 공표했다. 헤로는 약혼자의 터무니없는 말에 깜짝 놀라며 조심스럽게 이야기했다.

"어디 몸이 안 좋으세요? 어째서 그런 말씀을 하시죠?"

레오나토는 안절부절 못하고 페드로에게 말을 걸었다.

"영주님, 어째서 아무 말씀도 하지 않으십니까?"

"이제 와서 무슨 말을 하겠소? 내 체면이 완전히 구겨졌소. 내가 전우에게 부정한 여인을 소개시켜 주었으니 말이오. 레오나토, 내 명예를 걸고 말하는데, 나와 내 동생, 그리고 이 슬픔에 잠겨 있는 클로디오 세 사람은 어젯밤 헤로가 자신의 방 창 너머로 외간 남자와 이야기를 나누는 것을 똑똑히 보고 들었소."

베네딕은 이 말을 듣고 어처구니가 없다는 듯이 "뭐 이런 결혼식이 다 있어."라고 말했다.

"그러게 말이에요. 오오, 신이시여!"

슬픔과 충격에 휩싸인 헤로가 대답했다. 그리고 이 불쌍한 여인은 그대로 정신을 잃은 채 쓰러지고 말았고 누가 보더라도 마치 죽어버린 것처럼 보였다. 영주와 클로디오는 헤로의 숨이 돌아오는 것도 보지 않은 채, 그리고 자신들이 비탄의 벼랑으로 떨어뜨린 레오나토를 돌아보지도 않고 교회를 떠나버렸다. 분노가 극에 달해 인정사정 봐주지 않은 것이다.

베네딕은 그대로 남아 실신한 헤로를 회복시키기 위해 최선을 다하는 베아트리체를 도우면서

"헤로 아가씨는 어떻소?"라고 물었다.

"마치 죽은 사람 같아요."

베아트리체가 걱정스럽게 대답했다. 베아트리체는 자신의 사촌을 사랑하고 있었으며 그녀의 정결한 신조를 알고 있었기에, 그 어떤 험담도 전혀 귀에 들어오지 않았다. 하지만 안타깝게도 늙은 아버지는 딸이 단정치 못하다는 이야기를 그대로 믿고 말았다. 딸이 눈앞에서 죽은 듯 쓰러져 있는데도 불구하고, 너는 이대로 두 번 다시 눈을 뜨지 않는 게 낫겠다고 탄식하는 소릴 듣는 것은 너무나도 가슴 아픈 일이었다.

하지만 늙은 신부님은 현명하고 인간성에 대해 깊이 이해하고 있는 사람이었다. 신부님은 헤로가 자신에 대한 비난을 들었을 때의 표정을 주의 깊게 관찰했으며, 그녀가 너무나 큰 수치심으로 순식간에 피가 역류해 얼굴이 붉어지더니 곧바로 천사처럼 하얀 기운이 붉은 핏기를 몰아내는 것을 느꼈고, 헤로의 눈동자에서 진실을 짓밟아 버린 영주의 말이 거짓이라는 것을 말해주는 불꽃을 발견한 것이다. 그래서 신부님은 슬픔에 잠겨 있는 아버지에게 이렇게 말했다.

"만약 이 아름다운 따님이 잔혹한 오해 때문에 죄도 없이 쓰러진 게 아니라면 나를 멍청이라 불러주시오. 내 학식도, 사람에 대한 판단력도 믿지 마시오. 나에 대한 존경과 경의도, 나의 직무에 대해서도 믿지 마시오."

정신을 잃었던 헤로가 의식을 되찾자 신부님은 헤로에게 이렇게 물었다.

"아가씨, 문제가 됐던 상대가 누구죠?"

헤로는 신부님의 질문에 이렇게 대답했다.

"저를 책망하는 여러분은 알고 계시겠죠. 저는 아는 게 아무것도 없어요."

그리고 레오나토를 바라보며 이렇게 말했다.

"아아, 아버지. 혹시 제가 부적절한 시간에 남자와 이야기를 했다거나, 어젯밤 누군가와 이야기를 나눴다고 하실 거라면 제발 증거를 대 주세요. 저를 내쫓아 주세요. 저를 원망하세요, 죽을 때까지 용서하지 마세요."

"영주님과 클로디오 님은 무슨 이유에선지 착각을 하고 계십니다."라고 신부님이 말했다. 그리고 레오나토에게 이렇게 조언했다.

"따님이 죽었다고 전하십시오. 두 사람이 이곳을 떠났을 때 따님은 마치 죽은 듯이 기절해 있어 그대로 믿을 겁니다. 그리고 총독께서는 상복을 입고 따님의 무덤을 만들어 장례에 필요한 준비를 하십시오."

"그래서 어쩌자는 겁니까? 그게 대체 무슨 도움이 된단 말이죠?"

"따님이 죽었다는 소식에 중상모략은 연민으로 바뀔 것입니다. 그것만으로도 얼마간의 효과는 얻을 수 있지만 그것이 제가 원하는 효과의 전부는 아닙니다. 클로디오는 자신의 이야기 때문에 아가씨가 죽었다는 소식을 듣게 되면 아가씨의 생전 모습을 마음속으로 그리워하게 될 것입니다. 그리고 조금이나마 그 분의 마음속에 애정이 남아 있다면 아가씨의 죽음을 슬퍼하며 책망했던 것을 후회할 것입니다. 그렇습니다, 설령 자신의 비난이 정당했다고 해도 말이지요."

베네딕이 중간에 끼어들었다.

"레오나토 총독님, 신부님의 충고에 따르는 게 좋을 것 같습니다. 잘 아시다시피 저는 영주님과 클로디오와 매우 가까운 사이지만 제 명예를 걸고 이 비밀을 두 사람에게 털어놓지 않겠다고 맹세하겠습니다."

레오나토는 두 사람의 설득에 고집을 꺾었다. 그리고 슬픔에 잠긴 채 말했다.

"저는 너무나도 비통해서 지푸라기라도 잡고 싶은 심정입니다."

친절한 신부님은 레오나토와 헤로를 위로하고 진정시켜주기 위해 다른 방으로 가고, 베아트리체와 베네딕만이 남게 됐다.

이 두 사람의 만남이야말로 두 사람을 유쾌한 계략에 빠뜨린 친구들이 즐거워하며 좋은 구경거리라고 기대하고 있었지만, 그랬던 친구들이 지금은 고뇌에 빠져 그들의 마음에는 쾌활하고 유쾌한 마음이 완전히 사라져 버린 것 같았다.

베네딕이 먼저 이렇게 말했다.

"베아트리체, 더 울고 싶은가요?"

"네, 조금 더 울고 싶어요."

"틀림없이 당신의 아름다운 사촌은 누명을 쓴 게 분명해요."

"아아, 제 사촌의 억울한 누명을 벗겨줄 분이 계시다면 제가 얼마나 감사를 드릴지 모를 거예요."

"그런 당신의 사랑을 증명할 방법이 없겠소? 난 세상 그 누구보다도 당신을 사랑하고 있소. 내 이야기가 이상하오?"

"아뇨, 전혀 이상하지 않아요. 저도 이 세상 누구보다도 당신을 사랑한다고 말할 수 있어요. 하지만 액면 그대로 받아들이지는 마세요. 그렇다고 다 거짓말은 아니에요. 저는 아무것도 고백하지 않고, 아무것도 부정하지 않겠어요. 지금은 그냥 헤로가 불쌍할 뿐이에요."

"이 검에 걸고 맹세하겠소. 당신은 날 사랑하고 난 당신을 사랑한다고 맹세하겠소. 그러니 뭐든 내게 명령만 내려 주시오."

"클로디오를 죽여 줘요."

"뭐! 이 세상을 다 준다고 해도 그것만은 할 수 없소."

베네딕은 친구인 클로디오를 사랑하고 있었으며, 클로디오가 속고 있다고 믿었다.

"클로디오는 악당이에요. 제 사촌 헤로를 비난하고 조롱하며 모욕했어요. 아아, 내가 남자였다면 얼마나 좋았을까!"

"베아트리체, 잘 들어요."

베네딕이 말했다.

하지만 베아트리체는 클로디오를 변호하는 말은 전혀 듣지 않고 계속 헤로의 원수를 갚아달라고 애원했다.

"창가에서 남자와 이야기를 했다고? 다 헛소리야! 불쌍한 헤로! 누명을 쓰고, 모욕을 당한 채 세상에서 매장당해 버렸어! 아아, 클로디오에게 복수할 수 있게 남자가 될 수 있다면 좋으련만! 아니면 나를 위해 나서줄 남자 친구가 있다면 얼마나 좋을까? 하지만 진정한 용기는 간데없고 소심함과 아첨만이 판을 치고 있어. 나는 아무리 애원하고 기도해 봐도 남자가 될 수 없는 여자이니 울다 지쳐 죽어버려야겠어."

"베아트리체, 잠시만. 난 당신을 사랑한다고 맹세할 수도 있소."

"절 사랑한다면 맹세보다 다른 방법을 선택해 주세요."

"그대는 진정 클로디오가 헤로에게 누명을 씌웠다고 생각하오?"

"네, 그야 당연하잖아요. 제게 머리와 마음이 있는 것처럼."

"알겠소, 약속하리다. 클로디오에게 결투를 신청하겠소. 그대의 손에 입맞춤을 하고 떠나겠소. 이 손으로 클로디오에게 비싼 대가를 치루게 해주겠소. 얼마 뒤에 내 소식을 듣게 되면 나를 생각해 주시오. 자아, 그대는 헤로 님을 위로해 주시오."

베아트리체는 억지로 애원하고, 분노와 열의에 찬 말로 베네딕의 의협심을 자극해 헤로를 위해 나서서 친구인 클로디오와 결투를 하도록 만들었다.

그 무렵 레오나토 총독은 영주와 클로디오가 자신의 딸에게 한 무례함을 검으로 응징하겠다며 도전하고 있었다. 총독은 딸이 깊은 슬픔으로 인해 죽었다고 전했다.

하지만 영주와 클로디오는 늙은 총독의 슬픔에 경의를 표하고 이렇게 말했다.

"총독, 우리는 당신과 싸우고 싶지 않소."

때마침 베네딕이 그 자리에 나타나 클로디오가 헤로에게 한 무례함에 대해 검으로 응징하겠다며 결투를 신청했다. 클로디오와 영주는

"베아트리체가 베네딕을 부추겼군." 하고 말했다. 그럼에도 불구

하고 클로디오가 베네딕의 도전을 받아들였는데, 바로 그때 하늘의 정의가 결투에 의한 불확실한 운명보다 훨씬 정확한 증거를 제공하여 헤로의 무죄를 증명해 주었다.

영주와 클로디오가 여전히 베네딕의 도전에 대해 논의하고 있을 때, 치안 판사가 보라키오를 범인으로 지목하여 영주 앞으로 끌고 왔다. 보라키오가 돈 존의 꼬임에 넘어가 모든 일을 꾸몄다는 사실을 동료 한 명에게 털어놓는 것을 엿들은 것이다.

보라키오는 클로디오 앞에서 영주에게 모든 사실을 자백했다. 즉, 헤로의 옷을 입고 창가에서 보라키오와 이야기를 나눈 것은 마가렛이었으며, 그 모습을 보고 클로디오와 영주가 헤로 아가씨라고 착각했다는 것이었다.

이로써 클로디오와 영주의 마음에 있던 헤로에 대한 의심이 완전히 풀려버렸다. 설령 조금이나마 의심이 남아 있었다 할지라도 이미 돈 존의 도망으로 인해 완전히 해소됐을 것이다. 돈 존은 자신의 악행이 밝혀진 것을 알고 영주의 분노를 피해 메시너에서 도망쳐 버린 것이다.

클로디오는 자신이 아무 죄도 없는 헤로를 공격했다는 것을 뒤늦게 깨닫고 비탄에 빠져버렸다. 클로디오는 자신의 잔혹한 처사 때문에 헤로가 죽었다고 여겼다. 그리고 사랑스런 헤로의 모습이 처음 헤로를 사랑했을 때와 마찬가지로 마음속으로 파고들었다. 그리고 영주가

"자네 지금 이 말을 들었는가? 마치 칼로 가슴을 도려내는 것 같군."이라고 말하자 클로디오는 이렇게 대답했다.

"보라키오의 이야기를 듣는 동안 독배를 마시는 것 같았습니다."

그리고 회한에 빠진 클로디오는 늙은 레오나토 총독에게 자신의 어리석었던 행동을 용서해 달라고 빌었다. 그리고 자신의 약혼녀에 대한 비난을 믿어버린 자신에게 레오나토가 어떤 벌을 내리더라도 사랑스런 헤로를 위해 달게 받겠다고 약속했다.

레오나토가 클로디오에게 내린 죄의 대가는, 내일 헤로의 사촌과 결혼하라는 것이었다. 레오나토의 말에 의하면 이 아가씨는 현재 자신의 상속인이며 헤로를 쏙 빼닮았다는 것이었다. 클로디오는 레오나토에게 엄숙히 약속을 하고, 그녀가 설령 에티오피아 여인이라 할지라도 결혼을 하겠다고 말했지만 마음속은 슬픔으로 가득차, 그날 밤 레오나토가 헤로를 위해 세운 묘지에 가서 후회와 비통한 심정으로 통곡을 하며 밤을 샜다.

다음 날 아침, 영주는 클로디오와 함께 교회로 향했다. 그곳에는 현명하고 친절한 신부님과 레오나토, 조카딸 베아트리체가 두 번째 결혼식을 축하하기 위해 모여 있었다. 그리고 레오나토는 약속했던 신부를 클로디오와 만나게 해 주었다. 그녀는 클로디오가 얼굴을 볼 수 없도록 가면을 쓰고 있었고, 클로디오는 가면을 쓴 신부에게 이렇게 말했다.

"신부님 앞에서 당신의 손을 제게 주십시오. 당신이 제 아내가 돼 주신다면 저는 당신의 남편이 되겠습니다."

"제가 살아 있을 때 저는 당신의 또 다른 아내였습니다."

가면을 쓴 정체불명의 귀부인이 말했다. 그리고 가면을 벗었는데 그녀는 레오나토의 조카딸이 아닌 레오나토의 친딸 헤로 바로 그녀였다.

헤로가 죽었다고 생각했던 클로디오에게 이것은 너무나도 놀랍고 반가운 일이었다. 너무나 기뻐 자신의 눈을 의심하지 않을 수 없었다. 그리고 페드로 영주도 헤로를 보고 똑같이 놀라며 비명을 질렀다.

"그녀는 헤로가 아닌가, 죽었던 헤로가 아닌가?"

레오나토는 이렇게 답했다.

"영주님, 저 아이는 틀림없이 죽은 제 딸입니다. 부당한 누명을 썼을 때는 말입니다."

신부님은 결혼식이 끝나면 언뜻 보기에 기적처럼 보이는 이 상황에 대해 설명하기로 했다. 그리고 두 사람의 결혼식을 막 거행하려 할 때, 베네딕이 가로막고 나서 자신과 베아트리체의 결혼식도 함께 치러 달라고 청했다. 베아트리체는 베네딕의 의견에 약간의 이의를 제기했으며 베네딕은 베네딕 대로

"당신은 날 사랑하고 있잖소? 헤로 님에게 그렇게 들었단 말이오."라고 반문했기에 결국 유쾌했던 장난의 전말을 설명해야만 했다.

결국 두 사람이 알게 된 사실은, 두 사람 다 서로 속았고 사랑하지도 않았지만 서로 상대가 자신을 사랑하고 있다고 믿어버렸다는 것이다. 그리고 거짓 연극이 효과를 발휘해 진정한 사랑을 얻게 된 것이다. 결국 유쾌한 장난으로 인해 싹튼 사랑은 깊고 튼튼하게 뿌리내려 사실을 알게 된 뒤에도 전혀 흔들림이 없었다.

베네딕은 이미 결혼 신청을 한 이상 누가 뭐라고 하더라도 절대 마음을 바꾸지 않겠다고 결심했다. 그리고 유쾌한 농담조로 베아트리체에게 다시 청혼했다.

"당신이 날 너무나 사랑해서 다 죽어가고 있단 소릴 듣고 불쌍히 여겨 아내로 맞아들이기로 했소."

베아트리체는 항의를 했다.

"아니, 나도 설득 끝에 더 이상 거절할 수 없게 됐을 뿐이에요. 그중에 하나가 당신의 목숨을 구해주는 것이었죠. 당신이 나 때문에 가슴앓이를 한다고 들었거든요."

이렇게 해서 두 익살스런 재치꾼들은 화해를 했고 클로디오와 헤로의 결혼이 끝나자마자 결혼식을 올렸다.

이 이야기를 끝내기 전에, 못된 계략을 꾸민 장본인 돈 존은 도망가다 붙잡혀 메시너로 다시 끌려오게 됐다. 이 어둡고 불만투성이인 남자에게는 자신의 계략이 실패로 끝나 메시너 왕궁에서 벌어진 기쁨의 연회를 보는 것이야말로 너무나도 훌륭한 벌이 되었다.

뜻대로 하세요

옛날 프랑스가 공작의 영지들로 나뉘어 있을 무렵, 정식으로 작위를 이어받은 공작인 친형을 추방하고 자신이 그 영토를 차지한 찬탈자가 있었다.

자신의 영토를 빼앗긴 형은 몇 명의 충직한 신하들을 데리고 아든 숲으로 들어가 살았다. 그들은 공작을 위해 스스로 자신들의 땅과 재산을 버리고, 지위를 잃은 공작을 모셨다. 그들의 땅과 거기에서 거둬들인 수입은 배신자인 찬탈자의 배를 기름지게 하고 있었다. 그들은 숲속 생활에 익숙해지자 태평스럽고 한가로운 생활이 왕궁의 화려하고, 거추장스럽고, 호화로운 생활보다 훨씬 편하게 느껴졌다.

그들은 이곳에서 옛날 잉글랜드의 로빈 후드와 같은 생활을 하고 있었다. 그리고 수많은 젊은 귀족들이 왕궁을 빠져나와 이 숲에서 마치 황금시대(그리스 전설 속 시대로 황금시대, 은시대, 청동시대, 철기시대 중 가장 행복했던 시대)에 살던 사람들처럼 한가로운 시간을 보냈다.

여름철에는 울창한 숲의 시원한 그늘에 누워, 사슴들이 어울려 노는 모습을 바라보았다. 그들은 이 숲의 원래 주인이었던 흰 점박이 장난꾸러기들을 귀여워했기 때문에 살기 위해서 사슴들을 식량으로 써야 하는 것을 너무나도 가슴 아파했다.

겨울이 되어 찬바람이 살을 에면 왕궁 생활과는 전혀 다른 불행한 운명을 깨닫게 되지만 공작은 꿋꿋이 추위를 견디며 이렇게 말했다.

"내 살을 에는 이 차가운 바람은 진정한 조언자들이다. 절대 아첨하지 않고 지금 내가 처해 있는 역경을 있는 그대로 말해주고 있다. 날카롭게 살을 파고들지만 그 이빨은 몰인정한 배반자의 이빨만큼 날카롭지는 않다. 모두가 불행에 대해서 불평을 하지만, 난 거기에서조차 유익함을 얻을 가능성을 발견해 낸다. 마치 독이 있어 꺼리고 싫어하는 두꺼비의 머리에서 얻어낸 보석이 귀한 약으로 쓰이는 것과 마찬가지다."

이렇게 인내심 많은 공작은 무엇을 보든 간에 그것에서 유익한 교훈을 얻었다. 마을에서 멀리 떨어져 생활하고 있었지만 어떤 것에서든 교훈을 얻고자 하는 성격 덕분에, 공작은 나무들에게서도 이야기를 듣고, 흐르는 시냇물을 책으로 삼았으며, 돌멩이에게서 설교를 듣고, 모든 것에서 선함을 찾아냈다.

추방당한 공작에게는 로잘린드라는 딸이 있었다. 아버지를 쫓아낸 숙부 프레드릭은 형을 추방시킬 때 로잘린드만은 자신의 딸인 실리어의 놀이 상대로 왕궁에 남겨 두었다. 이 둘의 튼튼한 우애의 끈은 아버지들 간의 싸움에도 불구하고 전혀 흔들림이 없었다. 실리어는 자기 아버지가 로잘린드의 아버지에게 못할 짓을 했다고 생각하여 로잘린드를 극진히 위해 주었다.

로잘린드가 추방당한 아버지를 떠올리거나, 배신자인 찬탈자와 함께 살아야 하는 신세를 한탄하고 있으면, 실리어는 로잘린드를 위로하고 격려하기 위해 정성을 다했다.

어느 날 실리어는 언제나 그랬듯이 로잘린드에게 상냥하게 말을 걸었다.

"제발 부탁이야. 사랑스런 로잘린드 언니, 기운을 내."

이때 공작이 보낸 사람이 들어왔다. 레슬링 시합이 곧 열리니 보고 싶으면 곧바로 궁전 앞 정원으로 나오라는 전갈이었다.

실리어는 로잘린드의 기분이 좀 나아지지 않을까 해서 시합을 보러 가겠다고 했다. 요즘 레슬링이라고 하면 촌에서나 즐기는 것이지만, 당시에는 공국의 왕궁은 물론 귀부인들과 왕후도 즐겨 관람하던 인기 높은 스포츠였다. 그래서 실리어와 로잘린드도 구경을 가게 됐지만 아무래도 처참한 싸움판이 벌어질 것 같았다.

선수 중 한 명은 아주 노련하고 힘센 거구로 이미 많은 선수를 죽음으로 내몰았던 사람이었는데, 여기에 맞서 싸우는 상대는 새파랗게 젊은 데다 기술도 없어서, 장내에 모인 사람들은 모두 그 청년이 죽게 될 것이라고 생각했다.

공작은 실리어와 로잘린드가 오자 이렇게 말했다.

"이런, 내 딸과 조카야, 너희들도 레슬링을 보러 왔느냐? 하지만 별로 재미없을 게다. 저 선수들의 실력 차이가 너무 심해서 말이야. 젊은이를 설득해서 시합을 포기하게 했으면 하는데, 너희들이 저 친구를 좀 말려 보아라."

두 사람은 기꺼이 이 인도적인 역할을 받아들였다. 먼저 실리어가 처음 보는 젊은이에게 시합을 포기하라고 부탁했다. 다음으로 로잘린드가 그의 몸에 닥쳐올 위기를 진심으로 걱정하는 마음을 담아 너무나도 상냥하게 말을 했기에 젊은이는 로잘린드의 설득에 시합을 포기하기는커녕 아름다운 로잘린드가 보는 앞에서 자신의 용기를 뽐내고 싶다는 생각만을 품게 되었다. 젊은이가 실리어와 로잘린드의 부탁을 아주 품위 있고 정중하게 거절하자, 처녀들은 젊은이가 더욱 걱정되기 시작했다. 젊은이는 마지막으로 이렇게 말했다.

"이렇게 아름다운 분들의 청을 거절하는 것은 매우 안타까운 일입니다. 하지만 그 아름다운 눈동자와 고운 마음씨로 시합에 임하는 저를 지켜봐 주시지 않겠습니까? 만약 제가 이 시합에서 진다면 불행한 한 남자가 망신을 당할 뿐입니다. 만약 시합에서 죽더라도 그것을 원하던 인간이 죽은 것에 불과합니다. 친구들을 번거롭게 하는 일도 없을 겁니다. 제 죽음을 슬퍼해 줄 친구가 한 명도 없으니까요. 그리고 세상에 해를 입히는 일도 없을 겁니다. 아무것도 가진 게 없는 몸이니까요. 저는 이 세상의 자리 하나를 채우고 있는 사람에 지나지 않으니까, 제가 그 자리를 비우면 더 나은 사람으로 채워질 수 있을 것입니다."

이렇게 되어 마침내 경기가 시작됐다. 실리어는 낯선 청년이 다치지 않기를 바랐고 로잘린드는 그 청년에게 깊이 마음이 끌렸다. 자신에게 친구가 없다고 한 말과 죽길 바란다는 말에, 젊은이가 자신처럼 불행한 사람이라고 여겼다. 그리고 젊은이를 동정하며 시합 내내 그를 위해 진심으로 마음을 졸였기 때문에, 이 순간만큼은 로잘린드가 젊은이에게 사랑에 빠졌다고 해도 과언이 아닐 정도였다.

처음 보는 자신에게 아름답고 고귀한 공작의 딸들이 보여준 친절에 용기와 힘을 얻은 젊은이는 기적이라고밖에 할 수 없을 만큼 훌륭한 시합을 벌였다. 그리고 결국 상대를 완전히 쓰러뜨려 버렸다. 상대는 부상이 너무 심해 말하는 건 물론 꼼짝도 할 수 없었다.

프레드릭 공작은 이 처음 보는 젊은이의 용기와 실력에 너무나 흡족해서 그의 후원자가 되어줄 생각으로 이름과 집안에 대해 물었다.

젊은이의 이름은 올랜도이며 로울런드 드 보이스 경의 막내아들이라고 대답했다.

올랜도의 아버지 로울런드 드 보이스는 몇 년 전에 이미 죽었다. 하지만 생전에 추방당한 형의 충신이자 친구였다. 프레드릭은 올랜도가 자신이 추방한 형의 친구 아들이라는 소릴 듣자마자 지금까지 이 용감한 젊은이에게 품었던 호감이 싹 가셔 버려서 언짢은 마음으로 경기장을 떠나버렸다. 그게 누구든 간에 형의 친구 이름을 듣는 것만으로도 기분이 좋지 않았지만 여전히 그 젊은이의 용기에는 반해버려, 올랜도가 다른 누군가의 아들이었으면 얼마나 좋을까 하고 중얼거렸다.

로잘린드는 호감을 느낀 그 청년이 아버지의 옛 친구 아들이라는 소릴 듣고 기뻐하며 실리어에게 말했다.

"아버님은 로울런드 드 보이스 경을 총애하셨어. 만약 저 청년이 로울런드 경의 아들이라는 사실을 아셨다면, 저 사람이 무리한 시합을 하기 전에 눈물을 흘리며 말리셨을 거야."

그리고 공작의 딸들은 청년의 곁으로 다가갔다. 갑작스럽게 돌변한 공작의 태도에 어리둥절해 하는 모습을 보고 두 사람은 친절하게 격려해 주었다. 그리고 로잘린드는 헤어지기 직전에 아버지의 옛 친구 아들인 용감한 젊은이에게 다시 한 번 호의의 말과 함께 자신의 목걸이를 걸어주었다.

"이 목걸이를 받아 주세요. 좀 더 멋진 것을 드리고 싶지만 지금 제가 불운한 처지라 어쩔 수 없네요."

두 사촌이 단둘이만 있게 되면 로잘린드는 언제나 올랜도 얘기를 꺼냈다. 그걸 보고 실리어는 자신의 사촌이 잘생기고 젊은 레슬러에게 반해 버렸음을 알고 로잘린드에게 말했다.

"그렇게 갑자기 사랑에 빠지는 일이 정말 가능한 걸까?"

"우리 아버지께서 그분의 아버님을 무척 사랑하셨어."

"하지만 그렇다고 해서 그 아들을 깊이 사랑해야 하는 건 아니잖아? 혹시 그렇다면 난 그 사람을 미워해야 하게? 우리 아버지는 그의 아버지를 미워하니까. 하지만 나는 올랜도를 미워하지 않아."

로울런드 드 보이스의 아들을 보고 추방시킨 형을 따르는 귀족 친구들이 많다는 사실을 떠올린 프레드릭은 속이 뒤틀릴 정도로 화가 났다. 게다가 사람들이 조카딸의 성품을 칭송하며 동정하는 소릴 듣고 요즘 들어 조카딸에 대해서도 심기가 좋지 않았던 상태였다. 이렇게 쌓여 있던 불만이 갑작스럽게 조카딸을 향해 한꺼번에 폭발하고 말았다.

그래서 실리어와 로잘린드가 올랜도에 대해 이야기를 나누고 있던 방으로 성큼성큼 들어가 불만을 쏟아 내며 당장 왕궁에서 나가 아버지를 찾아 떠나라고 추방 명령을 내렸다. 실리어가 로잘린드를 위해 아무리 애원해도 허사였다. 프레드릭은 실리어에게 지금까지 널 생각해서 로잘린드를 이곳에 머무르게 해 주었다고 말했다.

"그때 저는 로잘린드를 이곳에 있게 해달라고 부탁하지는 않았어요. 그때는 제가 너무 어려서 로잘린드의 고마움을 잘 몰랐지만 지금은 너무나 잘 알고 있어요. 게다가 오랜 세월 저희는 함께 자고 함께 일어나고, 함께 배우고, 놀고, 먹었으니 로잘린드와는 절대로 헤어질 수 없어요."

"이 애는 너에 비해 너무나 약아빠졌어. 온화한 성품, 말없이 참아내는 모습들이 백성들의 마음을 울려 모두의 동정을 사고 있잖니. 그런데 이 애를 변호하다니 넌 정말 어리석구나. 이 아이만 없다면 넌 더욱 빛나고 고귀하게 보일 것이다. 그러니 더 이상 두둔하지 말거라. 이 애에게 내린 명령은 거둬들일 수 없다."

실리어는 아무리 아버지를 설득해도 로잘린드를 자신의 곁에 둘 수 없다는 것을 깨닫고 로잘린드와 함께 떠나기로 결심했다. 그리고 그날 밤, 아버지의 왕궁을 빠져나와 로잘린드의 아버지, 추방당한 공작을 찾아 아든 숲으로 출발했다.

출발하기 전에 실리어는 현재 입고 있는 옷은 위험하니 시골 처녀들의 복장을 하고 신분을 감추는 것이 어떨지 제안했다. 로잘린드는 둘 중 한 사람이 사내 복장을 하는 것이 더 안전할 것이라고 했다. 그래서 로잘린드가 더 키가 크니 시골 청년 복장을 하고, 실리어는 시골 처녀 복장을 해서 오누이로 변장하자는 데 의견이 일치했다. 그리고 로잘린드는 개니미드라는 가명을 쓰고, 실리어는 앨리너라는 이름을 쓰기로 했다.

아름다운 공작의 딸들은 시골 오누이로 변장을 하고 여행 경비로

쓰려고 금과 보석들을 꾸려 먼 여행길에 나섰다. 왜냐하면 아든 숲은 공작의 영지에서 상당히 먼 곳이기 때문이다.

로잘린드는 사내 복장을 하자 왠지 남자다운 용기가 샘솟는 기분이 들었다. 길고 험난한 여정을 함께해준 실리어의 진정한 우정에, 오빠가 돼 이 진정한 사랑에 보답하기 위해서라도 씩씩하게 용기를 냈다. 얌전한 시골처녀 앨리너의 소박하지만 용감한 오빠, 진정한 개니미드가 된 기분이 들었다.

드디어 아든 숲 가까이에 도착하자 두 사람은 여행 중에 접할 수 있었던 편리한 여관과 시설을 더 이상 찾을 수가 없었다. 그리고 여행 내내 재미있는 이야기로 즐겁게 재잘거리며 여동생의 기운을 북돋워왔던 개니미드도 음식과 수면 부족으로 지쳐

"이제 완전히 지쳐 사내 복장에게는 미안하지만 여자처럼 울고 싶은 마음이구나."라고 앨리너에게 털어놓았다. 그러자 앨리너도 더 이상 한 발짝도 움직일 수 없다고 말했다. 그래서 개니미드는 다시 연약한 여자를 위로하고 격려하는 건 남자의 의무라는 걸 떠올리고 다시 여동생에게 용감한 모습을 보여주려 노력했다.

"자아, 내 동생 앨리너야, 기운을 내라. 우리의 여행이 끝나가고 있다. 이미 우리는 아든 숲에 도착했단다."라고 말했다. 하지만 아무리 사내 복장을 하고 억지로 용기를 내봤지만 더 이상 두 사람에게는 의지가 되지 않았다. 두 사람은 아든 숲에 도착하기는 했지만 어디로 가야 공작을 만날 수 있는지 알 수 없었다. 이 피로에 지친

공작 딸들의 여정도 여기서 비극적인 결말을 맞이하게 될지 모르는 일이었다. 왜냐하면 길을 잃을 수도 있고, 먹을 게 없어 굶어 죽을 수도 있었기 때문이다.

하지만 피로로 지쳐 죽을 지경에 이르러 더 이상 아무 희망도 보이지 않아 풀밭에 털썩 주저앉아 있을 때, 한 시골 주민이 두 사람 앞을 지나자 개니미드는 다시 한 번 남자답고 대담하게 이렇게 말을 걸었다.

"양치기 양반, 친절이든 돈 때문이든 좋으니 이 외로운 곳에서 우리가 먹고 쉴 수 있는 곳이 있다면 그곳으로 안내해 줄 수 없겠소? 내 여동생이 여행에 지치고 배가 고파 정신을 잃을 지경이오."

그 남자는 이렇게 대답했다.

"저는 양목장의 하인에 불과한 데다 아쉽게도 주인님이 집을 팔기 위해 외출 중이라 변변한 먹을거리는 없지만 그래도 괜찮으시다면 기꺼이 먹을 것을 내드리겠습니다."라고 말했다. 두 사람은 잠시 후 식사를 할 수 있다는 희망에 다시 힘을 내서 그 남자 뒤를 따라갔다. 두 사람은 양들과 집을 사들이고 자신들을 안내해 주었던 사내를 하인으로 고용했다.

이렇게 해서 다행히도 한적한 시골집을 사들이고 식량도 가득 채운 뒤, 두 사람은 공작이 숲 어디에 살고 있는지 알아낼 때까지 이곳에서 머물기로 했다.

충분한 휴식을 취해 여행의 피로가 사라지자 두 사람은 이 새로운 생활방식이 아주 만족스러웠다. 양치기 오누이로 변장했을 뿐이지만 정말로 양치기가 된 기분이었다. 하지만 개니미드는 자신이 로잘린드이며 용감한 올랜도를, 아버지의 벗이었던 늙은 로울런드의 아들을 알게 되었고 깊이 사랑했다는 사실을 문뜩문뜩 떠올렸다.

그리고 개니미드는 올랜도가 수 마일이나 떨어진 곳, 자신들이 오랫동안 여행을 한 저 먼 곳에 있다고 생각하고 있었지만, 사실 올랜도 또한 아든 숲에 있었다는 것을 얼마 후에 알게 되었다. 이들의 기묘한 재회는 다음과 같은 이유 덕분에 이루어졌다.

올랜도는 로울런드 드 보이스의 막내아들인데, 경은 죽기 직전에 어린 올랜도를 장남인 올리버에게 부탁하며 축복과 함께 동생에게 훌륭한 교육과 오랜 집안 전통에 어울릴 만큼의 재산을 나누어주라고 명령했다. 그러나 올리버는 비열한 형으로 아버지의 유언을 무시하고 동생을 한 번도 학교에 보내지 않은 채 집에 방치했고 교육은커녕 관심도 전혀 주지 않았다.

하지만 올랜도는 성격이나 고귀한 정신력 면에서 훌륭한 아버지를 쏙 빼닮아 교육을 받지 못했지만 더없이 훌륭한 청년으로 성장했다. 올리버는 교육도 받지 못한 동생의 훌륭한 용모와 위엄 있는 자세를 시샘해 결국 동생을 죽이겠다고 마음먹었다.

그리고 그 목적을 이루기 위해 그 유명한 레슬러와 경기를 치르도록 올랜도를 부추겼던 것이다. 올랜도가 친구 한 명 없이 죽고 싶다고 말한 것도, 이 잔혹한 형이 그런 식으로 동생을 방치하고 전혀 상관하지 않았기 때문이다.

올랜도의 형은 자신이 계획했던 사악한 음모와 달리 동생이 승리를 거두자, 질투와 사악한 욕망이 멈출 줄 모르고 부풀어 올라, 올랜도가 잠들어 있는 사이 방에 불을 질러 죽이겠다고 다짐했다. 그런데 올리버의 이 다짐을 다행히도 형제의 아버지를 모셨던 충직한 하인이자 로울런드와 마찬가지로 올랜도를 사랑하는 노인이 엿듣게 되었다.

이 노인은 공작의 왕궁에서 돌아오는 올랜도를 마중 나갔다. 그리고 올랜도의 얼굴을 보자마자 이 사랑스런 젊은 주인에게 닥쳐올 위험이 떠올라 갑자기 격정에 휩싸여 다음과 같이 커다란 소리로 말하기 시작했다.

"오오, 저의 사랑스런 도련님, 친절한 도련님. 늙은 주인님의 소중한 아드님! 어째서 도련님은 그렇게 덕망이 높으신 건가요? 어째서 도련님은 너그럽고, 강하고, 용감하신 겁니까? 어째서 도련님은 그 악명 높은 레슬러를 쓰러뜨리는 어리석은 행동을 하셨습니까? 도련님을 칭송하는 목소리는 도련님보다 먼저 이곳에 전달됐습니다."

올랜도는 이게 대체 무슨 말인가 싶어, 어떻게 된 일이냐고 물었다. 그러자 노인은 이렇게 대답했다.

"도련님의 속이 검은 형님은 도련님이 세상의 모든 사람들에게 사랑받고 있다는 걸 시기하고 있습니다. 이번에 공작 궁에서 열린 레슬링 시합에서 이겨 도련님이 더욱 유명해졌다는 소식을 듣고, 오늘 밤에 도련님 침실에 불을 질러 불태워 죽일 생각을 하고 있습니다."

그리고 당장 도망쳐 닥쳐올 위험에서 벗어나라고 충고하는 한편, 올랜도가 한 푼도 가지고 있지 않다는 것을 알고 있는 애덤(이것이 이 선량한 노인의 이름이다)은 자신이 조금씩 모아두었던 얼마 안 되는 돈을 꺼내며 말했다.

"여기 500크라운, 아버님 밑에서 열심히 일하고 절약해서 모은 돈입니다. 더 나이가 들어 수족을 쓰지 못해 더 이상 일할 수 없게 되면 생활비로 쓰기 위해 모아두었던 것입니다. 제발 이것을 받아 주십시오. 까마귀에게조차 먹을 걸 베풀어주신 신께서, 저의 노후를 위로해 주실 겁니다. 자아, 여기 금화가 있습니다. 아낌없이 도련님께 바치겠습니다. 저를 도련님의 하인으로 삼아 주십시오. 겉으로 보기에는 늙은 몸뚱이지만 무슨 일이든 시켜만 주신다면 다른 젊은이들에게 뒤지지 않을 정도로 열심히 일할 수 있습니다."

"오오, 친절한 할아범. 그대는 충성스런 신하의 표본이오. 지금은 할아범 같은 사람을 찾을 수 없을 걸세. 좋아, 함께 가기로 하지. 할아범의 전 재산을 탕진하지 않도록 우리 둘의 생활비를 벌 수단을 찾아 보이겠네."

이렇게 해서 충성스런 늙은 시종과 시종의 사랑을 받고 있는 젊은 주인은 함께 여행을 떠났다. 올랜도와 애덤은 어디로 가야 할지 정하지도 않은 채 여행을 계속하다 아든 숲까지 오게 됐다. 그리고 두 사람은 좀 전의 개니미드와 앨리너와 마찬가지로 인가를 찾아 헤매다가 결국에는 배고픔과 피로에 지쳐버리고 말았다. 애덤 노인은 마침내 이렇게 하소연 했다.

"오오, 도련님. 배가 고파 죽을 지경입니다. 더 이상 한 발짝도 움직일 수 없습니다."

이렇게 말한 애덤은 그 자리에서 푹 쓰러지고 말았다. 그곳을 자신의 죽을 자리로 삼을 작정이었던 것이다. 그리고 사랑하는 주인에게 작별 인사를 고했다.

올랜도는 노인의 초췌하게 지쳐버린 모습을 보고 두 팔로 끌어안아 선선한 나무 그늘 아래로 데리고 가서 이렇게 말했다.

"애덤, 기운을 내게. 나무 그늘 아래서 잠시 휴식을 취하게. 죽는다는 소린 하지 마!"

올랜도는 먹을 것을 찾아 헤매다가 우연히 공작이 살고 있는 곳 근처까지 가게 됐다. 공작과 그의 친구들은 때마침 저녁을 먹으려던 찰나였다. 공작은 풀밭 위에 앉아 있었고, 머리 위에는 천장이 아닌 커다란 나무의 울창한 가지가 뻗어 있었다.

올랜도는 배고픔에 지쳐 이판사판 죽을힘을 다해 음식을 빼앗으려고 칼을 뽑아들었다.

"멈춰! 더 이상 음식에 손을 대지 마라. 무슨 일이 있어도 그 음식이 필요하다!"

공작은 올랜도에게 굶주림 때문에 정신을 못 차리는 것인지, 아니면 예의범절을 모르는 무뢰한인지를 물었다.

이 말을 들은 올랜도는 배가 고파 죽기 직전이라고 대답했다. 그러자 공작은 걱정하지 말고 함께 앉아 식사를 하라고 했다. 올랜도는 공작의 친절에 칼을 집어넣고 먹을 것을 내놓으라고 한 자신의 무례한 행동이 부끄러워 얼굴이 붉어졌다.

"부디 제 무례를 용서해 주십시오. 이런 숲속에서는 모든 사람들이 다 야만적일 거라고 생각한 나머지 험악한 인상을 짓게 됐습니다. 그런데 이런 한적하고 음산한 나무 그늘 아래서 유유자적 시간을 보내고 계시는 여러분은 대체 누구십니까?

혹시 한때 훌륭한 생활을 영위한 적이 있으시다면, 혹시 교회 종소리가 들리는 곳에 산 적이 있으시다면, 혹시 사랑하는 사람의 잔치에 참석한 적이 있으시다면, 혹시 눈물을 훔치며 인정을 베풀거나 받는 것이 무엇인지 알고 계신다면, 지금 저의 청을 들으시고 인정어린 호의를 베풀어 주십시오."

"그대의 말대로 우리는 훌륭한 생활을 한 적이 있는 사람들이네."라고 공작이 대답했다.

"지금은 이렇게 황량한 숲에서 살고 있지만 도시에서 산 적이 있었고, 맑은 종소리를 들으며 교회에 간 적도 있었고, 사랑하는 사람의 잔치에 참석한 적도 있었고, 성스럽고 가련한 마음에 끌려 눈물을 흘린 적도 있었네. 그러니 그대가 원하는 만큼 맘껏 음식을 들게나."

"실은 가련한 노인이 한 명 있습니다. 주인에 대한 순수한 사랑 때문에 늙고 배고픔에 지쳐 고통스럽지만 피곤한 몸을 이끌고 먼 여행길을 저와 함께 했습니다. 그 노인이 배를 먼저 채우기 전까지 저는 물 한 모금도 입에 댈 수 없습니다."

"그럼, 그 노인을 찾아 이리로 데려오게. 그때까지 우리도 먹지 않고 기다리겠네."

올랜도는 이 말을 듣자마자 먹이를 찾아 아기 사슴에게 먹이려는 암사슴처럼 달려갔다. 그리고 얼마 후 애덤을 부축하여 데리고 돌아왔다.

"어깨의 무거운 짐을 내려놓게. 두 사람 다 환영하네."라고 공작이 말했다. 밥을 먹고 난 노인은 모두의 격려와 위로 덕에 기운을 차리고 건강과 체력을 회복했다.

공작은 올랜도의 출신에 대해 물었다. 그리고 올랜도가 자신의 옛 친구 로울런드 드 보이스의 아들이라는 걸 알자 그를 보호해 주기로 약속했다. 이렇게 해서 올랜도와 늙은 심복은 숲속에서 공작과 함께 살게 되었다.

올랜도가 이 숲에 도착한 지 얼마 지나지 않아 개니미드와 앨리너가 숲에 도착해 양치기의 집과 양을 사들였던 것이다.

개니미드와 앨리너는 이 숲에서 희한한 것을 발견하고 깜짝 놀랐다. 숲속 나무들 여기저기에 로잘린드의 이름이 새겨져 있었고 가지마다 애절한 사랑의 노래가 걸려 있었는데, 모두가 로잘린드에게 바치는 노래였기 때문이다. 대체 이게 무슨 일일까 괴이하게 여기며 걷다가 올랜도와 마주하게 됐다. 올랜도의 목에 걸려 있는 로잘린드가 선물한 목걸이가 눈에 띄었다.

올랜도는 개니미드가 아름다운 로잘린드라고는 상상조차 할 수 없었다. 그는 로잘린드의 기품이 넘치는 정중함과 호의에 완전히 마음을 빼앗겨 매일매일 로잘린드의 이름을 나무에 새기고 그녀의 아름다움을 칭송하는 소네트(14행 시, 소곡)를 쓰며 시간을 보냈다. 그런데 올랜도는 이 아름답고 젊은 양치기의 우아한 모습이 너무나 맘에 들어 그에게 말을 걸었다. 그리고 개니미드가 어딘지 모르게 사랑하는 로잘린드와 닮았다고 생각은 했지만 그녀의 기품 있고 위엄 있는 행동은 전혀 찾아볼 수 없다고 생각했다. 그럴 수밖에 없는 것이, 개니미드는 소년에서 어른이 되기 직전의 소년들에게서 흔히 볼 수 있는 건방진 태도를 하고 있었기 때문이다.

개니미드는 애교 있고 장난스럽게 올랜도에게 사랑에 빠진 한 남자의 이야기를 들려주었다.

"그 남자는 말이야, 이 숲에 출몰해서는 말이지, 나무 기둥에 로잘린드라는 이름을 새겨서 나무를 볼품없이 만들고 산사나무에는 서정시를, 들장미에는 애가(哀歌)를 걸고 있지. 그게 전부 다 로잘린드라는 연인을 칭송하는 시더라고. 혹시 내가 그 사랑에 빠진 남자를 발견한다면 단박에 사랑의 고민을 풀어줄 방법을 전수해 줄 수 있는데."

올랜도는 자신이 바로 그 사랑에 빠진 남자라고 고백했다. 그리고 개니미드가 말한 좋은 방법에 대해 가르쳐 달라고 부탁했다. 개니미드가 치료법이라고 말해준 조언은 자신과 여동생 앨리너가 살고 있는 집에 하루도 빠짐없이 오라는 것이었다.

"그러면 내가 로잘린드로 변장을 하겠네. 자네는 내가 진짜 로잘린드라고 여기고 내게 청혼하는 흉내를 내는 거야. 그러면 내가 새침데기 여자가 연인을 대하듯 변덕스런 흉내를 내주지. 그러다보면 결국 자네는 자신의 사랑을 부끄럽게 여기게 될 거야. 이게 내가 자네에게 처방해주는 치료법이지."

올랜도는 그 치료법이라는 걸 별로 신용하지는 않았지만 개니미드의 초라한 시골집에 하루도 빠짐없이 들러 허무한 청혼 놀이를 하는 데 찬성했다.

그리고 올랜도는 매일 개니미드와 앨리너를 찾아가 양치기 개니미드를 '나의 로잘린드'라고 부르며 매일같이 젊은 사내가 연인에게 청혼을 할 때 즐겨 쓰는 미사여구와 유혹의 말들을 반복했다. 하지만 개니미드가 말했던 것처럼 올랜도의 로잘린드에 대한 사랑은 전혀 치유될 기미가 보이지 않았다.

올랜도는 개니미드가 자신이 사랑하는 로잘린드라고는 꿈에서조차 상상하지 못했기 때문에 이것이 단순한 장난에 불과하다고 생각했지만 마음속에 있는 사랑을 모두 다 털어놓을 기회가 생겼다는 것이 너무 좋았고, 개니미드 또한 그에 지지 않을 만큼 그의 행동이 맘에 들었다. 개니미드는 이 모든 사랑고백이 다 자기 자신에 대한 것이었기에 남몰래 이 연극을 즐기고 있었다.

이렇게 이 젊은이들의 즐거운 나날들이 흘러갔다. 그리고 심성이 고운 앨리너는 행복해 하는 개니미드를 보고 그녀가 하고 싶은 대로 하게 내버려 두었다. 게다가 이 청혼 놀이를 구경하는 게 너무나 즐거웠다. 그리고 한번은 올랜도에게 아버지가 살고 있는 숲에 대해 듣게 되었으면서도 자신이 로잘린드라고 나서지 않는 것에 대해서도 별다른 충고를 하지 않았다.

개니미드는 어느 날, 공작과 만나 잠시 이야기를 나누었다. 공작이 자네는 어느 집안 출신이냐고 물었는데, 개니미드가 당신에게 지지 않을 만큼 훌륭한 집안 자식이라고 대답하자 공작은 미소를 지었다. 이 순수한 양치기 소년이 바로 자신의 딸이라는 것을 상상조차 하지 못했기 때문이다. 그리고 공작의 건강하고 행복해 보이는 모습에 만족하며, 개니미드는 나머지 설명은 며칠 뒤로 미루기로 했다.

어느 날 아침, 올랜도는 개니미드를 찾아가는 도중에 한 남자가 땅바닥에 누워 잠들어 있고, 커다란 뱀이 그 남자의 목을 감고 있는 것을 발견했다. 뱀은 올랜도가 다가오는 것을 보고 미끄러지듯이 숲속으로 사라져 버렸다.

올랜도가 좀 더 가까이 다가가자 이번에는 수사자가 머리를 지면에 대고 고양이처럼 바싹 엎드려 남자가 잠에서 깨어나길 기다리는 모습이 눈에 들어왔다(왜냐하면 사자는 죽었거나 잠들어 있는 먹이는 먹지 않는다고 알려져 있기 때문이다). 마치 이 남자를 뱀과 사자로부터 구하기 위해 신이 올랜도를 보내 준 것 같았다.

올랜도는 그 남자의 얼굴을 유심히 살펴보고, 위험에 빠져 있는 남자가 다름 아닌 자신의 형 올리버라는 것을 깨달았다. 그렇게 올랜도를 학대하다 결국 불태워 죽이려 했던 남자였다. 올랜도는 형을 굶주린 사자 밥이 되도록 내버려 둘까 생각했다. 하지만 형제애와 선천적으로 착한 심성이 형에 대한 분노를 잠재워 버렸다.

올랜도는 칼을 뽑아들고 수사자에게 달려들어 죽여 버렸다. 이렇게 독사와 난폭한 수사자에게서 형의 목숨을 구해 주었다. 하지만 올랜도는 수사자와 사투를 벌이다가 사자의 날카로운 발톱에 한쪽 팔이 찢어지는 부상을 당했다.

올랜도가 수사자와 사투를 벌이는 사이 올리버는 잠에서 깨, 자신이 그렇게 학대했던 동생이 목숨을 걸고 난폭한 맹수로부터 자신의 목숨을 구하기 위해 필사의 사투를 벌이는 모습을 보고 부끄러움과 회한에 잠겼다. 그리고 자신의 과오를 반성하고 펑펑 눈물을 쏟으며 지난 잘못을 용서해 달라고 청했다.

올랜도는 형이 자신의 잘못을 반성하고 개과천선한 모습에 크게 기뻐하며 형을 용서해 주고 서로 꼭 껴안았다. 올리버는 동생을 죽이기로 작정하고 숲으로 들어왔지만 그 뒤로는 진심으로 동생을 사랑하게 됐다.

올랜도는 상처에서 솟구치는 피 때문에 지쳐 개니미드를 찾아가기 힘들다고 판단했다. 그래서 형에게 자신이 '나의 로잘린드' 라 부르는 개니미드에게 가서 자신이 당한 처지를 알려 달라고 부탁했다.

올리버는 개니미드의 집으로 찾아가 개니미드와 앨리너에게 올랜도가 자신의 목숨을 구해준 이야기를 해 주었다. 그리고 올리버는 올랜도의 용기와 자신이 다행스럽게 목숨을 구할 수 있었다는 걸 말해 준 뒤, 자신이 올랜도의 친형이며 한때 동생을 학대했다는 것도 개니미드와 앨리너에게 고백했고 지금은 동생과 화해했다는 것도 말해 주었다.

올리버가 자신의 지난 과오를 깊이 반성하는 모습은, 앨리너의 착한 심성에 강한 인상을 남겨 순식간에 올리버를 사랑하게 됐다. 그리고 올리버 또한 자신의 과오를 마음속 깊이 슬퍼하는 앨리너의 동정심에 감복해 그녀를 사랑하게 됐다.

하지만 앨리너와 올리버의 마음에 사랑이 싹트고 있는 사이에도 올리버는 개니미드에게 신경을 써야 했다. 올랜도가 지금 위험하다, 수사자와 싸우다 부상을 당했다는 말을 듣자마자 개니미드가 기절해 버렸기 때문이다. 정신을 차린 개니미드는

"나는 로잘린드 역할을 연기한다는 생각으로 기절한 척했을 뿐

이오."라고 말했다. 그리고 올리버에게 이렇게 말했다.

"내가 얼마나 기절한 연기를 잘했는지 동생인 올랜도에게 말해 주시오."

하지만 올리버는 상대의 새파랗게 질린 얼굴을 보고 정말로 기절했다는 걸 간파하고, 젊은 사내가 너무 마음이 약한 걸 의아하게 여기며 이렇게 말했다.

"그랬군, 조금 전에 연기한 것처럼 이번에는 기운을 내서 남자답게 행동하라고."

"음, 그렇게 하죠. 하지만 아무래도 나는, 여자로 태어났어야 할 걸 그랬나 봐."

올리버의 방문은 꽤 길어졌고 동생이 있는 곳으로 돌아갔을 때는 보고해야 할 말들이 너무나도 많았다. 올랜도가 부상당했다는 소리에 개니미드가 기절했다는 이야기 외에도 아름다운 양치기 아가씨 앨리너와 사랑에 빠지게 된 이야기, 앨리너가 만난 지 얼마 안 됐지만 자신의 청혼에 호의적으로 귀를 기울여 줬다는 이야기를 해 주었다. 그리고 이미 결정했다는 듯이 자신은 앨리너와 사랑에 빠져 있으니 앨리너와 결혼해 여기서 양치기로 살 것이며, 고향의 영지와 성은 올랜도에게 양도한다고 말했다.

"저는 찬성합니다."라고 올랜도가 말했다.

"내일 형님의 결혼식을 올리기로 하죠. 저는 공작님과 친구 분들을 초대하겠습니다. 어서 가서 양치기 아가씨가 동의하도록 설득하세요. 지금 혼자 남아 있을 겁니다. 저기 그녀의 오빠가 이리로 오고 있으니까요."

올리버는 앨리너에게 달려갔다. 개니미드는 올랜도에게 다가가 부상이 심하지 않은지 물었다.

올랜도와 개니미드가 올리버와 앨리너가 서로 첫눈에 반했다는 이야기를 하다가, 올랜도는 아름다운 양치기를 설득해 내일 결혼식을 올리라고 형에게 권했다고 말했다. 그리고 같은 날 자신도 로잘린드와 결혼할 수 있다면 얼마나 좋을까 하고 덧붙였다.

개니미드는 그의 말에 두 팔을 벌리며 찬성하고 이렇게 말했다.

"혹시 자네가 말로만 그런 게 아니라 진정으로 로잘린드를 사랑한다면 그 소망을 이루어 주겠네. 내일 로잘린드가 나타나 기꺼이 자네와 결혼할 수 있게 해 주겠네. 내가 틀림없이 보증을 서지."

언뜻 보기에 터무니없어 보이지만 개니미드가 곧 로잘린드이므로 아무런 문제없이 연출이 가능한 것이다. 하지만 개니미드는 명성 높은 마법사 삼촌에게 배운 마법을 써서 이 모든 걸 가능하게 하는 것처럼 연기를 했다.

사랑에 빠진 올랜도는 개니미드의 말을 반신반의 하면서 진심으로 하는 말이냐고 개니미드에게 물었다.

"내 목숨을 걸어도 좋아. 그러니 가장 멋진 옷을 입고 공작과 그의 친구 분들을 부르게. 왜냐고? 로잘린드와 진정으로 결혼하고 싶다면 반드시 로잘린드를 불러 줄 테니 말이야."

다음 날 아침, 올리버는 앨리너의 허락을 받아 함께 공작 앞에 나타났다. 올랜도도 함께 찾아왔다.

이 두 쌍의 결혼을 축하하기 위해 모든 사람이 다 모였지만 정작 신부 한 명이 보이지 않자, 사람들은 의아해 하거나 나름대로 추측을 하기도 했지만, 대부분의 사람들은 개니미드가 올랜도를 골탕 먹인 거라고 생각했다.

공작은, 지금 신비한 방법으로 이곳에 불려오게 될 사람이 공작 자신의 딸이라는 말을 듣고, 양치기 소년이 정말로 약속한 일을 실행할 수 있을 것이라 믿느냐고 올랜도에게 물었다. 올랜도가 어떻게 될지 자신도 잘 모르겠다고 대답하는 순간 개니미드가 나타나, 만약 자신이 공작의 딸을 데리고 오면 올랜도와의 결혼을 허락하겠냐며 공작에게 물었다.

"물론. 설령 딸과 함께 왕국 몇 개를 내놓아야 한다고 해도 허락하겠네."

개니미드는 다시 올랜도에게 물었다.

"그리고 자네는 내가 공작님 딸을 여기로 데려온다면 그녀와 결혼하겠는가?"

"물론, 수많은 나라를 다스리는 왕이라 할지라도 결혼하겠네."

그러자 개니미드는 앨리너와 함께 그 자리를 벗어났다. 개니미드는 남자 옷을 벗어던지고 여성의 옷으로 갈아입었다. 마법의 힘은 전혀 빌리지 않고 로잘린드로 변신한 것이다. 한편 앨리너도 시골 처녀의 옷을 벗어던지고 자신의 화려하고 아름다운 옷을 입고 다시 실리어로 변신했다.

두 사람이 자리를 뜨자 공작은 올랜도에게 양치기 개니미드가 자신의 딸 로잘린드와 쏙 빼닮은 것 같은 느낌이 든다고 했고, 올랜도도 그렇게 느꼈다고 대답했다.

과연 어떤 일이 벌어질지 모두가 숨죽이며 지켜보는 가운데 로잘린드와 앨리너가 각자 자신의 옷을 입고 나타났다. 로잘린드는 마술 같은 장난을 그만두고 공작 앞에 다가가 무릎을 꿇고 아버지의 축복을 빌었다. 로잘린드의 갑작스런 등장에 지켜보던 모든 사람들은 깜짝 놀라며 이야말로 마법의 힘이라고 여기고 있었다.

하지만 로잘린드는 더 이상 짓궂은 장난을 그만두기로 하고, 자신이 양치기 소년으로 숲에서 살았던 것과, 여동생인 앨리너가 사촌인 실리어라고 털어놓았다.

공작은 좀 전의 결혼 승낙을 다시 한 번 인정해 주었다. 올랜도와 로잘린드, 올리버와 실리어는 동시에 결혼식을 올렸다. 그들의 결혼은 이렇게 한적한 숲속에서 거행된 탓에 결혼식에 어울리는 장대한 퍼레이드나 화려한 축복은 없었지만 그보다 더 행복한 결혼식은 지금껏 단 한 번도 없었다.

모두가 상쾌한 나무 그늘 아래서 사슴고기를 먹고 있을 때, 마치 이 친절한 공작과 연인들의 행복한 결혼을 완벽하게 해주기라도 하듯이, 생각지도 못했던 전령이 찾아와 공작의 영지가 반환됐다는 반가운 소식을 전해 왔다.

찬탈자였던 프레드릭은 딸 실리어가 도망쳤다는 데 분노한 데다 중신들이 망명 중인 진정한 영주를 위해 매일같이 아든 숲을 들락거리고 있다는 소식을 듣고, 자신의 형이 역경에도 굴하지 않고 존경받는 것을 시기해 대군을 이끌고 형과 그를 따르는 충신들을 몰살시킬 생각으로 숲으로 진격해 왔다.

하지만 신의 신비한 개입으로 인해 이 사악한 동생은 마음을 고쳐먹고 악행을 멈추게 됐다. 왜냐하면, 쓸쓸한 숲 가까이에 도착했을 때 한 늙은 은둔자를 만나게 됐는데, 이 은둔자와 한참을 이야기하는 사이 결국 은둔자의 설득으로 프레드릭이 마음속 분노를 완전히 잠재워 버렸던 것이다. 그리고 프레드릭은 진심으로 자신의 잘못을 뉘우치고 부당하게 찬탈했던 영토를 포기한 채 남은 생을 수도원에서 보내기로 결심한 것이다.

프레드릭이 마음을 돌리고 가장 먼저 한 일은(앞서 말한 바와 같이) 형에게 전령을 보내 오랜 세월 형에게서 강탈한 공국을 형에게 반환함과 동시에 형과 함께 고통을 나누며 충절을 지킨 귀족들에게도 영토와 영토에서 거둬들인 수입을 돌려주기로 했다는 소식을 전한 것이었다.

생각지도 못했던 놀랍고도 반가운 소식이 결혼식을 축복하기라도 하듯이 전해져 그 기쁨은 정점에 달했다. 실리어도 더 이상 공국의 후계자가 아니며 아버지의 작위 반환 때문에 후계자가 로잘린드로 바뀌었음에도 불구하고 로잘린드와 공작에게 날아든 반가운 소식에 진심으로 축하의 인사를 전했다. 이 두 사촌자매의 사랑은 질투와 욕망이 파고들 여지가 없을 만큼 견고한 것이었다.

공작은 자신이 추방자 신분일 동안 시종 곁을 지켜 준 친구들에게 보상해줄 기회가 생긴 것이다. 이 존경받아 마땅한 신하들은 지금까지 인내하며 주군의 불행한 운명을 함께 해 왔으며, 공작이 신분을 되찾아 평화롭고 유복한 왕궁으로 돌아가게 된 것을 진심으로 기뻐했다.

베로나의 두 신사

베로나 마을에 발렌타인과 프로티어스라고 하는 두 신사가 살고 있었다. 두 사람의 두터운 우정은 오랜 세월 끊이지 않고 이어져 왔다. 두 사람은 함께 공부하고 한가한 시간에도 늘 함께 시간을 보냈다. 하지만 프로티어스가 사랑하는 사람을 찾아갈 때만은 예외였다.

그리고 이렇게 프로티어스가 연인을 찾아가는 것과 아름다운 연인 줄리어에 대한 마음, 이 두 가지만이 두 사람 사이에 의견이 다른 이야깃거리였다. 왜냐하면 발렌타인에게는 연인이 없었기 때문에 친구의 쉴 새 없는 연인 자랑을 이해할 수 없어 짜증스러울 때가 있었기 때문이었다.

그럴 때 발렌타인은 프로티어스의 사랑을 비웃거나 장난삼이 조롱하며

"그런 일시적이고 하찮은 감정이 내 머릿속으로 파고드는 일은 절대 없을 거야. 왜냐하면 나는 자네처럼 사랑에 빠져 불안정한 희망과 두려움을 느끼기보다는 지금 만끽하고 있는 자유롭고 행복한 생활을 훨씬 사랑하니까."라고 단언했다.

어느 날 아침, 발렌타인이 프로티어스를 찾아가 지금 밀라노로 가야 해서 한동안 못 만날 것이라고 말했다. 프로티어스는 친구와 떨어지고 싶지 않아 발렌타인을 못 가게 하려고 온갖 구실로 막았지만 발렌타인은 이렇게 말했다.

"사랑하는 프로티어스, 나를 설득하려 하지 말게. 나는 게으름뱅이처럼 집에서 뒹굴며 청춘을 낭비하고 싶지 않네. 항상 집에 틀어박혀 있는 청춘은 늘 소극적인 사고밖에 할 수 없단 말이네. 만약 자네의 우정이, 자네가 사랑하는 줄리어의 아름다운 눈동자에 매여 있지 않다면 나와 함께 외국의 진귀한 것들을 보러 가자고 권하겠지만, 자네는 이미 사랑의 노예가 됐으니 계속 사랑타령이나 하게나. 부디 자네의 사랑이 좋은 결말로 이어지기 바라네."

두 사람은 변치 않는 우정을 약속하고 헤어졌다.

"사랑하는 친구 발렌타인, 잘 가게! 여행 중에 특별한 것을 발견하면 나를 떠올리고 그 행복을 나와 함께 나눴으면 얼마나 좋았을까 생각해 주게."

발렌타인은 그날 곧바로 밀라노를 향해 여행을 떠났다. 프로티어스는 친구가 떠나자 책상 앞에 앉아 줄리어에게 보낼 편지를 써서 그녀의 시녀 루세터에게 전해달라고 부탁했다.

줄리어는 프로티어스가 그녀를 사랑하는 것에 뒤지지 않을 만큼 프로티어스를 사랑하고 있었지만, 기품이 높은 숙녀라 순순히 프로티어스의 사랑을 받아들인다면 처녀의 품위가 손상된다고 여겨 프로티어스의 뜨거운 사랑을 모르는 척하고 있었다. 그래서 프로티어스는 청혼을 해야 할지 불안을 느끼고 있었다.

루세터가 연애편지를 줄리어에게 건네주자, 줄리어는 받으려고도 하지 않은 채 편지를 받아온 시녀를 나무라며 방에서 나가라고 명령했다. 하지만 내심 편지에 어떤 내용이 적혀 있는지 궁금해서 참을 수 없게 되자 다시 루세터를 불러들였다. 그리고 루세터가 들어오자

"지금 몇 시지?"라고 물었다.

루세터는 여주인이 정작 알고 싶은 것은 시간이 아니라 편지의 내용이라는 것을 간파하고 주인의 질문에는 대답하지 않은 채 다시 편지를 내밀었다. 줄리어는 자신이 뭘 원하고 있는지 주제넘게 아는 체하는 시녀의 행동에 화가 나 편지를 갈기갈기 찢어 바닥에 던져버렸다. 그리고 다시 하녀에게 나가라고 명령했다.

루세터는 바로 나가지 않고 허리를 숙여 조각난 편지를 줍기 시작했다. 하지만 어떡해서든 편지 내용을 보고 싶었던 줄리어는 화

가 난 척하며 말했다.

"종잇조각은 내버려 두고 그냥 나가. 날 화나게 하려고 일부러 그걸 만지작거리고 있느냐?"

줄리어는 시녀가 나가자 조심스럽게 종잇조각을 맞추기 시작했다. 제일 먼저 눈에 뜨인 글씨는 "사랑에 상처를 받은 프로티어스"였다. 그리고 이 말과 그와 같은 사랑의 말들을 갈가리 찢긴, 혹은 상처받은("사랑에 상처를받은 프로티어스"라는 표현에서 이런 말이 떠오른 것이다) 편지 속에서 읽어 내고 못할 짓을 했다며 후회했다. 그리고 이 다정한 말들에게

"너희들의 상처가 치유될 때까지 내 가슴을 침대삼아 쉬어라. 그리고 미안하다는 뜻에서 종잇조각 하나하나에 입맞춤을 해 주마."
라고 말했다.

이처럼 줄리어는 귀여운 여자아이의 말투로 혼자 중얼거렸지만 편지의 전체적 의미를 파악하지 못하자 이런 다정한 사랑의 말(줄리어는 이렇게 불렀다)을 찢어버린 자기 자신에게 너무나 화가 나 지금까지보다 훨씬 상냥하고 다정한 답장을 프로티어스에게 썼다.

프로티어스는 연인의 사랑이 듬뿍 담긴 답장을 받고 마음이 설레었다. 그 편지를 읽으면서 "아름다운 사랑, 아름다운 답장, 아름다운 인생이여!"라고 외쳤다. 너무 기뻐 세상을 다 얻은 것처럼 들떠 있을 때 아버지가 들어와 말했다.

"애야, 무슨 일이냐! 거기서 무슨 편지를 읽고 있는 거니?"라고

노신사가 물었다.

"아버지, 밀라노에 간 발렌타인에게서 온 편지입니다."

"어디 편지를 좀 보여다오. 대체 어떤 소식이 적혀 있나?"

"아버지, 특별한 소식은 없습니다."

프로티어스가 당황하며 서둘러 대답했다.

"그냥 밀라노 공작님의 총애를 받아 매일매일 후한 대접을 받고 있고, 저와 함께 그 행운을 나눌 수 있다면 얼마나 좋을까 하는 내용입니다."

"그래, 발렌타인의 권유에 대해 너는 어떻게 생각하느냐?"

"아버님의 의견에 따르겠습니다. 발렌타인의 우호적인 권유에 흔들리지는 않습니다."

그런데 프로티어스의 부친은 우연히 이 문제에 대해 한 친구와 막 이야기를 나누고 오는 길이었다. 그 친구의 말에 의하면

"대부분의 부모가 아들을 외국에 보내 출세를 준비시키는데 어째서 영주께서는 아들을 집에 머물게 하여 청춘을 허비하게 하는지 이해가 안 됩니다. 자신의 운을 시험하기 위해 전쟁에 나가는 젊은이도 있고, 멀리 신대륙을 찾아 여행을 떠나는 젊은이도 있고, 공부를 하기 위해 외국 대학에 입학하는 젊은이도 있습니다. 게다가 아드님의 친구인 발렌타인 군도 밀라노 왕궁에 가 있지 않습니까? 아드님은 제가 말했던 모든 일을 할 수 있습니다. 젊어서 여행을 하지 않으면 나이가 들어 아주 불리해집니다."

프로티어스의 아버지는 친구의 조언이 다 맞는 말이라고 생각했다. 그래서 프로티어스에게서 발렌타인이 "함께 자신의 행운을 나누고 싶다."고 했다는 말을 듣자마자 아들을 곧바로 밀라노에 보내기로 결심했다. 이 독단적인 노인은 언제나 아들을 설득하지 않고 명령을 내리는 습관이 있어 프로티어스에게 아무런 설명도 하지 않은 채 갑자기

"내 뜻은 발렌타인의 바람과 같다."라고 말했다. 그리고 아들이 당혹스러워하자 이렇게 덧붙였다.

"내가 갑자기 너를 밀라노로 보내기로 결정했다고 해서 그렇게 놀란 얼굴을 하지 말거라. 나는 한 번 하기로 결정했으면 반드시 그렇게 하고 마니까. 그러니 내일 여행을 떠날 채비를 해라. 변명은 듣고 싶지 않다. 이건 아비의 명령이다."

프로티어스는 아버지의 뜻을 거슬러서 좋을 게 하나도 없다는 걸 알고 있었다. 아버지는 프로티어스에게 자신의 의지를 거스르는 것을 단 한 번도 허락하지 않았다. 프로티어스는 줄리어의 편지 때문에 아버지에게 거짓말을 하여 오히려 줄리어와 헤어져야 할 상황으로 몰리게 만든 자신을 책망했다.

줄리어는 줄리어대로 오랫동안 프로티어스를 만날 수 없게 됐다는 걸 알게 되자 더 이상 관심이 없는 척하고 있을 수가 없게 됐다.

두 사람은 변함없는 사랑을 수도 없이 약속하고 안타까운 작별을 고했다. 프로티어스와 줄리어는 반지를 교환하고 서로 정표로 영

원히 소중하게 간직하기로 약속했다. 이렇게 애절한 작별을 하게 된 프로티어스는 친구 발렌타인이 살고 있는 밀라노를 향해 여행을 떠났다.

발렌타인은 프로티어스가 아버지에게 거짓말을 한 대로 밀라노 공작에게 정말로 총애를 받고 있었다. 게다가 발렌타인에게는 프로티어스가 꿈에서도 상상하지 못할 또 다른 사건이 일어나 있었다. 그것은 발렌타인이 그렇게 자랑으로 여겼던 자유로운 생활을 버리고 프로티어스에게도 지지 않을 정도로 열렬한 사랑에 빠졌다는 것이었다.

발렌타인에게 이런 놀랄 만한 변화를 불러일으킨 여성은 밀라노 공작의 딸인 실비어였고, 그녀 또한 발렌타인을 사랑했다. 하지만 두 사람은 공작에게 자신들의 사랑을 숨기고 있었다. 왜냐하면 공작은 발렌타인에게 매우 친절하게 대했으며 매일같이 자신의 궁으로 초대해 주었지만 자신의 딸을 투리오라는 젊은 신하와 결혼시킬 생각이었기 때문이었다. 실비어는 투리오를 경멸하고 있었다. 투리오에게는 발렌타인처럼 세련된 센스도 없었고 뛰어난 재능도 없었다.

두 사랑의 연적 투리오와 발렌타인이 어느 날, 실비어를 만나러 갔다. 그리고 발렌타인이 투리오가 하는 말을 일일이 비꼬면서 실비어를 즐겁게 해주고 있을 때 공작이 방에 들어와 발렌타인에게 친구 프로티어스가 찾아왔다는 소식을 전했다.

발렌타인은 "만약 제게 바라는 게 있다면 지금 여기서 프로티어스를 만나는 것이었습니다."라고 말했다. 그리고 공작에게 프로티어스에 대해 넌지시 칭찬을 하기 시작했다.

 "폐하, 저는 시간을 헛되이 보내왔지만 제 친구는 하루하루를 정말로 소중하게 보내는 성실하고 진실된, 어디 하나 흠잡을 데가 없는 친구입니다. 말하자면 신사가 갖춰야 할 덕목을 빠짐없이 갖추고 있는 친구입니다."

 "그렇다면 그런 인물에 어울리는 환영식을 열어라. 실비어, 알겠니? 네게 말하고 있는 것이다. 그리고 투리오 자네도 말일세. 발렌타인 군에게는 특별히 따로 지시할 필요가 없으니 말이야."

 이윽고 당사자인 프로티어스가 들어오자 잠시 이야기가 끊겼다. 발렌타인은 친구를 실비어에게 소개하며 이렇게 말했다.

 "영애님, 부디 이 친구를 저와 똑같이 그대의 심부름꾼으로 대해주십시오."

 발렌타인과 프로티어스가 인사를 마치고 둘만 남게 되자 발렌타인이 이렇게 말했다.

 "이보게, 고향 사람들은 모두 잘 있는가? 자네의 연인도 잘 있고? 그리고 자네의 연애도 잘되고 있는가?"

 "내 연애 이야기에 대해서 자네는 항상 짜증을 내지 않았는가. 자네가 사랑 이야기 따위에 흥미가 없다는 건 잘 알고 있네."

 "한때는 그랬었지. 프로티어스, 하지만 그건 이미 옛날 말이 되고 말았네. 연애를 조롱했던 것을 후회하고 있네. 내가 연애를 경멸한 벌로 사랑의 신이 사랑의 노예가 된 내 눈에서 잠을 빼앗아가 버렸다네. 아아, 프로티어스, 사랑의 신은 위대한 군주일세. 나의 거만한 콧대는 완전히 꺾여 버렸네. 고백하건대 이 세상에 사랑의 신이 내린 천벌만큼 고통스러운 것도 없고, 사랑의 신의 뜻을 따르는 것만큼 커다란 기쁨도 없다고 생각하네. 지금은 사랑 이외의 것에 대해서는 듣고 싶지도 않네. 이제 사랑이라는 이름만 떠올려도 밥을 먹지 않아도 배부르고, 잠을 자지 않아도 될 정도라네."

사랑 때문에 자신의 성격이 완전히 바뀌었다는 발렌타인의 말을 듣고 프로티어스는 도깨비 뿔을 뽑아내기라도 한 듯이 의기양양해졌다. 그러나 프로티어스는 더 이상 친구라고 부를 수 없게 됐다. 왜냐하면 두 사람의 화젯거리였던 그 전능하신 사랑의 신이(그랬다. 사랑의 신이 발렌타인의 성격을 바꾸어 버렸다고 이야기를 나누고 있는 사이에도) 프로티어스에게 힘을 발휘해 그의 마음을 조금씩 변화시키고 있었기 때문이다.

그리고 지금까지 성실한 사랑과 완벽한 우정의 표본과도 같았던 프로티어스가 조금 전에 딱 한 번, 아주 짧은 시간 동안 실비어를 만난 것 때문에 거짓된 친구, 불성실한 연인으로 바뀌어버렸다. 다시 말해 실비어를 보자마자 줄리어에 대한 사랑은 모두 허무했던 꿈처럼 사라져 버리고 발렌타인과의 오랜 우정조차도, 발렌타인 대신 실비어에게 사랑받고 싶다는 욕구를 막을 수 없게 됐다.

천성이 착한 인간들이 부정을 저지르게 되면 늘 그렇듯, 프로티어스도 줄리어를 버리고 발렌타인의 연적이 되겠다고 결심을 하기까지 신경이 아주 날카로워져 있었다. 그리고 결국 프로티어스는 욕망에 사로잡혀 아무 거리낌도 없이 새로운, 불행의 정열에 몸을 맡기고 말았다.

발렌타인은 자신의 사랑에 대한 비밀을 전부 프로티어스에게 털어놓았다. 실리어의 부친인 공작의 맘에 들기 위해 두 사람이 부단한 노력을 기울였다는 것과 공작의 허락을 받는 것은 거의 불가능에 가까워 실비어를 설득해 오늘 밤 몰래 야반도주를 해서 만투아로 도망치기로 했다는 사실을 털어놓았다. 그리고 발렌타인은 프로티어스에게 줄사다리를 보여주며 오늘 밤 어둠이 내리면 이 줄사다리로 실비어와 함께 창문을 빠져나갈 생각이라고 말했다.

친구가 엄청난 비밀을 다 털어놓자마자 프로티어스는 곧바로 공작에게 달려가 하나도 빠짐없이 모든 사실을 폭로하기로 결심했고, 프로티어스는 믿기지 않지만 실제로 폭로를 하고 말았다.

이 못된 친구는 공작에게 교활한 말솜씨로 주저리주저리 비밀을 폭로하기 시작했다.

"지금 제가 말하고자 하는 것은 우정을 생각한다면 반드시 지켜야 하는 비밀이지만, 공작님께서 베풀어주신 호의와 공작님께 대한 의무를 생각해서 말하지 않을 수가 없습니다. 그렇지 않다면 이 세상을 다 준다고 해도 절대 입을 열지 않았을 겁니다."

그리고 프로티어스는 발렌타인에게 들은 줄사다리며, 그것을 발
렌타인이 긴 망토 속에 감출 생각이라는 것까지 하나도 남김없이
공작에게 털어놓았다.

공작은 프로티어스가 친구의 부정행위를 덮어주기보다는 그 잘
못을 지적해 준 것에 대해 보기 드문 훌륭한 청년이라고 감탄하며
입에 침이 마르도록 칭찬했다. 그리고 누가 자신에게 비밀을 알려
주었는지 발렌타인에게는 알리지 않고 뭔가 꾀를 써서 발렌타인
본인의 입으로 비밀을 털어놓게 하겠다고 약속했다.

공작은 그럴 작정으로 저녁이 되자 발렌타인이 궁으로 들어오기
만을 기다리고 있었다. 그리고 얼마 안 돼 발렌타인이 잰걸음으로
궁 안에 들어오는 것이 보였다. 공작은 발렌타인이 망토 속에 뭔가
를 감추고 있다는 것을 눈치 챘다. 그리고 그게 바로 줄사다리라는
것도 짐작할 수 있었다.

그래서 공작은 발렌타인을 불러 세우고 이렇게 말했다.

"발렌타인 군, 그렇게 바삐 어딜 가는가?"

"폐하, 그럼 말씀드리겠습니다. 친구가 머무는 곳에 제 편지를
전해 줄 전령이 기다리고 있어서 편지를 전하러 가는 중입니다."

발렌타인의 거짓말은 결국 프로티어스가 편지에 대해 아버지에
게 했던 거짓말처럼은 성공하지 못했다.

"그렇게 중요한 편지인가?"

"폐하, 그리 중요한 편지는 아닙니다. 아버지께 제가 폐하의 궁

에서 건강하고 행복하게 지내고 있다는 걸 알리는 내용입니다."

"그래, 그렇다면 그리 서두르지 않아도 되겠군. 이리 와서 잠시 내 이야기 좀 들어주게. 나와 아주 가까운 사람에 대한 이야긴데 자네의 의견을 듣고 싶군."

그러더니 공작은 발렌타인이 비밀을 털어놓게 하기 위한 첫 단계로 교묘하게 꾸며낸 거짓 이야기를 시작했다.

"자네도 잘 알다시피 나는 딸을 투리오와 결혼시키고 싶지만, 딸이 너무나 완고해서 말을 잘 듣지 않네. 자신이 내 딸이라는 것도 인정하지 않고, 나를 아비로서 존경하지도 않네. 이런 말을 하기 부끄럽지만 딸이 너무나 거만해서 나도 그 애에 대한 애정이 완전히 식어버렸다네. 이전에는 내가 늙으면 딸이 효도를 하며 잘 보살펴 줄 거라고 믿었지만, 이제는 나도 아내를 맞이하고 딸은 누구라도 좋으니 원하는 사람이 있다면 줘버리기로 결정했다네. 딸아이는 자신의 미모만 지참금으로 가져가면 그만이지. 나나 내 재산 따위에는 아무런 관심도 없으니 말이네."

발렌타인은 대체 이야기가 어떻게 돌아가는 건지 의아해 하면서 대답했다.

"폐하, 그 건에 대해 제가 어떻게 해주시길 바라십니까?"

"실은 내가 결혼하려고 하는 부인은 소심하고 부끄러움을 잘 타는 사람이라 늙은 내가 열심히 설득을 해도 별로 반가워하지 않네. 게다가 여자를 대하는 방식도 내가 젊었을 때와는 많이 변했으니까. 그래서 나는 기꺼이 자네를 스승으로 모시고 청혼 방법에 대해 한 수 배우고 싶네."

발렌타인은 당시 젊은이들이 아름다운 아가씨들의 사랑을 얻기 위해 하는 구애방식을, 다시 말해 선물을 한다거나 자주 찾아 가는 등의 일반적인 상식을 공작에게 전수했다.

공작은 발렌타인이 전수한 방법에 대해, 그 부인은 자신이 선물을 보내도 거절하고 부친의 감시가 심해 아무도 낮 동안에는 가까이 다가갈 수가 없다고 대답했다.

"그렇다면 밤중에 몰래 찾아가십시오."

"하지만 해가 지면 그녀의 방 모든 창문에 걸쇠를 걸어 잠가버린다네."

빈틈없는 공작은 드디어 이야기의 핵심에 바싹 다가갔다.

그러자 발렌타인은 어리석게도 줄사다리를 써서 밤사이 몰래 부인의 방에 숨어들면 된다고 제안했고, 그 목적에 딱 맞는 줄사다리를 준비하겠다고 말했다. 그리고 마지막으로 망토 속에 감춰 두면 된다고 조언을 했다.

"그렇다면 자네의 망토를 빌려주게나."

공작이 말했다. 공작은 발렌타인의 망토를 벗길 구실을 만들기 위해 지금까지 긴 이야기를 꾸며낸 것이다. 그리고 말을 마친 순간 발렌타인의 망토를 확 잡아당기자 줄사다리뿐만이 아니라 실비어에게 보낼 편지까지 들통 나고 말았다. 공작은 그 편지를 곧바로 집어 들고 읽기 시작했다. 편지에는 두 사람의 야반도주에 관한 계획이 하나도 빠짐없이 적혀 있었다.

공작은 발렌타인을 자신의 후한 대접에도 불구하고 딸을 훔쳐내려 한 배은망덕한 놈이라고 꾸짖고 궁에서는 물론 밀라노에서도 영원히 추방시켜버렸다. 발렌타인은 그렇게 실비어의 얼굴도 보지 못한 채 그날 밤 바로 쫓겨나고 말았다.

밀라노에서 프로티어스가 이렇게 발렌타인에게 심한 해코지를 하고 있을 즈음, 베로나에 있는 줄리어는 프로티어스가 떠난 걸 탄식하고 있었다. 프로티어스에 대한 그리움이 꺼지지 않자 드디어 여성스런 조신함을 벗어던지고 베로나를 떠나 밀라노로 연인을 찾아 나서기로 결심했다. 여행 도중 위험을 당하지 않기 위해 시녀인 루세터는 물론 줄리어 자신도 사내 복장을 하고 여행을 시작했다. 그들이 밀라노에 도착했을 때는 프로티어스의 배신으로 발렌타인이 밀라노에서 추방당한 직후였다.

줄리어는 점심 무렵 밀라노에 도착해 한 여관에 머물기로 했다. 줄리어의 머릿속은 온통 사랑하는 프로티어스로 꽉 차 있어, 혹시 여관주인에게서 그에 대한 소문을 들을 수 있지 않을까 하는 기대로 말을 걸었다.

이 젊은 미남자의 언행으로 볼 때 신분이 높아 보였지만 허물없이 말을 걸어오자 여관주인은 기분이 좋았다. 그리고 마음씨 좋은 여관주인은 이 젊은 손님이 너무 우울해 보여 애처롭게 생각하며 젊은 손님을 즐겁게 해주기 위해 아름다운 음악이라도 감상하러 가자고 권했다. 오늘 밤 한 신사가 자신의 연인을 위해 세레나데를 바칠 것이라고 말해 주었다.

줄리어가 이렇게 우울한 표정을 하고 있던 이유는 자신의 분별없는 행동을 프로티어스가 어떻게 생각할지 걱정이 됐기 때문이었다. 왜냐하면 줄리어는 프로티어스가 그녀의 여성스런 고귀함과 고상한 품성을 사랑하고 있다는 걸 알고 있었기 때문에 프로티어스가 지금 자신의 모습을 보고 싫어하지 않을까 걱정스러웠던 것이다. 그런 이유 때문에 줄리어는 슬프고 우울한 얼굴을 하고 있었던 것이다.

줄리어는 함께 음악을 들으러 가자는 여관주인의 권유를 기꺼이 승낙했다. 혹시 가는 길에 프로티어스를 만날 수 있지 않을까 하는 기대 때문이었다.

그런데 여관주인의 안내를 따라 궁에 가 보니 친절한 여관주인의 생각과 전혀 다른 결과가 벌어지고 말았다. 왜냐하면 안타깝게도 그곳에서 줄리어의 연인인 불성실한 프로티어스가 실비어에게 사랑과 찬미의 세레나데를 부르고 있었기 때문이었다.

그리고 줄리어는, 실비어가 창 너머로 프로티어스에게 자신의 연인을 버리고 친구인 발렌타인을 함정에 빠뜨린 것을 책망하는 소릴 엿들었다. 그러더니 실비어는 프로티어스의 음악과 미사여구를 들으려고도 하지 않고 창가에서 물러났다. 실비어는 추방당한 발

렌타인을 여전히 사랑하고 있었으며 거짓된 친구 프로티어스의 비열한 행위를 증오하고 있었다.

줄리어는 자신이 목격한 사건 때문에 절망감을 느꼈지만 여전히 변덕스런 프로티어스를 사랑하고 있었다. 그래서 최근 프로티어스의 시종이 해고당했다는 소문을 듣고 친절한 여관주인의 도움을 받아 어렵게 프로티어스의 시종으로 들어가는 데 성공했다.

프로티어스는 자신의 시종이 줄리어라는 것을 눈치 채지 못했기에, 연적인 실비어에게로 편지와 선물 심부름을 자주 보냈다. 게다가 베로나에서 헤어질 때 줄리어가 프로티어스에게 선물한 반지를 실비어에게 전하라는 심부름까지 시켰다.

줄리어가 그 반지를 가지고 실비어를 찾아갔을 때 그녀가 프로티어스의 청혼을 아예 받아들이려고도 하지 않자 왠지 기분이 좋았다. 그리고 줄리어(지금은 세바스찬이라 불리고 있는 시종)는 프로티어스의 첫사랑, 버림받은 줄리어에 대해 실비어에게 이야기해 주었다.

줄리어는 자신이 자신을 칭찬하면서 이렇게 말했다.

"저는 줄리어 아가씨를 잘 알고 있습니다(말하고 있는 본인이 줄리어이니 잘 알고 있는 건 당연한 일이다). 줄리어 아가씨는 저의 주인님이신 프로티어스 님을 깊이 사랑하고 있지만 프로티어스 님이 냉정하고 쌀쌀맞게 대해 너무 비통해 하십니다."

줄리어는 좀 더 교묘하고 애매한 말을 써가며 이야기를 계속해

나갔다.

"줄리어 아가씨는 저와 키가 거의 비슷하고 피부색도 비슷한 데다가 눈동자 색, 머리카락 색깔까지 저와 똑같습니다."

사실 남장을 한 줄리어는 정말로 아름다운 미남자로 보였다. 실비어는 진심으로 가슴 아파하며 불쌍하게도 사랑하는 연인에게 버림받은 아름다운 여인을 동정했다. 그리고 프로티어스가 선물로 보낸 반지를 내밀자 선물을 거절하며 이렇게 말했다.

"그 반지를 내게 선물하다니, 이렇게 치욕스러울 수가. 나는 받을 수 없구나. 그 사람이 이 반지를 줄리어에게 받았다고 하는 소릴 여러 번 들었으니까. 상냥하고 젊은 시종, 나는 가련한 줄리어 아가씨를 동정하는 네가 맘에 드는구나. 불쌍한 줄리어! 자아, 이 지갑을 받아라. 줄리어 아가씨를 위해 네게 주겠다."

친절한 연적의 입에서 나온 위로의 말이 변장한 줄리어의 침울한 마음에 기운을 불어넣어 주었다.

이제, 다시 추방당한 발렌타인의 이야기로 돌아가기로 하자. 발렌타인은 부끄러운 추방자의 신분으로 염치없이 고향의 아버지에게 돌아갈 수가 없어 과연 어디로 가는 게 좋을지 방황하고 있었다. 그래서 마음속의 보석처럼 소중하고 사랑스런 실비어를 남기고 온 밀라노에서 그리 멀지 않은 한적한 숲속을 헤매다가 산적들의 습격을 받아 돈을 내놓으라는 협박을 받았다.

발렌타인은 산적들에게 말했다.

"나는 불행하게도 추방을 당한 신분이다. 돈이라고는 한 푼도 없다. 지금 입고 있는 옷이 내 전 재산이다."

산적들은 발렌타인이 빈털터리라는 말을 듣고 그의 고상한 풍모와 남자다운 태도에 매료돼 이렇게 말했다.

"우리와 함께 살며 우리의 두목이 돼 주시오. 우리는 당신의 명령을 따르겠소. 하지만 우리의 청을 거절한다면 이 자리에서 죽여 버리겠소."

발렌타인은 더 이상 자신이 어떻게 되든 상관없다고 여겼기에 여자와 가난한 나그네들에게 해를 가하지만 않는다면 너희들과 함께 살며 너희들의 두목이 돼 주겠다고 했다.

이렇게 해서 고귀한 발렌타인은 민요로 전해 내려오는 로빈 후드처럼 산적과 무법자들의 두목이 됐다. 그런데 이런 상황에서 발렌타인은 실비어와 만나게 됐다. 그것은 다음과 같은 이유에서 벌어지게 됐다.

실비어는 아버지의 투리오와의 결혼 재촉을 더 이상 거부할 수 없게 되자 그 결혼을 피하기 위해 결국에는 사랑하는 발렌타인을 찾아, 발렌타인과 함께 야반도주하기로 했던 만투아로 떠나기로 결심했다.

그러나 발렌타인은 만투아에 있지 않았다. 발렌타인은 여전히 숲 속에서 산적들의 두목이라는 이름하에 산적들과 함께 살고 있었다. 하지만 무리의 약탈행위에는 전혀 가담하지 않고 산적들이 그에게 준 특권도 산적들이 도적질한 나그네에게 자비를 베풀게 하기 위해서만 행사했다.

실비어는 에글러무어라는 이름의 존경받는 노신사와 함께 아버지의 궁에서 빠져나오는 데 성공했다. 실비어는 여행하는 동안 이 노신사의 보호를 받기 위해 함께 동행을 청한 것이다. 만투아로 가기 위해서는 반드시 발렌타인과 산적들이 살고 있는 숲을 지나지 않으면 안 됐고, 산적 중 한 명이 실비어를 붙잡게 된 것이다. 에글러무어도 함께 붙잡혔지만 그는 몰래 도망을 쳤다.

실비어를 붙잡은 도적은 실비어가 겁에 질려 있는 모습을 보고 두목이 살고 있는 동굴로 데려가려고 하는 것뿐이니 겁먹지 않아도 된다고 말했다. 그리고 두목은 훌륭한 사람이며 항상 여자들에게는 부드럽게 대하니 무서워하지 말라고 했다. 무법자들의 두목 앞에 포로로 끌려간다는 말을 들은 실비어는 조금이나마 안심이 됐다.

"아아, 발렌타인, 저는 당신을 위해 이런 고통도 견디고 있어요!"
라고 실비어가 소리쳤다.

그런데 산적은 실비어를 두목의 동굴로 데려가는 도중에 프로티어스에게 붙잡히고 말았다. 프로티어스는 실비어가 도망쳤다는 소식을 듣자마자 시종으로 변장한 줄리어와 함께 실비어의 뒤를 쫓아 숲으로 들어와 있었다. 프로티어스는 이렇게 해서 산적의 손아귀에서 실비어를 구해 냈다. 실비어가 감사의 말을 전하기도 전에 프로티어스가 또 다시 청혼을 하자 실비어는 고민하기 시작했다.

프로티어스가 난폭하게 실비어에게 결혼 승낙을 요구하는 사이 프로티어스의 시종(버림받은 줄리어)은 심한 마음의 동요를 느끼며 프로티어스 옆에 서서 생명의 은인인 프로티어스에게 실비어가 호의를 느끼는 게 아닐까 초조해 하고 있었다.

마침 그때 산적 두목 발렌타인이 갑자기 나타나자, 세 사람은 너무나 의아해 하면서 깜짝 놀랐다. 발렌타인은 부하가 귀부인을 포로로 잡았다는 소릴 듣자마자 위로를 하고 자유롭게 풀어주기 위해 달려왔던 것이다.

프로티어스는 실비어에게 청혼하는 모습을 친구에게 들키자 너무나 부끄러워 후회하며 자책을 하게 됐다. 그리고 발렌타인에게 위해를 가해 미안하게 생각한다며 진심어린 사죄를 했고, 원래부터 이상주의라고 할 만큼 고결하고 아량이 넓은 발렌타인은 프로티어스를 용서하고 다시 친구로 돌아가는 건 물론이며 갑작스런 영웅심리가 발동했는지 이렇게 말했다.

"나는 무조건 자네를 용서하겠네. 그리고 실비어에 대한 내 권리도 자네에게 양보하기로 하지."

줄리어는 시종으로서 주인 곁에 서 있었지만 이 터무니없는 말을 듣고, 이렇게 다시 권리를 양보 받았으니 프로티어스가 실비어를 거부할 이유가 전혀 없다고 생각하여 넋을 잃고 쓰러져 버렸다. 그리고 사람들은 열심히 줄리어의 의식이 돌아오도록 간호를 했다.

이 소동이 없었다면 실비어는 이런 식으로 자신을 프로티어스에게 양보한 데 분개했을 것이다. 그러나 실비어는 발렌타인이 아무리 우정 때문이라고는 하지만 이런 억지스럽고 한심스런 주장을 끝까지 고집하지는 않을 것이라는 사실을 알고 있었다.

줄리어는 정신이 들자 이렇게 말했다.

"이런, 잊고 있었네요. 주인님께서 이 반지를 실비어 아가씨께 전해드리라고 말씀하셨습니다."

프로티어스는 반지를 보자마자 자신이 줄리어에게 받은 반지의 답례로 줄리어에게 선물한 반지라는 걸 깨달았다. 저걸 이 시종(그는 아직도 그렇게 생각하고 있었다)에게 명령해서 실비어에게 전하라고 했을 리가 없었다.

"이게 대체 어찌된 일인가? 이건 줄리어의 반지다. 이봐, 대체 어떻게 네가 이걸 가지고 있지?"라고 프로티어스가 묻자 줄리어는 이렇게 대답했다.

"줄리어 본인이 제게 직접 주셨어요. 그리고 줄리어 스스로 이곳에 가져 왔어요."

프로티어스는 눈을 동그랗게 뜨고 상대를 바라봤다. 그리고 시종인 세바스찬이 바로 줄리어라는 사실을 깨달았다. 줄리어의 변함없이 성실한 사랑에 프로티어스는 깊은 감명을 받아 줄리어에 대한 사랑이 새롭게 싹트기 시작했다. 그리고 자신의 사랑스런 연인을 다시 받아들이고, 실비어에 대한 모든 권리를 실비어에게 어울리는 인물인 발렌타인에게 기꺼이 양보했다.

프로티어스와 발렌타인이 서로 화해하고 각각 정숙한 연인을 얻어 서로 행복을 만끽하고 있을 때, 갑자기 나타난 밀라노의 공작과 투리오의 모습을 보고 깜짝 놀랐다. 두 사람은 실비어를 추적해 숲으로 들어온 것이다.

투리오가 먼저 다가와 "실비어는 내 여자다."라고 말하며 실비어를 붙잡으려 했다. 그러자 발렌타인은 험악한 얼굴로 투리오에게 소리쳤다.

"투리오, 뒤로 물러서라. 다시 한 번 실비어에게 헛소리를 지껄이면 저승사자를 보게 될 것이다. 자아, 여기 실비어가 있다. 어디 실비어에게 다가가 보거라! 내 연인에게 손을 대볼 테면 어디 한번 해 보거라."

이 위협적인 말을 들은 겁쟁이 투리오가 뒤로 물러서며 이렇게 말했다.

"나는 실비어가 싫소. 나를 사랑하지도 않는 여자 때문에 싸우는 건 어리석은 짓이오."

밀라노 공작은 매우 용감한 사람이라 격분하며 이렇게 말했다.

"그렇게 딸을 달라고 소동을 피우더니 그런 말도 안 되는 구실로 내 딸을 버리겠다니 정말 한심하기 짝이 없는 놈이로군."

그리고 발렌타인에게 이렇게 말했다.

"발렌타인, 자네의 용기를 칭송하겠다. 생각건대 자네는 여제의 연인으로 부끄럽지 않은 인물이다. 자네에게 실비어를 주겠노라. 자네는 내 딸과 잘 어울리는 사내니까."

그러자 발렌타인은 매우 겸손하게 공작의 손에 입맞춤을 하고 공작이 하사한 아름다운 실비어라는 훌륭한 선물을 그에 걸맞은 감사의 말과 함께 고맙게 받아들였다. 발렌타인은 이 경사스런 기회를 통해 훌륭한 성품의 공작에게 자신이 숲에서 만나게 된 산적 무리의 죄를 사해 달라고 간청했다.

"저들이 자신들의 잘못을 뉘우치고 사회로 복귀하게 된다면 반드시 선량하고 중요한 일을 할 인물들이 다수 배출될 것이라 믿습니다. 대부분의 사람들이 흉악범들이 아니라 저처럼 정치적 이유로 추방된 사람들이기 때문입니다."

공작은 발렌타인의 청을 그 자리에서 받아들였다. 이제 남은 것은 프로티어스에 대한 것뿐이었다. 프로티어스는 사랑에 눈이 멀어 저지른 죄의 벌로 공작 앞에서 자신의 사랑과 배신에 대한 폭로를 묵묵히 들어야 했다. 정신을 차린 프로티어스에게는 자신의 과오를 들어야 하는 굴욕이면 충분한 벌이라고 여긴 것이다.

이야기가 끝나자 두 쌍의 연인들은 함께 밀라노로 돌아가 공작 앞에서 성대한 환영 파티와 함께 결혼식을 거행하게 됐다.

끝이 좋으면 다 좋다

　로실리온의 백작 버트람은 최근 아버지의 죽음으로 작위와 재산을 물려받았다. 프랑스 왕은 버트람의 아버지를 존경하고 있었기 때문에 부고를 듣자마자 전령을 보내 그의 아들에게 당장 파리 왕궁으로 오라고 전했다. 죽은 백작에 대한 우정 때문에 젊은 버트람에게 특별한 애정을 보이고 보호해 주려고 생각했기 때문이다.

　프랑스 왕궁의 나이 든 귀족 래퓨라는 사람이 버트람을 왕궁으로 데려가기 위해 왔을 때, 버트람은 백작 미망인인 어머니와 함께 살고 있었다. 프랑스 왕은 전제군주였기에 왕궁으로 들어갈 수 있는 것은 왕의 초대나 강제적 명령을 받은 사람뿐이었고 아무리 신분이 높은 신하라 할지라도 거역할 수 없었다.

백작 부인에게 자신의 소중한 아들과 헤어지는 것은 최근 죽은 남편을 다시 한 번 매장하는 것과 같은 아픔이었지만, 아들을 하루라도 더 곁에 둘 용기가 없어 아들에게 곧바로 출발하라고 지시했다. 아들을 데리러 온 래퓨는 남편을 잃고 갑작스럽게 아들마저 떠나보내야 하는 백작 부인을 위로하기 위해 왕에게 아첨이라도 하듯이 말했다.

"폐하께서는 매우 친절한 분이시라 부인에게는 남편처럼, 아드님에게는 아버지처럼 따뜻하게 대해 주실 겁니다."

다시 말해 이 말뜻은, 단순히 친절한 국왕이 버트람의 장래에 대해 큰 관심을 가지고 있다는 것에 불과했다. 래퓨는 백작 부인에게 왕은 난치병에 걸려 의사들이 치료를 포기한 상태라고 전했다. 백작 부인은 국왕의 건강이 좋지 않다는 말을 듣고 심심한 유감을 표하며 헬레너의 아버지가 살아 있었다면 틀림없이 폐하의 병을 고칠 수 있었을 거라고 말했다.

헬레너는 당시 백작 부인 곁을 지키고 있던 여자였는데, 백작 부인은 래퓨에게 잠시 그녀의 신상에 대해 이야기해 주었다. 헬레너는 고명한 의사 제라드 드 나본의 외동딸로 나본은 죽기 직전에 백작 부인에게 딸을 부탁했고, 그가 죽자 헬레너를 돌봐주고 있었다. 부인은 헬레너의 고귀한 성품과 뛰어난 재능을 칭찬하며 이렇게 말했다.

"이 아이의 성품과 뛰어난 재능은 훌륭한 아버지에게 물려받았을 거예요."

부인이 이야기를 하는 동안 헬레너는 슬프고 우울한 표정으로 잠자코 울고만 있었다. 백작 부인은 헬레너가 아버지의 죽음을 너무 슬퍼하자 따뜻하게 위로해 주었다.

이윽고 버트람은 어머니에게 작별을 고하였고, 백작 부인은 눈물을 흘리며 몇 번이고 축복을 하면서 사랑스런 아들과 작별을 하였다. 그리고 아들을 래퓨에게 부탁하며 이렇게 말했다.

"왕궁 생활에 대해 아무것도 모르는 아이예요. 래퓨 님, 부디 잘 인도해 주시기 바랍니다."

버트람은 헬레너에게 작별 인사를 고했다. 하지만 그 인사란 게 헬레너의 축복을 기원하는 정중하고 형식적인 말에 불과했다. 버트람은 헬레너와 짧게 인사를 하며 이렇게 말했다.

"어머니는 너의 주인이다. 위로하며 잘 보살펴 드려라."

헬레너는 오래 전부터 버트람을 사랑하고 있었다. 그리고 헬레너가 슬프고 우울한 표정으로 그저 울고만 있었던 것은 아버지인 제라드 드 나본 때문이 아니었다. 헬레너는 아버지를 사랑하고 있었지만 지금은 그보다 훨씬 더 강한 사랑이 싹트고 있었던 것이다. 그리고 그 사랑의 대상을 떠나보내야 하는 헬레너의 마음은, 죽은 아버지의 모습과 얼굴을 아무리 떠올리려 해도 온통 버트람에 대한 생각뿐이었다.

헬레너는 이미 오래전부터 버트람을 사랑하고 있었지만 버트람이 프랑스에서도 유서 깊은 귀족인 로실리온 백작의 아들이라는 것을 한순간도 잊은 적이 없었다. 반면에 헬레너는 낮은 신분의 태생에 부모도 유명인사가 아니었지만, 버트람은 조상 대대로 이어온 귀족이었다. 그래서 헬레너는 고귀한 태생인 버트람을 주인으로, 도련님으로 평생 바라보면서 버트람의 시종으로 있고 싶다는 생각 이외에 더 이상을 기대할 용기가 없었다. 헬레너는 두 사람의 신분 차가 하늘과 땅만큼의 차이라고 생각했다.

"도련님을 생각한다는 것은 빛나는 별을 사랑하고 그 별과 결혼하고 싶다고 생각하는 것과 마찬가지야. 버트람 님은 그만큼 높이 계신 거야."라고 혼자 중얼거리기만 했다.

버트람이 떠나게 되자 헬레너의 눈에는 눈물이 넘쳐흘렀고, 마음은 슬픔으로 가득했다. 왜냐하면 헬레너는 아무 욕심도 없이 사랑했고, 늘 버트람을 볼 수 있다는 것만으로도 꽤 마음의 위로가 됐기 때문이다. 조용히 앉아 버트람의 검은 눈동자, 활처럼 휜 눈썹, 아름다운 곱슬머리를 넋 놓고 바라보고 있으면, 점점 마음속 도화지에 버트람의 초상화가 그려지고 있는 느낌이 들었다. 그리고 마음에 이목구비를 또렷하게 새겨 놓을 수 있을 것처럼 여겨졌다.

제라드 드 나본이 죽으면서 헬레너에게 남겨준 것은 진귀하고도 효과가 충분히 입증된 몇 장의 처방전뿐이었다. 그것은 제라드가 오랫동안의 신중한 연구와 의학적 경험을 통해 거의 확실한 효과가 입증된 특효약만 모아 놓은 것이었다. 그중에는 래퓨가 말한 국왕의 난치병에도 효과가 입증된 치료법이 있었다.

헬레너는 한동안 풀이 죽은 채 뒤로 물러나 있었지만, 국왕의 병에 대해 듣자마자 파리로 가서 국왕을 치료하겠다는 야심찬 계획을 세우게 됐다. 그러나 헬레너는 이 기가 막힌 처방전을 가지고 있기는 했지만 의사들은 물론 국왕 본인까지 불치병이라고 포기한 상태에서, 헬레너가 치료를 하겠다고 나선들 아무도 가난하고 못 배운 젊은 처녀를 믿어주지 않을 것 같았다.

그러나 치료를 허락해 주기만 한다면 반드시 성공할 수 있다고 헬레너는 확신했다. 그 확신은 당시 가장 유명했던 의사인 아버지의 실력을 확신했기 때문이지만, 그 이상으로 이 묘약은 하늘의 모든 별들에 의해 축복받은 것으로 자신을 로실리온 백작의 아내라는 높은 자리로 끌어올려줄 유산일 거라는 강한 확신이 있었기 때문이다.

버트람이 파리로 떠난 지 얼마 안 돼 백작 부인은 집사로부터 다음과 같은 보고를 받았다.

"헬레너 양이 혼자 중얼거리는 소리를 우연히 들었는데, 헬레너 양의 이야기를 하나하나 살펴보니 아무래도 버트람 도련님을 사랑하고 있는 것 같습니다. 그래서 버트람 도련님의 뒤를 좇아 파리에 가려고 하는 것 같습니다."

백작 부인은 수고했다고 집사를 물리면서, 헬레너에게 잠시 할 이야기가 있다고 전해달라고 했다. 백작 부인은 헬레너에 관한 이야기를 듣고 먼 옛날 자신에 대한 기억이 떠올랐다. 아마 남편에 대한 사랑이 싹트기 시작했을 즈음일 것이다.

"나도 젊었을 때 너와 똑같았지. 사랑은 청춘이라는 장미꽃에 달린 가시와 같은 거야. 우리가 자연의 일부인 이상 젊어서는 누구나 이 과실을 범하기 십상이지. 하지만 정작 본인은 과실이라고 생각하지 못해."

백작 부인이 이처럼 자신이 젊었을 때 범한 사랑의 과오에 대한 회한에 젖어 있을 때 헬레너가 들어왔다. 백작 부인은 헬레너에게 이렇게 말했다.

"헬레너, 난 네 엄마야."

"아니오, 제 주인이십니다."

"너는 내 딸이야."

백작 부인은 다시 말했다.

"내가 네 엄마라고 하잖니. 어째서 내 말에 그렇게 놀라며 창백해지는 거니?"

헬레너는 두렵고 혼란스러운 표정으로, 백작 부인이 자신의 사랑에 대해 눈치 챈 게 아닐까 걱정하면서 대답했다.

"부인, 용서해 주세요. 부인은 제 어머니가 아니세요. 로실리온 백작님께서 제 오빠고, 제가 부인의 딸이 될 수는 없어요."

"헬레너, 하지만 넌 내 며느리가 될지도 모른다. 그렇게 되고 싶지 않니? 엄마니, 딸이니 하는 소릴 듣고 당황한 것 같구나. 헬레너, 넌 내 아들을 사랑하니?"

"부인, 제발 용서해 주십시오."

헬레너는 겁에 질려 말했다.

백작 부인은 다시 똑같은 질문을 반복했다.

"넌 내 아들을 사랑하고 있니?"

"부인께서는 아드님을 사랑하지 않으시나요?"

"그렇게 대답을 얼버무리지 마라. 헬레너, 좋아하는지 싫어하는
지 어서 말해보렴. 네가 내 아들을 사랑한다는 건 이미 다 알려진
사실이야."

헬레너는 무릎을 꿇고 버트람을 사랑하고 있다고 고백했다. 그리
고 부끄러움과 두려움으로 부들부들 떨면서 고귀한 여주인에게 용
서를 빌었다.

"버트람 도련님과의 신분 차이는 저도 잘 알고 있어요. 버트람
도련님은 제가 연모하고 있다는 걸 전혀 모르고 계세요. 저의 보잘
것 없고 아무 욕심도 없는 사랑은 마치 불쌍한 인도인들이 태양을
신으로 우러러보고 있지만, 태양은 그런 인간을 내려다보면서도
그들이 누군지조차 모르는 것과 마찬가지예요."

"너 요즘 파리에 가고 싶지 않니?"

"래퓨 공께서 폐하의 환우에 대해 말씀하실 때 파리에 가야겠다
고 생각했어요."

"그게 네가 파리에 가고자 하는 이유니? 진짜 이유를 한번 말해

보거라."

헬레너는 솔직히 말했다.

"실은 도련님 때문에 떠오른 생각이에요. 안 그랬다면 파리나, 폐하의 약에 대해서는 전혀 생각도 못했을 거예요."

백작 부인은 그녀의 고백을 인정도 꾸중도 하지 않은 채 잠자코 듣고 있다가 헬레너에게 조심스럽게 물었다.

"그 약이 정말 폐하의 병을 고칠 수 있다고 생각하니?"

"네, 그 약은 아버지가 살아 계실 때 가장 소중히 여기던 약이었는데, 돌아가시면서 제게 주신 거예요."

백작 부인은 헬레너 아버지의 임종 직전에 헬레너를 책임져 주겠다고 엄숙히 약속했던 것을 떠올렸다. 그리고 헬레너의 운명은 물론 왕의 운명까지 헬레너의 계획의 성패에 달렸다고 생각하고, 헬레너에게 마음대로 하라는 무조건적인 허락을 했다. 백작 부인은 그 계획이 사랑에 빠진 처녀의 가련한 제안에서 생겨난 것이기는 하지만, 그것이 눈에 보이지 않는 섭리의 작용으로 국왕의 쾌유를 가져다 준다면 제라드 드 나본의 딸의 운명을 바꿔줄지도 모른다고 생각했다. 그리고 헬레너에게 충분한 여비와 수행원을 딸려 보냈다. 헬레너는 백작 부인의 축복과 성공을 기원해 주는 더 없는 친절 속에서 파리를 향해 출발했다.

헬레너는 파리에 도착하자마자 래퓨 경의 도움으로 국왕을 알현할 수 있었다. 하지만 헬레너에게는 여전히 많은 역경이 기다리고 있었다. 왜냐하면 국왕을 설득시켜 이 젊고 아름다운 여의사가 제공하는 약을 먹게 하는 일은 그리 만만한 일이 아니었기 때문이었다. 하지만 헬레너는 왕에게 자신이 제라드 드 나본의 딸이라는 사실을 알리고(왕도 나본의 명성은 익히 들어 알고 있었다), 그 약이 아버지의 오랜 경험과 지식의 결정체라고 말한 뒤, 약을 왕 앞에 내놓으면서 이틀 사이에 폐하가 완전히 쾌유되지 않는다면 자신을 사형에 처해도 좋다고 단언했다.

왕은 이렇게 해서 그 약을 시험해 보기로 결심했다. 그리고 만약 이틀 안에 국왕이 완쾌되지 않을 경우, 헬레너는 사형에 처해지게 되지만 만약 성공했을 경우에는 프랑스 전체(왕자들은 제외하고)의 남자들 중에서 헬레너가 남편감을 골라도 좋다고 약속했다. 헬레너가 왕의 환우를 고치게 되면 남편감을 고를 권리를 달라고 했기 때문이다.

아버지의 약효에 대한 헬레너의 기대는 기가 막힐 정도로 적중했다. 약속했던 이틀이 채 끝나기도 전에 왕은 완전히 건강을 회복했다. 그래서 왕은 자신의 아름다운 의사에게 약속했던 대로 남편감을 고르도록 궁 안의 모든 젊은 귀족들을 남김없이 불러 모았다.

"헬레너, 자아, 여기 젊고 늠름한 귀족들을 잘 둘러보고 남편감을 골라 보거라."

헬레너가 남편감을 고르는 데는 많은 시간이 필요 없었다. 왜냐하면 헬레너는 젊은 귀족들 중에서 로실리온 백작을 발견하자마자 버트람을 향해 이렇게 말했기 때문이다.

"이 분이에요. 도련님, 제가 도련님을 선택하겠다는 주제 넘는 말은 하지 않겠어요. 죽을 때까지 최선을 다해 모시고 따르겠어요."

"그래, 그렇다면 버트람. 그 아이의 남편이 되어라. 이제 그 아이가 너의 아내이니라."

버트람은 곧바로 왕의 선물이자 억지로 떠안게 된 아내 헬레너를 받아들일 수 없다고 대답했다.

"이 여자는 가난한 의사의 딸입니다. 제 아버지가 키워준 아이로 지금은 어머님의 자비 아래 살고 있는 아이입니다."

헬레너는 이런 버트람의 멸시와 거절을 듣고 왕에게 말했다.

"폐하의 완쾌가 제게는 가장 큰 기쁨입니다. 부디 다른 일들은 잊어 주세요."

하지만 왕은 왕의 명령을 그렇게 가볍게 거부하도록 내버려둘 수가 없었다. 결혼하는 귀족을 축복해 주는 것은 프랑스 왕의 특권 중 하나였기 때문이다. 그리고 그날 곧바로 버트람은 헬레너와 결혼식을 올렸다. 버트람에게는 강제적이고 불유쾌한 결혼이었으며 불쌍한 헬레너에게는 아무런 희망도 약속되지 않은 결혼식이었다. 헬레너는 왕의 명령으로 귀족 남편을 얻게 됐지만 빈껍데기 선물에 불과한 것 같다는 느낌이 들었다. 남편의 사랑까지 프랑스 왕이 하사할 수 있는 선물은 아니기 때문이다.

버트람은 결혼하자마자 헬레너에게 이탈리아 전투에 참가하고 싶으니 왕에게 왕궁을 떠날 수 있도록 허락을 받아달라는 부탁을 했다. 곧바로 출발해도 좋다는 왕의 허락을 받아온 헬레너에게 버트람은 이렇게 말했다.

"난 이렇게 갑작스럽게 결혼할 준비가 되지 않아 너무 혼란스럽다. 그러니 헬레너, 내가 선택한 삶을 섭섭하게 여기지 마라."

헬레너는 버트람이 자신을 버리려 하고 있다는 것을 깨닫고 섭섭하게 여기지는 않았지만 깊은 슬픔에 빠지게 됐다. 버트람은 헬레너에게 고향의 어머니 곁으로 돌아가라고 명령했다. 헬레너는 배려라고는 찾아볼 수도 없는 이 명령을 듣고 이렇게 대답했다.

"도련님, 저는 아무것도 드릴 말씀이 없어요. 그저 도련님의 명령에 따를 뿐이에요. 저의 평범한 운명의 힘은 이 큰 행복을 제 것으로 만들기에는 부족해요. 그러니 그저 명령에 따르며 부족한 부분을 채우겠어요."

그러나 헬레너의 이런 조신한 말을 듣고서도 거만한 버트람은 다정한 아내를 불쌍히 여기는 마음이 전혀 들지 않았다. 그리고 세상 모든 사람들이 하는 아쉬운 작별인사조차 하지 않은 채 헬레너와 작별했다.

이렇게 해서 헬레너는 백작 부인의 곁으로 돌아가게 됐다. 헬레너의 여행 목적은 달성되었다. 국왕의 목숨을 구했으며, 사랑하는 로실리온 백작과도 결혼을 했다. 하지만 고상한 시어머니 곁으로 돌아온 헬레너는 우울한 심정이었다. 헬레너는 저택으로 돌아오자 마자 버트람의 편지를 받았다. 그것이 헬레너를 비탄의 절벽 아래로 떨어뜨리고 말았다.

선량한 백작 부인은 헬레너를 마치 아들이 선택한 신분 높은 귀부인처럼 진심으로 환영해 주었다. 그리고 결혼식 당일에 헬레너를 집으로 돌려보낸 버트람의 냉혹하면서도 아내를 경시하는 태도를 위로하기 위해 헬레너에게 다정하게 말을 걸었다. 하지만 따뜻한 환영도 헬레너의 슬픈 마음을 달래주지는 못했다. 헬레너는 이렇게 말했다.

"어머님, 도련님은 떠나버리셨어요. 영원히 떠나버리셨어요."

그리고 헬레너는 버트람에게 받은 편지를 읽었다.

'네가 내 손가락에서 절대로 뺄 수 없는 반지를 빼낸다면 그때는 나를 남편이라 불러도 좋다. 하지만 그런 일은 결코 없을 것이다.'

"어떻게 이런 매정한 말을!"

헬레너가 말했다.

백작 부인이 말했다.

"기운을 내라. 버트람이 없는 지금, 네가 나의 유일한 자식이니까. 너는 버트람처럼 버릇없는 젊은이들을 스무 명은 거느릴 영주의 아내가 돼 언제나 백작 부인 호칭을 받을 만한 자격이 있는 사람이란다."

하지만 이 더없이 너그러운 시어머니가 자신을 낮춰가며 공손하고 친절한 위로로 며느리의 슬픔을 달래주려 해도 허사였다.

헬레너는 여전히 편지를 응시한 채 비통하게 소리쳤다.

'아내가 없는 몸이 되기 전까지는 프랑스에 돌아가지 않겠다.'

"그런 말이 편지에 쓰여 있니?"

"네, 부인."

불쌍한 헬레너는 겨우 이렇게 대답했다.

다음 날 아침, 헬레너의 모습은 사라지고 없었다. 헬레너는 편지 한 장을 써서 자신이 집을 나간 뒤 백작 부인에게 건네주라고 부탁하고 사라져 버린 것이다. 편지에는 자신이 집을 떠나는 이유가 적혀 있었는데 다음과 같은 내용이었다.

'버트람 도련님께 조국은 물론 이 집까지 버리게 만든 것을 매우 유감스럽게 생각합니다. 이 죄를 씻기 위해 저는 성 제이퀴스 님이 모셔진 성지까지 순례를 떠나기로 했습니다. 끝으로 어머님께 부탁을 드리고 싶습니다. 부디 버트람 도련님이 증오하는 아내는 영원히 집을 떠났다고 알려주시기 바랍니다.'

한편 파리를 떠난 버트람은 피렌체로 가서 피렌체 공작 부대의 장교가 됐다. 버트람은 전장에서 수많은 용맹스런 행동으로 명성을 떨쳤고 전쟁이 승리로 끝나자 어머니에게 더 이상 헬레너 때문에 고민할 필요가 없다는 반가운 편지를 받고 집으로 돌아갈 준비를 했다. 헬레너는 순례로 초췌한 모습이 되어 피렌체로 들어섰다.

피렌체는 성 제이퀴스를 참배하기 위해 순례자들이 지나가는 도

시였다. 헬레너가 이 도시에 도착했을 때, 싹싹한 과부가 살고 있는데 여성 순례자들에게 숙소를 제공하며 친절하게 대접한다는 소문을 듣게 됐다.

그래서 헬레너는 이 싹싹한 과부의 집으로 갔다. 그러자 과부는 헬레너를 친절하게 환영하며 아주 특별한 구경거리가 있으니 함께 가자고 권했다. 그리고 만약 헬레너가 공작의 부대를 보고 싶다면 전군을 훤히 내려다 볼 수 있는 곳으로 데려가 주겠다고 말했다.

"그러면 당신 나라 사람을 볼 수 있어요. 이름은 로실리온 백작이라고 하는데 전쟁에서 혁혁한 공을 세운 분이죠."

버트람이 행군에 참여한다는 소식을 들은 헬레너는 망설이지 않고 그러마고 대답했다. 헬레너는 여주인을 따라갔다. 그리운 남편의 얼굴을 두 번째 보는 것은 헬레너에게 있어 슬프고도 근심스러운 광경이었다.

"정말 멋진 분이시죠?"

과부가 말했다.

"아주 맘에 드네요."

헬레너가 진심으로 대답했다.

걷는 동안 수다쟁이 과부는 계속해서 버트람에 대해서만 재잘거렸다. 버트람의 결혼에 대해, 불쌍한 아내를 버린 것에 대해, 아내와 함께 사는 걸 피해 공작의 군대에 들어간 것에 대해 헬레너에게 이야기해 주었다. 바로 자기 자신의 불행한 이야기를 헬레너는 참을성 있게 들었다.

그러나 버트람의 신상에 관한 이야기는 그것으로 끝나지 않았다. 그 다음으로 과부가 버트람에 대해 들려준 이야기가 헬레너의 마음을 더욱 더 침울하게 만들었다. 과부의 말에 의하면 버트람이 과부의 딸을 사랑하고 있다고 했기 때문이다.

버트람은 프랑스 왕의 강요에 못이긴 결혼은 싫어했지만 사랑에 무관심한 것은 아닌 듯했다. 왜냐하면 피렌체의 군대에 들어간 이후, 헬레너가 머물고 있는 여관 주인의 딸 다이애나와 사랑에 빠져 버렸으니. 다이애나는 아름답고 젊은 아가씨였다. 버트람은 매일 밤 다이애나의 방 창가로 찾아가 온갖 종류의 음악과 다이애나의 아름다움을 찬미하는 노래로 다이애나에게 구애를 하고 있었다.

버트람의 바람은 그저 가족들이 모두 잠자리에 든 뒤에 몰래 다이애나의 방에 들어가게 해달라는 것이었지만, 다이애나는 절대로 허락하지 않았으며 버트람에게는 아내가 있다는 사실을 잘 알고 있었기 때문에 어떤 감언이설로 꼬여도 넘어가지 않았다. 다이애나는 사려 깊은 어머니 밑에서 자랐기 때문이다. 지금은 몰락한 처지지만 캐플렛이라는 귀족 가문 출신이었다.

여관 주인은 이런 이야기를 처음부터 끝까지 다 헬레너에게 말해 주었다. 그리고 사려 깊은 딸의 정숙하고 정조 있는 태도를 크게 칭찬하면서 모두가 자신에게 받은 훌륭한 교육과 조언 덕이라고 말했다. 여주인은 다시 버트람이 내일 아침 일찍 피렌체를 떠나려

하고 있어 그렇게 바라던 방문을 오늘 밤 꼭 허락해 달라며 다이애 나에게 집요하게 애원했다고 했다.

버트람이 과부의 딸을 사랑하고 있다는 말을 듣고 헬레너는 크게 실망했지만 이 이야기를 듣고 헬레너의 사랑으로 불타는 마음은 바람둥이 남편을 되돌려 놓기 위한 계획(이전의 계획이 수포로 돌아갔음에도 굴하지 않고)을 생각해냈다. 헬레너는 자신이 버트람의 버림을 받은 아내 헬레너라는 것을 밝히고 친절한 여주인과 그녀의 딸에게 버트람의 방문을 허락한 뒤, 자신을 다이애나라고 착각하게 만드는 일을 도와 달라고 간청했다.

그리고 그렇게 남편을 몰래 만나려는 이유는 남편이 끼고 있는 반지를 손에 넣기 위한 것이라고 두 사람에게 설명해 주었다. 만일 헬레너가 이 반지를 손에 넣기만 한다면, 버트람은 그녀를 아내로 인정하겠다고 했기 때문이다.

과부와 딸은 헬레너를 돕겠다고 약속했다. 왜냐하면 불행하게도 남편에게 버림받은 헬레너를 동정했고, 또 하나는 헬레너가 보수를 약속하며 착수금으로 금화가 든 주머니를 주었기 때문이었다.

그날 중에 헬레너는 아내가 죽었다는 소식을 버트람에게 알렸다. 헬레너가 죽었다는 소식으로 자유롭게 두 번째 아내를 맞이할 수 있게 된 버트람이 틀림없이 다이애나로 변장한 헬레너에게 청혼할 것이라고 생각했기 때문이다. 그리고 만약 헬레너가 남편의 반지와 그의 결혼 약속을 얻어낼 수만 있다면 앞으로의 행복이 보장될 것이라는 걸 헬레너는 의심하지 않았다.

그날 밤, 어둠이 깔리자 다이애나는 버트람을 방으로 들어오라고 허락했다. 그리고 헬레너는 방에서 버트람을 맞이할 모든 준비를 끝냈다. 헬레너에게 쏟아진 황홀한 구애들은 설령 그것이 다이애나를 위한 것이라는 사실을 알고 있더라도 헬레너의 귓가에는 더없이 아름답게 울려 퍼졌다.

버트람은 헬레너에게 완전히 빠져 그대의 남편이 되어 영원토록 당신을 사랑하겠노라고 굳게 맹세했다. 이날 밤, 버트람을 그렇게까지 기쁘게 해준 것은 사실 자신이 경멸하던 아내 헬레너였다는 것을 나중에 알게 됐을 때, 이 맹세가 진정한 사랑의 전조이길 헬레너는 갈망했다.

버트람은 헬레너가 얼마나 영리한 여자인지 전혀 모르고 있었다. 만약 잘 알고 있었다면 헬레너에게 그렇게까지 매정하지는 않았을 것이다. 매일 헬레너를 봐 왔기 때문에 헬레너의 아름다움을 전혀 깨닫지 못한 것이다. 처음 보는 사람이라면 첫눈에 아름답다거나 못생겼다고 깨달을 수 있지만 매일같이 익숙한 얼굴은 아름다운지 못생겼는지를 깨닫기 쉽지 않은 것이다.

하지만 헬레너의 앞으로의 운명도, 헬레너의 사랑의 계획이 행복한 결말을 맞이할 수 있을지도 그날 밤의 만남에서 버트람에게 어떤 인상을 남길지에 달려 있었기 때문에 헬레너는 모든 지혜를 짜내 버트람을 기쁘게 해주려고 노력했다. 헬레너의 활기차면서도 고상한 말솜씨와 마음을 사로잡는 사랑스런 태도에 버트람은 완전히 매료당해 당신을 아내로 맞이하겠다고 맹세했다. 헬레너가 사랑의 증표로 손가락에 끼고 있는 반지를 달라고 조르자 버트람은 반지를 헬레너에게 빼주었다.

이 반지를 손에 넣은 것은 헬레너에게 있어 매우 중대한 의미를 가지고 있다. 헬레너는 건네받은 반지의 답례로 다른 반지를 버트람에게 주었다. 그것은 프랑스 왕에게 하사받은 반지였다.

밤이 새고 날이 밝기 직전에 헬레너는 버트람을 돌려보냈다. 버트람은 곧바로 어머니가 기다리는 집으로 길을 떠났다.

헬레너는 과부와 다이애나를 설득해 파리까지 함께 동행했다. 헬레너가 세운 계획을 완전히 성공시키기 위해서는 두 사람의 도움이 아직 필요했기 때문이었다. 세 사람이 파리에 도착해 보니, 프랑스 왕은 로실리온 백작 부인을 방문하러 가느라 궁을 비우고 없었다. 그래서 헬레너와 과부 모녀는 곧바로 왕의 뒤를 쫓아갔다.

프랑스 왕은 이제 완전히 건강을 되찾았다. 왕은 헬레너 덕분에 건강을 되찾았다는 고마운 마음으로 가득해 로실리온 백작 부인을 만나자마자 헬레너에 대한 이야기를 시작했다.

"버트람의 어리석음 때문에 헬레너라는 귀중한 보물을 잃게 됐소."

그러나 헬레너의 죽음을 가슴 깊이 슬퍼하는 백작 부인을 보고 왕은 다시 이렇게 말했다.

"부인, 짐은 모든 것을 용서했소, 다 잊읍시다."

하지만 그 자리에 함께 있던 기품이 넘치는 늙은 래퓨 경은 친딸처럼 아끼던 헬레너에 대한 생각이, 이렇게 쉽게 지워지는 것을 애석해하며 이렇게 말했다.

"이 말만은 꼭 해두고 싶습니다. 아드님은 폐하께는 물론, 어머니께도 막대한 해를 입혔습니다. 왜냐하면 아내를 잃었기 때문입니다. 그 아름다운 자태에 수많은 사람들의 눈이 휘둥그레지고, 그녀의 말은 수많은 사람들이 귀를 쫑긋 세우게 했고, 그 완벽한 인품은 수많은 사람들이 서로 그녀를 위해 일하길 원했던 그런 아내를……."

"죽은 사람을 그렇게 칭찬하니 그리움이 더욱 더 밀려오는군. 어쨌거나 그 친구를 이리로 불러 오게."

여기서 말하는 그 친구란 버트람을 말하며 버트람은 국왕 앞에 대령해 헬레너에게 한 심한 처사를 깊이 반성하고 있다고 말했다. 그러자 국왕은 버트람의 죽은 아버지와 훌륭한 어머니를 봐서 용서해 주고 다시 한 번 돌봐주기로 약속했다.

그런데 갑자기 버트람에 대한 왕의 태도가 돌변해 버렸다. 왜냐하면 국왕이 헬레너에게 하사했던 반지를 버트람이 끼고 있는 걸 발견했기 때문이다. 국왕은 헬레너가

"천상의 모든 성인들이여, 굽어 살피소서. 저는 결코 이 반지를 몸에서 떼어놓지 않을 거예요. 제 신상에 큰 재난이 닥쳤을 때, 그리고 폐하께 돌려드리지 않는 한……."이라고 말했던 것을 확실

히 기억하고 있었기 때문이다.

어떻게 반지를 손에 넣었는지 묻자, 버트람은 한 귀족 부인이 창문 너머로 던져 주었다는 터무니없는 이야기를 늘어놓았다. 그리고 헬레너는 결혼식 이후 단 한 번도 보지 못했다고 했다. 국왕은 버트람이 헬레너를 싫어했던 것을 잘 알고 있었기 때문에 헬레너를 죽인 게 아닐까 의심하기 시작했다. 그리고 호위대에게 버트람을 체포하라고 명령했다.

"무서운 의혹이 점점 증폭되는구나. 헬레너가 살해되지 않았을지 걱정이구나."

마침 이때 다이애나와 그녀의 어머니가 들어와 왕에게 청원서를 올렸다. 모녀의 청원서에는 버트람이 다이애나와 결혼하겠다고 엄숙히 맹세를 했으니 국왕의 권한으로 버트람을 다이애나와 결혼시켜 달라고 적혀 있었다. 버트람은 국왕의 분노를 두려워하며 그런 약속은 하지 않았다고 말했다.

그러자 다이애나는 자신의 청원이 진실이라는 것을 증명하기 위해 반지를 꺼내 들었다(헬레너가 미리 다이애나에게 건네 준 것이다). 그리고 다이애나는 이렇게 말했다.

"버트람 님께서 결혼 맹세를 하셨을 때, 저는 답례로 버트람 님께서 지금 끼고 있는 반지를 선물했습니다."

이 말을 들은 왕은 다이애나도 체포하라고 호위대에게 명령했다. 그리고 다이애나가 말한 반지 이야기와 버트람이 말한 반지 이야기가 서로 엇갈리자 왕의 의혹은 확실한 것이 됐다.

"네놈들이 어떻게 헬레너의 반지를 손에 넣었는지 자백하지 않는다면 둘 다 사형에 처할 것이다."

다이애나는 그 반지는 어머니가 한 보석가게에서 산 것이니, 어머니가 그 보석상을 데려오도록 허락해 달라고 간청했다. 그녀의 청이 받아들여지자 과부는 밖으로 나갔다가 잠시 후 헬레너 본인을 데리고 들어왔다.

선량한 백작 부인은 묵묵히 슬픔에 잠겨 아들의 위험을 지켜보고 있었다. 게다가 아들이 자신의 아내를 살해했다는 의혹이 어쩌면 진실일지도 모른다는 두려움에 떨고 있을 때, 친자식처럼 사랑했던 사랑스런 헬레너가 살아 있다는 것을 알게 되자 말로 형언 할 수 없을 만큼 기뻤다.

한편 국왕은 너무나 반갑고 기뻐 정말 헬레너가 살아 있다는 것이 믿기지 않는다는 듯 이렇게 말했다.

"지금 내가 보고 있는 게 진정 버트람의 아내란 말이냐?"

헬레너는 여전히 자신은 인정받지 못한 아내라고 느끼고 있었기에 이렇게 대답했다.

"아니오, 폐하. 지금 보고 계시는 건 그저 아내의 그림자에 불과합니다. 이름뿐이고 실체는 존재하지 않습니다."

버트람이 큰소리로 외쳤다.

"아니, 이름도 있고, 실체도 있다! 오오, 부디 용서해 주오!"

"아아, 서방님, 제가 이 아름다운 아가씨로 변장했을 때, 서방님은 너무도 친절하게 대해 주셨어요. 보세요, 이것이 서방님께서 주신 편지예요!"

그렇게 말하며 이전에는 그렇게 슬픔에 잠겨 몇 번이고 읽었던 '내 손가락에서 이 반지를 뺄 수 있다면…….' 이라는 바로 그 편지의 내용을 기뻐하며 읽어 주었다.

"그걸 이뤘어요. 서방님이 반지를 건네 준 사람은 바로 저예요. 두 번씩이나 제가 이겼으니 이제 제 남편이 돼 주실 건가요?"

"그날 밤, 나와 이야기를 나눈 여자가 당신이었다는 걸 확실히 증명해 준다면 진심으로 당신을 사랑하겠소, 언제까지나."

그건 아주 간단한 일이었다. 왜냐하면 그걸 증명하기 위해 과부와 다이애나 모녀가 헬레너와 함께 온 것이기 때문이다.

프랑스 왕은 소중한 생명의 은인인 헬레너를 위해 도움을 아끼지 않은 다이애나를 기특하게 여겨 다이애나에게도 귀족 남편을 점지해 줄 것을 약속했다. 헬레너의 일이 있은 후로부터, 왕은 여성이 뚜렷한 업적을 세우게 되면 훌륭한 남편을 점지해 주는 것이 왕에게 아주 잘 어울리는 선물이라고 생각하게 됐다.

이렇게 해서 헬레너는 결국 아버지가 물려준 것이 정말로 하늘에서 가장 큰 행운의 별의 축복이었다는 걸 깨닫게 됐다. 왜냐하면 헬레너는 이제 사랑하는 버트람의 아내이자, 고상한 여주인인 시어머니의 딸이자, 로실리온 백작 부인이 됐기 때문이다.

말괄량이 길들이기

잔소리꾼 카타리나는 파도바의 돈 많은 신사 밥티스타의 장녀였다. 카타리나는 거친 성격에 화를 잘 내며, 시끄러울 정도로 잔소리가 심한 여자로 파도바에서는 그냥 말괄량이 카타리나라는 이름으로 명성이 자자했다.

이 여성과 결혼하겠다고 달려드는 신사는 전혀 찾아볼 수 없었으며, 사실 그것은 모든 사람들이 불가능한 일이라고 여기고 있었다. 그래서 아버지 밥티스타는 요조숙녀인 여동생 비앙카에게 좋은 혼담이 들어와도, 언니가 먼저 결혼을 하면 동생 비앙카에게 청혼을 해도 좋다는 구실을 대며 동생에 대한 청혼을 받아들이지 않아 주변사람들의 비난을 받았다.

그런데 우연히 페트루키오라는 신사가 신붓감을 찾기 위해 파도바를 찾아왔다. 페트루키오는 카타리나가 말괄량이라는 평판에 굴하기는커녕 카타리나가 부자에 미인이라는 소릴 듣고, 이 명성이 자자한 말괄량이와 결혼해 잘 길들여 고분고분하고 정숙한 아내로 고쳐 놓기로 결심했다.

사실 이 불가능에 가까운 일을 하는 데 페트루키오만큼 적당한 인물도 없었다. 페트루키오의 성격은 카타리나에게 지지 않을 정도로 불같은 데다가, 재치 넘치고 쾌활한 익살꾼이었다. 게다가 매우 현명하고 정확한 판단력의 소유자였기에 차분한 상태에서 그저 웃어넘길 수 있는 상황조차 일부러 화가 난 것처럼 위장할 줄도 아는 사람이었다. 페트루키오는 원래 작은 일에 집착하지 않는 느긋한 성격의 소유자였다.

카타리나의 남편이 된 후 그가 난폭한 태도를 가장한 것은 그저 장난삼아, 아니 좀 더 정확히 말하자면 발끈하는 성격의 카타리나의 거친 태도를 죽이기 위해서는 자신이 더 난폭하게 행동할 수밖에 없다고 판단했기 때문이었다.

그렇게 해서 페트루키오는 말괄량이 카타리나에게 청혼을 하러 갔다. 제일 먼저 아버지인 밥티스타를 만나 댁의 조숙한 카타리나 양(페트루키오는 이렇게 불렀다)과의 결혼 승낙을 받기 위해 왔다고 장난스런 어조로 말했다.

"댁의 따님이 내성적이고 조신하며, 행실이 바르고 온화한 성격의 아가씨란 소문을 듣고 일부러 베로나에서 청혼하러 찾아왔습니다."

그녀의 아버지는 딸의 결혼을 바라고는 있었지만, 카타리나가 얼마나 조신한 성격인지 금방 탄로가 날 것이기 때문에 딸의 성격은 그렇지 못하다고 고백하지 않으면 안 됐다.

실제로 그 순간 카타리나의 음악 선생이 허둥지둥 달려와, 자기 학생인 조신한 카타리나 양이 자신의 연주에 주제넘게 트집을 잡는다고 류트(기타와 비슷한 현악기)로 머리를 내리쳤다며 불평을 늘어놓았다.

페트루키오는 이 말을 듣고 대답했다.

"그거 참 꽤 씩씩한 아기씨로군. 아주 맘에 들어. 빨리 만나보고 싶군요."

페트루키오는 빨리 답변을 듣고 싶어 노신사에게 재촉하며 이렇게 말했다.

"밥티스타 씨, 저도 급한 용무가 있습니다. 매일 찾아와 청혼할 만큼 한가롭지 않습니다. 제 아버지를 잘 알고 계시죠? 아버지는 돌아가시면서 땅과 모든 재산을 제게 물려주셨습니다. 어서 말씀해 주십시오. 혹시 제가 따님의 사랑을 얻을 수 있다면 어느 정도의 지참금을 주실 수 있습니까?"

밥티스타는 이 남자의 태도가 연인으로서는 조금 무뚝뚝하지만 카타리나를 결혼시킬 수 있다는 걸 반가워하며 이렇게 말했다.

"지참금으로 2만 크라운을 주겠네. 그리고 내가 죽으면 재산의 반을 유산으로 물려주겠네."

이렇게 해서 이 기묘한 혼담은 급속도로 진전됐다. 밥티스타는 페트루키오의 청혼을 말괄량이 딸에게 알리러 갔다. 그리고 페트루키오의 청혼을 받게 하기 위해 카타리나를 보냈다.

그 사이 페트루키오는 앞으로 자신이 해야 할 청혼 방법에 대해 골똘히 생각했다.

"카타리나가 오면 최선을 다해 설득해야지. 나를 비난하면, 당신의 목소리는 꾀꼬리처럼 아름답다고 말해 줘야지. 인상을 찡그리면, 당신의 얼굴은 아침 이슬에 촉촉이 젖은 장미처럼 아름답다고 말해 줘야지. 한 마디도 말하지 않으면, 당신은 정말 말솜씨가 좋다고 칭찬해 줘야지. 당장 꺼지라고 하면, 일주일이나 더 머물러 달라고 애원해 줘서 고맙다고 해야지."

그때 카타리나가 당당하게 들어섰다. 페트루키오는 첫마디로 이렇게 말했다.

"케이트 양, 안녕. 케이트가 당신의 이름이라고 하더군."

카타리나는 이 거침없는 인사말이 맘에 들지 않아 경멸스럽다는 듯이 말했다.

"내게 말을 거는 사람은 모두 나를 카타리나라고 불러."

"그건 거짓말이야."라고 페트루키오가 말했다.

"당신은 솔직한 케이트나, 귀여운 케이트, 혹은 말괄량이 케이트라고 불리고 있으니까. 하지만 케이트, 당신은 기독교도들의 나라를 통틀어 제일 아름다운 케이트야. 케이트, 그래서 어딜 가나 당신의 정숙함을 칭송하는 말을 들을 수 있었고, 나는 당신에게 아내가 돼 달라고 부탁하기 위해 이렇게 청혼을 하러 온 거야."

두 사람이 연기하고 있는 모습은 정말 기가 막힌 청혼 광경이었다. 카타리나는 큰소리로 고래고래 소리를 지르며 말괄량이라는 별명이 붙은 이유를 페트루키오에게 납득시키려 했고, 페트루키오는 여전히 "아름답고 정중한 말투에 너무 황송하군."하는 식의 말이 오고갔다. 그러는 사이 카타리나의 아버지가 걸어오는 발자국소리가 들려, 페트루키오는 가능한 빨리 청혼을 마무리 짓기 위해 이렇게 말했다

"귀여운 카타리나, 더 이상 쓸데없는 시간낭비는 그만 둡시다. 당신의 아버님은 당신이 내 아내가 되는 걸 허락하셨고, 당신의 지참금에 대해서도 이야기가 끝났소. 당신이 좋든 싫든 간에 나는 당신과 결혼할 것이오."

말이 막 끝나자마자 밥티스타가 들어왔기에 페트루키오는 이렇게 말했다.

"따님은 저를 아주 친절하게 대해 줬습니다. 그리고 이번 일요일에 결혼하기로 약속했습니다."

"말도 안 되는 거짓말. 일요일에 이 남자의 목이 매달리는 걸 보고 싶어요. 아버지도 그래요, 저를 이런 터무니없는 악당과 결혼시

키려고 하다니요."

"아버님, 따님의 화난 척하는 모습에는 신경 쓰시지 않아도 됩니다. 따님은 그저 아버님 앞에서는 내키지 않는 척하기로 저와 약속을 했을 뿐입니다. 하지만 둘만 있을 때는 제게 아주 상냥하고 사랑스럽게 대해 줍니다."

그리고 카타리나에게 말했다.

"케이트, 악수합시다. 나는 이제 베니스로 가서 당신의 결혼 예복을 사 오겠소. 아버님, 연회 준비를 해 주십시오. 그리고 손님들의 초대도 부탁드립니다. 저의 신부 카타리나를 아름다운 신부로 꾸며주기 위해 반지는 물론 훌륭한 드레스와 화려한 장신구 등을 반드시 사 오겠습니다. 케이트, 내게 키스해 주오. 일요일에는 결혼을 할 거니까."

결혼 당일인 일요일에 손님들은 모두 모였지만 정작 중요한 신랑이 나타나지 않았다. 카타리나는 페트루키오가 자신을 웃음거리로 만들었다는 생각에 너무 화가 나서 울음을 터뜨리고 말았다.

하지만 한참 뒤 페트루키오가 나타나기는 했지만 카타리나와 약속했던 신부의 화려한 드레스는 가져오지도 않았으며, 자신 또한 새신랑다운 복장을 하고 있지 않았을 뿐만 아니라, 마치 일부러 결혼식을 망치러 온 것처럼 이상하고 지저분한 모습을 하고 있었다. 게다가 페트루키오의 시종들과 시종들이 타고 온 말까지 주인과 마찬가지로 초라하고 기묘한 행색을 하고 있었다.

페트루키오는 아무리 권해도 막무가내로 옷을 갈아입으려 하지 않았다. 그리고 카타리나는 자신과 결혼하는 것이지 자신의 옷과 결혼하는 것이 아니라고 말했다. 페트루키오와 더 이상 왈가왈부한다고 해도 결말이 나지 않을 것 같아 모든 사람은 교회로 향했다. 페트루키오는 교회에서도 여전히 미친 것처럼 행동하면서, 사제가 당신은 카타리나를 아내로 맞이하겠느냐고 페트루키오에게 묻자 당연하다며 큰소리로 화를 내 하객들이 깜짝 놀랐고, 사제는 성경책을 떨어뜨리고 말았다. 사제가 허리를 숙여 성경책을 집어 들려고 하자, 이 미친 신랑이 사제의 머리를 손바닥으로 내리쳐 사제는 앞으로 뒹굴며 성경책을 다시 떨어뜨리고 말았다.

결혼식 동안 신랑이 발을 동동 구르며 욕설을 퍼붓자 당당하던 카타리나도 무서워서 부들부들 떨고 있었다. 식이 끝나고 모두가 여전히 교회 안에 남아 있었는데 페트루키오는 포도주를 집어 들고 하객 일동의 건강을 기원하는 건배를 한 뒤, 포도주 잔 바닥에 남겨져 있던 빵조각을 교회 일꾼의 얼굴에 집어던졌다.

이런 기행을 저지른 것은, 교회 일꾼의 앙상한 턱수염을 보자 배가 고프니 빵을 달라는 것처럼 보였기 때문이라는 황당한 이유를 댔다. 이런 광기어린 결혼식은 두 번 다시 없을 것이다. 그러나 페트루키오가 이런 무례한 행동을 꾸민 것도 자신의 말괄량이 아내를 길들이기 위해 세운 계획을 성공시키기 위한 수순에 불과했다.

밥티스타가 호화로운 결혼 피로연을 준비해 두었지만, 하객들이 모두 교회에서 돌아오자 페트루키오는 카타리나를 붙잡고 당장 아내를 데리고 집으로 돌아가겠다고 선언했다. 장인이 아무리 만류해도, 화가 단단히 난 카타리나가 제아무리 발버둥을 쳐도 페트루키오의 결심을 바꿀 수는 없었다. 아내를 구워먹든 삶아먹든 남편의 맘이라며 카타리나를 데리고 돌아가 버렸다.

페트루키오가 너무 대담하고 완고해서 누구 하나 그를 말리려고 나서는 사람이 없었다.

페트루키오는 일부러 준비해 둔 바싹 마르고 볼품없는 말에 아내를 태웠다. 그리고 자신과 한 명뿐인 시종도 그에 지지 않을 만큼 빈약해 보이는 말에 올라탔다. 세 사람은 울퉁불퉁 질퍽한 길을 따라 여행을 떠났다. 카타리나가 탄 이 말은 무게를 못 이겨 엉금엉금 기어갔는데, 말이 비틀거릴 때마다 페트루키오는 마치 세상에서 제일 화가 난 사람처럼 피로에 지쳐 불쌍한 동물에게 고래고래 소리를 지르고 욕을 퍼부었다.

지긋지긋한 여행을 하는 동안 카타리나는 남편이 시종과 말에게 폭언을 내뱉는 목소리 외에는 아무 말도 듣지 못했다. 이 여행도 드디어 끝나 페트루키오의 집에 도착했다. 페트루키오는 신부를 친절하게 집으로 맞이했지만, 오늘 밤은 아내를 먹이지도 재우지도 않기로 결심했다.

식탁이 차려지고 곧바로 저녁식사가 준비됐지만, 페트루키오는 모든 요리에 일일이 트집을 잡아가며 고기를 바닥에 내던지고 시

종들에게 '치워'라고 명령했다.

"이러는 것도 다 카타리나 당신을 사랑하기 때문이오. 당신에게 제대로 조리되지 않은 고기 따위를 먹일 수는 없소."

카타리나가 피로에 지쳐 저녁을 먹지 않은 채 침실로 가서 쉬려고 하자, 페트루키오는 다시 침실 정리가 엉망이라고 트집을 잡으며 베개와 침대보 등을 방 여기저기로 집어 던졌고 카타리나는 하는 수 없이 의자에 앉아 꾸벅꾸벅 졸다가, 아내의 첫날밤 침대 정리가 엉망이라며 시종들을 큰소리로 꾸중하는 남편의 목소리에 잠을 깨고 말았다.

다음 날도 페트루키오는 같은 방식으로 밀어 붙였다. 여전히 아내에게는 상냥한 말씨로 대했지만, 아내가 정작 음식을 먹으려 하면 아내 앞에 놓여 있는 요리에 일일이 트집을 잡아 저녁식사 때와 마찬가지로 아침식사를 바닥에 내팽개쳤다. 그래서 카타리나는 하는 수 없이—그 거만한 카타리나도 시종에게 한 조각이라도 좋으니 몰래 먹을 것을 좀 가져다 달라고 부탁해야 했다. 그러나 페트루키오의 명령을 받은 시종들은 주인 몰래 먹을 것을 가져다 줄 수는 없다고 대답했다.

"아아, 그 사람은 나를 굶겨 죽일 작정으로 나와 결혼한 걸까? 아버지 집에 구걸을 하러 온 거지조차 먹을 것을 얻어 가는데. 하지만 남에게 뭔가를 달라고 부탁하는 게 뭔지 몰랐던 내가 먹을 게 없어 굶어 죽을 처지에 놓여 있다니. 수면부족으로 현기증이 나고,

성난 소리에 잠을 깨고, 세 번의 식사대신 고래고래 고함을 쳐대다니. 무엇보다도 참을 수 없는 건 그 모든 게 다 너무나 사랑하기 때문이라는 표정을 하는 거야. 마치 내가 잠을 자거나, 음식을 먹으면 당장 죽어버릴 것처럼 행동을 하는 거야."

이때 페트루키오가 들어왔기에 카타리나의 혼잣말이 중단되었다. 카타리나를 정말로 굶겨 죽일 생각은 없었기 때문에 고기를 조금 가져다주었다.

"나의 귀여운 케이트, 기분은 어떻소? 여길 보시오. 내가 얼마나 부지런한 사람인지 잘 알겠지? 내 사랑, 당신에게 줄 고기를 직접 요리했소. 분명 당신은 내게 고맙다고 말하겠지? 뭐야, 할 말이 없소? 그래, 당신은 고기를 싫어하는가 보군. 힘들게 요리를 했는데 헛수고라니."

이렇게 말하고 페트루키오는 접시를 치우라고 시종에게 명령했다. 카타리나는 마음속으로 화가 단단히 났지만 너무나 배가 고파서 자존심을 꺾고

"제발 치우지 말아주세요."라고 말했다. 그러나 페트루키오는 아내가 이렇게까지 수그리고 들어왔지만 만족하지 못하고 이렇게 말했다.

"이렇게 작은 친절에도 감사의 말을 하는 게 인지상정이오. 내가 만든 요리에 손을 대기 전에 고맙다는 말 한마디쯤은 듣고 싶군."

이렇게 말하자 카타리나는 하는 수 없이

"여보, 고마워요."라고 말했다. 이렇게 해서 페트루키오는 카타리나에게 약간의 식사를 하게 해 주었다. 그리고 이렇게 덧붙였다.

"케이트, 부디 이것이 당신의 상냥한 마음에 큰 도움이 되길 바라오. 자, 어서 드시오! 그리고 사랑하는 부인, 당신 친정에 가서 맘껏 즐기고 놉시다. 실크 코트, 모자, 금반지 그리고 주름 깃 장식, 스카프, 부채와 갈아입을 옷 두 벌을 가지고 말이오."

페트루키오는 정말로 이런 화려한 물건을 카타리나에게 선물할 것이라고 믿게 하기 위해 재봉사와 잡화상을 불렀다. 상인들은 페트루키오가 카타리나를 위해 주문해 둔 새 옷을 가져 왔다. 페트루키오는 카타리나가 아직 허기진 배를 다 채우기도 전에 시종에게 그릇을 치우라고 명한 뒤 이렇게 말했다.

"이런! 벌써 식사를 다 했소?"

잡화상이 모자를 내밀며 이렇게 말했다.

"나리께서 주문하신 모자입니다."

페트루키오는 모자를 보자마자 다시 소리를 지르기 시작했다.

"뭐야, 이 모자는 죽 그릇 틀에서 찍었나? 조개껍데기나 호두 크기밖에 되지 않잖아. 이건 가지고 돌아가고 더 크게 만들어 오게."

"저는 그게 좋아요. 요즘 숙녀들은 다 이런 모자를 쓰고 있어요."

"당신이 숙녀가 된다면 써도 되지만 그때까지는 안 돼."

카타리나는 고기를 먹고 기운을 조금 차리자 이렇게 말했다.

"여보, 저도 말을 할 자유가 있다고 생각하니 말씀드릴게요. 저는 더 이상 어린애가 아니에요. 당신보다 신분이 높은 분들도 제가 하는 말을 참고 들어줬어요. 혹시 당신이 듣기 싫으시다면 귀를 막으면 그만이에요."

페트루키오는 이런 불만 섞인 말투에 귀를 기울이려고도 하지 않았다. 아내와 이러쿵저러쿵 말싸움을 계속하기보다 훨씬 쉽게 아내를 조정하는 방법을 찾아냈기 때문이다. 그래서 이렇게 말했다.

"그래, 당신 말이 맞아. 형편없는 모자군. 당신도 싫단 말이지? 그래서 나는 당신을 좋아할 수밖에 없어."

"싫든 좋든 상관없어요. 저는 이 모자가 좋아요. 이게 아니면 싫어요."

"그래, 가운을 보고 싶다는 말이군."

페트루키오는 여전히 아내의 말을 못 들은 척했다.

그러자 재봉사가 나서며 카타리나를 위해 만든 멋진 가운을 보여주었다. 페트루키오는 아내에게 모자는 물론 가운도 줄 생각이 없었기 때문에 모자와 마찬가지로 가운의 결점을 찾아 늘어놓기 시작했다.

"이런, 이거 정말 형편없군! 이게 대체 뭐야! 이봐, 이게 소매란 말이야? 마치 작은 대포구멍 같잖아. 게다가 사과파이처럼 위에서 아래로 칼자국이 나 있잖아!"

"최신 유행으로 만들라고 분부를 하셔서."라고 재봉사가 말했다.

그러자 카타리나가 참견하고 나섰다.

"이렇게 멋진 옷은 본 적이 없어요."

페트루키오에게는 이걸로 충분했다. 그리고 곁에 있던 시종에게 작은 소리로 속삭였다.

"재봉사에게는 물건 값을 제대로 치르겠다고 말해주게. 그리고 내가 이렇게 행동하는 것에 대해 잘 설명해 주게."

그리고 다시 거친 말투로 미친 듯이 날뛰며 재봉사와 잡화상을 방에서 내쫓았다.

그러더니 카타리나를 바라보며 말했다.

"내 사랑 케이트, 이제 당신 친정으로 갑시다. 지금 입고 있는 초라한 옷이라도 괜찮소. 자아, 말을 준비해라. 아직 7시밖에 되지 않았으니 점심때까지는 도착할 수 있을 것이다."

그런데 페트루키오가 이렇게 말한 시간은 아침 일찍은 고사하고 이미 한낮이었다. 그래서 카타리나는 큰맘 먹고 남편에게 이렇게 말했다. 하지만 남편의 격분한 태도에 압도당해 조심스러운 말투였다.

"저, 감히 말씀드리는데 벌써 2시가 다 됐으니 친정에 도착하면 저녁식사 시간이 될 거예요."

그러나 페트루키오는 카타리나를 철저하게 제어해 카타리나의 친정에 도착하기 전까지 자신이 무슨 말을 하든 복종하게 만들 생각이었다. 그래서 마치 자신이 태양의 지배자로 시간도 마음대로 조종할 수 있다는 듯이, 내가 말한 시간이 아니면 출발하지 않겠다고 말했다.

"당신은 내가 하는 말, 행동에 대해 항상 반항을 하는군. 오늘은 가지 않겠소. 나는 내가 정한 시간에 가겠소."

이렇게 해서 카타리나는 하루 더 처음 경험하는 복종 연습을 해야만 했다. 그리고 페트루키오는 카타리나의 거만한 정신을 완전히 개조시켜 말대꾸를 할 생각조차 하지 못하게 될 때까지 친정에 가는 걸 허락하지 않았다.

그리고 드디어 친정으로 가게 됐을 때도 하마터면 다시 되돌아올 위기에 처했다. 그 이유는 단지 한낮이었지만 남편이

"달이 참 밝게 빛나고 있군."이라고 말하자 카타리나가

"아니에요, 저건 태양이에요."라고 넌지시 말했기 때문이었다.

"어머니의 아들을 걸고 맹세컨대, 즉 나를 걸고 맹세하건대 저건 달이야, 아니면 별이든지. 어쨌거나 뭐든 간에 내가 말한 대로야. 그렇지 않으면 당신 친정에는 가지 않겠어."

이렇게 말하고 페트루키오는 왔던 길을 되돌아가려는 척했다. 하지만 카타리나는 이미 말괄량이 카타리나가 아니라 남편의 말에 순종하는 아내였기 때문에 이렇게 말했다.

"제발 부탁이니 어서 가세요. 기왕에 여기까지 왔잖아요. 태양이든, 달이든 당신 말이 다 맞아요. 혹시 저걸 촛불이라고 하신다면 저에게도 촛불이에요."

그 말이 사실인지 아닌지 확인해 보기 위해 페트루키오는 다시

떠봤다.

"저게 달이 맞지?"

"네, 맞아요. 달이에요."

"거짓말 하지 마. 저건 고마운 태양이야."

"그럼 제게도 고마운 태양이에요. 하지만 당신이 태양이 아니라고 하신다면 태양이 아닌 거죠. 당신이 뭐라고 부르시든 간에 당신 말이 맞아요. 카타리나에게는 앞으로도 계속 그럴 거예요."

이렇게 해서 겨우 페트루키오와 카타리나의 여행은 계속될 수 있었다. 하지만 과연 복종을 계속할 것인지 시험하기 위해 페트루키오는 도중에 만난 노신사에게 마치 젊은 여성을 만난 것처럼 이렇게 말을 걸었다.

"안녕하세요, 아가씨. 케이트, 이렇게 아름다운 아가씨를 본 적이 있소? 뺨을 한번 보시오. 연한 복숭아 빛을 하고 있군. 게다가 두 눈은 별빛처럼 반짝거리고 있소. 아름다운 아가씨 다시 한 번 인사드립니다. 사랑스런 케이트, 이 아름다운 아가씨를 한 번 안아 주시오."

이제는 완전히 남편이 하라는 대로 따르게 된 카타리나는 곧바로 남편의 말에 따라 남편과 마찬가지로 노신사에게 인사를 건넸다.

"아름다운 꽃 같은 아가씨. 당신은 아름답고, 젊고, 귀엽네요. 어딜 가는 거죠, 집은 어디죠? 이런 아름다운 딸을 가진 부모님은 얼마나 행복하실까?"

"케이트, 대체 어떻게 된 거야, 머리가 어떻게 된 거 아냐? 이 분은 신사 분이셔. 나이가 드시고 주름투성이에 축 쳐진 노인이라고. 당신이 말한 것 같은 아가씨가 아니라고."

이렇게 말하자 카타리나가 대답했다.

"죄송합니다, 영감님. 태양이 눈부셔 눈에 보이는 게 모두 젊게 보이네요. 이제야 나이 드신 분이라는 걸 알 수 있겠네요. 제가 착각을 했습니다. 부디 용서해 주세요."

"부디 용서해 주십시오, 영감님."

페트루키오가 말했다.

"지금 어디로 가시는 중입니까? 혹시 저희와 방향이 같다면 함께 가시죠."

노신사는 이렇게 대답했다.

"신사 양반, 그리고 아름다운 부인. 생각지도 못했던 인사에 깜짝 놀랐구려. 나는 빈센티오라 하오. 파도바에 있는 아들을 찾아가는 길이라오."

이렇게 해서 페트루키오는 이 노인의 아들이 밥티스타의 막내딸 비앙카와 결혼하기로 돼 있는 청년 루첸티오라는 걸 알게 됐다. 페트루키오는 노인의 아들이 부잣집 딸과 결혼하게 됐다며 노인을 기쁘게 해 주었다.

그리고 세 사람은 함께 즐겁게 카타리나의 친정집까지 여행을 계속했다. 밥티스타의 집에는 비앙카와 루첸티오의 결혼을 축하하기 위해 수많은 하객들이 모여 있었다. 밥티스타는 카타리나를 시집 보내자마자 비앙카의 결혼도 흔쾌히 승낙했다.

세 사람이 들어가자 밥티스타가 반가이 맞이했다. 그곳에는 또 한 쌍의 신혼부부가 앉아 있었다.

비앙카의 남편 루첸티오와 또 한 명의 신랑 호텐시오는 카타리나의 말괄량이 성품을 비꼬는 듯한 농담을 하고 싶어 참을 수가 없었다. 이 애처가 신랑들은 자신이 선택한 아내들의 정숙한 성격에 매우 만족해 하면서 페트루키오의 선택을 비웃었다.

페트루키오는 두 사람의 농담에 전혀 신경을 쓰지 않았지만 저녁 식사를 마치고 아내들이 응접실로 들어가자, 이번에는 밥티스타까지 가세해 자신을 비웃는 것 같이 느껴졌다. 왜냐하면 페트루키오가 '자네들의 아내보다 내 아내가 더 남편에게 순종한다는 걸 잘 알겠지?'라고 말하자 카타리나의 아버지가 이렇게 말했기 때문이었다.

"아니, 페트루키오 군. 솔직히 말하자면 자네는 말괄량이 중 최고의 말괄량이를 골랐네."

"아뇨, 저는 아니라고 장담합니다. 제 말이 틀리지 않았다는 것을 증명하기 위해 각자 자신의 아내를 부르기로 하죠. 그리고 가장 먼저 달려온 아내가 가장 순종하는 것이니, 그 사람의 남편이 내기에 건 돈을 갖기로 하죠."

다른 두 신랑은 이 제안에 기꺼이 동의했다. 이 두 사람은 자신의 조신한 아내들이 말괄량이 카타리나보다 더 순종적일 거라 확신했기 때문이었다. 그래서 두 사람은 20크라운의 돈을 걸겠다고 했다.

그러자 페트루키오는 쾌활하게 말했다.

"20크라운 정도라면 나는 내 매나 사냥개에게도 걸 수 있네. 하지만 아내라면 스무 배 정도는 더 걸어야겠지."

루첸티오와 호텐시오는 100크라운으로 돈을 올려 걸었다. 먼저 루첸티오가 시종에게 아내 비앙카를 불러 오라고 시켰다.

그런데 시종이 돌아와서는 이렇게 말했다.

"나리, 부인께서는 바빠서 오실 수 없다고 하십니다."

"뭐라고? 바빠서 오지 못한다고? 그게 아내가 할 소리야!"라고 페트루키오가 말했다.

그러자 다른 두 사람은 페트루키오를 조롱하며 말했다.

"카타리나가 더 심한 소릴 하지 않으면 좋으련만."

이번에는 호텐시오가 아내를 부를 차례가 됐다.

"어서 가서 아내에게 오라고 부탁하고 오너라."라고 호텐시오가 시종에게 말했다.

"호오! 자네는 아내에게 부탁을 한단 말인가? 그렇다면 싫어도 올 수밖에 없겠지."라고 페트루키오가 말했다.

"하지만 자네 아내는 아무리 부탁해도 오지 않을 걸."이라고 호텐시오도 반박했다. 그런데 시종이 혼자 돌아오자 이 정중했던 남편은 화가 나 물었다.

"뭐야, 뭐! 아내는 지금 어디 있나?"

"부인 말씀으로는 뭔가 장난을 하는 것 같으니 가지 않겠다고 하시면서 용건이 있으시면 직접 오시라고 하셨습니다."

"점점 심해지는군!"이라고 페트루키오가 말했다. 그리고 시종에게 이렇게 전했다.

"이봐, 여주인에게 가서 내가 오라고 명령했다고 전해라."

사람들이 카타리나가 이 호출 명령에 따를 리가 없다고 생각할 새도 없이 밥티스타가 깜짝 놀라 소리쳤다.

"이런, 저기 카타리나가 나왔어!"

카타리나는 방에 들어서자마자 순순히 페트루키오에게 다가가 말했다.

"무슨 일로 부르셨나요?"

"당신 여동생과 호텐시오의 아내는 지금 어디 있소?"

"거실 난롯가에서 이야기를 나누고 있어요."

"어서 가서 두 사람을 이리로 데리고 오시오."라고 페트루키오가 명령했다. 카타리나는 남편의 명령에 따라 곧장 되돌아갔다.

"이건 그야말로 기적이야."라고 루첸티오가 말했다.

"맞아, 대체 무슨 일이 일어나려는 거지?"라고 호텐시오가 대답했다.

"그야 당연히 평화가 일어나겠지."라고 페트루키오가 말했다.

"사랑과 평온한 가정생활과 올바른 지배권의 전조지. 말하자면 아름답고 행복한 모든 것의 전조인 거야."

카타리나의 아버지는 딸이 이렇게 변한 것이 너무 놀랍고 반가워 이렇게 말했다.

"여보게, 사위. 부디 행복하길 바라네. 카타리나의 지참금으로 2만 크라운을 더 주겠네. 그야말로 딸이 완전히 딴 사람으로 바뀌었으니 또 한 명의 딸을 위한 지참금이라고 생각하겠네."

"아니, 저는 더 멋진 내기에서 이겨 보이겠습니다."라고 페트루키오가 말했다.

"그리고 카타리나가 얼마나 정숙하고 순종하는 여성으로 바뀌었는지 그 증거를 확실히 보여드리겠습니다."

마침 그때 카타리나가 두 아내들과 함께 들어서자 페트루키오가 말을 이어갔다.

"자, 왔습니다. 두 고집쟁이 부인들을 설득해서 데리고 왔네요. 카타리나, 당신이 지금 쓰고 있는 모자는 어울리지 않는군. 그런 싸구려 모자는 당장 벗어서 밟아버리시오."

카타리나는 당장 모자를 벗어 던져버렸다. 이 모습을 본 호텐시오의 아내가 말했다.

"정말 너무하네요. 부디 제가 이런 엉터리 수작에 빠져 울음을 터뜨리지 않게 해 주세요!"

그러자 비앙카도 입을 열었다.

"맞아, 이런 바보 같은 짓이 아내의 역할이라고 말하는 거예요?"

이 말을 듣자마자 비앙카의 남편이 입을 열었다.

"당신의 아내로서의 역할도 바보 같았으면 좋았을 뻔했어! 아름다운 비앙카, 당신의 어설픈 아내 역할 때문에 나는 지금 100크라운을 손해 봤소."

"그렇다면 당신은 더욱더 바보군요. 저의 아내로서의 역할에 내기를 걸다니."

"카타리나, 이 고집스런 여성들에게 아내가 주인인 남편에게 어떻게 대해야 하는지 가르쳐 주시오."라고 페트루키오가 명령했다.

모여 있던 모든 사람들이 놀라며 황당해 할 때, 새로 태어난 말괄량이 카타리나는 아내가 갖춰야 할 순종의 의무를 칭송하는 연설을 유창하게 늘어놓았다. 그것들은 모두 페트루키오의 의지에 따르는 것들로 카타리나가 묵묵히 실천해 온 것들이었다.

이렇게 해서 카타리나는 다시 한 번 파도바 전체의 화젯거리가 됐다. 더 이상 말괄량이 카타리나가 아닌 파도바에서 가장 순종하며 아내의 본분을 지키는 부인 카타리나로.

착오의 희극

　시라큐스와 에페서스 두 나라는 서로 사이가 좋지 않아, 에페서스에는 만약 시라큐스의 상인이 에페서스 시내에 들어왔다가 붙잡힌 경우 벌금으로 천 마르크를 내지 않으면 사형에 처한다는 잔인한 법률이 있었다.

　그런데 어느 날, 이지온이라는 시라큐스의 늙은 상인이 에페서스 시내에서 붙잡혀 공작 앞에 끌려가 이 무거운 벌금을 내든지, 아니면 사형을 당하게 될 처지에 놓이게 되었다.

　하지만 이지온은 벌금을 낼 돈이 없었다. 그래서 공작은 이지온에게 사형을 언도하기 전에 신상에 대해 말해 보라며, 시라큐스의 상인이 에페서스 시로 들어오게 되면 사형을 당한다는 것을 알면서도 굳이 에페서스로 들어온 이유가 뭐냐고 물었다.

"난 죽는 건 두렵지 않소이다. 너무나 큰 슬픔 때문에 살기가 싫어졌소. 내 불행한 삶에 대해 이야기하는 것만큼 고통스러운 것도 없구먼."

이지온 노인은 이렇게 사설을 늘어놓고 다음과 같이 말했다.

"난 시라큐스에서 태어나 장사를 배웠소. 결혼도 하고 금슬 좋게 행복하게 살았지만 일 때문에 에피다우로스에 가야 했고, 그곳에서 반년을 체류하게 됐소. 그런데 체류가 더 길어질 것 같아 아내를 불렀지. 아내는 도착해서 바로 두 명의 아들을 낳았는데 쌍둥이란 정말 희한할 정도로 똑같았지.

아내가 쌍둥이를 낳았을 때 머물던 여관에서 어떤 가난한 여자도 쌍둥이 사내아이들을 낳았지. 그 아이들의 부모는 너무나 가난해서 우리에게 돈을 받고 두 아이를 내 아들들의 시종으로 보냈소.

내 아들들은 정말 훌륭하게 잘 자라줬소. 아내가 그런 아들들을 자랑스럽게 여기며 매일같이 고향으로 돌아가자고 졸라 허락할 수밖에 없었소. 고향으로 돌아가는 배에 올랐는데 불행하게도 에피다우로스에서 3마일도 벗어나지 못한 곳에서 엄청난 폭풍우에 휘말리고 말았소. 폭풍우가 그칠 줄 모르고 엄청난 위력으로 거칠게 몰아치자, 선원들은 배를 구할 수 없다고 판단했는지 사람들을 남긴 채 자기들만 살려고 보트에 옮겨 탔소이다. 배는 거친 풍랑에 휩싸여 당장이라도 산산조각이 날 것 같았지.

아내는 겁에 질려 울고만 있었고, 내 귀여운 아들들은 뭣 때문에 우는지도 모르는 채 엄마를 따라 울어대기 시작했소. 난 내가 죽는 것은 무섭지 않았지만 처자식 때문에 너무나 두려웠소. 그래서 머리를 짜내 처자식을 살릴 궁리를 했지. 선원들이 폭풍우에 대비해 준비해 둔 작은 돛대 끝에 작은 아들을 묶고, 반대편 끝에 쌍둥이 시종의 동생을 묶었소.

그리고 다른 돛대에 남은 아이들도 마찬가지로 묶도록 아내에게 지시했지. 그래서 아내가 큰애들 둘을 돌보고 난 동생들을 돌보기로 한 뒤, 따로 아이들과 함께 두 개의 돛대에 묶었소. 이렇게 하지 않았더라면 우리는 모두 파도에 휩쓸리고 말았을 거요. 배가 커다란 바위에 좌초돼 산산이 부서졌으니까.

우리는 그 가는 돛대에 매달린 덕분에 바다 위에 떠 있을 수 있었소. 난 두 아이를 돌보느라 아내를 구해줄 여유가 없었소. 아내와 큰애들 둘은 점점 내게서 멀어졌는데, 셋이 시야에서 완전히 사라지기 전에 코린토스에서 온(난 그렇게 생각했소) 어부가 구하는 모습을 봤소. 아내가 무사히 구출됐다고 여겼기에 이후로는 귀여운 작은아들과 시종을 구하기 위해 거친 파도와 싸우는 것만이 내 임무였소.

드디어 우리도 한 척의 배에 올라탈 수 있게 됐소. 선원들은 날 잘 알고 있어서 따뜻하게 배려하고 도와주었지. 그리고 우리를 무사히 시라큐스에 상륙시켜 주었소. 하지만 그 거친 폭풍우 이후 아내와 아이들이 어떻게 됐는지 전혀 알 수가 없었소.

내 아이, 지금은 나의 유일한 근심거리인 작은아들은 열여덟 살이 되자 어머니와 형에 대해 끈질기게 묻기 시작했소. 그리고 형을 잃은 시종을 데리고 어머니와 형을 찾아 나서게 해달라며 수도 없이 조르기 시작했소. 난 마지못해 허락하고 말았소. 나도 아내와 큰아들의 소식을 간절히 바라고 있었지만 작은아들을 보내고 나면 그놈까지 행방불명이 될지 몰랐으니까.

작은아들이 집을 나선 지 벌써 7년이란 세월이 흘렀소. 난 5년 동안 그 애를 찾아 세상을 떠돌아다니는 중이오. 그리스의 끝에서부터 아시아까지 헤매다가 해안선을 따라 고향으로 돌아가려고 항해하는 도중에 이곳 에페서스에 상륙하게 됐소이다. 사람들이 사는 곳이라면 그곳이 어디든 그냥 지나칠 수가 없었소. 이제 내 인생 이야기가 여기서 막을 내리는군. 아내와 아들들이 살아 있는 것만 확인한다면 행복하게 죽을 수 있을 것 같소."

이렇게 해서 불행한 이지온은 자신의 재난에 관한 이야기를 끝냈다. 공작은 행방이 묘연한 아들들에 대한 사랑 때문에 목숨을 건 모험을 한 이 불행한 아비를 불쌍히 여기며 이렇게 말했다.

"국법에 어긋나지만 않는다면 아무 조건 없이 당신을 용서해 주었겠지만 이미 사형을 선고했으니 내 명예를 더럽히지 않기 위해서라도 국법을 어길 수는 없소. 하지만 법률이 정한 대로 당장 사형에 처하는 대신 오늘 하루 유예해 줄 테니 벌금을 낼 수 있도록 돈을 훔치든 빌리든 어떻게든 해 보시오."

이지온은 하루의 말미를 그리 고맙게 여기지 않았다. 왜냐하면 에페서스에는 아는 사람이 한 명도 없어서 일면식도 없는 자신에게 천 마르크나 되는 벌금을 빌려주거나 줄 사람을 찾을 희망이 없었기 때문이었다. 도움도, 희망도 없이 이지온은 간수의 감시 하에 공작 앞에서 물러났다.

이지온은 에페서스에는 아는 사람이 한 명도 없었지만 작은아들을 열심히 찾아다닌 보람이 있어 그야말로 죽기 일보 직전에 아들 둘이 이 에페서스에 있다는 것을 알게 됐다.

이지온의 아들들은 얼굴과 모습이 똑같은 것은 물론이고 이름까지 같았는데 그 이름은 앤티폴러스라고 했다. 그리고 쌍둥이 시종들도 둘 다 드로미오라 했다. 이지온의 작은아들 시라큐스의 앤티폴러스, 다시 말해 노인이 에페서스까지 찾아 나선 아들은 아버지 이지온과 정말로 우연히도 똑같은 날에 시종인 드로미오를 데리고 에페서스에 도착했다. 이 아들도 시라큐스의 상인이었기 때문에 아버지와 똑같은 위험에 처할 수 있었지만 다행히도 친구를 만나 조금 전에 시라큐스의 한 늙은 상인이 처한 위험에 대해 이야기를 해주며, 에피다우로스의 상인인 척하는 게 좋다고 충고를 해준 덕에, 동생 앤티폴러스는 친구의 충고를 따르기로 했다. 같은 고향 사람의 처지를 안타까워하기는 했지만 설마 그 노인이 자신의 아버지라고는 꿈에서도 상상하지 못했다.

이지온의 큰아들(동생 시라큐스의 앤티폴러스와 구별하기 위해 에페서스의 앤티폴러스라 부르기로 하자)은 이미 20년 전부터 에페서스에 살면서 많은 돈을 벌어 아버지의 벌금을 지불할 만큼 충분한 돈이 있었지만, 형 앤티폴러스는 자신의 아버지에 대해 아무것도 모르고 있었다. 어머니와 함께 어부들의 도움을 받아 살아났을 때는 아직 어린 나이라 기억하는 거라고는 바다에서 그렇게 죽다 살아났다는 것뿐이며 아버지에 대해서도, 어머니에 대해서도 전혀 기억이 없었다.

이 형 앤티폴러스와 그의 어머니, 어린 시종 드로미오를 구해 준 어부들은 두 아이를 팔아넘기기로 작정하고 어머니에게서 강제로 빼앗아 버렸다. 이 불행한 여성은 큰 슬픔에 빠져버렸다.

형 앤티폴러스와 형 드로미오는 어부들에 의해 메나폰 공작에게 팔려갔다. 공작은 유명한 군인으로 에페서스 공작의 숙부였다. 메나폰 공작은 조카를 방문하러 갈 때 이 두 사내아이를 에페서스에 함께 데리고 갔다.

에페서스 공작은 어린 앤티폴러스를 맘에 들어 했고, 성인이 되자 자기 군대의 장교로 삼았다. 형 앤티폴러스는 수많은 전쟁에서 용맹을 떨치며 혁혁한 공을 세웠다. 전쟁 중에 앤티폴러스는 자신의 보호자인 공작의 목숨을 구했고 그 보답으로 에페서스의 돈 많은 여자 아드리아나와 결혼하게 됐다. 아버지가 에페서스에 왔을 때 형 앤티폴러스는 아내와 이 마을에 살고 있었다(시종 드로미오는 여전히 앤티폴러스가 데리고 있었다).

시라큐스의 동생 앤티폴러스는, 에피다우로스에서 온 사람 행세를 하라고 충고해 준 친구와 헤어졌을 때 시종인 드로미오에게 돈을 건네주고 저녁 식사를 할 예정인 여관으로 보낸 뒤 자신은 마을을 둘러보며 사람들의 생활양식을 살펴보고 가겠다고 말했다.

동생 드로미오는 쾌활한 남자였다. 동생 앤티폴러스가 우울해 할 때면 이 시종이 재미있는 농담으로 기분을 풀어주는 일이 자주 있었다. 그래서 드로미오는 자기가 하고 싶은 말은 언제든지 할 수 있는 꽤 큰 자유를 누릴 수 있었다. 이것은 보통 주인과 종들 사이에서는 볼 수 없는 광경이었다.

시라큐스의 동생 앤티폴러스는 동생 드로미오를 보내고 난 뒤 잠시 멍하니 서서 어머니와 형을 찾아 헤매온 여정에 대해 생각에 잠겼다. 그 어디에서도 어머니와 형에 대한 소식은 전혀 들을 수가 없었다. 그래서 혼자 쓸쓸히 중얼거리기 시작했다.

"나는 한 방울의 물이다. 드넓은 바다에서 한 방울의 동료를 찾아 헤매다 나도 모르는 사이 드넓은 바다에서 형체를 잃어버린 한 방울의 물이다. 어머니와 형을 찾아 헤매다가 결국 애처롭게도 나 자신까지 잃고 말았구나."

힘들고 지치는 긴 여행을 했지만 지금까지 아무런 성과가 없었던 것에 대해 회한에 젖어 있을 무렵 동생 드로미오(동생 앤티폴러스는 그렇게 생각하고 있었다)가 돌아왔다. 동생 앤티폴러스는 동생 드로미오가 너무 빨리 돌아오자 이상하게 여기며 돈은 어떻게 하고 왔냐고 물었다. 하지만 동생 앤티폴러스가 이야기하고 있는 사람은 사실 자신의 시종인 드로미오가 아니라 에페서스의 형 앤티폴러스의 시종 드로미오였다. 두 명의 드로미오와 두 명의 앤티폴러스는 어릴 때와 마찬가지로 성인이 돼서도 여전히 똑같았다. 따라서 동생 앤티폴러스가 자신의 시종인 드로미오가 되돌아 온 것이라고 여기며 어째서 이렇게 빨리 돌아왔느냐고 묻는 것도 무리는 아니었다. 형 드로미오는 이렇게 말했다.

"부인께서 점심식사를 하러 모셔 오라고 저를 보내셨습니다. 주인님이 가시지 않으시면 닭고기는 다 타버릴 것이고, 돼지고기는 꼬치에서 떨어질 거고, 음식은 모두 식어버릴 겁니다."

"그런 재미없는 농담은 그만둬라. 혹시 돈을 잃어버렸느냐?"

형 드로미오는 여전히 다음과 같이 말했다.

"부인께서 주인님께 점심식사를 하러 오시라고 저를 보냈습니다."

"부인이라니, 어느 부인 말이냐?"

"그야 당연히 주인님의 부인이죠."

동생 앤티폴러스는 아내가 없었으므로 형 드로미오에게 화가 단단히 났다.

"내가 네놈의 말을 허심탄회하게 들어주니 머리 꼭대기까지 기어오르려고 그런 농담을 지껄이는구나. 난 지금 장난을 칠 기분이 아니다. 돈은 어쨌느냐? 우리는 이곳에서 뜨내기에 불과하다. 그런데 넌 그 큰돈을 남에게 맡기고 잘도 돌아다니는구나."

형 드로미오는 자신의 주인(이라고 착각하고 있다)이 우리는 떠돌이에 불과하다는 소릴 하자 주인이 농담을 한다고 여기며 명랑하게 대답했다.

"주인님, 제발 부탁드립니다. 농담은 점심식사를 하시면서 해 주세요. 제 임무는 주인님을 집으로 모시고 돌아가 부인과 처제분이 함께 식사를 하실 수 있도록 하는 겁니다."

그러자 동생 앤티폴러스는 결국 참지 못하고 폭발해 형 드로미오를 후려쳤다. 드로미오는 집으로 뛰어가 주인이 점심식사를 하러 집에 가지 않겠다고 했고, 자신에게는 아내가 없다고 했다고 여주인에게 고자질을 했다.

에페소스의 형 앤티폴러스의 아내 아드리아나는 남편이 아내가 없다고 했다는 말을 듣자 화가 단단히 났다. 왜냐하면 아드리아나는 질투가 많은 여자여서 남편이 다른 여자를 더 사랑하고 있다고 생각했기에 안달복달을 하며 강한 질투심으로 남편을 원망하는 말을 내뱉기 시작했다. 함께 살고 있던 여동생 루시아나가 아무 근거도 없이 의심하지 말라고 설득해도 전혀 통하지 않았다.

시라큐스의 동생 앤티폴러스가 여관으로 가보니 동생 드로미오가 맡긴 돈과 함께 무사히 여관에 있었다. 동생 앤티폴러스는 자신의 시종인 드로미오를 보자마자 좀 전의 지나친 농담을 한 번 더 꾸짖으려고 했는데 그 순간 아드리아나가 곁으로 다가왔다. 눈앞에 있는 사람이 자기 남편이 아닐 거라고는 털끝만치도 의심하지 않은 채 자신을 이상한 눈으로 쳐다본다며 따지기 시작했다. 동생 앤티폴러스는 화가 단단히 나 있는 이 여자를 한 번도 본 적이 없었으므로 이상한 눈으로 쳐다보는 것도 당연한 일이었다.

"결혼하기 전에는 그렇게 절 사랑해 주시더니 지금은 저 대신 다른 여자를 사랑하고 있는 거죠. 대체 왜 이렇게 된 거죠? 어째서 제가 당신의 사랑을 잃게 된 건가요?"

"지금 제게 말씀하시는 건가요, 아름다운 부인?"

동생 앤티폴러스가 황당하다는 듯이 말했다.

"전 당신의 남편이 아닙니다. 에페서스에 도착한 지 두 시간밖에 되지 않았단 말입니다."라며 아무리 설명했지만 헛수고였다. 아드리아나가 함께 집으로 가자고 너무나 강력하게 고집을 부렸기에 동생 앤티폴러스도 더 이상 빠져나갈 구멍이 없게 돼 아드리아나를 따라 형의 집으로 가 아드리아나와 그녀의 여동생과 함께 점심식사를 하게 됐다. 아드리아나는 '여보'라고 부르고 여동생은 '형부'라고 부르자 동생 앤티폴러스는 완전히 갈팡질팡하며, 내가 잠을 자다가 이 여자와 결혼한 게 분명해, 그도 아니면 지금 꿈을 꾸고 있는 거야, 라고 생각했다. 그리고 함께 온 동생 드로미오도 주인 못지않게 깜짝 놀랐다. 왜냐하면 형 드로미오의 아내인 요리사도 동생 드로미오를 자신의 남편이라고 주장했기 때문이다.

시라큐스의 동생 앤티폴러스가 형의 아내와 함께 식사를 하는 중에 진짜 남편인 형 앤티폴러스가 시종인 형 드로미오를 데리고 자신의 집으로 점심식사를 하러 돌아와 문을 열려고 했다. 두 사람이 아무리 문을 두드리며 앤티폴러스와 드로미오가 왔다고 소리쳐도 하인들은 그들을 비웃으며 주인님은 벌써 오셔서 여주인과 식사를 하고 있고, 드로미오도 부엌에 있다고 말했다.

　두 사람은 문이 부서져라 두드려 댔지만 집 안으로 들어갈 수 없었다. 그러자 결국 형 앤티폴러스는 단단히 화가 나서 어떤 외간 남자가 아내와 함께 점심을 먹고 있다는 소리에 놀라고 의아해 하면서 돌아섰다.

　시라큐스의 동생 앤티폴러스는 점심을 다 먹고도 아드리아나가 여전히 남편이라 부르고, 요리사도 드로미오를 남편이라 부르는 것을 보자 당혹스러워하면서 도망칠 구실을 찾아 집을 빠져 나왔다. 왜냐하면 여동생인 루시아나는 매우 맘에 들었지만 질투의 화신인 아드리아나는 꼴도 보기 싫었기 때문이었다. 동생 드로미오도 자신의 아름다운 아내가 전혀 맘에 들지 않았다. 그래서 두 사람은 갑자기 생긴 아내들에게서 걸음아 나살려라 도망쳐 나와 한숨을 쉬며 가슴을 쓸어내리고 있었다.

　시라큐스의 동생 앤티폴러스는 형의 집을 나오자마자 한 금세공장이와 만났다. 이 남자는 아드리아나와 마찬가지로 동생과 형 앤티폴러스를 알아보지 못한 채 앤티폴러스 님이라 부르며 금목걸이를 건네주었다. 동생 앤티폴러스는 그건 내 것이 아니라며 금목걸이를 거절했지만 금세공장이는 이건 앤티폴러스 본인이 직접 주문해서 만든 것이라고 대답하며 금목걸이를 앤티폴러스의 손에 쥐어준 채 돌아가 버렸다.

동생 앤티폴러스는 시종인 드로미오에게 짐들을 배에 실으라고 명령했다. 더 이상 이런 곳에 있고 싶은 생각이 없었던 것이다. 너무나도 기묘한 일이 자꾸 반복되자 틀림없이 마법에 걸린 게 분명하다고 생각했을 정도였다.

착각해서 동생 앤티폴러스에게 금목걸이를 건네줘 버린 금세공장이는 얼마 안 돼 빌린 돈을 갚지 못해 체포되었다. 결혼한 형 앤티폴러스가 우연히 금세공장이가 관리들에게 체포되고 있던 현장을 지나가게 되었다. 금세공장이는 형 앤티폴러스에게 금목걸이를 주었다고 착각하고 있었기 때문에 앤티폴러스를 보자마자 좀 전에 건네준 금목걸이 대금을 지불해 달라며 애원했다. 금목걸이 대금은 금세공장이가 체포당하게 된 원인인 빌린 돈과 거의 같은 금액이었다.

형 앤티폴러스는 금목걸이를 받지 않았다고 말하고, 금세공장이는 불과 2, 3분 전에 분명 건네줬다고 우기자 두 사람은 한참 동안이 일로 실랑이를 벌였다. 두 사람 다 자기 말이 옳다고 생각하고있는 건 당연했다. 왜냐하면 형 앤티폴러스는 금세공장이에게 금목걸이를 받지 않은 게 확실했고, 금세공장이는 두 형제가 너무나 똑같이 생겼기 때문에 형 앤티폴러스에게 금목걸이를 건네주었다고 확신했기 때문이었다.

결국 빚을 갚지 못한 금세공장이는 감옥에 들어가게 됐지만, 그와 동시에 금세공장이는 금목걸이 대금을 지불하지 않았다는 이유로 관리들에게 형 앤티폴러스를 체포해 달라고 했다. 이렇게 해서두 사람은 말싸움 끝에 동시에 감옥에 들어가게 되고 말았다.

형 앤티폴러스는 감옥으로 가는 동안 시라큐스의 동생 드로미오와 맞닥뜨리게 됐다. 동생의 시종이었지만 자신의 시종이라고 착각하며 이렇게 말했다.

"이봐, 아내에게 달려가 금목걸이 대금을 받아오너라. 그걸 주지않았다고 내가 붙잡혀 가는 중이다."

동생 드로미오는 주인이 점심을 먹은 뒤 그렇게 허겁지겁 도망쳐나온 그 요상한 집에 다시 가라고 하자 믿을 수가 없었다. 실은 주인에게 출항 준비가 끝났다는 소식을 알리러 왔지만 전할 용기가나지 않았었다. 앤티폴러스가 농담을 받아줄 만큼 기분이 좋아 보이지 않았기 때문이었다. 그래서 동생 드로미오는 아드리아나의집에 갈 수밖에 없다고 투덜대면서 돌아섰다.

"그 집에서는 다우사벨이 나를 보고 남편이라고 우기고 있어. 하지만 주인님이 가라시니 종인 나는 따를 수밖에 없지."

아드리아나는 동생 드로미오에게 돈을 건네주었다. 드로미오가돌아오는 도중에 진짜 주인인 동생 앤티폴러스를 만났다. 동생 앤티폴러스는 자신이 겪은 믿기 힘든 사건들 때문에 여전히 넋을 잃은 상태였다. 왜냐하면 형은 에페서스에서 꽤나 유명한 사람으로 거리에서 마주친 대부분의 사람들이 아주 친숙하게 인사를 했기 때문이었다. 이건 어제 빌린 돈입니다 라며 돈을 갚는 사람도 있었고, 놀러오라고 초대하는 사람도 있었고, 저번에는 정말 고마웠다며 인사를 하는 사람도 있었다. 모두가 동생을 형이라고 착각했기 때문이었다. 어떤 재봉사는 치수를 재겠다며 달려들기도 했다.

  동생 앤티폴러스는 자신이 요정의 나라나 마녀의 나라에 빠져든 것이 분명하다고 여기기 시작했다. 그리고 동생 드로미오가 감옥으로 데려가는 관리들의 손아귀에서 어떻게 탈출했냐고 묻고 아드리아나 님이 금목걸이 대금을 지불하라고 주신 돈이라며 금화가든 자루를 건네자, 동생 앤티폴러스의 당혹감은 더욱더 커졌다. 동생 드로미오가 붙잡혔다는 둥, 감옥이 어떻다는 둥 하는 소릴 하자 동생 앤티폴러스는 완전히 머리가 돌아버릴 것 같았다.

  "드로미오 녀석이 머리가 완전히 돌아버린 것 같군. 우리는 꿈속에서 헤매고 있는 중이야."

  그리고 너무나 혼돈스럽고 두려워 큰소리로 외쳤다.

  "오오 신이시여, 이 으스스한 곳에서 우리를 구해 주소서!"

  그런데 그때 처음 보는 여성이 동생 앤티폴러스에게 다가왔다. 여자도 그를 앤티폴러스 님이라 부르며

  "오늘 저와 함께 식사를 하시면서 금목걸이를 주시기로 약속하

셨잖아요. 그걸 주세요."라고 조르기 시작했다. 동생 앤티폴러스는 완전히 폭발하고 말았다.

"이 마녀야, 너에게 금목걸이를 주겠다고 약속한 적도 없고, 너와 함께 밥을 먹은 적도 없으며, 너 같은 얼굴은 지금까지 본 적도 없다."

그 여자는 당신은 분명히 나와 함께 식사를 했으며, 금목걸이를 주기로 약속했다고 끝까지 주장했다. 동생 앤티폴러스가 계속해서 부정하자 여자는 이렇게 말했다.

"게다가 내가 당신에게 고가의 반지를 주었잖아요. 금목걸이를 주지 않을 거라면 내 반지를 돌려줘요."

이 말을 듣고 동생 앤티폴러스는 완전히 이성을 잃고 다시 여자에게 마녀라고 소리치며 너도, 반지에 대해서도 전혀 모른다는 말만 남기고 도망쳐 버렸다. 여자는 동생 앤티폴러스가 내뱉은 말과 무서운 얼굴에 어안이 벙벙했다. 왜냐하면 여자에게 있어 앤티폴러스와 함께 식사를 한 것도, 금목걸이를 선물해 주겠다고 약속해서 반지를 준 것도, 분명한 사실이었기 때문이다.

그러나 이 여자도 다른 사람들처럼 착각을 하고 있는 것이었다. 다시 말해 동생 앤티폴러스를 형 앤티폴러스라고 굳게 믿었던 것이다. 여자가 앤티폴러스를 비난한 것은 모두 유부남인 앤티폴러스의 행동 때문이었다.

유부남 앤티폴러스는 자신의 집에서 쫓겨났을 때(집안 사람들은

주인이 이미 집에 와 있다고 여기고 있었다) 화가 단단히 나 돌아
섰다.

"또 여편네의 질투가 시작됐군. 매번 저러니 정말 큰일이야. 내
가 다른 여자에게 간다며 있지도 않은 말을 지껄여 댄단 말이야.
나를 집에서 내쫓은 대가로 오늘은 그 여자의 집에 찾아가 밥을 먹
기로 하자."

형 앤티폴러스는 그 여자가 매우 친절하게 대접해 주었고 아내에
게는 화가 단단히 나 있었기 때문에 아내에게 선물할 생각으로 주
문해 두었던 금목걸이를 홧김에 그 여자에게 주기로 약속해 버린
것이다. 조금 전에 금세공장이가 착각을 하고 동생에게 건네주었
던 것이 바로 그 목걸이였다. 여자는 멋진 금목걸이를 선물하겠다
고 하자 크게 기뻐하며 형 앤티폴러스에게 반지를 건네 준 것이다.
여자는 동생과 형을 착각하고 있었기 때문에 동생 앤티폴러스가
약속하지도 않았고 자신을 모른다며 험악한 얼굴로 돌아서자 완전
히 미쳐버렸다고 생각하기 시작했다.

그리고 아드리아나를 찾아가 남편이 머리가 돌아버렸다고 알려
줘야겠다고 결심했다. 여자가 아드리아나에게 소식을 전하는 동안
아드리아나의 남편이 간수와 함께 돌아왔다. 간수는 목걸이 값을
갚기 위해 형 앤티폴러스가 집으로 갈 수 있게 허락해 준 것이다.
형 앤티폴러스가 돈을 내놓으라고 하자 아드리아나는 드로미오에
게 주었다고 했다. 하지만, 실제로는 드로미오가 동생 앤티폴러스

에게 건네주고 만 것이다.

아드리아나는 남편이 왜 자기를 내쫓았냐고 추궁하자 여자가 말해 주었던 남편이 미쳤다는 이야기가 사실이라고 여기게 됐다. 게다가 남편이 점심식사 내내

"난 당신의 남편이 아니오. 오늘 처음 이곳 에페서스에 왔단 말이오."라고 했던 말이 떠올랐기에 남편이 미쳤다는 말을 믿지 않을 수 없었다. 그래서 아드리아나는 간수에게 돈을 주고 돌려보낸 뒤 하인들에게 로프로 남편을 꽁꽁 묶어 어두운 지하실로 데려가라고 명령했다. 그리고 남편의 광기를 고치기 위해 의사를 불렀다.

형 앤티폴러스는 그동안 엉뚱한 생트집이라며 고래고래 소리를 질렀다. 이 모든 것이 동생과 똑같이 생겼기 때문에 벌어진 착오였다. 하지만 형 앤티폴러스가 소리를 치면 칠수록 그가 미쳤다고 생각하는 모든 사람들의 확신만 다져주는 꼴이 되었다. 형 드로미오도 주인과 똑같은 소리를 하자 역시 밧줄로 묶어 주인과 함께 가둬버렸다.

아드리아나가 남편을 감금한 지 얼마 지나지 않아 시종 한 명이 들어오더니

"주인님과 드로미오가 밧줄을 풀고 도망친 게 분명합니다. 지금 길거리를 활보하고 있으니까요."라고 알렸다.

이 말을 들은 아드리아나는 남편을 데려오기 위해 곧바로 뛰쳐나갔다. 다시 한 번 남편을 감금하려고 여러 명의 사람들을 데리고

갔다. 여동생도 함께 달려갔다. 근처 수녀원 문 앞에 이르자 그곳에서 정말 남편과 시종을 만났다. 아니, 만났다고 착각한 것이다. 쌍둥이 형제들이 너무나도 똑같이 생겨 이번에도 착각을 하고 만 것이다.

동생 앤티폴러스는 여전히 형과 똑같이 생겨 벌어진 상황에 완전히 넋을 잃고 있었다. 금세공장이가 건네준 금목걸이는 동생 앤티폴러스의 목에 걸려 있었다. 그러자 금세공장이는

"절대 받지 않았다며 돈을 지불할 수 없다고 고집을 피우시더니 목에 걸고 있지 않습니까?"라고 동생 앤티폴러스를 원망했다. 앤티폴러스는 앤티폴러스 대로

"당신이 오늘 아침에 내게 억지로 떠맡기지 않았소? 그 뒤로 당신을 본 적이 없소."라고 주장했다.

그때 아드리아나가 다가와 이렇게 말했다.

"이 분은 머리가 돌아버린 제 남편이에요. 파수꾼들의 눈을 피해 도망을 쳤어요."

아드리아나가 데리고 온 남자들이 동생 앤티폴러스와 동생 드로미오를 거칠게 붙잡으려고 하자 두 사람은 수녀원 안으로 도망쳐버렸다. 그리고 앤티폴러스는 수녀원장에게 숨겨달라고 간청했다.

그러자 수녀원장이 밖으로 나가 왜 이렇게 소란스럽냐며 물었다. 원장은 차분하고 기품 넘치는 여성으로 자신이 본 것을 현명하게 판단하는 사람이었다. 그래서 자신의 수녀원에 보호를 요청한 남

자를 그리 쉽게 내놓지는 않았다. 그리고 남편의 머리가 돌았다는 말에 대해 아드리아나에게 엄히 물은 뒤 이렇게 말했다.

"남편께서 갑자기 이상증상을 보인 이유가 뭐죠? 배가 가라앉아 도산을 하셨나요? 아니면 남편의 머리가 이상하게 된 게 혹시 친구 분이라도 돌아가셨기 때문인가요?"

"아뇨, 그런 원인이 아니에요."

"어쩌면 남편께서 부인 말고 다른 여성에게 애정을 쏟게 됐는지도 모르죠. 그래서 이렇게 변해버린 거죠."

"그래요, 이미 오래 전부터 남편이 자주 집을 비우는 이유가 다른 여자를 사랑하고 있기 때문이라고 생각했어요."

그런데 형 앤티폴러스가 집을 비울 수밖에 없었던 이유는 다른 여자를 사랑하기 때문이 아니라 아내의 시끄러운 질투 때문이었다. 수녀원장은 아드리아나의 거친 태도를 보고 진실을 파악하기 위해 이렇게 말했다.

"당신은 그 일로 남편 분을 비난했어야 해요."

"그야 당연히 비난했죠."

"그랬을 테죠. 하지만 어쩌면 비난이 부족했을지도 모르겠네요."

아드리아나는 이점에 대해 남편에게 충분히 잔소리를 했다는 것을 원장에게 이해시키기 위해 이렇게 말했다.

"저희 부부는 그에 대한 이야기만 했어요. 침대에서는 그에 대한 이야기만 남편에게 들려주며 재웠어요. 밥을 먹을 때도 그 얘기만 했죠. 남편과 단 둘이 있을 때면 늘 그 이야기만 했고 사람들 앞에서는 자주 남편에게 넌지시 암시를 주었죠. 다른 여자를 저보다 사랑하는 것이 얼마나 비열하고 괘씸한 일인지 늘 일러 주었어요."

수녀원장은 질투심이 많은 아드리아나에게 스스로 자백하게 해 놓고 이렇게 말했다.

"그래서 남편분이 미쳐버린 거예요. 질투에 눈이 먼 여자의 독설에는 미친개의 이빨보다 무서운 독이 서려 있다고 합니다. 당신이 위압적으로 욕을 해대자 남편은 잠을 잘 수가 없었던 거죠. 머리가 돌아버리는 것도 무리가 아니에요. 남편의 내면에 당신은 잔소리라는 저주를 걸었네요. 불안한 식사는 소화불량의 원인이 되지요. 그래서 남편께서 이렇게 미쳐버리고 만 겁니다.

부인의 말에 의하면 부인이 소리를 쳐 남편의 즐거움을 다 날려버렸다죠? 사람들과의 관계도 즐길 수 없고, 기분전환도 맘대로 할 수 없다면 우울증과 위로받을 수 없는 절망에 빠지는 게 당연하지 않을까요? 결국 부인의 깊은 질투심이 멀쩡한 남편을 미치게 만들었군요."

여동생인 루시아나가 언니를 감싸기 위해 이렇게 말했다.

"언니는 형부에게 항상 온화하게 충고했어요. 언니, 왜 이런 비난을 듣고도 가만히 있는 거야?"

그러나 수녀원장이 자신의 결점에 대해 정곡을 찌르자 아드리아나는

"원장님의 말씀을 듣고 보니 저 스스로 책망을 하고 싶어지네요."라는 말밖에 할 수 없었다.

아드리아나는 자신의 행동을 부끄럽게 여기기는 했지만 여전히 남편을 내달라고 주장했다. 그러나 원장은

"아무도 수녀원에 들어갈 수 없어요. 이 불행한 분을 질투의 화신인 부인의 손에 넘길 수는 없어요. 제가 온화한 방법으로 남편분의 정신을 되돌려 놓기로 마음먹었거든요."

수녀원장은 이렇게 말하고 아무도 수녀원 안으로 들어오지 못하도록 문을 잠가버렸다.

쌍둥이 형제가 너무나 똑같이 생겼기 때문에 질릴 정도로 수많은 착오가 벌어진 파란만장했던 하루가 지나가며 이지온 노인의 유예 시간도 다 끝나가고 있었다. 해질 무렵까지 벌금을 지불하지 못하면 사형에 처해질 운명인 것이다.

이지온 노인의 처형장은 이 수녀원과 아주 가까이 있었다. 때마침 원장이 수녀원 문을 막 닫은 순간 이지온 노인이 그곳에 도착했다. 공작도 함께 있었다. 만약 누군가 벌금을 대신 내 주겠다고 나서는 사람이 있다면 그 자리에서 용서해 줄 수 있기 때문이었다.

아드리아나는 이 음산한 행렬을 막아서며 큰 소리로 간청했다.

"공작님, 수녀원장이 미친 제 남편을 내어주기를 거부하고 있습니다."

아드리아나가 이렇게 말하고 있는 찰나 진짜 남편과 시종인 드로

미오가 밧줄을 풀고 도망쳐 나와 공작에게 호소했다.

"공작님, 재판을 부탁드립니다. 제 아내가 미쳤다는 말도 안 되는 이유로 저를 감금했습니다. 저는 겨우 밧줄을 풀고 파수꾼의 눈을 피해 도망쳐 나왔습니다."

아드리아나는 수녀원으로 도망쳤다고 생각했던 남편을 보고 놀라움과 의아함이 한데 뒤섞인 기분이 들었다.

이지온 노인은 아들을 보고 그가 어머니와 형을 찾아 나선 아들이라고 단정하며 자신이 지불해야 하는 벌금을 자신의 귀여운 아들이 당장 지불해 줄 거라고 안심했다. 그래서 자신이 곧 풀려날 것이라는 반가운 기대를 품고 아버지다운 다정한 말로 형 앤티폴러스에게 말을 걸었다.

그런데 아들이 당신은 전혀 모르는 사람이라고 말하자 이지온은 완전히 넋을 놓고 말았다. 그도 당연한 것이었다. 왜냐하면 형 앤티폴러스는 어릴 적 폭풍우 속에서 헤어진 뒤 단 한 번도 아버지를 본 적이 없었기 때문이었다.

가련한 이지온 노인은 필사적으로 아들에게 자신이 아버지라는 사실을 알리려 했지만 허사였다. 그러자 아들이 아버지를 정말로 몰라보는 것인지, 아니면 이렇게 초라한 몰골을 한 자신을 아버지로 인정하는 것을 부끄럽게 여기는 것인지 생각에 잠기게 됐다. 이렇게 낙담하고 있을 때 수녀원장과 다른 앤티폴러스와 드로미오가 서 있는 모습을 보고 깜짝 놀랐다.

지금까지 모든 사람을 당혹스럽게 만들었던 착오의 비밀이 완전히 풀리게 된 것이다. 공작은 두 명의 앤티폴러스와 두 명의 드로미오가 서로 완전히 똑같다는 것을 확인하고 언뜻 수수께끼 같았던 이 사건에 대해 곧바로 올바른 추측할 수 있었다. 왜냐하면 아침에 이지온이 말했던 신상에 관한 이야기를 떠올렸기 때문이다.

"이들은 이지온 노인의 아들들과 쌍둥이 시종들이 분명하다."라고 공작이 말했다.

이렇게 해서 이지온 노인의 신상에 관한 이야기가 생각지도 못했던 기쁜 결말을 맞이하게 됐다. 그날 아침, 슬픔에 젖어 사형 선고를 받은 뒤 했던 이야기가 해가 완전히 저물기 직전에 경사스런 대단원의 막을 맞이한 것이다. 왜냐하면 고귀한 수녀원장이, 자신이야말로 행방을 알 수 없었던 이지온의 아내이며 두 앤티폴러스의 사랑하는 어머니라는 것을 밝혔기 때문이었다.

과거 폭풍우에서 살려줬던 어부들이 형 앤티폴러스와 형 드로미오를 어머니에게서 빼앗아 사라진 뒤, 어머니는 수녀원으로 들어간 것이다. 그리고 현명하고 덕망 높은 성품 덕에 결국 수녀원 원장의 자리에까지 오르게 된 것이었다. 불행에 처한 낯선 사람을 따뜻하게 배려해 줘서 자신도 모르는 사이에 자신의 아들을 지켜 준 것이다.

오랜 세월 뿔뿔이 흩어졌던 가족들은 서로 반가운 인사를 나누느라고 한동안 이지온이 아직 사형 선고를 받은 상태라는 것을 잊고 있었다. 그러나 모두의 반가운 기분이 조금 가라앉게 되자 에페서스의 형 앤티폴러스가 아버지의 벌금을 지불하겠다고 공작에게 말했다.

하지만 공작은 그 자리에서 이지온을 용서해 주고 벌금도 받지 않기로 했다. 그리고 공작은 수녀원장과 지금 막 재회를 하게 된 그녀의 남편과 아들들이 수녀원으로 들어갈 때 함께 수녀원으로 들어가 이 행복한 가족의 불행했던 운명이 경사스럽게 막을 내리는 모습을 함께 지켜보기로 했다.

두 명의 드로미오의 차분한 기쁨도 잊어서는 안 될 것이다. 이 두 사람도 역시 서로 기쁨을 나누며 인사를 나누었다. 그리고 서로 미남이라며 즐겁게 칭찬을 했다. 서로 상대에게서 자신이 잘생겼다는 것을(그야말로 거울을 보듯이) 발견하고 만족해 하며 기뻐했다.

아드리아나는 시부모님들의 충고로 크게 깨달은 바가 있어 이후부터는 남편을 부당하게 의심하지 않게 되었으며 질투도 하지 않게 되었다.

시라큐스의 동생 앤티폴러스는 형의 처제인 아름다운 루시아나와 결혼했다. 그리고 선량한 이지온 노인은 처자식들과 함께 오랜 세월 에페서스에서 살았다.

이렇게 얽히고설킨 실타래가 풀렸다고 해서 온갖 착오가 완전히 해소됐냐 하면 그렇지는 않았다. 때때로 옛 일을 떠올리게 하는 웃지 못할 일들이 벌어져 한쪽의 앤티폴러스와 드로미오를 다른 한

쪽의 앤티폴러스와 드로미오로 착각하는 일들이 왕왕 일어났지만 그것은 그야말로 유쾌하고 즐거운 '착오의 희극'에 불과했다.

자에는 자(복수)

옛날 성품이 매우 온화하고 너그러운 공작이 빈 시를 통치할 때, 그는 신하들이 법을 어겨도 처벌을 하지 않았다. 그중에서도 한 가지 법률은 공작이 나라를 통치하는 동안 단 한 번도 적용되지 않았기 때문에 그런 법률이 있는지조차 거의 모르고 있었다. 이 법률에 의하면 어떤 남자라도 아내 이외의 여자와 동거를 하다 들키면 사형에 처하게 돼 있었다.

그런데 이 법률은 공작의 관대함을 틈타 완전히 무시당했고, 결혼이라는 신성한 제도까지 무시당하고 있었다. 빈 시내의 젊은 딸이 있는 부모들이 매일같이 공작을 찾아와 자신의 딸이 독신 남자의 꼬임에 넘어가 동거를 하고 있다며 하소연을 했다.

선량한 공작은 신하들 사이에서 이런 악습이 만연하는 걸 보며 매우 슬퍼했다. 그리고 지금까지 신하들에게 관대했던 공작도 이 폐해를 막아야 할 필요성은 느끼고 있었지만, 갑자기 엄격한 통치를 하면 지금까지 자신을 사랑하고 존경하며 따르던 시민들이 자신을 폭군이라 여기는 게 아닐까 걱정했다.

그래서 공작은 한동안 공국을 비우고 다른 사람에게 대신 정권을 맡겨 잘못된 악행을 바로잡도록 이 법률을 적용할 수 있게 하려 했다. 그러면 자신이 지금까지와 달리 엄격한 법을 적용했다고 원망받는 일은 없을 것이라고 생각했다.

공작은 이 중대한 책임을 맡길 적임자로 안젤로라는 인물을 지목했다. 안젤로는 강직하고 엄격한 생활을 하고 있었기에 빈에서는 성인이라 불릴 정도였다. 공작이 심복인 에스컬러스 경에게 자신의 계획을 말해 주자, 그는 이렇게 대답했다.

"만약 빈에서 그런 커다란 은혜와 명예를 얻기에 걸맞은 사람이 있다고 한다면 그건 당연히 안젤로 경밖에 없을 겁니다."

이렇게 해서 공작은 폴란드 여행을 핑계로 빈을 떠나면서 안젤로 경에게 공작의 권한대행을 맡겼다. 하지만 실제로는 여행을 떠나지 않고 수도사로 변장해 성인이라 불리는 안젤로 경의 행동을 몰래 감시하기 위해 빈에 숨어 있었다.

안젤로가 공작 권한대행이라는 권위를 이양받자마자 한 사건이 발각되었다. 클로디오라는 청년이 한 처녀를 부모 몰래 꾀어낸 데려간 것이다. 클로디오는 이 죄로 인해 신임 공작 대리의 명령으로 체포돼 옥에 갇히게 됐다. 상당히 오랫동안 없는 것과 마찬가지였던 낡은 법률에 의거해 안젤로는 클로디오에게 참수형을 선고했다. 젊은 클로디오의 목숨을 구명하기 위한 수많은 사람들의 탄원이 쏟아졌으며, 선량한 노인 에스컬러스 경까지 클로디오를 위해 나섰다.

"제가 목숨을 구명하려고 하는 이 불쌍한 청년에게는 존경받는 부친이 계십니다. 그의 부친을 봐서라도 부디 이 젊은이를 용서해 주실 수 없겠습니까?"

그러자 안젤로는 이렇게 대답했다.

"법률을 허수아비 취급해서는 안 됩니다. 해를 입히는 새들을 쫓아내기 위해 허수아비를 세울 때는 좋았지만, 새들이 익숙해지면 무서워하기는커녕 나뭇가지처럼 앉아서 쉬게 될 것입니다. 따라서 클로디오는 죽을 수밖에 없습니다."

클로디오의 친구 루시오가 감옥으로 클로디오를 찾아가자 클로디오는 이렇게 말했다.

"이보게, 루시오. 자네에게 부탁하고 싶은 게 있네. 여동생 이사벨이 오늘 성 클레오 수녀원에 들어가기로 돼 있는데, 이사벨에게 가서 내가 위험에 처해 있다고 알려주게. 여동생에게 저 엄격한 공작 대리와 친해질 수 있도록 안젤로를 만나 달라고 부탁해 주게. 그러면 희망이 있을 걸세. 여동생은 언변이 뛰어나 사람들을 설득하는 데 선수니까. 게다가 젊은 여자의 근심에 찬 모습은 남자의 마음을 흔들기에 충분한 무언의 웅변과도 같으니까 말이야.”

클로디오의 여동생 이사벨은 오빠가 말한 대로 수녀원의 견습 수녀 수련을 받고 있는 중이었다. 이사벨은 견습 수녀로서의 시험기간을 마치면 수녀가 될 작정이었다. 이사벨이 수녀원의 규칙에 대해 한 수녀에게 이것저것 질문을 하고 있을 때 루시오가 수녀원에 들어섰다. 루시오는 수녀원에 들어가자마자 “이곳에 평화가 있기를!”하고 외쳤다.

“이게 무슨 소리지?” 이사벨이 말했다.

“남자 목소리군요. 이사벨, 당신이 가서 무슨 일인지 물어보세요. 당신이라면 갈 수 있지만 나는 갈 수 없어요. 당신도 두건을 쓰게 되면 원장 수녀님이 함께 계실 때만 남자와 말할 수 있게 돼요. 게다가 말할 때 얼굴을 보여서도 안 되고 얼굴을 보여주면 말을 해서는 안 돼요.”

“수녀로서의 특권은 그것뿐인가요?”

“그것만으로도 충분하잖아요.”

“네, 맞아요. 혹시 더 있나 해서 물어본 것뿐이에요. 오히려 성 클레오의 수녀님들을 조금 더 엄격하게 제한해도 괜찮다고 생각했어요.”

다시 루시오의 목소리가 울렸다.

“또 소리치고 있네요. 가서 용건을 물어보고 오세요.”

이사벨은 루시오에게로 가서 루시오의 인사에 이렇게 대답했다.

"평화와 번영이 있으시길! 지금 소리치고 계시는 분이 누구신가 요?"

루시오는 경의를 표하며 이사벨에게 다가가 이렇게 말했다.

"안녕하세요, 아가씨. 볼이 장밋빛처럼 붉은 걸 보니 아가씨가 틀림없겠죠? 여기서 견습 수녀가 된 이사벨 양을 만날 수 없을까 요? 불쌍한 클로디오의 아름다운 여동생을."

"어째서 오빠를 불쌍하다고 하는 거죠? 무슨 일인지 말씀해 주세 요. 제가 바로 여동생인 이사벨이에요."

"아름답고 상냥한 아가씨, 실은 오빠의 부탁을 받고 왔습니다. 오빠는 지금 감옥에 갇혀 있습니다."

"어머나, 세상에! 대체 무슨 죄를 지었죠?"

"클로디오는 젊은 여자를 유혹한 죄로 투옥됐습니다."

"아아, 어쩌면 사촌인 줄리엣일지도……."

줄리엣과 이사벨은 친척은 아니지만 학창시절의 우정을 기념해 서 서로 사촌이라 부르기로 했다. 이사벨은 줄리엣이 오빠 클로디 오를 사랑하고 있다는 것을 알고 있었기 때문에, 클로디오를 너무 나 사랑한 줄리엣이 이런 죄를 저지른 게 아닐까 생각했다.

"맞아요, 상대는 그 사람입니다."

"이런, 그렇다면 오빠와 줄리엣이 결혼하면 그만이잖아요."

"클로디오가 줄리엣과 기꺼이 결혼할 거라고 말했는데도 공작 대리가 그 죄로 클로디오에게 사형을 언도했습니다. 하지만 아름다운 당신이 애원해서 안젤로 경의 마음을 풀어줄 아량이 있다면 이야기는 달라질 겁니다. 불쌍한 오빠의 부탁을 받은 저의 임무는 여기까지입니다."

"이런 세상에! 오빠를 살리고 싶은 마음은 간절하지만 제게 무슨 힘이 있다는 말이죠? 저에게는 안젤로 경의 마음을 움직이게 할 만한 힘이 없는 것 같은데요."

"자신을 가지십시오. 해보지도 않고 겁부터 먹으면 힘들게 손에 들어온 것도 잃게 됩니다. 안젤로 경에게 가보세요. 처녀가 애원하며 무릎을 꿇고 눈물을 흘리면 남자들이란 신처럼 모든 걸 들어주게 돼 있습니다."

"잘 될지 모르겠지만 일단 해보겠어요. 원장님께 말씀을 드리고 나서 곧바로 안젤로 경에게 달려가겠어요. 오빠에게 안부를 전해 주세요. 오늘 밤에라도 일의 경과를 알려 드릴게요."

이사벨은 급히 성으로 달려가 안젤로 경 앞에 털썩 엎드리며 이렇게 말했다.

"저는 경께 슬픈 부탁을 드리러 찾아왔습니다. 부디 제 말씀을 좀 들어주세요."

"그래, 부탁이란 게 뭔가?"

이사벨은 더없이 감동적인 말로 오빠의 구명을 간청했다. 그러나 안젤로는 이렇게 말했다.

"아가씨, 더 이상 구명할 길이 없소. 그대의 오빠는 사형을 언도받았으니 죽지 않으면 안 되오."

"아아, 정말로 공명정대한 법률이네요. 하지만 너무나 잔인한 법률이에요. 오빠는 포기하겠어요. 그럼 이만 물러나겠어요."

이사벨이 이렇게 말하며 돌아가려 했다. 하지만 함께 온 루시오가 만류하며 입을 열었다.

"그렇게 쉽게 포기해서는 안 됩니다. 다시 한 번 안젤로 경에게 돌아가세요. 그 분에게 간청하세요. 그 분 앞에서 무릎을 꿇으세요. 옷자락을 붙잡고 간청하세요. 당신은 너무 냉정하군요. 그렇게 무기력한 부탁으로는 바늘 하나도 얻어낼 수 없습니다."

그러자 이사벨은 다시 한 번 무릎을 꿇고 애원했다.

"선고는 이내 내려졌소. 이미 늦었어."

"늦었다고요! 아뇨, 그렇지 않아요. 무슨 말이든 나중에 취소할 수 있는 거 아닌가요? 부디 제 간청을 들어주세요. 아무리 높으신 분이 입고 계시는 훌륭한 옷이라 할지라도 그래요, 폐하의 왕관도 안젤로 경의 검도 장군의 지휘봉도 재판관의 법복도 자비의 마음만큼 그분들에게 어울리지는 않는다고 생각해요."

"이제 제발 돌아가거라."라고 안젤로가 말했다. 하지만 이사벨은 끝없이 애원을 했다.

"만약 제 오라비가 경의 입장에 있고 경께서 오라비의 입장에 있었다면 경께서도 제 오라비와 똑같은 과오를 저질렀을지도 몰라요. 하지만 제 오라비는 경처럼 그렇게 가혹한 벌을 내리지는 않을 거예요. 아아, 만약 제게 경과 같은 권력이 있다면, 경께서 이사벨이었다면 과연 이렇게까지 됐을까요? 그래요, 저라면 재판관이란 어떤 사람인지 죄인이란 어떤 사람인지를 차근차근 설명해 주었을 거예요."

"아가씨, 진정하고 내 말을 들으시오. 그대의 오빠를 사형에 처한 것은 내가 아니라 법률이오. 설령 내 친척이라 할지라도, 형제라 할지라도, 아들이라 할지라도 변함이 없소. 따라서 그대의 오빠는 내일 사형에 처해질 것이오."

"내일이라고요? 아아, 그건 너무 갑작스럽네요. 살려주세요, 제발 살려주십시오. 오빠는 아직 죽을 준비가 돼 있지 않아요. 요리에 쓰이는 닭조차도 먹을 만큼 클 때까지는 잡지 않아요. 하물며 신께 바칠 인간의 목숨을 비천한 인간의 음식거리보다 천하게 취급해도 되는 건가요? 제발, 부디 한 번 더 생각해주세요. 오빠와 똑같은 죄를 지은 사람 중에 사형을 당한 사람은 한 사람도 없어요. 오빠와 같은 죄를 지은 사람은 얼마든지 있지만…….

그러니 이 사형 선고를 언도하는 것은 경이 처음이 될 거예요. 그리고 사형 언도를 받은 것도 오빠가 처음이고요. 그러니 부디, 경의 가슴에 손을 얹고 한번 물어보세요. 그리고 오빠와 같은 마음을 품은 적이 없는지 물어봐 주세요. 만약 오빠와 마찬가지로 인간이 저지르기 쉬운 나쁜 마음을 품은 적이 있으시다면 그걸 참작하셔서 오빠를 사형에 처한다는 말씀을 거두어 주세요!"

이사벨의 이 마지막 한마디는 이사벨이 지금까지 했던 그 어떤 간청보다 안젤로의 마음을 흔들어 놓았다. 왜냐하면 이사벨의 아름다움이 안젤로의 마음속에 억제할 수 없는 정열을 눈뜨게 했기 때문이다. 그리고 클로디오와 마찬가지로 해서는 안 될 사랑을 성취하고 싶다는 욕망이 고개를 들기 시작했다. 안젤로가 마음속의 갈등을 억누르지 못한 채 이사벨의 곁에서 떠나려 하자 이사벨이 소리쳤다.

"안젤로 경, 부디 돌아와 주세요. 뇌물을 드릴 테니 제발 돌아와 주세요!"

"뭐야, 뇌물이라고?"

안젤로는 남들처럼 뇌물을 주겠다는 이사벨의 말에 경악했다.

"네, 신이라도 경과 마찬가지로 기뻐할 만한 선물이에요. 황금이나 번쩍거리는 보석처럼 사람에 따라 값비싸지거나 싸구려가 되지 않는 것이에요. 밤이 새기 전에 하늘에 올리는 진심어린 기도예요. 더럽혀지지 않은 영혼을 담은 기도, 세속적 생각을 모두 배제하고 온 정신을 한 곳에 집중시켜 바치는 처녀의 기도예요."

"그렇다면 내일 다시 오거라."

짧은 기간이지만 오빠의 처형을 미루게 됐으며, 이렇게 해서 한 번 더 간청을 할 수 있게 된 이사벨은 드디어 안젤로 경의 냉철한 마음을 바꿀 수 있는 희망이 생겼다고 기뻐하며 안젤로 경에게 작별을 고했다. 돌아가기 직전에 이사벨은 이렇게 말했다.

"안젤로 경, 안녕히 계십시오. 신의 가호가 경과 함께하시길!"

안젤로는 이 말을 듣고 마음속으로 이렇게 말했다.

'아멘, 그대와 그대의 정숙함이 지켜지길 바라는 건 바로 나야.'

그러다가 안젤로는 갑자기 자신의 부정한 생각을 깨닫고 깜짝 놀랐다.

'대체 이게 무슨 일이지? 대체 어떻게 된 거야? 나는 저 여인을 사랑하는 걸까? 그녀의 목소리를 한 번 더 듣고 싶고, 그녀의 눈동자에 빠지고 싶다고 생각하다니. 내가 대체 무슨 망상에 빠져 있는 걸까? 교활한 악마 같으니, 한 번도 이성을 잃은 적이 없던 내가 그녀의 청순함에 매료당하다니. 조금 전까지만 해도 남녀 간의 사랑을 조롱하며 비웃었는데.'

그날 밤, 깊은 죄의식으로 갈등하던 안젤로는 사형을 언도받은 죄수보다 더 고통스러워했다. 왜냐하면 감옥 속에 갇힌 클로디오는 수도사 차림의 옷을 입은 고결한 공작의 방문을 받아 죄를 뉘우치고 평온한 마음으로 신의 가르침에 대한 설교를 듣고 있었기 때문이었다.

안젤로는 그 어느 쪽으로도 결정을 내리지 못하는 죄에 대한 모든 고통을 겪고 있었다. 어느 순간에는 이사벨을 유혹해 청순하고 정숙한 길을 짓밟아 주고 싶다고 생각했고, 또 어느 순간에는 지금 자신이 머릿속에 떠올린 범죄에 대한 후회와 공포를 맛보고 있었다.

결국 안젤로의 사악한 마음이 이기고 말았다. 조금 전까지만 해도 '뇌물을 드릴게요.'라는 말만으로도 움찔했던 안젤로는 이사벨에게 거부할 수 없을 정도의 값진 뇌물, 다시 말해 소중한 오빠의 생명이라는 귀중한 선물로 이사벨을 유혹하기로 결심했다.

이사벨이 다음 날 아침 다시 찾아왔을 때 안젤로는 이사벨과 단둘이서만 이야기하고 싶다고 말했다. 이사벨이 들어오자 안젤로는 이렇게 말했다.

"내게 그대의 순결을 바치고 줄리엣이 클로디오와 저질렀던 죄를 범한다면 오빠의 목숨을 살려주겠다. 왜냐하면 이사벨, 나는 그대를 사랑하고 있으니까."

"오빠는 줄리엣을 매우 사랑했어요. 그런데 경께서는 그 죄를 물어 사형에 처한다고 하시는군요."

"하지만 줄리엣이 야밤에 몰래 집을 빠져나와 클로디오를 찾아갔던 것처럼, 그대가 만약 밤에 몰래 나를 찾아와 준다면 클로디오를 죽이진 않겠소."

이사벨은 안젤로의 말을 듣고 오빠에게 사형을 언도해 놓고 똑같은 죄를 자신에게 저지르라는 소리에 기가 막힐 노릇이었다.

"저라면 자신을 위해서나 불쌍한 오빠를 위해서라도 그렇게 하겠어요. 왜냐하면 만약 제가 사형 선고를 받았다면 제 몸을 더럽히기 보다는 심한 채찍질의 상처라 할지도 루비라고 여기며 참을 수 있고, 죽음도 피곤한 몸을 눕힐 수 있는 안락한 침대라고 여길 수 있을 거예요."

그러더니 이사벨은 안젤로 경에게 자신의 정조를 시험하려고 그렇게 말하는 거냐고 물었다. 하지만 안젤로는 이렇게 말했다.

"아니, 믿어 주오. 나는 내 명예를 걸고 진심을 말하고 있소."

이사벨은 그런 파렴치한 진심을 드러내는 것을 명예라고 하는 말을 듣고 속이 부글부글 끓어오르는 것 같은 느낌이 들었다.

"하! 그런 하찮은 명예를 어떻게 믿을 수 있겠어요. 게다가 정말 사악한 진심이네요. 안젤로 경, 저는 이 사실을 세상에 알리겠어요. 각오하시는 게 좋을 거예요. 당장 오빠의 사면장에 서명을 하세요. 그렇지 않으면 경이 어떤 사람인지 세상 사람들에게 큰소리로 외칠 거예요."

"이사벨, 누가 그대의 말을 믿겠소. 한 번도 더럽혀진 적이 없는 내 이름, 엄격한 생활, 그대의 말을 반박하는 내 말에 그대의 비난은 순식간에 무너져버릴 것이오. 내 말을 따르고 오빠를 살리시오. 안 그러면 그대의 오빠는 사형을 면치 못할 것이오. 자, 그대가 하고 싶은 대로 하시오. 그대의 진실은 나의 거짓에 절대 이길 수 없소. 내일 대답을 듣기로 하겠소."

"누구에게 하소연해야 좋단 말인가? 누가 내 말을 믿어 줄 것인가?"

이사벨은 오빠가 갇혀 있는 음침한 감옥으로 발길을 옮기면서 혼자 중얼거렸다. 감옥에 도착해 보니 오빠는 수도사 차림을 한 공작과 종교적인 이야기를 나누고 있었다. 공작은 감옥에 오기 전에 줄리엣을 찾아가 죄를 범한 두 사람의 잘못을 꾸짖었다. 처량한 줄리엣은 진심으로 후회하고 눈물을 뚝뚝 흘리며 고백했다.

"클로디오 님보다 제가 더 나빠요. 저는 그분의 잘못된 유혹을 쉽게 받아들였으니까요."

이사벨은 클로디오가 감금된 방으로 들어가 이렇게 말했다.

"이곳에 평화와 신의 가호와 좋은 만남이 있기를!"

"누구시죠?"

변장을 한 공작이 물었다.

"들어오시오. 그런 기도는 환영해 마지않소."

"오빠와 할 이야기가 있어 찾아왔어요."

공작은 남매를 남겨둔 채 밖으로 나와 죄수를 감시하는 간수장에게 부탁해 두 사람의 이야기를 엿들을 수 있는 곳에 숨었다.

"이사벨, 무슨 좋은 소식이 있니?"

"오빠는 내일 죽어요. 각오를 하는 게 좋을 거예요."

"살 방법은 없겠니?"

"아뇨, 있기는 있지만 내가 동의해 버리면 오빠의 명예는 완전히 땅에 떨어지고 벌거벗겨지는 것과 같아요."

"요점을 확실히 말해 다오."

"저는 너무 걱정이 돼서 몸이 떨려요. 오빠는 살고 싶은 거죠? 영원한 명예보다 불과 6, 7년 더 사는 게 낫다고 생각하는 게 아닌가요? 오빠는 죽을 용기가 있나요? 죽는 게 가장 두려운 것은 무섭다고 생각할 때에요. 우리가 무심코 밟아 죽이는 풍뎅이들도 거인이 죽을 때와 마찬가지로 고통을 느껴요."

"어째서 나를 바보 취급하는 거냐? 부드러운 말투로 차근차근 말해주지 않으면 죽을 각오를 못하는 남자라고 여기고 있니? 죽어야 할 때라면 죽음의 어두운 그림자를 아내처럼 맞이하여 두 팔로 꼭 껴안을 생각이다."

"그래야지 제 오빠죠. 땅속에 묻힌 아버지의 목소리가 들리는 것 같아요. 그래요, 오빠는 죽을 운명이에요. 오빠, 소문으로는 성인이라 불리는 공작 대리가 제게 순결을 바치면 오빠의 목숨을 살려주겠다고 했다면 믿을 수 있겠어요? 아아, 제 목숨을 바쳐 오빠를 살릴 수 있다면 기꺼이 초개와 같이 목숨을 내놓을 수 있을 텐데!"

"이사벨, 고맙다."

"내일 죽을 각오를 하세요."

"죽는 건 두려운 거다."

"그러나 굴욕을 당하며 사는 건 역겨운 거예요."

하지만 클로디오는 죽음을 생각하니 마음의 평정심이 깨지면서 죄인이 죽음을 맞이할 때 처음 느끼게 되는 공포에 사로잡혀 큰소리로 외쳤다.

"나의 사랑스런 여동생아, 나를 좀 살려 다오. 오빠의 목숨을 구

하기 위해 죄를 범한다면 신께서도 용서해 주실 테니 그것은 미덕이라 할 수 있다.”

“이런, 신앙심이라고는 전혀 없는 겁쟁이! 비겁한 철면피!”

이사벨이 소리쳤다.

“여동생에게 굴욕을 주면서까지 목숨을 연명하고 싶어요? 아아, 정말 싫어! 오빠, 나는 오빠가 명예를 중시하는 분이니 가령 스무 번 단두대에 놓일 스무 개의 머리를 가지고 있다고 하더라도, 동생에게 그런 굴욕을 당하게 하느니 차라리 스무 개의 머리를 전부 다 내놓을 것이라고 생각했어요.”

“이사벨, 내 말 좀 들어 보렴.”

지조 있는 여동생을 더럽혀가면서까지 어떻게서든 살아남고 싶었던 클로디오는 자신의 나약함을 어떻게서든 변명하려 했지만 공작이 나타나 그의 말을 가로막으며 이렇게 말했다.

“클로디오, 당신과 여동생의 이야기를 다 들었소. 안젤로는 여동생을 겁탈할 생각은 결코 아닐 거요. 안젤로가 한 말은 여동생의 정조를 시험해 보려는 것에 불과하오. 동생 분은 진실과 정절을 중히 여기는 분이시라 안젤로의 제안을 예의바르게 거절했소. 그러나 안젤로는 그것을 마음속으로 기뻐했을 거요. 그자가 당신의 죄를 용서해 줄 희망은 없소. 그러니 신께 기도를 드리며 의연하게 죽음을 맞이하시오.”

그러자 클로디오는 자신의 나약함을 후회하며 이렇게 말했다.

"동생에게 용서를 구해야겠군요. 더 이상 살기가 싫어졌습니다. 빨리 이 세상을 뜨고 싶네요."

클로디오는 자신의 나약함과 부끄러움에 서글퍼하며 풀이 죽은 채 물러섰다.

공작은 이사벨과 둘만 남게 되자 이사벨의 절개를 칭찬하면서 이렇게 말했다.

"신은 당신에게 아름다운 외모는 물론 선한 마음까지 선물하셨군요."

"아아, 공작님께서는 어째서 안젤로 경에게 속고 계시는 걸까요! 만약 공작님께서 돌아오셔서 말씀드릴 기회가 있다면 안젤로 경의 폭정을 다 폭로할 생각이에요."

이사벨은 자신이 폭로하려는 것들을 정작 공작 본인에게 이야기하고 있다는 걸 모르고 있었다.

"그것도 나쁘지는 않겠죠. 하지만 지금으로서는 안젤로가 당신의 비난을 쉽게 받아칠 것입니다. 그러니 제 충고에 귀를 기울이세요. 당신은 하늘을 우러러 한 점 부끄러움도 없는데 부당한 취급을 받은 가련한 아가씨입니다. 당신은 은혜를 받고 가혹한 법률에서 오빠를 구하고 본인의 소중한 순결을 더럽히지 않아도 됩니다. 여행 중이신 공작이 돌아와 혹시 이 이야기를 듣게 되면 매우 기뻐하실 거라 믿습니다."

이사벨이 대답했다.

"사제님의 말씀은 뭐든 따를 준비가 돼 있어요. 만약 부정한 일만 아니라면…….."

"덕이란 담대하니 아무것도 두려울 게 없습니다."라고 말한 뒤 공작은 이사벨에게 이렇게 물었다.

"당신은 마리아나라는 사람을 알고 있소? 바다에서 조난당해 죽은 위대한 군인 프레드리크의 여동생 말이오."

"그 분에 대한 이야기는 이미 들은 적이 있어요. 평판이 자자한 분이시죠."

"그 분이 바로 안젤로의 아내입니다. 하지만 마리아나의 지참금은 안타깝게도 오빠의 조난당한 배에 실려 있었습니다. 그 불행으로 불쌍한 부인이 얼마나 깊은 상처를 입었을지 한 번 생각해 보세요. 마리아나는 여동생을 사랑하며 늘 자상하고 꾸밈없이 고결했던 위대한 오빠를 잃었을 뿐만 아니라, 자신의 모든 재산을 잃었기 때문에 겉으로 보기에만 성인군자인 안젤로의 사랑까지 잃게 됐습니다.

안젤로는 이 훌륭한 부인에게 뭔가 허물이 있는 것처럼 꾸며(실제 원인은 지참금이 없었기 때문이었지만) 눈물로 세월을 보내도록 마리아나를 방치한 채 위로도 하지 않았습니다. 안젤로의 부당하고 몰인정한 처사는 마리아나의 애정을 식히기에 충분한 것이었지만, 강물을 막아버리는 장애물처럼 오히려 그녀의 마음을 자극해 냉혹한 남편에게 여전히 애정을 쏟고 있습니다."

공작은 이렇게 말한 뒤 자신의 계획을 확실하게 밝혔다. 그것은 이사벨이 안젤로 경에게 가서 경이 바라는 대로 한밤중의 방문에 동의하는 척하는 것이다. 그렇게 해서 오빠가 석방되면 마리아나가 이사벨 대신 약속한 장소로 찾아가 어둠을 이용해 이사벨로 착각하게 만든다는 계획이었다.

 "친절한 아가씨, 제 계획에 대해 전혀 걱정할 필요가 없습니다."

 수도사 복장을 한 공작이 말했다.

 "안젤로는 마리아나의 남편이니 이렇게 두 사람을 만나게 한다고 해도 아무 죄가 되지 않습니다."

 이사벨은 공작의 계획을 아주 맘에 들어 하며 지시한 대로 따르기 위해 일어섰고, 공작은 자신들의 계획을 마리아나에게 알리기 위해 떠났다. 공작은 이 일이 있기 전에 수도사 차림을 한 채 이 불행한 여성을 방문해 종교상의 설교를 해주고 친절하게 위로해 주었다. 마리아나의 서글픈 삶에 대한 이야기를 들은 것도 바로 이때였다. 그리고 여전히 공작을 수도사라 여기고 있던 마리아나는 공작의 지시대로 하겠다고 흔쾌히 승낙했다.

 이사벨은 안젤로를 만나자마자 곧장 마리아나의 집으로 달려갔다. 그곳에서 공작과 만나기로 약속이 돼 있었던 것이다.

 "때맞춰 잘 왔소. 공작 대리와는 무슨 이야기를 나누었나요?" 공작이 묻자 이사벨은 안젤로와 약속한 내용을 이야기해 주었다.

 "안젤로 경의 집에는 벽돌로 둘러싸인 정원이 있는데, 정원 서쪽 포도밭에 쪽문이 있다고 했어요."

이사벨은 공작과 마리아나에게 안젤로에게서 받은 두 개의 열쇠를 보여주었다.

"큰 열쇠가 포도밭 쪽문 열쇠예요. 이건 포도밭에서 정원으로 가는 작은 문의 열쇠고요. 그 정원에서 경과 만나기로 약속했어요. 그리고 반드시 오빠의 목숨을 살려주겠다고 맹세했어요. 장소는 충분히 둘러보고 머릿속으로 기억해 두었어요. 안젤로 경은 찔리는 게 있는지 목소리를 낮추고 아주 정중하게 두 번이나 길을 가르쳐 주었어요."

"혹시, 마리아나가 알아둬야 할 둘만의 신호 같은 건 없나요?"

"네, 전혀요. 그냥 어두워지면 만나기로 했어요. 안젤로 경은 시간이 얼마 없다고만 말했어요. 저는 시종 한 명을 데려갔는데 그 시종은 제가 오빠 때문에 경을 방문했다고 믿고 있다고 여기게 경을 속였어요."

공작은 이사벨의 주도면밀함을 칭찬했다. 이사벨은 마리아나를 바라보며 이렇게 말했다.

"경과 헤어질 때는 아무 말도 하지 않으셔도 돼요. 그저 작은 소리로 오빠를 잊지 마세요! 라고만 말해 주세요."

마리아나는 그날 밤, 이사벨의 안내로 약속 장소에 갔다. 이사벨은 이 계략 덕에 오빠의 생명과 자신의 순결을 지키게 됐다며 기뻐했다. 그러나 이사벨 오빠의 목숨이 정말로 안전할지 공작은 안심할 수 없었다. 공작은 한밤중에 다시 한 번 감옥으로 향했다. 공작이 감옥에 들른 건 그야말로 천운이었다. 그러지 않았다면 클로디오는 그날 밤 목이 잘리고 말았을 것이다. 왜냐하면 공작이 감옥에 도착하자마자 클로디오의 목을 잘라 아침 5시까지 가져오라는 잔인한 공작 대리의 명령이 내려졌기 때문이었다.

하지만 공작은 간수장을 설득시켜 클로디오의 처형을 연기시키고, 그날 아침 감옥에서 죽은 남자의 머리를 안젤로에게 보내 속이게 했다. 그리고 간수장에게 수도사 차림의 공작이 보기보다 높은 사람이라고 느끼고 공작의 계획에 찬성하게 만들기 위해, 공작이 직접 쓴 공작의 봉인이 찍힌 편지를 보여 주었다. 간수장은 이 편지를 보자마자 이 수도사가 부재 중인 공작의 특명을 받았을 것이라고 여겼다. 그래서 클로디오의 목숨을 구하는 데 서슴지 않고 동의했다. 그리고 죽은 죄수의 머리를 잘라 안젤로 경에게 가져갔다.

그런 다음 공작은 자신의 이름으로 안젤로 경에게 편지를 썼다. 편지에는 사고로 인해 여행을 멈추고 내일 아침 빈으로 돌아갈 테니 마중을 나와 그곳에서 직권을 반환하라고 적혀 있었다. 공작은 또한 백성들 중에 부정을 바로잡길 바라는 자가 있다면 공작이 빈으로 돌아오자마자 거리에서 탄원서를 제출하라는 방을 붙이라 명령했다.

다음 날 아침 일찍 이사벨은 감옥으로 찾아갔다. 이사벨을 기다리고 있던 공작은 자신의 은밀한 계획을 성사시키기 위해, 이사벨에게는 클로디오가 참수 당했다고 해두는 게 좋다고 생각했다. 그래서 이사벨이 안젤로 경에게서 오빠의 사면장을 받았냐고 묻자 공작은 이렇게 말했다.

"안젤로는 클로디오를 이 세상에서 사면해 주었소. 클로디오의 머리는 참수당해 공작 대리에게 보내졌소."

비통함에 젖은 이사벨이 소리쳤다.

"아, 불쌍한 우리 오빠, 처량한 이사벨, 불공평한 세상, 너무나 사악한 안젤로 경!"

수도사로 변장한 공작은 이사벨에게 기운을 내라고 말했다. 이사벨이 어느 정도 진정하자 공작이 얼마 있으면 돌아올 것이라고 알려주며 안젤로에 대한 탄원을 어떤 식으로 해야 하는지 가르쳐 주었다. 그리고 아무리 재판이 이사벨에게 불리하게 진행되더라도 아무 걱정하지 말라고 말해 주었다. 이사벨에게 충분히 지시를 내린 다음, 공작은 마리아나를 찾아가 그녀에게도 어떻게 행동해야 할지를 가르쳐 주었다.

그런 다음 공작은 수도사 옷을 벗어버리고 영주 복장으로 갈아입은 뒤, 영주를 환영하기 위해 모여든 충직한 백성들의 환호를 받으며 빈으로 입성했다. 안젤로 경도 마중을 나와 그 자리에서 직권을 반환했다. 그러자 이사벨이 부정을 바로잡아 달라는 탄원자 입장으로 앞으로 나서며 말했다.

"공작님, 부디 공정한 재판을 해 주십시오. 저는 클로디오라는 자의 여동생입니다. 오빠는 한 여성을 유혹했다는 죄로 참수를 선고받았어요. 저는 안젤로 경에게 오빠의 목숨을 구명해 달라고 간청했어요. 공작님, 제가 무릎을 꿇고 애원하자 안젤로 경은 거절했고, 제가 어떻게 대답했는지에 대해서는 너무 길기 때문에 자세히 설명드릴 필요는 없을 거예요.

지금부터 비통함과 창피를 무릅쓰고 불유쾌한 결과만 말씀드리겠어요. 안젤로 경은 제가 자신의 부적절한 사랑을 받아주지 않는 한 오빠의 목숨을 살려주지 않겠다고 했어요. 저는 고심 끝에 동생으로서의 책임이 저의 순결보다 중요하다고 여겨 경이 시키는 대로 했어요. 그런데 다음 날 아침, 안젤로 경은 약속을 저버리고 오빠를 참수하라는 명령을 내렸어요!"

공작은 이사벨의 이야기를 믿지 않는 척했다. 안젤로 경은

"오빠의 죽음을 너무 슬퍼한 나머지 머리가 돌아 버린 것 같습니다. 오빠는 정당한 법의 적용을 받아 처형된 것입니다."라고 말했다.

그때 또 한 명의 탄원자가 앞으로 나섰다. 바로 마리아나였다.

"고귀하신 공작님, 태양이 하늘에서 비추고 입에서 진실이 흘러나오듯, 그리고 진실에 도리가 있으며 덕에 진실이 있는 것처럼 저는 이 사람의 아내예요. 영주님, 이사벨 양이 하는 말은 진실이 아니에요. 왜냐하면 이사벨 양이 안젤로 경과 함께 있었다고 한 날밤에, 남편은 저와 함께 정원에 있는 정자에 있었어요. 제 말에는

한 치의 거짓도 없으니 이만 물러가겠어요. 만약 제 말이 거짓이라면 대리석 조각상처럼 죽을 때까지 이 자리에 무릎 꿇고 앉아 있겠어요."

그러자 이사벨은 자신의 말이 진실인지 거짓인지를 로도윅 수도사에게 확인해 달라고 간청했다. 로도윅은 공작이 수도사로 변장했을 때 쓴 가명이었다.

이사벨과 마리아나는 공작의 지시대로 탄원을 했다. 공작은 빈의 모든 백성들 앞에서 이사벨의 순결을 공식적으로 증명하려고 한 것이다. 그러나 안젤로는 두 사람의 이야기가 다른 이유가 서로 꾸몄기 때문이라는 것을 모르는 채, 두 사람의 모순된 증언을 잘만 이용한다면 이사벨의 고발에서 멋지게 벗어날 수 있을 것이라는 희망을 품었다. 그래서 자신의 인격을 모독당하기라도 한 듯이 이렇게 말했다.

"공작님, 지금까지는 그냥 웃어 넘기려고 했지만 이제 인내의 한계점에 달했습니다. 불쌍하게도 이 미친 여자는 누군가 명석한 두뇌를 가진 자가 배후에서 조종하는 하수인에 불과하다고 생각합니다. 각하, 부디 저에 대한 음모를 파헤치기 위해 자유롭게 행동할 수 있도록 허락해 주십시오."

"그대 뜻대로 하라. 또한 그대 뜻대로 벌하여도 좋다. 에스컬레스 경, 당신은 안젤로 경과 함께 이 중상모략의 진상을 파헤치는 것을 도와주시오. 저 두 사람을 부추긴 수도사도 이미 불러오라고 했소. 안젤로 경, 수도사가 오거든 그대의 중상모략에 대해 어떤 처벌을 해도 좋으니 가장 적절한 수단을 생각해 보시오. 자아, 이제 나는 잠시 자리를 비워 주겠소. 하지만 안젤로 경, 그대는 당신을 비방한 죄에 대해 판결을 내리기 전까지는 이곳을 벗어나서는 안 되오."

공작은 이렇게 말하고 자리를 피했다. 뒤에 남겨진 안젤로는 자신의 사건을 공작 대리로서 스스로 심리하고, 판결을 내릴 수 있게 되어 매우 만족스러웠다.

그러나 공작이 그 자리를 피한 건 영주의 제복을 벗고 수도사 복장을 하기 위한 것이었다. 변장을 하고 다시 안젤로와 에스컬레스 앞에 모습을 드러냈다. 선량한 노인 에스컬레스 경은 안젤로가 누명을 쓰고 있다고 생각했기 때문에 수도사에게 이렇게 물었다.

"그대가 이 여인들을 조종해 안젤로 경을 중상모략했는가?"

"공작님은 어디 계십니까? 저는 공작님께 직접 말씀을 드리고 싶습니다."

에스컬레스 경이 다시 말했다.

"우리가 곧 공작님이다. 정직하게 말하라."

"그렇다면 단도직입적으로 말씀드리죠."라고 수도사가 대답했다. 그리고 수도사는 이사벨의 소송 사건을 이사벨이 고소한 당사자의 손에 넘긴 공작을 비난했다. 그리고 방관자로서 빈을 돌아다니며 본 추잡한 것들에 대해 아무 거리낌도 없이 비판했다. 그러자 에스컬레스는 나라를 비방하거나 공작의 행동에 대해 비난한다면 고문을 하겠다고 협박했다. 그리고 나서 감옥으로 데려가라고 명령했다.

그 순간 모여 있던 사람들이 모두 깜짝 놀랐으며, 안젤로는 허둥대며 쩔쩔매기 시작했다. 수도사라고 여겼던 사람이 변장을 벗어버리자 사람들의 눈앞에 다름 아닌 공작이 서 있었던 것이다.

공작은 먼저 이사벨에게 말을 걸었다.

"가까이 오거라, 이사벨. 그대의 수도사는 이제 그대의 공작이다. 그리고 복장은 바뀌었지만 내 마음에는 변함이 없다. 나는 여전히 그대를 위해 힘을 쓸 것이다."

"아아, 용서해 주십시오. 신하의 몸으로 모르고 한 일이라고는 하나 군주인 폐하를 걱정시키고 일을 부탁드렸습니다."

공작은 이에 대한 답변으로

"나야말로 이사벨에게 용서를 구해야 한다. 오빠의 처형을 막지 못–왜냐하면 공작은 클로디오가 살아 있다는 것을 아직 이사벨에게 비밀로 했기 때문이다–했으니까."라고 말했다. 다시 말해 먼저 이사벨의 선량한 인품을 한 번 더 시험해 보고 싶었던 것이다.

안젤로는 이제야 공작이 자신의 악행을 몰래 목격했다는 것을 깨닫고 이렇게 말했다.

"오오, 존경해 마지않는 폐하, 폐하가 신과 마찬가지로 제가 저지른 잘못에 대해 다 아시고 계시다는 걸 알게 된 지금, 죄를 부정하는 것은 죄를 더 무겁게 하는 겁니다. 그러니 폐하, 저의 수치를 더 이상 들추지 마시고 저 스스로 벌을 내리게 하여 주십시오. 그냥 사형 선고를 언도하는 것이 마땅하다고 생각합니다."

공작이 대답했다.

"안젤로, 그대의 죄는 명백하다. 클로디오가 참수 당했던 바로 그 단두대에서 참수를 명하노라. 당장 이 남자를 끌어내라. 마리아나, 안젤로의 재산은 모두 그대에게 물려주겠노라. 그러니 안젤로보다 훌륭한 남편을 구하라."

마리아나가 대답했다.

"오오, 폐하. 저는 안젤로 이외의 남편, 더 훌륭한 남편도 필요 없습니다."

이렇게 말하고 너그러운 아내는 마치 이사벨이 오빠의 목숨을 구명하기 위해 노력했던 것처럼 무릎을 꿇고 배은망덕한 남편을 살려달라고 호소했다.

"관대하신 폐하. 오오, 친절하신 폐하! 상냥한 이사벨 양, 저를 도와주세요! 함께 무릎 꿇고 간청해 주세요. 그렇게만 해주신다면 평생 목숨을 바쳐 당신을 섬기며 살겠어요."

"그렇게 분별없이 이사벨을 졸라서는 안 된다. 이사벨이 무릎을 꿇고 자비를 구한다면 오빠의 망령이 무덤을 파헤치고 나와 이사벨을 저승으로 끌고 갈 것이다."라고 공작이 말했지만 마리아나는 여전히 애원했다.

"이사벨 양, 너그러운 이사벨 양, 아무 말도 할 필요가 없으니 그저 제 곁에 무릎 꿇고 앉아 두 팔만 벌려 주세요. 말은 전부 제가 할게요. 가장 훌륭한 인물은 실수를 통해 만들어진다고 해요. 게다가 대부분의 경우 작은 단점이 사람을 훌륭하게 키워준다고 해요. 제 남편도 그렇게 될 거예요. 아아, 이사벨 양. 저와 함께 무릎을 꿇어주실 수 없나요."

그러자 공작이 말했다.

"안젤로는 클로디오를 죽였기 때문에 죽는 것이다."

이렇게는 말했지만 자비로운 공작은 이사벨이라면 틀림없이 너그럽고 훌륭한 선택을 할 것이라고 믿었기 때문에, 이사벨이 무릎을 꿇고 이렇게 말하자 매우 흡족해 했다.

"자비로우신 공작 폐하, 부디 제 오빠가 살아 있다고 생각하시고 이 죄인을 한번 보세요. 저를 만나지만 않았다면 이 죄인도 직무를 충실히 이행했을 거예요. 그러니 부디 사형만은 면하게 해 주세요. 오빠는 법에 따라 사형을 당했으니 올바른 재판을 받은 거예요."

공작은 자기 원수의 목숨을 구명해 달라고 간청하는 이 고귀한 탄원자가 가장 반가워할 소식을 전했다. 감옥에서 구사일생으로 살아난 클로디오를 불러, 이사벨이 죽었다고 여겼던 오빠의 살아 있는 모습을 보여 주었다.

"자아, 이사벨, 내게 악수를 해 주오. 사랑스런 그대를 봐서 클로디오의 죄를 용서해 주겠소. 내 아내가 되겠다고 해 주오. 그렇게 되면 클로디오는 내 손위 처남이 되는 거요."

이렇게 되자 안젤로 경도 자신이 안전할 수 있다는 걸 깨닫게 됐다. 안젤로 경의 표정이 조금 밝아진 것을 확인한 공작은 이렇게 말했다.

"안젤로, 그대는 아내를 성심껏 사랑하라. 훌륭한 아내 덕분에 그대의 죄를 용서하기로 했다. 마리아나, 축하하오. 안젤로, 진심으로 아내를 사랑하라. 나는 마리아나의 고해성사를 들었기 때문에 그녀의 정숙함은 이미 잘 알고 있다."

안젤로는 자신이 짧은 기간 동안 최고의 권력자였을 때, 자신의 마음이 얼마나 냉혹했었는지를 떠올리고 자비라는 게 얼마나 훌륭한 것인지를 깨닫게 됐다.

공작은 클로디오에게 줄리엣과 결혼하라고 명령한 뒤 다시 이사벨에게 아내가 돼 달라고 청혼했다. 이사벨의 정숙하고 고귀한 행동이 공작의 마음을 사로잡은 것이다. 이사벨은 아직 견습 수녀였기 때문에 자유롭게 결혼을 할 수 있었다. 이사벨도 고귀한 공작이 수도사 복장으로 변장해 여러 가지로 친절하게 자신을 도와줬기 때문에 공작의 청혼을 기꺼이 받아들였다.

이사벨이 빈의 공작부인이 된 후로, 정숙한 이사벨은 빈의 모든 젊은 처녀들의 훌륭한 모범이 돼 클로디오의 유혹에 넘어가 그의 아내가 된 줄리엣과 같은 죄를 범하는 처녀들이 더 이상 생기지 않았다. 자비로운 공작은 사랑하는 아내 이사벨과 오랫동안 빈을 통치하며 세상에서 가장 행복한 남편, 세상에서 가장 행복한 영주로 살았다.

십이야

'십이야'는 크리스마스에서 12일째인 12일절의 전야제이다. 여기서는 전야제 그 자체를 주제로 한 것이 아니라, 원래 여러 가지 즐거운 일들이 벌어지는 축제의 기분을 표현한 것이라 여겨지고 있다.

세바스찬과 여동생 비올라는 메살린(가공의 지명)의 젊은 쌍둥이 남매였다. 두 사람은 태어났을 때부터 거의 똑같아서(이것은 너무나 불가사의하게 여겨졌다) 남녀의 복장 구별이 없었다면 분간할 수 없을 정도였다.

두 사람은 같은 시간에 태어났으며 또한 같은 시간에 죽을 위기에 처하게 됐다. 왜냐하면 함께 배를 타고 여행을 하다가 일리리아

연안에서 난파를 당했기 때문이다. 두 사람이 탄 배가 폭풍에 휩싸여 난파됐고, 배를 빠져나와 살아난 사람들은 극히 드물었다. 선장과 살아남은 몇 안 되는 선원들은 작은 배로 육지에 상륙을 했다. 그리고 비올라도 이들과 함께 무사히 육지에 오를 수 있었다. 육지에 오른 비올라는 안타깝게도 자신의 목숨을 구한 것을 다행으로 생각하기보다는 오빠의 죽음을 한탄하기 시작했다. 하지만 선장은 다음과 같이 장담하며 비올라를 위로해 주었다.

"오빠는 배가 난파됐을 때 자신의 몸을 튼튼한 돛대에 묶었습니다. 멀리 떠내려갔다고 하더라도 돛대를 꼭 붙잡고 바다 위에 떠 있을 겁니다."

비올라에게는 이 말이 큰 희망과 위로가 되었다. 그리고 고향에서 이렇게 멀리 떨어진 타국에서 앞으로 어떻게 살아가야 할지 고민하기 시작했다. 비올라는 선장에게 일리리아에 대해 뭔가 아는 게 있는지 물었다.

"네, 잘 알고 있습니다. 저는 여기서 세 시간도 채 되지 않는 곳에서 태어났으니까요."

"이 나라는 어느 분이 통치하고 계시나요?"

"일리리아를 통치하고 계시는 분은 오시노 공작님이십니다. 위엄 있고 품위 높으신 훌륭한 분이십니다."

"그러고 보니 아버지께서 오시노 공작님에 대해 말씀하시는 것을 들은 적이 있어요. 당시에는 아직 독신이라고 들었어요."

"지금도 독신입니다. 어쨌든 최근까지는 그랬었죠. 제가 약 한 달 전에 이곳에서 출항할 때 들은 이야기로는(높은 사람들의 일거수일투족은 모든 사람들의 관심사이기 때문에) 오시노 백작이 아름다운 올리비아 아가씨에게 구애하는 중이라고 했습니다. 올리비아 아가씨는 1년 전에 죽은 모 공작의 청순한 딸로 백작이 죽은 뒤 오빠가 아가씨를 돌보고 있었는데, 그 오빠도 얼마 안 돼 죽고 말았습니다. 풍문에 의하면 올리비아 아가씨는 죽은 오빠를 너무나 그리워한 나머지 다른 남자들과의 만남이나 교제를 일체 거부하고 있다고 합니다."

비올라 또한 오빠를 잃은 슬픔에 젖어 있었기 때문에 오빠의 죽음을 비통해하는 올리비아와 함께 살 수 있었으면 좋겠다고 생각했다.

"제가 기꺼이 올리비아 아가씨를 돕고 싶은데 저를 올리비아 아가씨께 소개해 주실 수 없을까요?"

비올라는 선장에게 부탁했다.

"그건 어려울 겁니다. 올리비아 아가씨는 오빠가 돌아가신 뒤로 저택 안에 아무도 들이지 않고 있습니다. 오시노 공작조차도요."

그러자 비올라는 마음속으로 다른 계획을 세웠다. 그것은 남자로 변장한 뒤 오시노 공작의 시종이 되겠다는 것이었다. 젊디젊은 아가씨가 남장을 하고 소년 행세를 하겠다는 기묘한 생각을 떠올리게 된 것은, 홀로 쓸쓸히 돌봐줄 사람이 전혀 없는 이국땅에 있는 젊고 빼어난 미모의 비올라의 처지를 생각한다면 그녀의 결심을 너그럽게 봐줘야 할 것이다.

비올라는 선장의 공정한 태도와 자신의 안위를 걱정해 주는 모습을 보고 자신의 계획에 대해 상담을 했다. 그러자 선장도 흔쾌히 도와주겠다고 약속했다. 비올라는 선장에게 돈을 건네주고 남장에 필요한 옷들을 준비해 달라고 부탁했다. 그리고 오빠 세바스찬이 평소에 즐겨 입던 색에 똑같은 모양으로 만들어 달라고 덧붙였다. 이렇게 해서 비올라가 남장을 하자 오빠와 구별할 수 없을 정도로 똑같아져 두 사람을 못 알아보며 몇 번이고 기묘한 착각을 불러일으키게 됐다. 왜냐하면 나중에 밝혀지겠지만 세바스찬도 살아 있었기 때문이다.

비올라의 친절한 친구인 선장은 이 아름다운 여성을 신사로 변장시킨 뒤, 궁에 있던 아는 사람을 통해 오시노 공작에게 세자리오라는 가명으로 알현할 수 있게 해 주었다. 공작은 이 미소년의 우아한 행동거지가 매우 맘에 들어 시종의 한 사람으로 삼았다. 시종은 비올라가 바라던 직무였다.

비올라는 새로운 임무를 훌륭히 처리했으며 공작에게 경의를 표하고 충실하게 헌신해 얼마 되지 않아 공작이 가장 총애하는 시종이 됐다. 공작은 세자리오에게 올리비아 아가씨에 대한 사랑과, 오랫동안 청혼을 했지만 마음먹은 대로 되지 않는다는 말을 했다.

올리비아는 오랫동안 공작의 친절을 거절했을 뿐만 아니라 경멸하며 만남조차 거절하였다. 이토록 냉담한 취급을 당하면서도 올리비아를 너무나 사랑한 고귀한 오시노 공작은 평소 즐겨하던 야외 스포츠도 중단하고, 남자답고 씩씩하던 모습은 완전히 사라진 채 달콤하고 부드러운 음악, 정열적 연가와 같은 유약한 음악에만 빠져 불명예스러운 시간을 보내고 있었다.

이전에 자주 만나던 현명하고 학식 높은 귀족들과의 만남도 등한시한 채, 지금은 하루 종일 젊은 세자리오하고만 이야기하고 있었다. 공작의 근엄한 신하들은 과거 고귀한 군주, 위대한 오시노 공작의 대화 상대로서 세자리오는 걸맞지 않다고 여겼을 것이다.

젊은 처녀가 잘생기고 젊은 공작의 상담 역할을 하는 것은 위험한 일이었다. 그리고 비올라는 일찌감치 그것을 깨닫고 슬픔에 잠겼다. 왜냐하면 공작이 올리비아를 위해 참고 견디는 모든 고통을, 비올라 또한 오시노 공작을 사모하는 마음을 통해 직접 경험하고 있다는 것을 깨닫게 됐기 때문이다.

비올라는 공작을 보기만 한다면 누구나 마음속으로 감탄하지 않을 수 없을 거라는 생각이 들었다. 그랬기에 그 누구와도 비교할 수 없을 만큼 훌륭한 영주를 올리비아가 이토록 무시하는 것을 이해할 수 없었다. 그래서 비올라는 큰맘을 먹고 오시노 공작을 넌지시 떠봤다.

"공작님의 훌륭한 성품을 제대로 봐주지 않는 올리비아 아가씨에게 그렇게까지 애정을 품고 계시다니 정말 안타깝습니다. 마치 공작님이 올리비아 아가씨를 사랑하고 계시는 것처럼 한 여성이 공작님을 사랑하고 있다고 가정하고(어쩌면 그런 여성이 실제로 있을지도 모릅니다), 공작님께서는 그 여성의 사랑에 응할 수 없다고 치죠. 그럴 경우 공작님께서는 좋아할 수 없다고 대답하지 않을까요? 그리고 그 여성은 공작님의 답변에 만족할 수밖에 없는 게 아닐까요?"

하지만 오시노 공작은 이 논리를 인정하지 않았다. 왜냐하면 그 어떤 여성도 자신이 올리비아를 사랑하는 것만큼 자신을 사랑할 수 없을 것이라고 대답했기 때문이다.

"이렇게 큰 사랑을 품기에 여자의 마음은 너무 작다. 그러니 그 어떤 여성이 나를 사랑하는 마음과, 올리비아를 사랑하는 내 마음을 비교한다는 것은 공평하지 않다."

비올라는 늘 공작의 의견에는 경의를 표했지만 이때만큼은 그의 의견이 완전히 잘못됐다고 여겼다. 왜냐하면 자신의 마음은 오시노 공작의 마음과 마찬가지로 공작에 대한 사랑으로 가득하다고 자부할 수 있었기 때문이다.

"공작님, 하지만 전 잘 알고 있습니다."

"세자리오, 무엇을 알고 있다는 말이냐?"

"여자가 남자에게 어떤 식으로 사랑을 품는지를 질릴 정도로 잘 압니다. 여자들의 마음에도 남자들과 마찬가지로 성실함이 있습니다. 제 아버지께는 딸이 하나 있는데 한 남자를 사랑하고 있습니다. 그 사랑은 만약 제가 여자였다면 공작님을 그렇게 사랑했을 거라고 여길 만큼 깊은 것이었습니다."

"그래, 그래서 어떻게 됐나?"

"그냥 백지상태입니다. 여동생은 사랑 고백도 못한 채 사랑앓이를 하면서 벌레 먹은 꽃잎처럼 얼굴이 점점 야위어 갔습니다. 사랑에 애를 태우다 창백하고 침울하게, 비석 위에 새겨진 '인내'란 글씨처럼 슬픔에 젖어 그 자리를 묵묵히 지키고만 있었습니다."

여동생이 사랑으로 인해 죽었느냐고 공작이 묻자, 비올라는 대답을 흐렸다. 아마도 비올라는 오시노 공작에 대한 자신의 감출 수밖에 없는 사랑 때문에 묵묵히 슬픔을 견디고 있다는 것을 표현하기 위해 이런 이야기를 만들어 냈을 것이다.

두 사람이 이야기를 나누는 사이, 공작이 올리비아 아가씨에게 심부름을 보냈던 전령이 돌아와서 이렇게 말했다.

"공작님, 송구스럽게도 아가씨를 만나 뵐 수는 없었지만 시종을 통해 이런 답변을 들었습니다. '앞으로 7년 동안은 하늘에게조차 얼굴을 보이지 않겠다. 수녀들처럼 두건을 쓰고 걸을 것이며 죽은 오빠를 추모하여 눈물로 온 집안을 적실 것이다.' 이런 답변이었습니다."

이 말을 들은 공작은 비명을 질렀다.

"아아, 죽은 오빠에게 그렇게 깊은 애정을 쏟다니, 얼마나 갸륵한 심성을 지닌 여인인가? 만약 호화로운 황금 화살(큐피드의 화살)에 심장을 맞기만 한다면 상대를 얼마나 깊이 사랑할 것인가!"

그리고 공작은 비올라에게 말했다.

"세자리오, 너도 잘 알다시피, 나는 네게 내 감정을 하나도 남김 없이 털어놓았다. 그러니 올리비아에게 가서 내 말을 좀 전해 다오. 거절을 당하더라도 돌아와서는 안 된다. 문 앞에 버티고 서서 만나 줄 때까지 한 발짝도 꿈쩍하지 않겠다고 말해라."

"공작님, 아가씨를 만나서 뭘 어떻게 해야 하죠?"

"내 사랑이 얼마나 깊은지를 잘 설명해 다오. 나의 애절한 마음을 그녀에게 자세히 설명해 다오. 내 사랑의 고민을 전달하기에는 네가 제격이다. 올리비아는 너무 진지한 남자보다 너 같은 아이의 이야기에 귀를 기울여 줄 것이다."

이렇게 해서 비올라는 공작의 심부름을 가게 됐다. 하지만 이 청혼 임무는 비올라에게 있어 그리 달갑지 않은 일이었다. 왜냐하면 자신이 결혼하고 싶은 남자의 아내가 돼 달라고 올리비아에게 간청을 하러 가야 했기 때문이다. 하지만 임무를 맡은 이상 그것을 충실히 이행할 뿐이었다. 올리비아는 얼마 뒤 한 젊은이가 저택 문 앞에서 자신을 꼭 만나야 한다고 고집을 부리고 있다는 소식을 시종에게 전해 들었다.

"아가씨께서는 지금 병환 중이라고 말했지만 막무가내입니다. 그런 걸 다 알고 있기 때문에 더더욱 아가씨와 이야기를 해야겠다고 합니다. 아가씨는 쉬고 계시는 중이라고 했지만 아무래도 아가씨에 대해 미리 알고 있는 듯이 그렇기 때문에 아가씨와 만나 이야기를 하지 않으면 안 된다고 억지를 부리고 있습니다. 아가씨, 그 젊은이에게 뭐라고 하면 좋겠습니까? 아무리 안 된다고 해도 꿈쩍하지 않는 걸 보니 아가씨가 싫든 좋든 간에 꼭 이야기를 해야겠다고 결심한 것 같습니다."

올리비아는 그런 무례한 심부름꾼이 누군지 알아보기 위해 그 자를 들여보내라고 명했다. 그리고 얼굴을 베일로 가린 채 마지막으로 오시노 공작의 심부름꾼 이야기를 들어주겠다고 했다. 그 심부름꾼은 공작에게 억지로 강요당해 온 것임이 틀림없었기 때문이었다.

비올라는 방으로 들어가자마자 있는 힘껏 남성적인 태도를 취하며 고귀한 사람의 시종에 걸맞은 품위 있는 말투로 얼굴을 베일로 감싸고 있는 귀족 여인이게 말했다.

"더없이 빛나고 지극히 아름다우시며 그 무엇과도 비할 수 없을 만큼 아름다운 아가씨. 아가씨가 이 저택의 주인이신지 말씀해 주십시오. 제가 해야 할 말을 다른 사람에게 헛되이 들려주고 싶지는 않습니다. 문장을 떠올리는 데는 물론 그 대사를 암기하는 데 많은 노력과 고생을 했습니다."

"당신은 어디에서 왔나요?"

"기억한 대사 이외에는 말씀드릴 수 없습니다. 그 대답은 제 임무가 아닙니다."

"당신은 배우인가요?"

"아니오, 그렇지 않습니다. 하지만 지금 연기하는 것도 제가 아닙니다."

비올라가 말하고 싶었던 것은 자신이 여자이며 남장을 했다는 것이었다.

비올라가 다시 한 번 올리비아에게 이 저택의 주인이냐고 묻자, 올리비아는 그렇다고 대답했다. 그러자 비올라는 주인의 말을 곧바로 전하기보다는 자신의 라이벌의 얼굴이 보고 싶어 참을 수가 없어, "아가씨, 얼굴을 보여주십시오."라고 말했다.

이 대담한 요구에 올리비아 아가씨는 싫은 내색 없이 베일을 벗어주었다. 왜냐하면 오시노 공작이 그렇게 오랜 세월 구애를 했지만 꿈쩍도 하지 않았던 이 거만한 미인이, 시종이라 여겨지는 신분이 낮은 세자리오에게 첫눈에 반해버렸기 때문이었다.

비올라가 그녀에게 얼굴을 보여 달라고 부탁하자 올리비아는 이렇게 말했다.

"그대는 내 얼굴과 교섭하고 오라고 그대의 주인인 공작에게 명령을 받았나요?"

이렇게 말하며 7년 동안 베일을 쓴 채 살겠다는 결심도 잊고 베일을 벗어버리며 또 이렇게 말했다.

"그렇다면 커튼을 열고 초상화를 보여주기로 하죠. 어때요, 훌륭하지 않나요?

"색상이 잘 어우러져 정말 대단히 아름답게 묘사됐네요. 볼의 붉은 색과 흰 색을 자연의 신이 손수 정교하게 칠해 놓았네요. 아가씨는 이 세상에서 가장 잔혹한 분이십니다. 이렇게 아름다운 초상화를 장막 뒤에 숨긴 채 한 장의 복사본도 세상에 남기지 않는다면……."

"나는 그렇게 잔혹한 일은 하지 않아요. 나의 아름다운 세부목록을 이 세상에 남길 거예요. 예를 들어 매우 붉은 위아래 입술, 눈꺼풀이 달린 푸른 두 눈동자, 목 줄기 하나, 턱 하나 등등. 그대는 나를 칭송하기 위해 여기 왔나요?"

"아가씨의 인품에 대해 잘 알았습니다. 아가씨는 너무나 지체 높고, 너무나 아름답습니다. 제 주인이신 공작님께서는 아가씨를 사랑하고 계십니다. 오오, 그분의 사랑은 아무리 아가씨가 아름다움의 여왕이시라고 할지라도 보상을 받아 마땅합니다. 오시노 공작님은 아가씨를 예찬하며 눈물로써 사랑하고 계십니다. 그분의 신음소리는 천둥처럼 사랑을 노래하고 한숨은 불꽃처럼 타오르고 있습니다."

"당신의 주인은 내 마음을 잘 알고 계실 거예요. 나는 공작님을 사랑할 수 없어요. 하지만 그 분이 고결한 분이시라는 건 의심의 여지가 없어요. 젊고 고결한 데다가 신분까지 높으셔서 흠잡을 데가 전혀 없는 분이시라는 것을 잘 알고 있어요. 세상의 모든 사람들이 학식이 풍부하고, 예의바르고, 용감한 분이라고 말하죠. 하지만 나는 그분을 사랑할 수 없어요. 이미 오래 전에 내 맘을 전했는데요."

"저라면 저택 문 앞에 버드나무가지(인정받은 사랑의 상징)로 초막을 짓고 아가씨의 이름을 부를 겁니다. 올리비아 아가씨에 관한 비련의 노래를 만들어 한밤중에 노래 부를 것입니다. 아가씨의 이름은 이산저산으로 울려 퍼지겠죠. 허공의 메아리를 이용해 올리비아를 소리치게 할 겁니다. 오오, 저를 불쌍히 여기실 때까지는 이 세상에 아가씨가 쉴 곳은 없을 겁니다."

"그대라면 그렇게 하고도 남을 거예요. 당신은 어떤 가문의 출신이죠?"

"지금 처해 있는 운명보다는 높습니다. 하지만 지금의 신분도 그리 나쁘지는 않습니다. 저는 신사의 신분입니다."

올리비아는 아쉬워하며 비올라를 돌려보냈다.

"공작님께 돌아가세요. 그리고 나는 공작님을 사랑할 수 없다고 전해 줘요. 더 이상 심부름꾼을 보내지 말아 달라고 전해 줘요. 공작님이 내 대답을 어떻게 받아들였는지 알고 싶으니 당신이 다시 한 번 나를 찾아준다면 모를까……."

비올라는 올리비아를 '잔혹하고 아름다운 아가씨'라고 부르며 작별을 고했다. 비올라가 떠나자 올리비아는 비올라가 했던 말을 마음속으로 떠올렸다. '지금의 운명보다 높다, 하지만 지금의 신분도 나쁘지는 않다, 신사의 신분이다.' 그리고 이렇게 말했다.

"틀림없어. 말투도 그렇고, 얼굴 생김새도 그렇고, 몸집도 그렇고, 행동거지도 그렇고, 마음 씀씀이도 그렇고, 어디로 보나 신사라는 걸 알 수 있어."

그리고 세자리오가 오시노 공작이었다면 얼마나 좋을까 생각하며 아쉬워했다. 세자리오가 자신의 마음을 완전히 사로잡았다는 것을 깨달은 올리비아는 그렇게 쉽게 사랑에 빠져버린 자신을 책망했다. 하지만 누구나 자신의 잘못을 쉽게 인정할 때는 깊은 근거가 있는 것이 아니다.

이 고귀한 올리비아 아가씨는 귀족 여인의 주요 덕목인 처녀로서의 조신함은 물론 자신의 신분과 시종으로 변장한 젊은이의 신분이 어울리지 않는다는 것을 완전히 잊은 채, 세자리오 청년에게 구애를 할 결심을 하고 시종에게 다이아몬드 반지를 쥐어주며 오시노 공작님에게 받은 선물인데 세자리오가 놓고 간 것이라는 구실로 뒤를 쫓게 했다.

이렇게 교묘하게 세자리오에게 반지를 선물해서 자신의 마음을 은밀하게 알릴 수 있길 바란 것이다. 실제로 비올라도 내심 그렇지 않을까 느끼고 있었다. 왜냐하면 공작은 올리비아에게 반지를 보내지 않았다는 걸 알고 있었고 조금 전에 올리비아의 깊은 눈길과 태도에서 자신에게 관심을 가지고 있다는 것을 알 수 있었기 때문이었다. 그래서 비올라는 자신의 주인이 사랑하는 사람이 정작 본인을 사랑하고 있다는 걸 깨달았다.

"아아, 불쌍한 사람. 아가씨는 이룰 수 없는 꿈을 좇는 것과 마찬가지야. 변장을 한 것이 잘못이야. 덕분에 내가 오시노 공작님 때문에 한숨을 쉬는 것처럼, 올리비아 아가씨도 나 때문에 안타까운 한숨을 쉬게 됐어."

비올라는 오시노 공작의 궁으로 돌아오자마자 일이 잘 풀리지 않았다는 것을 보고하며 더 이상 자신에게 관심을 갖지 말아 달라는 올리비아 아가씨의 말을 전했다. 하지만 공작은 여전히 상냥한 세자리오가 언젠가 아가씨를 설득해서 조금이나마 자신에게 관심을 갖게 해 줄 것이라는 희망을 버리지 않았다. 그래서 공작은 세자리오에게 내일 다시 한 번 올리비아에게 가라고 명령했다. 그리고 기다리는 동안 자신이 좋아하는 노래를 부르라고 어릿광대에게 명령했다.

"이보게, 세자리오. 어젯밤 저 노래를 들었을 때 내 사랑이 조금은 풀린 것 같았어. 한번 잘 들어 보거라. 오래된 소박한 노래다. 양지 바른 곳에 앉아 실을 뽑거나, 바느질하는 처녀들과, 실타래에 실을 감는 소녀들이 이 노래를 부르지. 별 볼일 없는 노래지만 내 맘에는 쏙 들어. 그 옛날 천진난만한 사랑을 노래하고 있지."

죽음의 신이여 이리 오세요.

측백나무 관에 나를 뉘어 주세요.

내 숨결아 사라져 다오.

야속한 아름다운 여인이여 나를 죽여 주세요.

주목 나무 가지에 걸린 하얀 소복

아아, 내게 입혀 주오.

이리도 깊은 사랑 때문에

죽은 사람은 또 없으리.

꽃 한 송이, 향기로운 꽃 한 송이를

내 검은 관 위에 뿌리지 말아 주오.

친구여, 단 한 명의 친구라도

내 불행한 죽음에 슬퍼하지 마오.

서글픔의 참된 연인이

찾을 수 없는 곳에 묻어 주오.

천 번의 한숨을 쉬지 않게.

비올라는 이 오래된 노래 가사에 귀를 기울일 수밖에 없었다. 이뤄지지 않은 사랑의 고통을 너무나도 소박하게 잘 묘사하고 있었다. 비올라의 얼굴에는 노래를 듣고 느낀 감정이 확연하게 반영돼 있었다. 비올라의 슬픔어린 표정을 오시노 공작도 눈치를 챘다.

"세자리오, 맹세컨대 너는 아직 젊지만 너의 그 눈동자는 사랑하는 여인을 바라본 적이 있다는 표정이구나. 안 그러냐?"

"송구스럽지만, 조금……."이라고 비올라가 대답했다.

"그래, 어떤 여자였느냐, 나이는?"

"공작님과 비슷한 나이에 공작님과 비슷한 피부색을 하고 있습니다."

공작은 이 미소년이 자신과 나이가 비슷한 데다가 남자처럼 거뭇한 얼굴을 한 여인을 사랑하고 있다는 말을 듣고 미소를 지었다. 하지만 비올라의 본심은 공작과 닮은 여자가 아니라 오시노 공작 본인을 지칭하고 있었던 것이다.

비올라가 두 번째로 올리비아 아가씨를 방문했을 때는 아무 방해 없이 아가씨를 만날 수 있었다. 시종들은 여주인이 젊고 핸섬한 전령과 이야기를 나누는 걸 반기는 모습을 보고 곧바로 눈치를 챌 수 있었다. 비올라가 도착자하마자 문은 쉽게 열렸고, 공작의 시종은 올리비아의 방으로 매우 정중히 안내됐다. 그리고 비올라가 공작님을 위해 간청을 드리러 찾아왔다고 말하자 올리비아는 이렇게 대답했다.

"두 번 다시 그 분에 대해서는 말하지 말아 달라고 부탁했잖아요. 하지만 또 다른 청혼을 하는 것이라면 천상의 음악을 듣는 것보다 당신의 목소리를 듣는 게 더 좋아요."

이것은 꽤나 명확한 말투였으며, 올리비아가 좀 더 확실하게 자신의 마음을 전달하기 위한 사랑의 고백임에 틀림없었다. 비올라의 얼굴에 당혹감과 불쾌해 하는 표정이 떠오르자 올리비아는 이렇게 말했다.

"아무리 화를 내고 경멸한다고 해도 그대의 입에서 나오는 말들은 모두 아름답게 여겨져요! 세자리오, 봄 장미의 꽃에 맹세코, 처녀의 순결과 명예를 걸고, 그리고 진실을 걸고, 나는 당신을 너무나 사랑하고 있으니 당신이 아무리 거만하다 할지라도 나는 당신에 대한 사랑을 감출 이성과 지혜가 없어요."

그러나 올리비아가 아무리 사랑고백을 해도 허사였다. 비올라는 오시노 공작의 사랑을 대변하기 위해 두 번 다시 오지 않겠다고 겁을 주며 서둘러 올리비아에게서 떠났다. 올리비아의 달콤한 사랑고백에 대해 대답한 거라고는 절대로 여자를 사랑할 수 없다는 선고뿐이었다.

비올라는 올리비아의 저택을 나서자마자 용기를 시험 당하게 됐다. 올리비아에게 구혼을 했다 거절당한 한 사내가, 올리비아가 공작의 전령에게 유독 눈독을 들이고 있다는 소식을 듣고 결투를 청해 온 것이다. 불쌍한 비올라는 겉으로는 남장을 하고 있었지만 속으로는 여리디여린 여성이라 자신의 칼을 보는 것만으로도 겁을 먹을 정도였으니 대체 어떻게 해야 좋단 말인가?

비올라는 칼을 차고 다가오는 무시무시한 상대를 보고 자신이 여자라는 사실을 고백해 버릴까 생각했다. 하지만 우연히 그 자리를 지나가던 낯선 남자 덕에 결투에 대한 공포와 여자라는 사실이 발각될 위기에서 벗어날 수 있었다. 그 남자는 두 사람에게 다가와 마치 비올라를 옛날부터 잘 알고 지내던 가장 친한 친구인 양 결투를 걸어온 상대에게 이렇게 말했다.

"만약 이 친구가 무례를 범했다면 내가 그 책임을 지겠소. 만약 당신이 무례를 범했다면 이 친구를 대신해서 내가 당신에게 도전하겠소."

비올라가 도와 줘서 고맙다는 인사를 한 뒤 어째서 자신을 친절하게 도우려고 하는지 이유를 물으려는 순간, 이 새로운 친구는 다시 새로운 적과 만나게 됐다. 하지만 이번에는 용기만으로는 끝나지 않았다. 왜냐하면 때마침 군졸들이 이 새로운 친구에게 달려와서 몇 년 전에 지은 죄를 물으며 오시노 공작의 이름으로 체포했기 때문이었다. 남자는 비올라에게 이렇게 말했다.

"자네를 찾아와서 이런 꼴을 당하게 됐네. 화급을 다투는 상황이니 미안하지만 좀 전에 건네준 돈주머니를 돌려주게. 내가 당한 재난은 둘째 치고 자네에게 아무것도 해줄 수 없어 아쉽게 됐군. 깜짝 놀란 것 같은데 걱정 말게. 난 괜찮으니 기운을 내라고."

남자의 말에 비올라는 너무나 깜짝 놀랐다. 그리고 나는 당신을 모르고 당신에게서 돈주머니도 받지 않았다고 말했다. 하지만 조금 전에 자신에게 베푼 친절에 대한 고마움의 표시로 가지고 있는 돈을 전부 주겠다고 했다. 그러자 낯선 남자는 비올라에게 은혜도 모르는 배은망덕한 자라며 심한 욕을 퍼부었다.

"여기 있는 이 젊은이를 내가 저승사자의 입에서 꺼내 주었습니다. 나는 단지 이 젊은이를 위해서 일리리아에 왔고 이런 위험에 처하게 됐습니다."

하지만 군졸들은 죄인의 푸념에 개의치 않은 채

"그딴 건 우리가 알 바가 아니다."라고 말하며 남자를 끌고 갔다.

남자는 끌려가면서 비올라를 세바스찬이라 부르며 자신을 왜 모르는 척하냐고 목소리가 들리지 않을 때까지 계속 원망했다. 비올라는 자신을 세바스찬이라 부른 것에 대해 자세하게 물을 수는 없었지만 이 해괴한 사건은 아무래도 자신과 오빠를 착각했기 때문에 벌어진 일이라고 추측했다. 그리고 그 남자가 목숨을 살려줬다고 한 사람이 오빠일지도 모른다는 희망을 품기 시작했다. 그리고 그것은 실제로 비올라가 생각한 대로였다.

이 낯선 남자는 안토니오라는 선장이었다. 그는 세바스찬이 폭풍우 속에서 돛대에 묶인 채 피로에 지쳐 파도에 휩쓸려 다니고 있을 때 자신의 배로 끌어올려 주었던 것이다.

안토니오는 세바스찬에게 깊은 우정을 품고 있었기 때문에 세바스찬이 어딜 가든 그를 따라다니겠다고 결심했다. 그래서 세바스찬이 오시노 공작의 궁을 방문하고 싶다고 했을 때도, 안토니오는 자신의 신변이 일리리아에서 발각되면 과거 해전에서 오시노 공작의 조카에게 중상을 입힌 죄로 사형을 당할 수도 있었지만 위험을 무릅쓰고 세바스찬과 헤어지기보다는 일리리아에 오는 길을 선택했다. 이 죄로 인해 안토니오는 지금 막 체포된 것이다.

안토니오가 비올라를 만나기 불과 몇 시간 전에 안토니오와 세바스찬은 함께 일리리아에 상륙했다. 안토니오는 세바스찬에게 자신의 돈주머니를 건네며 사고 싶은 건 뭐든 맘대로 사라고 말했으며, 세바스찬이 마을 구경을 하는 동안 자신은 여관에서 쉴 작정이었던 것이다.

그런데 약속 시간이 지나도 세바스찬이 돌아오지 않자, 안토니오는 위험을 무릅쓰고 세바스찬을 찾아 나선 것이다. 그리고 비올라가 세바스찬과 똑같은 옷을 입고 얼굴도 오빠와 똑같았기 때문에, 안토니오는 그녀를 자신이 구해준 청년이라 생각하고 비올라를 구하기 위해 칼을 뽑아든 것이다.

하지만 세바스찬(안토니오는 그렇게 생각했다)이 안토니오를 모른다고 하는 건 물론 돈주머니를 받은 적도 없다며 부정하니 안토니오가 화를 내며 배은망덕한 놈이라고 욕하는 것도 전혀 이상할 게 없었다.

비올라는 안토니오가 끌려간 뒤 다시 결투 신청을 해 오면 큰일이라 생각하며 곧장 도망쳐 돌아갔다. 비올라가 도망가고 얼마 되지 않아 그녀의 적은, '이것 봐라, 놈이 다시 돌아왔잖아.'라고 생각했지만 실은 오빠인 세바스찬이 우연히 그곳을 지나게 된 것이다.

비올라의 상대는

"이런, 또 만났군. 내 주먹을 받아라!"라고 소리치며 세바스찬을 내리쳤다. 하지만 세바스찬은 만만한 상대가 아니었기 때문에 이

자까지 붙여서 두들겨 패 준 뒤 칼을 빼들었다.

바로 이때 한 귀족 여인이 결투를 막고 나섰다. 그녀는 바로 저택에서 소식을 듣고 뛰어나온 올리비아였다. 올리비아 또한 세바스찬을 세자리오라 착각하고 저택 안으로 데리고 들어가 무례한 공격을 당한 것을 안타까워했다. 세바스찬은 낯선 상대의 난폭한 공격에 놀란 것과 마찬가지로 이 아가씨의 호의에도 깜짝 놀랐지만 기꺼이 저택 안으로 들어갔다.

올리비아도 세자리오(그녀는 그렇게 생각했다)가 자신을 대하는 태도가 달라지자 매우 기뻐했다. 왜냐하면 세자리오에게 사랑 고백을 했을 때 세자리오의 얼굴에는 경멸과 분노의 표정이 역력했기 때문에 올리비아를 슬프게 했지만, 얼굴이 똑같이 생긴 세바스찬의 얼굴에는 그런 표정이 전혀 없었기 때문이었다.

세바스찬은 올리비아가 아낌없이 애정을 쏟아 부어도 전혀 싫어하는 내색을 하지 않았다. 세바스찬은 아무렇지 않게 받아들이려 애썼지만 내심 어째서 이런 일이 있을 수 있는 걸까 의아해 하며 올리비아의 머리가 이상한 게 아닐까 생각했다.

하지만 미쳤다고 보기에 올리비아는 너무나 훌륭한 저택의 여주인이었다. 시종들에게 이것저것 명령을 내리며 현명하게 일가를 꾸려 나가는 걸 보면, 자신에게 갑자기 반해버린 것만 빼고는 완전히 정상적인 사람이라고 느껴졌다. 결국 세바스찬은 올리비아의 청혼을 흔쾌히 받아들였다.

올리비아는 세자리오가 이렇게 기분이 좋은 걸 보고, 마음이 변하기 전에 집에 와 있던 신부님에게 부탁해 당장 결혼하자고 했다. 세바스찬도 그녀의 제안에 동의했다. 결혼식이 끝나자 세바스찬은 자신의 행운을 친구인 안토니오에게 전하러 갈 생각으로 잠시 동안 올리비아를 떠났다.

그러는 사이 오시노 공작이 올리비아를 찾아왔다. 마침 올리비아의 저택 앞에 왔을 때, 군졸들이 죄인 안토니오를 공작 앞으로 데리고 왔다. 비올라는 자신의 주인인 오시노 공작과 함께 있었다. 안토니오는 비올라를 여전히 세바스찬이라 여기고 있었기에, 공작에게 자신이 어떻게 해서 이 젊은이를 거친 폭풍우 속에서 구해 줬는지 이야기해 주었다. 그리고 자신이 어떤 식으로 세바스찬을 도와 줬는지를 하나도 남김없이 이야기해준 다음, 최근 3개월 동안 밤낮으로 이 배은망덕한 젊은이와 생활해 왔다며 하소연을 했다.

그런데 마침 그때 올리비아가 저택에서 나오자 더 이상 안토니오의 이야기 따위는 공작의 귀에 들어오지 않았다. 그리고 공작은 이렇게 말했다.

"오오, 백작의 영애님이 나오셨다. 천사가 땅에 내려온 것 같다! 하지만 네놈이 지껄이는 소리는 미친 소리에 불과하다. 이 젊은이는 최근 3개월 동안 나를 모시고 있었단 말이다."

그런 다음 안토니오를 데려가라고 명령했다. 하지만 오시노 공작이 천사로 떠받치고 있는 백작의 딸은 얼마 되지 않아, 안토니오와 마찬가지로 공작에게도 세자리오를 배은망덕한 놈이라 저주를 내리게 하는 근거를 제공하게 됐다. 왜냐하면 올리비아의 입에서 세자리오에 대한 사랑이 가득 담긴 말들이 쏟아져 나오는 것을 들어야 했기 때문이다. 공작은 자신의 시종이 올리비아에게 이렇게까지 호감을 사고 있다는 것을 알고

"인과응보다, 모든 수단을 총동원해서 네놈을 용서하지 않겠다."
라고 협박했다.

공작은 자리를 뜨면서 비올라에게 따라오라고 이렇게 말했다.

"이놈, 어서 따라오너라. 당장 혼쭐을 내주겠다."

질투에 눈이 먼 공작이 비올라를 당장이라도 사형에 처할 것처럼 보였지만 공작을 사랑하는 비올라는 더 이상 어디에도 숨지 않았다. 그리고 주인의 마음이 풀릴 수만 있다면 기꺼이 죽겠다고 말했다. 하지만 올리비아로서는 이렇게 남편을 잃을 수가 없었기에

"내 사랑 세자리오, 어디로 가십니까?"라고 소리쳤다.

"내 목숨보다 소중한 분을 따라갑니다."라고 비올라가 대답했다.

올리비아는 "세자리오님은 제 남편이에요."라고 큰소리로 선언해서 공작과 세자리오의 걸음을 멈추게 했다. 그리고 신부를 불러오라고 시켰다. 신부는 올리비아와 이 젊은이가 결혼한 지 불과 2시간도 채 되지 않았다고 증언했다.

비올라가 올리비아 아가씨와 결혼한 적이 없다고 아무리 항변을 해봤지만 허사였다. 올리비아와 신부의 증언으로 공작은 자신의

시종이 자신의 목숨보다 소중히 여기고 있던 보물을 빼앗아갔다고 믿게 됐다.

그러나 이미 돌이킬 수 없다는 것을 깨달은 공작이 사모하는 연인에게 이별을 고하고 그녀의 남편인 젊은 위선자(공작은 비올라를 이렇게 불렀다)에게, 두 번 다시 자신의 눈에 띄지 말라고 경고하고 막 사라지려 할 때 기적(모든 사람이 그렇게 생각했다)이 일어났다! 또 다른 세자리오가 들어와 올리비아를 "내 아내여."하고 부른 것이었다. 이 새로운 세자리오는 올리비아의 진짜 남편 세바스찬이었다.

모든 사람들이 같은 얼굴에, 같은 목소리, 같은 옷을 입은 두 사람을 보고 넋을 잃고 있다가 정신을 차렸을 때, 오빠와 여동생은 서로 질문을 하기 시작했다. 왜냐하면 비올라는 오빠가 살아 있다고는 상상도 하지 못했고, 세바스찬 또한 바다에 빠져 죽었을 것이라 여겼던 여동생이 젊은 남자 옷을 입고 있는 것을 보고 어떻게 받아들여야 할지 당황스러웠기 때문이다. 하지만 곧바로 비올라가 자신은 이렇게 남장을 하고 있지만 세바스찬의 여동생 비올라라고 고백했다.

이 쌍둥이 남매가 너무나도 똑같아서 벌어진 착오가 해결되자, 올리비아가 여자에게 반해 버렸다는 유쾌한 착각에 모든 사람들이 웃음을 터뜨리고 말았다. 올리비아는 여동생 대신 오빠와 결혼했다는 것을 알게 됐지만 전혀 싫은 내색을 하지 않았다.

오시노 공작의 희망은 올리비아의 결혼으로 영원히 이루어질 수 없게 됐다. 그리고 그런 희망과 함께 공작의 허무한 사랑도 깨끗이 지워진 듯 보였다. 이제 공작의 마음은 자신이 그렇게 맘에 들어 했던 세자리오 시종이 실제로는 아름다운 아가씨였다는 사실로 향하고 있었다. 공작은 비올라를 천천히 바라보며, 늘 세자리오를 정말 잘생긴 미소년이라고 생각했던 것을 떠올렸다. 그리고 여자의 옷을 입는다면 정말 아름다울 것이라고 생각했다.

그리고 공작은 비올라가 수도 없이 '당신을 사랑합니다.' 라고 했던 말을 떠올렸다. 당시에는 그저 충실한 시종의 예의바른 말투라고밖에 생각하지 않았지만, 지금 생각해 보니 다른 깊은 의미가 있었던 것처럼 느껴지기 시작했다.

왜냐하면 한때 수수께끼처럼 여겨졌던 그녀의 아름다운 말들이 이미 공작의 마음에 파고들었기 때문이다. 공작은 이런 생각들을 떠올리자마자 비올라를 아내로 맞이하기로 결심했다. 그리고 비올라에게 이렇게 말을 걸었다(공작은 여전히 비올라를 세자리오나 소년이라고 부를 수밖에 없었다).

"소년아, 너는 여자를 사랑하기보다는 나를 사랑한다고 수 없이 말했다. 가냘프고 나약한 자신을 감추고 나를 위해 충성을 다해 주었다. 오랫동안 넌 나를 주인이라 불렀지만 앞으로는 네 주인이 사랑하는 진짜 오시노 공작부인이 될 것이다."

올리비아는 자신이 그렇게 거부했던 오시노 공작의 사랑이 비올라에게 옮겨가는 것을 보고 두 사람을 자신의 저택으로 초대했다. 그리고 그날 아침 올리비아와 세바스찬의 결혼 주례를 맡았던 신부의 도움으로 그날 안에 오시노 공작과 비올라를 위해 결혼식을 올리자고 제안했다.

　이렇게 해서 쌍둥이 남매는 같은 날에 결혼식을 하게 됐다. 두 사람을 서로 헤어지게 만들었던 폭풍우와 난파선은 높은 지위와 행복을 가져다준 계기가 됐다. 비올라는 일리리아의 영주 오시노 공작의 아내가 됐고, 세바스찬은 부자에 고귀한 백작의 영애 올리비아의 남편이 되었다.

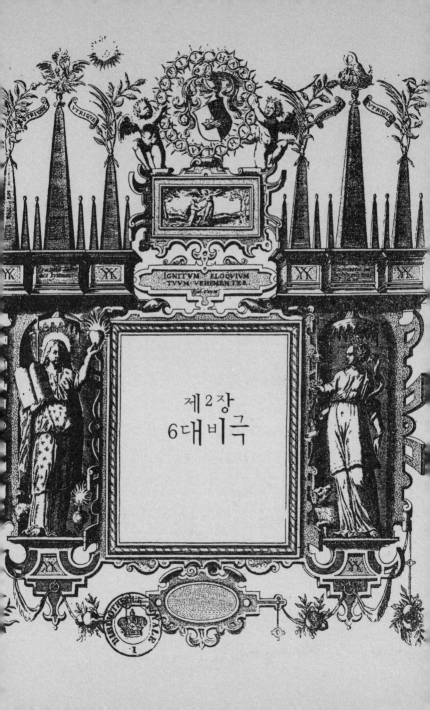

제 2 장
6대비극

로미오와 줄리엣

　베로나에는 캐플릿 가와 몬태규 가라는 부유한 두 명문가가 있었는데, 두 집안은 오래 전부터 사이가 좋지 않았다. 서로에 대한 적대감은 시간이 갈수록 더욱 심해지고 집요해져 먼 친척들, 두 집안의 시종들, 가신들까지 서로를 미워하게 됐다. 때문에 두 집안의 시종들이 거리에서 맞닥뜨리게 되면 반드시 욕설을 퍼부었고, 때로는 피를 보는 참사로 이어지기도 했다. 이렇게 우연한 만남만으로도 쉽게 싸움판이 벌어지는 통에 베로나의 조용한 행복은 깨지기 일쑤였다.

　어느 날 나이 많은 캐플릿 경이 성대한 연회를 열어 수많은 아름다운 귀부인들과 신분이 높은 귀족들을 초대했다. 베로나에서 평판이 자자한 미인들이 모두 다 모여들었다. 몬태규 가 사람이 아닌 손님이라면 누구라도 환영을 받았다. 이 캐플릿 가의 연회에 나이 많은 몬태규 경의 아들인 로미오의 연인 로젤린도 참석했다. 몬태규 가 사람이 이 연회에 참석하는 것은 위험한 일이었지만, 로미오의 친구 벤볼리오는 로미오에게 가면을 쓰고 연회에 참석하자고 부추겼다.

"그러면 자네의 연인 로젤린도 만날 수 있지 않은가? 그리고 그녀를 만나면 베로나에서 제일가는 미인 두세 명과 비교해 보는 것도 재미있지 않겠나? 그러면 자네의 백조도 까마귀로 보일 거야."
라고 말했다.

로미오는 벤볼리오의 말을 그다지 탐탁지 않게 여겼지만 로젤린을 너무나 사랑한 나머지 함께 연회에 가기로 결심했다. 로미오는 로젤린을 진심으로 사랑하고 있었기 때문에 너무나 보고 싶어 밤에도 잠을 이루지 못하고 사람들의 눈을 피해 혼자 로젤린을 그리워하고 있었다. 그런데 로젤린은 로미오를 좋아하지 않았으며 로미오의 사랑에 대해 친절한 애정을 전혀 보이지 않았다. 그래서 벤볼리오는 다른 귀족 여인들과 마음이 맞는 사람들을 보여주어 친구의 사랑앓이를 치유해 주고 싶었던 것이다.

이렇게 해서 젊은 로미오는 벤볼리오와 머큐시오 두 친구와 함께 가면을 쓰고 캐플릿 가의 연회로 가는 길에 나섰다. 나이 지긋한 캐플릿 경은 세 사람을 환영하며 이렇게 말했다.

"발에 굳은살이 없는 귀부인들이 여러분의 춤 상대를 해 줄 겁니다."

노인의 마음은 들떠 있었다.

"나도 젊었을 때는 가면을 쓰고 아름다운 귀부인들의 귓가에 달콤한 말을 속삭였소이다."

젊은 세 사람은 춤을 추기 시작했다. 로미오는 그 자리에서 춤을 추고 있던 아름다운 여성에게 첫눈에 반해버리고 말았다.

"저 아가씨는 화톳불에게 빛을 발하는 법을 가르쳐 주고 있는 것 같군. 어둠을 밝혀주는 그녀의 아름다움은 마치 흑인의 몸에 달린 호화로운 보석 같군. 그녀의 아름다움은 너무나 아까워 손을 댈 수조차 없으며 이 세상 사람이라고 하기에는 너무나도 존귀하구나! 마치 눈처럼 흰 비둘기가 까마귀 무리 속에 섞여 있는 것처럼 그녀의 아름다움은 너무나 완벽해 다른 아가씨들과는 비교가 안 될 정도로 빛나고 있구나."

로미오가 이렇게 칭송하는 소리가 캐플릿 경의 조카 티볼트의 귀에 들어갔다. 티볼트는 목소만 듣고도 로미오라는 것을 쉽게 알아차렸다. 티볼트는 금방 화를 내며 욱하는 기질이 있어 몬태규 가의 사람이 가면을 쓰고 자신들의 연회를 조롱하고 망치러 왔다며(그는 이렇게 말했다) 화를 참지 못했다. 티볼트는 거친 욕설을 퍼부으며 당장이라도 로미오를 잡아먹을 듯이 달려들었다. 하지만 티볼트의 숙부인 캐플릿 경이 진정을 시키며 말했다.

"이런 자리에서 소동을 일으키면 용서 못해. 손님에 대한 예의가 아니며 로미오 또한 신사답게 행동하고 있지 않냐. 베로나의 모든 사람들이 로미오는 품행이 단정한 청년이라고 자랑스럽게 여기고 있을 정도다."

티볼트는 억지로 화를 참아야 했지만 속으로는 언젠가 반드시 이 몬태규 가 녀석의 무단침입을 복수해 주겠다고 맹세했다.

춤이 끝나자 로미오는 아가씨들이 모여 있는 곳을 멍하니 바라보았다. 다행히 가면을 쓰고 있어 조금은 과감한 행동을 해도 괜찮을 것이라고 생각한 로미오는, 더없이 공손하게 아가씨의 손을 잡고 이렇게 말했다.

"제 손이 닿아 성스러운 몸을 더럽혔다면 순례자의 마음으로 얼굴을 붉히며 그 죄를 용서받기 위해 제 입맞춤으로 정화시켜 드리겠습니다."

"순례자님, 당신의 예배는 너무나도 예의바르고 너무나도 고상하군요. 성자에게도 손이 있어 순례자가 성자의 손을 잡을 수는 있지만 입맞춤은 하지 않습니다."

"성자에게도 입술이 있지 않나요, 그리고 순례자에게도?"

"네, 하지만 입술은 기도를 하기 위해 필요한 거예요."

"오오, 그렇다면 사랑스런 성자님, 제 기도를 들어주시고 이루어 주세요. 제가 절망하지 않도록……."

로미오와 아가씨가 이렇게 은유와 애정이 담긴 비유를 주고받느라 넋을 놓고 있는 사이, 아가씨는 어머니의 부름으로 그 자리를 떠나야 했다. 로미오가 이 아가씨의 어머니가 누군지 묻고 알게 된 사실은, 눈부신 아름다움으로 로미오의 마음을 사로잡은 아가씨가 몬태규 가의 원수인 캐플릿 경의 딸이자 상속인인 줄리엣이며 자신도 모르는 사이에 적에게 마음을 빼앗겼다는 것을 깨닫게 하는 것이었다. 이 사실은 로미오를 괴롭게 했지만 사랑을 포기할 수는 없었다.

줄리엣은 줄리엣대로 조금 전까지 이야기를 나눈 것이 로미오이며, 그가 몬태규 가 사람이라는 것을 알게 되자 로미오와 마찬가지로 마음이 편치 않았다. 왜냐하면 로미오의 줄리엣에 대한 사랑과 마찬가지로 줄리엣도 로미오에 대한 막을 수 없는 열정에 사로잡혔기 때문이다.

'불길한 사랑이 싹트기 시작했어. 집안을 생각한다면 절대 불가능한 일이지만, 내 마음속에 자리 잡은 그 사람에 대한 생각을 지울 수가 없어.' 라고 줄리엣은 생각했다.

한밤중이 되자 로미오는 친구들과 함께 돌아가야 했지만, 친구들은 얼마 되지 않아 로미오를 잃어버리고 말았다. 왜냐하면 줄리엣에 대한 마음을 남긴 채 저택을 떠날 수 없었던 로미오가 줄리엣의 저택 뒤편에 있는 과수원 담장을 뛰어넘어 정원으로 숨어들었기 때문이었다.

새로이 싹튼 사랑에 대해 곰곰이 생각에 잠겨 있던 로미오는, 줄리엣이 2층 창가에 모습을 드러내는 것을 발견했다. 줄리엣의 뛰어난 아름다움은 마치 동쪽 하늘에 떠오른 태양처럼 창가에서 빛을 발하고 있는 것 같았다. 과수원을 흐릿하게 비추고 있는 달빛이 로미오의 눈에는 이 새롭게 떠오른 눈부신 태양에 기가 죽어 창백해진 것처럼 느껴졌다.

그리고 줄리엣이 두 손으로 뺨을 받치고 있는 모습을 보고, 로미오는 저 손을 감싸고 있는 장갑이 되고 싶다, 그러면 그녀의 뺨을 만질 수 있을 텐데, 라며 안타까워했다.

줄리엣은 그러는 사이 줄곧 자기 혼자라는 생각에 깊은 한숨을 내쉬며 탄식했다.

"아아, 안타까워라!"

로미오는 줄리엣의 목소리를 듣자 흥분해서 줄리엣의 귀에 들리지 않을 만큼 작은 목소리로 중얼거렸다.

"오오, 다시 한 번 목소리를 들려주세요. 빛나는 나의 천사님. 내게는 당신이 하늘 위의 천사로 보입니다. 인간들이 서로 추앙하며 떠받드는 하늘에서 내려온 날개 달린 천사처럼……."

줄리엣은 로미오가 엿듣고 있다는 걸 까맣게 모른 채, 그날 밤 사건으로 싹트게 된 새로운 열정으로 가득 차 자신도 모르게 사랑하는 사람의 이름을(그 자리에 로미오가 있을 거라고는 생각도 하지 못했기 때문에) 불렀다.

"아아, 로미오, 로미오! 어째서 당신은 로미오인가요? 저를 위해 당신 가문의 이름을 버려 주세요. 그럴 수 없다면 저를 사랑한다고 맹세해 주세요. 그러면 나는 더 이상 캐플릿의 사람이 아니에요."

로미오는 이 말에 용기를 내서 말을 걸려고 했지만 조금 더 줄리엣의 말을 들어 보기로 마음을 고쳐먹었다.

"어째서 당신은 몬태규 가의 로미오란 말인가요. 다른 이름이었다면 얼마나 좋았을까. 아니면 그 이름을 버려 주면 좋으련만. 이름은 그분의 일부가 아니야. 그러니 그 이름 대신 내 모든 것을 가져가 주세요."

이 사랑의 고백을 들은 로미오는 더 이상 참을 수가 없어, 줄리엣이 그저 허공에 말하고 있는 것이 아니라 로미오에게 직접 말을 걸었던 것처럼 대화를 이어갔다.

"저를 연인이라 불러 주세요. 아니, 뭐라 불러도 좋아요. 당신이 좋아하는 이름으로 불러 주세요. 당신이 그 이름을 싫어한다면, 저는 더 이상 로미오가 아니에요."

줄리엣은 정원에서 남자의 목소리가 들리자 깜짝 놀랐으며, 어둠 속에 숨어 자신의 비밀을 알아버린 사람이 누군지 처음에는 알 수가 없었다. 하지만 다시 한 번 로미오가 입을 열자 로미오의 목소리는 백 마디도 듣지 않았지만 사랑에 민감해진 두 귀가 곧바로 목소리의 주인이 로미오라는 것을 깨달았다.

"과수원의 담을 뛰어넘다니, 어째서 그렇게 위험한 행동을 하셨나요? 여기서 친척들에게 들키는 날이면 몬태규 가 사람인 당신은 죽고 말 거예요."라고 로미오에게 충고했다.

"오오, 그들의 칼날 스무 개보다 당신의 두 눈이 더 두렵습니다. 당신의 부드러운 시선만 있다면 그들은 전혀 두렵지 않습니다. 하지만 당신의 사랑을 받지 못한 채, 목숨을 이어가야 한다면 그들의 증오를 받으며 죽는 편이 훨씬 낫습니다."

"어떻게 이곳으로 왔죠? 누가 알려줬나요?"

"사랑이 저를 이곳으로 인도해 주었습니다. 저는 배를 인도하는 도선사는 아니지만 만약 당신이 저 멀리 바다의 파도에 휩쓸리고 있는 광활한 해안에 있더라도, 당신과 같은 보석을 얻기 위해서라면 나는 기꺼이 모험을 할 겁니다."

줄리엣은 자신도 모르게 로미오에 대한 연모를 고백해 버렸다는 생각이 들자 얼굴이 불처럼 붉고 뜨겁게 달아올랐다. 하지만 주변이 캄캄해 로미오는 알아차릴 수 없었다. 자신이 한 말을 후회했지만 이미 엎질러진 물이었다. 처음에는 조신한 귀부인처럼 몸가짐을 바로 하고 연인을 멀리하려 했다. 눈썹을 찡그리며 냉정하게 사랑의 손길을 완강히 거부하려 했다. 마음속 깊이 사랑하고 있었지만 너무 쉽고 가볍게 여겨지기 싫어 일부러 쌀쌀맞게 대하거나, 관심이 없는 척 수줍어하면서 경멸하는 척하려 했다. 왜냐하면 손에 넣기 어려운 것일수록 그 가치는 높아지기 때문이다.

하지만 줄리엣의 경우, 거절하거나 대답을 늦추는 식으로 남들처럼 남자의 애를 태우는 통상적인 연애 방법을 쓸 여유가 없었다.

로미오가 근처에 있다는 것을 모른 채 이미 자기 입으로 로미오에 대한 사랑을 고백해 버렸기 때문이다. 그래서 남다른 입장에 처해 있는 이상 줄리엣은 솔직하게 당신이 들은 것은 사실이라며 당당하게 인정했다.

"아름다운 몬태규 님(떨떠름한 이름이라도 사랑은 달콤하게 만들어 준다), 부디 제가 이렇게 쉽게 마음을 열었다고 해서 경솔하다거나 가볍다고 여기지는 말아 주세요. 이 실수는(혹시 실수였다면) 어쩌다 보니 밤이라 저도 모르게 제 진심을 말해 버린 것이라고 생각해 주세요."

그리고 줄리엣은 이렇게 덧붙였다.

"제 행동은 관습에 따르면 조신하지 못할 수도 있지만 조신한 척하거나 정숙함을 교묘하게 꾸며내는 수많은 여성들보다는 훨씬 더 진심이라는 것만 알아주세요."

로미오가 당신과 같이 훌륭한 여성에게 불명예의 오점을 남기려는 생각은 추호도 없다며 하늘에 대고 맹세하겠다고 하려 할 때, 줄리엣이 말을 가로막으며 제발 맹세까지는 하지 말아 달라고 부탁했다.

"만나게 된 건 너무나 반갑지만, 오늘 밤 당신이 맹세를 하는 건 별로 내키지 않아요. 너무나 급하고, 너무나 분별없고, 너무나 갑작스럽잖아요."

"아니요, 꼭 오늘 밤 안에 사랑의 서약을 나누고 싶습니다."

"제 맹세는 원하시기 전에 이미 해버렸어요. 조금 전에 제 사랑의 고백을 엿들었잖아요. 하지만 다시 한 번 기쁨을 맛보기 위해 가능하다면 조금 전에 혼자 한 사랑 고백을 취소하고 싶어요. 아낌 없이 당신께 드리는 제 마음은 바다처럼 끝없고 깊어요."

이렇게 서로 애정이 담긴 이야기를 나누다가 늘 같은 방에서 잠자고 있는 유모의 목소리에 줄리엣은 창가를 떠났다. 유모는 벌써 날이 샐 때가 다 됐으니 빨리 잠자리에 들지 않으면 안 된다고 생각한 것이다. 그러나 줄리엣은 다시 서둘러 창가로 돌아와 두세 마디 더 로미오에게 속삭였다.

"만약 당신의 사랑이 정말로 부끄러운 것이 아니고 저와 결혼하길 바라신다면, 내일 당신에게 심부름꾼을 보낼 테니 결혼 날짜를 정해 주세요. 그러면 제 모든 운명을 남편인 당신에게 맡기고 세상 어디라도 가겠어요."

이런 말을 주고받는 동안에 몇 번 더 유모가 부르는 소리가 들렸다. 줄리엣은 유모가 부르면 들어갔다가 다시 로미오에게 돌아오는 식으로 몇 번이고 들락날락거렸다. 줄리엣은 로미오가 돌아가는 게 싫었다. 마치 소녀가 자신이 기르던 새가 날아갈 수 있도록 손을 펴주기는 했지만 속으로는 금방 날아가는 게 싫어서 비단 실로 묶어 새를 다시 잡아당기는 모습과도 같았다. 그리고 로미오 또한 줄리엣과 헤어지기 싫은 심정은 마찬가지였다. 왜냐하면 연인들에게 가장 아름다운 음악은 한밤중에 서로의 목소리를 듣는 것이기 때문이다. 하지만 결국 두 사람은 서로에게 편안히 잠들길 기원하며 헤어졌다.

두 사람이 헤어졌을 때는 이미 날이 밝은 뒤였다. 로미오는 연인과의 행복한 만남 때문에 가슴이 벅차 잠을 이루지 못할 것 같았기에, 집으로 돌아가는 대신에 로렌스 수사를 만나기 위해 근처 수도원으로 발길을 옮겼다. 이 선량한 수사는 이미 잠에서 깨어 기도를 올리고 있었다. 수사는 로미오가 새벽부터 서성거리는 것을 보고 밤새 잠을 못 이루고 사랑의 열병을 앓은 게 분명하다고 생각했다. 로미오가 사랑 때문에 잠을 못 이뤘을 거라는 수사의 추측은 맞아떨어졌지만 그 상대는 제대로 맞히지 못했다. 로렌스 수사는 로미오가 로젤린에 대한 그리움 때문에 잠을 이루지 못한 것이라고 생각했다.

그러나 로미오가 줄리엣에 대한 새로운 열정을 털어놓으며 오늘 결혼식을 올려달라고 청하자, 수사는 로미오의 사랑 상대가 갑자기 변한 데 깜짝 놀라 하늘을 우러러보며 두 손을 펼쳐 올렸다. 왜냐하면 수사는 이미 로미오에게, 로젤린에 대한 사랑과 그녀가 자신을 거들떠보지도 않는다는 하소연을 질리도록 들었기 때문이다. 수사는 사랑이 마음에서 싹트는 것은 거짓말이고 눈에서 싹트는 것 같다고 했다.

"제가 로젤린을 마음 깊이 사랑한다고 했을 때도 수사님은 절 꾸중하셨잖아요. 로젤린은 제 사랑을 무시했지만, 줄리엣과 저는 서로 사랑하고 있습니다."

수사는 로미오가 하는 말을 어느 정도 인정했다. 그리고 젊은 줄리엣과 로미오의 결혼이 오랜 세월 원수지간으로 지내던 캐플릿가와 몬태규 가가 화해할 수 있는 계기가 될지도 모른다고 생각했다. 이 선량한 수사만큼 두 집안의 관계를 한탄한 사람도 없었다. 로렌스 수사는 두 집안과 다 친한 사이로 지금까지 수도 없이 중재에 나서 화해시키려 했지만 성공할 수 없었다. 수사는 결국 다시한 번 두 집안을 화해시키기 위해, 그리고 로미오에게 호의를 품고 있었기에, 그리고 로미오의 부탁은 이제껏 단 한 번도 거절한 적이 없었기에, 이 늙은 수사는 두 사람의 결혼식 주례를 맡기로 기꺼이 허락했다.

로미오는 하늘로 뛰어오를 듯 기뻐했다. 줄리엣도 약속대로 자신이 보낸 심부름꾼에게 이 소식을 전해 듣고 아침 일찍 수사를 찾아왔다. 그곳에서 두 사람은 성스러운 결혼식을 통해 부부로 맺어졌다. 선량한 수사는

"신이시여, 이 결혼식을 축복하소서. 몬태규 가와 캐플릿 가의젊은 남녀의 결혼식으로 두 집안의 오랜 싸움이 종식되게 하소서!"라고 기도했다.

결혼식이 끝나자 줄리엣은 서둘러 집으로 돌아가 애타게 밤이 되기만 기다렸다. 밤이 되면 어젯밤 두 사람이 만났던 바로 그 과수원으로 로미오가 찾아와 만날 약속을 했기 때문이다. 줄리엣에게

는 밤이 되길 기다리는 시간이 너무나도 더디게 흐르는 것 같았다. 마치 즐거운 축제 전날 밤에 새로 만든 옷을 입고 싶어 안달이 난 어린아이가 목이 빠져라 아침을 기다리는 심정이었다.

같은 날 점심 무렵 로미오의 친구인 벤볼리오와 머큐시오는 베로나 거리를 걷다가, 과격하고 성미가 급한 티볼트가 선두에 선 캐플릿 가의 무리와 맞닥뜨리게 됐다. 캐플릿 경이 개최한 연회에서 하마터면 로미오와 결투를 벌일 뻔했던 바로 그 티볼트였다. 티볼트는 머큐시오를 보자마자 몬태규 가의 로미오와 친하게 지낸다며 비난을 퍼부었다. 머큐시오도 티볼트에 지지 않을 정도로 혈기왕성한 청년이었기 때문에 이 비난을 듣자마자 신랄하게 욕설을 퍼부었다. 벤볼리오가 두 사람을 말리려 했지만 결국 싸움이 벌어지고 말았다.

때마침 우연히 지나가던 로미오를 발견하고, 광분해 있던 티볼트는 머큐시오에서 로미오에게로 시선을 돌리며 "이 악당 놈아!"하며 욕설을 퍼부었다. 로미오는 줄리엣이 친척 중에서도 티볼트를 각별히 생각하고 있었기 때문에 그와는 무슨 일이 있어도 싸우고 싶지 않았다.

게다가 몬태규 가의 이 청년은 선천적으로 현명하고 온화한 성품이라 지금까지도 두 집안의 싸움에 절대로 끼어들지 않았다. 그리고 캐플릿이라는 이름은 사랑스런 아내의 성이기도 했다. 그러니 지금은 함께 화를 내며 싸우기보다는 분을 삭이고 있어야 할 상황이었다. 그래서 로미오는 티볼트를 설득하려고 노력했다. 그리고 몬태규 가의 사람이면서도 마치 캐플릿이라는 이름을 부르는 것을 마음속으로 즐기기라도 하듯이 티볼트를 캐플릿 군이라고 부드럽게 불렀다.

그러나 티볼트는 지옥을 증오하듯이 몬태규 가 사람들이라면 무조건 증오하고 있었기 때문에 아무리 설득해도 들으려 하지 않고 칼을 뽑아들었다.

머큐시오는 로미오가 티볼트와 화해하고 싶어 하는 이유를 전혀 몰랐기 때문에, 로미오가 욕을 얻어먹으면서도 꾹 참고 있는 것은 싸우지도 않고 항복하는 것이라 여겼다. 머큐시오는 창피한 일이라고 분개하고 티볼트에게 욕설을 퍼부으며 티볼트를 자극하여 자기와 싸우도록 유도했다. 티볼트와 머큐시오는 결국 싸움을 시작하고 말았다.

로미오와 벤볼리오가 두 사람의 싸움을 말리려고 그렇게 노력을 했지만, 안타깝게도 머큐시오는 치명상을 입고 쓰러져 버렸다. 머큐시오가 죽자 로미오도 이제는 인내심의 한계에 달해 좀 전에 티볼트에게 들었던 "악당!"이라는 욕설을 퍼부으며 두 사람의 싸움이 시작됐고, 결국 티볼트는 로미오의 칼에 쓰러지고 말았다.

이 죽음을 부른 싸움은 한낮에 베로나 한복판에서 벌어졌기 때문에 소문을 듣고 모여든 구경꾼들로 인산인해를 이루었다. 나이 지긋한 캐플릿 경과 몬태규 경도 각각 자신들의 아내와 함께 달려왔다. 그리고 얼마 되지 않아 베로나의 영주도 도착했다. 영주는 티볼트의 칼에 죽은 머큐시오와 잘 아는 사이였고, 지금까지 캐플릿과 몬태규 두 집안이 이렇게 서로 싸우는 통에 베로나의 치안에 자주 문제가 발생했기 때문에, 이번에야말로 사건에 연루된 자들에게 엄히 법률을 적용하기로 결심했다.

영주는 이 싸움의 목격자인 벤볼리오에게 사건의 전말을 모두 말하라고 명령했다. 벤볼리오는 대부분 사실 그대로 말했지만 로미오에게 불리하지 않도록 자신의 친구들에 관한 이야기는 약간 축소시키거나 변호를 해주었다.

캐플릿 부인은 친족인 티볼트의 죽음을 슬퍼하면서 복수심에 불타 영주에게 간청했다.

"폐하, 살인범을 엄벌에 처해 주십시오. 그리고 벤볼리오의 설명은 무시해 주십시오. 저자는 로미오의 친구이고 몬태규 가 사람이니 진실을 말할 리가 없어요."

이렇게 해서 캐플릿 부인은 사위에게 불리한 청을 하고 말았지만, 로미오가 사위이자 줄리엣의 남편이라는 사실은 까맣게 모르고 있었다. 한편 몬태규 경의 부인도 아들의 목숨을 구해 달라며 간청했다.

"티볼트는 머큐시오를 죽인 죄가 있어 국법에 따라 사형을 당해야 마땅했으니, 로미오가 대신 형벌을 가했다고 해도 죄를 물을 수는 없습니다."라고 얼마간 이치에 맞는 주장을 했다. 영주는 두 귀부인의 감정적인 호소에 전혀 흔들림 없이 사실을 바탕으로 신중하게 조사한 뒤 로미오를 베로나에서 추방하라고 선고했다.

젊은 줄리엣에게 있어 이것은 참기 어려운 고통이었다. 불과 몇 시간 전에 결혼을 했는데 이 판결 때문에 영원히 이별을 해야 할 것 같은 생각이 들었다.

이 소식을 접한 줄리엣은 가장 좋아하는 사촌을 죽인 로미오에게 자신도 모르게 격분했다. 줄리엣은 로미오를 아름다운 폭군, 천사 같은 악마, 독수리 같은 비둘기, 늑대의 탈을 쓴 양, 꽃 같은 얼굴을 한 독사라는 식으로 서로 모순된 이름으로 불렀다. 이것은 줄리엣의 마음속에 로미오에 대한 사랑과 분노가 서로 얽혀 싸우고 있다는 것을 말해 주는 것이다. 하지만 결국은 사랑이 이기고 말았다. 로미오가 사촌을 살해한 슬픔으로 흘린 눈물은, 티볼트에게 죽임을 당했을 수도 있었을 남편이 무사히 살아 있다는 기쁨의 눈물로 바뀌었다. 그리고 다시 새로운 슬픔에 눈물을 흘리게 되었다. 이제는 로미오의 추방을 슬퍼하는 눈물로 바뀐 것이다. 추방이라는 말은 줄리엣에게 있어 티볼트 몇 명이 살해당한 것보다 더 두렵게 들렸다.

로미오는 소동이 벌어진 뒤 로렌스 수사의 수도원으로 피신해서 그곳에서 공작의 판결 소식을 듣게 됐다. 추방 선고는 로미오에게 죽음보다도 훨씬 두려운 것이었다. 로미오에게 베로나 성곽 밖에는 세상이 없는 것처럼 여겨졌다. 줄리엣의 모습을 볼 수 없는 곳에서는 살 수 없었던 것이다. 줄리엣이 살고 있는 곳은 천국이지만, 그 밖의 곳은 모두 고통으로 가득한 지옥이었다.

선량한 수사는 로미오의 슬픔을 철학적으로 달래주려 했지만, 이 흥분한 청년은 로렌스 수사의 철학 따위에는 귀를 기울이려 하지 않고 미친 듯이 머리를 긁어대며 땅바닥에 쭉 엎드려 묘지의 크기를 잰다는 둥 헛소리를 지껄였다.

때마침 사랑하는 연인에게서 소식이 전해지자, 로미오는 볼썽사나운 모습을 추스르며 조금이나마 기운을 차렸다. 이 기회를 틈타 수사는 로미오를 설득했다.

"좀 전에 보인 남자답지 못하고 나약한 행동은 뭔가? 자네는 이미 티볼트를 죽여 버렸는데 본인 스스로도 죽이고, 자네가 살아 있기 때문에 삶의 의미를 느끼는 소중한 아내까지 죽일 작정인가? 인간의 고귀한 모습은 그것을 튼튼하게 지탱해 줄 용기가 없으면 껍데기에 불과한 것이야. 법률은 자네에게 관대했어. 자네에게 사형을 선고해야 마땅했지만 영주님의 입에서 나온 판결은 추방에 불과해. 자네는 티볼트를 죽였어. 하지만 티볼트가 자네를 죽였을지도 모르지. 아주 운이 좋았다고 생각해라. 줄리엣이 살아 있지 않은가? 그리고 의외로 자네의 아내가 돼 주었어. 그렇게 생각해 보면 자네는 세상에서 제일 행복한 사람이야. 이렇게 수많은 신의 은총에 대해(수사는 이렇게 말했다), 자네는 마치 토라진 여자애처럼 투정을 부리는군. 부디 정신을 차리도록 해. 절망하는 사람은 허무한 죽음을 맞이하는 법이니."

그리고 로미오가 조금 안정이 되자, 수사는 한 마디 더 충고를 해 주었다.

"오늘 밤 조용히 가서 줄리엣에게 작별을 고하고 오너라. 그리고 곧장 만토바로 가거라. 만토바에서 잠시 머물고 있으면, 내가 적당한 때를 봐서 자네의 결혼을 발표하겠다. 그걸 계기로 두 집안이 화해를 하게 될지도 모르니. 또한 그렇게 된다면 공작님도 마음이 흔들려 틀림없이 자네를 용서해 주실 거야. 자네는 떠날 때의 슬픔보다 스무 배의 기쁨을 안고 돌아오게 될 거야."

로미오는 수사의 현명한 조언을 받아들였다. 그리고 수사에게 작별 인사를 하고 아내를 만나러 가 아내와 함께 밤을 보낸 뒤 동이 트기 전에 홀로 만토바로 향했다. 수사는 가끔씩 만토바에 편지를 보내 고향 소식을 전하겠다고 약속했다.

로미오는 전날 밤 줄리엣의 사랑 고백을 몰래 엿들었던 그 과수원을 통해 은밀하게 줄리엣의 방으로 들어가 사랑하는 아내와 밤을 보냈다. 그날 밤은 순수한 기쁨으로 가득한 밤이었다. 그러나 그날의 기쁨도, 이 두 사람의 사랑하는 연인이 함께 맛본 환희도, 헤어질 시간을 생각하고 전날의 불행한 사건을 떠올리면 애석하게도 빛을 잃어가고 있었다.

반갑지 않은 새벽이 너무 빨리 찾아오는 것 같았다. 줄리엣은 종달새의 지저귀는 소리를 듣고, 저건 밤을 알리는 꾀꼬리라고 말하

고 싶었지만 지저귀고 있는 것은 틀림없는 종달새였다. 줄리엣에게 종달새의 노래는 귀에 거슬리는 불쾌한 소음이었다. 동쪽 하늘을 비추기 시작한 태양이 두 사람의 작별 시간이 다 됐다는 것을 너무나도 확실하게 일깨워 주었다. 로미오는 무거운 마음으로 아내에게 작별 인사를 하며 만토바에 도착하면 매일, 매시마다 편지를 쓰겠다고 약속했다.

줄리엣의 방 창문 너머로 내려가 발이 땅에 닿았을 때 로미오의 모습은, 불길한 징조처럼 슬픔에 젖어 있는 줄리엣의 눈에는 묘지 바닥에 누워 있는 죽은 사람처럼 비춰졌다. 로미오의 마음도 마찬가지로 불안감을 떨칠 수 없었다. 그러나 로미오는 서둘러 떠나야만 했다. 동이 트고서도 베로나 성 내에 있는 모습이 발각되면 사형을 면치 못할 것이기 때문이다.

불행한 두 사람의 사랑에 있어 이것은 비극의 시작에 불과했다. 로미오가 베로나를 떠난 지 채 며칠도 되지 않아, 나이 많은 캐플릿 경이 줄리엣을 결혼시키려 했다. 딸이 이미 결혼했다는 것을 전혀 모르고 있던 아버지가 딸을 위해 고른 상대는 건장하고 젊은 귀공자인 패리스 백작으로, 젊디젊은 줄리엣이 로미오와 만나기 전이었다면 전혀 문제가 될 게 없는 결혼이었을 것이다.

줄리엣은 아버지가 결혼하라는 소리를 하자 깜짝 놀라며 어쩔 바를 몰랐다.

"저는 아직 결혼하기에는 일러요. 얼마 전 티볼트의 죽음으로 완전히 넋이 나가 웃으며 남편을 맞이할 수 없어요. 티볼트의 장례식이 막 끝났는데 결혼식을 올린다면 사람들이 우리 캐플릿 가를 조롱할 거예요(줄리엣은 이때 막 만 14세가 되려고 했다)."

줄리엣은 이것저것 결혼할 수 없는 이유를 늘어놓았다. 하지만 진짜 이유, 다시 말해 자신이 이미 결혼했다는 사실은 끝까지 숨겼다. 그러나 캐플릿 경은 딸의 어떤 변명에도 귀를 기울이지 않은 채 결혼 준비를 명했다.

"이번 목요일에 패리스와 결혼해라. 베로나에서 가장 기품 있는 처녀들도 이미 잘 알고 있듯이, 젊고 부유한 남편을 골라줬으니 아무리 부끄럽다 하더라도(늙은 캐플릿 경은 딸의 거절 이유를 그렇게 생각했다) 이것저것 변명을 늘어놓으며 스스로 행복을 막아서는 안 된다."

궁지에 몰린 줄리엣은 늘 곤란할 때마다 조언을 아끼지 않는 친절한 수사를 찾아갔다.

"줄리엣, 목숨을 걸고라도 결혼을 피할 결심이 돼 있느냐?"라고 로렌스 수사가 물었다.

"너무나도 사랑하는 남편이 살아 있는데 패리스 님과 결혼을 하느니 차라리 산 채로 묘지에 들어가는 게 나아요."라고 줄리엣이 대답했다.

"그럼 집으로 돌아가 밝게 지내고 있거라. 아버님 말씀대로 패리스와 결혼하겠다고 해. 그리고 내일 밤, 그러니까 결혼식 전날 밤에 지금 내가 주는 이 병 속의 약을 마셔라. 이 약을 마시면 42시간 동안은 죽은 듯이 몸이 차가워지는 효과가 있다. 다음 날 아침에 패리스가 너를 부르러 왔을 때는 죽은 듯이 누워 있는 너를 발견할 것이다. 그리고 이 나라의 관습에 따라 널 아무것도 덮지 않은 칠성판에 누인 채 캐플릿 가의 지하 묘지로 옮길 것이다. 만약 네가 두려움을 떨쳐버리고 이 계획에 찬성한다면 물약을 마신 42시간 뒤에는 마치 꿈에서 깨어난 것처럼 눈을 뜨게 될 것이다. 네가 눈을 뜨기 전에 남편인 로미오에게 알리면 한밤중에 몰래 널 찾아와 함께 만토바로 떠나게 될 것이다."

로미오에 대한 사랑과 패리스와의 결혼에 대한 두려움이 젊은 줄리엣에게 무서운 모험을 감행할 수 있도록 힘을 불어넣어 주었다. 줄리엣은 수사에게서 약병을 건네받으며 시키는 대로 하겠다고 약속했다.

줄리엣은 수도원에서 돌아오는 길에 우연히 젊은 패리스 백작과 만나게 됐다. 속내를 감추고 조신하게 당신의 아내가 되겠다고 약속했다. 그것은 캐플릿 경 부부에게 있어 너무나 반가운 소식이었다. 그로 인해 캐플릿 경은 걱정을 덜어 젊어진 것처럼 보였다. 백작과의 결혼을 거부하여 아버지의 노여움을 샀던 줄리엣이, 아버지가 시키는 대로 하겠다고 약속하자 캐플릿 경의 마음은 눈 녹듯 녹아내렸다. 캐플릿 가에서는 얼마 안 남은 결혼식 준비로 한바탕 소동이 벌어졌다. 베로나가 생긴 이래 최대로 성대한 결혼식을 올리기 위해 돈을 아끼지 않았다.

수요일 밤, 줄리엣은 물약을 마시며 온갖 불안함을 느꼈다. '혹시 수사님이 나와 로미오를 결혼시킨 책임을 회피하기 위해 내게 독약을 주신 건 아닐까? 아냐, 그럴 리가 없어. 그분은 덕망 높기로 유명하신 분이니까. 그런데 로미오가 나를 데리러 오기 전에 잠에서 깨어나면 어떡하지? 캐플릿 가의 죽은 선조들이 가득한 데다가 피투성이로 죽은 티볼트, 수의에 둘러싸인 채 썩어가는 납골당 안의 공포로 인해 미쳐버리는 것은 아닐까?

게다가 선조들의 시신이 모셔진 곳에서는 유령이 나온다는 소문이 떠올랐다. 하지만 줄리엣은 로미오에 대한 사랑과 싫어하는 패리스를 생각하며 죽음을 각오하고 약을 마신 뒤 정신을 잃고 쓰러졌다.

다음 날 아침, 패리스가 악사들을 데리고 신부의 잠을 깨우러 찾아갔을 때, 방 안에는 살아 있는 줄리엣 대신에 애석하게도 숨을 쉬지 않는 시신만이 쓰러져 있었다. 패리스의 희망은 절망으로 바뀌었다. 어떻게 이런 안타까운 죽음이! 어째서 이런 혼란이 집안에 퍼졌는가! 하며 불쌍한 패리스는 비명을 질렀다.

"이 가증스런 죽음의 사자야, 내게서 신부를 빼앗아가다니! 손도 한 번 잡아보지 못한 채 신부와 이별하게 만들다니!"

나이 지긋한 캐플릿 경 부부의 탄식은 훨씬 더 비통하고 애절하게 들렸다.

"하나뿐인 귀여운 자식을, 기쁨이자 위안이던 유일한 딸을 가증스런 죽음의 사자가 데리고 가버렸다! 애지중지 키운 딸이 귀부인이 되는 모습을 보려는 찰나였는데!"

이제 결혼식을 위해 준비했던 모든 것들의 역할이 바뀌어 어두운 장례식 역할을 하게 됐다. 결혼을 위한 진수성찬은 애통한 장례식을 위해 제공됐고, 결혼 축하 노래는 음침한 장송곡으로, 쾌활한 악기들은 슬픈 선율로 바뀌었고, 신부가 걸어갈 길마다 뿌려질 꽃들은 시신 위에 뿌려지게 됐다. 줄리엣의 결혼 주례를 하려 했던 사제는 장례의식을 치러야 했다. 줄리엣은 계획대로 교회로 옮겨졌다. 산 사람들의 희망을 위해서가 아니라 애통한 망자의 수를 늘리기 위해.

나쁜 소식이란 늘 그렇듯 좋은 소식보다 빨리 전달되게 돼 있어, 줄리엣의 죽음은 로렌스 수사가 보낸 심부름꾼이 도착하기도 전에 만토바에 있는 로미오에게 이미 전달됐다. 심부름꾼이 로미오에게 전달하려고 했던 말은, 이 장례식은 거짓으로 꾸민 것에 불과하다는 것과, 사랑스런 아내는 잠시 동안 납골당 안에서 잠들어 있으며, 로미오가 그 쓸쓸한 집 안에서 데려가기만을 기다리고 있다는 것이었다.

그 직전까지 로미오는 평소와 달리 기분이 들떠 있었다. 로미오는 전날 밤, 자신이 죽는 꿈을 꾸었다(죽은 사람이 생각할 수 있다니 참으로 희한한 꿈이었다). 줄리엣이 다가와 로미오가 죽은 것을 발견하고 입맞춤을 하며 숨을 불어넣어 주자 로미오는 다시 환생해 황제가 되는 꿈이었다. 때마침 베로나에서 심부름꾼이 도착하자 꿈이 미리 암시해준 대로 뭔가 좋은 일이 있는 게 분명하다고 생각했다.

그러나 기쁘게 해 줬던 꿈과는 정반대로 죽은 것은 아내였으며, 로미오가 아무리 입맞춤을 한다고 해도 아내를 살려낼 수 없다는 것이 확실해지자, 로미오는 말을 준비하라고 명령했다. 그날 밤 곧장 베로나로 달려가 아내를 만나기로 결심했기 때문이다.

자포자기한 인간의 머릿속에는 나쁜 생각이 먼저 파고들게 돼 있는 법이라, 로미오는 최근 만토바 시내를 지나가다가 우연히 발견한 가난한 약장수를 떠올렸다. 굶어죽기 일보 직전의 거지행색을 한 채 더러운 장식장 위에 빈 상자들을 늘어놓은 지저분한 가게 분위기와 그 밖의 찢어질 듯 가난해 보이는 모습을 보고

"만토바에서 독약을 팔면 사형을 당하지만 만약 독약을 필요로 하는 사람이 있다면 팔 것 같은 가난한 사람이 여기 있군."이라고 중얼거렸다(자기 자신의 불행한 일생도 어쩌면 독약이 필요한 절망적 결과를 맞이할지도 모른다는 불안을 느꼈을지도 모른다).

그때 중얼거렸던 자신의 말이 갑자기 뇌리를 스치고 지나갔다. 그리고 그 약장수를 찾아 나섰다. 약장수는 잠시 주저하는 듯했지만, 로미오가 금화를 주겠다고 하자 가난을 이기지 못하고 로미오에게 약을 팔고 말았다. 약장수는 스무 명의 사내라도 즉사시킬 수

있을 만큼 강력한 독약이라고 했다.

독약을 손에 넣은 로미오는 베로나를 향해 출발했다. 납골당에 안치된 줄리엣을 한번 보고 싶었던 것이다. 다시 말해 끝없이 줄리엣을 바라보다가 독약을 마시고 줄리엣의 곁에서 죽겠다고 작정을 한 것이다. 한밤중에 베로나에 도착해 교회의 납골당을 발견했다. 묘지 한가운데 캐플릿 가의 오래된 납골당이 있었다. 로미오가 등불과 삽, 지렛대를 이용해 납골당 문을 막 열려고 할 때

"어이, 몬태규의 악당! 불법은 이제 그만 저질러라!"라는 목소리가 로미오를 저지시켰다.

목소리의 주인은 바로 젊은 백작 패리스였다. 패리스는 자신의 신부가 될 예정이었던 줄리엣의 묘지에 헌화하고 눈물을 흘리며 애도하기 위해 갑작스럽게 한밤중에 묘지를 찾아온 것이다. 패리스는 로미오가 죽은 줄리엣에게 무슨 볼일이 있었는지 몰랐지만, 로미오는 몬태규 가의 인간이자 캐플릿 가의 모든 사람들에게 있어서 불구대천의 원수라고 여기고 있었기 때문에 야음을 틈타 시신을 능욕하기 위해 온 것이라 판단했다. 그리고 분노에 찬 목소리로 로미오에게 멈추라고 고함을 쳤다.

베로나 시 성곽 내에서 발견되면 사형에 처한다는 베로나 법률의 판결을 받은 죄인 로미오를 붙잡으려고 한 것이다.

로미오는 패리스에게

"내게 상관하지 말아 줘. 여기 잠들어 있는 티볼트를 위한답시고

나를 화나게 하거나 자네를 죽여서 내 죄를 더 크게 만들지 말아 줘."라고 강력하게 경고했다. 그러나 백작은 로미오의 경고를 무시한 채 중죄인인 로미오를 붙잡으려 했다.

로미오는 저항을 하다 끝내 칼을 뽑아 들었고, 패리스는 결투 끝에 결국 쓰러지고 말았다. 로미오가 등불을 비춰 자기가 죽인 사람이 누군지 확인한 순간, 그가 줄리엣과 결혼하기로 돼 있던 패리스였다는 사실을 알게 되었다(로미오는 만토바에서 돌아오는 동안 그 소문을 들었다). 로미오는 비운의 동료로서 패리스의 손을 잡고 자네를 영예로운 묘지에 묻어 주겠다고 말했다. 영예로운 묘지란 줄리엣의 묘지로, 로미오는 지금 막 그 납골당 문을 열었다.

그 안에는 줄리엣이 누워 있었다. 아무리 죽음의 사자라 할지라도 줄리엣의 무엇과도 비교할 수 없는 아름다움은 어쩔 수 없었는지, 그녀의 이목구비와 피부색을 전혀 바꾸지 못하는 것 같았다. 그도 아니면 죽음의 사자조차 줄리엣에게 마음을 빼앗겨, 바싹 마르고 흉측한 괴물이 자신의 즐거움을 위해 줄리엣을 이곳에 가둬 두고 있는 것 같았다. 왜냐하면 줄리엣은 몸의 감각을 없애주는 약을 마시고 잠들어 있을 뿐이었기 때문에 여전히 생생한 꽃처럼 아름다운 얼굴로 누워 있었던 것이다.

줄리엣의 옆에는 피투성이 수의를 걸친 티볼트가 누워 있었다. 로미오는 티볼트의 시신에 용서를 구했다. 그리고 줄리엣을 위해 티볼트를 사촌이라 부르며, 이제 자네의 적이었던 남자를 죽여서 용서를 구하겠다고 말했다.

그리고 로미오는 아내에게 입맞춤을 하고 마지막 작별 인사를 한 뒤 약장수에게서 산 독약을 마셔버리고 피로에 지친 무거운 육신의 짐을 내려놓았다. 이 독약의 약효는 줄리엣이 마시고 죽은 것처럼 꾸민 약과는 달리 확실하게 로미오의 목숨을 끊어버렸다. 그리고 바로 그때, 줄리엣이 마신 약의 약효가 점점 사라지고 슬슬 정신이 돌아와, 로미오가 약속 시간에 늦었다는 둥 너무 빨리 왔다는 둥 슬슬 투정을 부릴 때가 된 것이다.

왜냐하면 이미 수사가 줄리엣에게 눈을 뜰 거라고 약속했던 시간이 됐기 때문이다. 수사는 만토바로 보낸 심부름꾼에게 사정이 생겨 편지가 늦게 도착한 탓에 로미오의 손에 전달되지 못했다는 사실을 뒤늦게 전해 듣고 곡괭이와 등불을 가지고 줄리엣을 구하러 직접 나섰다.

그러나 수사는 캐플릿 가의 납골당에 이미 등불이 밝혀져 있는 모습을 보고 깜짝 놀랐다. 주변에는 칼이 굴러다니고 혈흔이 낭자했으며 납골당 안에는 로미오와 패리스가 숨이 끊어진 채 쓰러져 있었다.

로렌스 수사가 대체 어떻게 이런 엄청난 일이 벌어졌는지 추측하는 동안, 줄리엣이 혼수상태에서 눈을 떴다. 그리고 곁에 수사가 있는 것을 보고 자신이 지금 어디 있는지, 왜 이곳에 있는지를 떠올리며 로미오 님은 어디 있냐고 물었다. 그런데 바로 그때 주변이

요란해지자 수사는

"죽음에서, 부자연스러운 잠에서 깨어나라. 인간의 힘으로는 대항할 수 없는 엄청난 위력이 내 계획을 수포로 돌아가게 만들었구나."라고 말했다.

사람들이 다가오는 소리에 놀란 수사는 그 자리를 피했다. 그러나 줄리엣은 사랑하는 남편의 손에 쥐어져 있는 잔을 보고, 남편이 독을 마시고 죽었다는 걸 깨달았다. 조금이라도 독약이 남아 있다면 마시려고 살펴봤지만 한 방울도 남아 있지 않았다. 입술에 조금이라도 독약이 묻어 있지 않을까 해서 아직 체온이 남아 있는 로미오의 입술에 입맞춤을 했다. 바로 그 순간 사람들이 웅성거리며 다가오는 발자국소리가 가까워지자 몸에 지니고 있던 단도를 재빨리 꺼내 가슴을 찌르고 성실한 남편인 로미오의 곁에 쓰러져 버렸다.

그리고 순찰을 돌던 군졸들이 현장에 들이닥쳤다. 패리스 백작의 시종이 자신의 주인과 로미오가 싸우는 것을 목격하고 급히 소식을 전한 것이다. 베로나 시민들 사이에 이 소문이 퍼지자, 시민들은 혼란에 빠졌고 베로나 시내를 돌아다니며 확실하지 않은 풍문만을 접한 채 "패리스가…….", "로미오가…….", "줄리엣이……."라며 흥분을 했다. 그리고 결국 이 소동으로 몬태규 경과 캐플릿 경은 물론 영주까지 잠자리에서 일어나 사건의 진상을 파악하기 시작했다.

로렌스 수사는 부들부들 떨리는 몸으로 한숨과 눈물을 흘리면서,

수상쩍은 행동을 하며 묘지에서 벗어나다가 순찰을 돌던 군졸에게 붙잡히고 말았다. 캐플릿 가의 납골당에는 엄청난 인파가 몰려들었고, 영주는 수사에게 이 끔찍한 비극에 대해 아는 게 있으면 털어놓으라고 명령했다.

그러자 수사는 나이 든 몬태규 경과 캐플릿 경 면전에서 두 사람의 숙명적인 사랑에 대해, 그리고 두 사람의 결혼으로 오랜 세월 원수로 지내던 두 집안이 화해할 수 있지 않을까 해서 자신이 두 사람의 결혼식 주례를 맡았다고 말했다. 여기 죽어 있는 로미오는 줄리엣의 남편이며, 줄리엣은 로미오의 정조 높은 아내라고 말했다. 두 사람의 결혼을 발표할 적당한 기회가 찾아오기도 전에 줄리엣에게 다른 혼담이 들어오자, 줄리엣은 이중결혼의 죄를 범하지 않기 위해 자신의 조언에 따라 수면제를 마셨고, 모두가 줄리엣이 죽은 줄만 알았다는 것과, 다른 한편으로 로미오에게 편지를 보내 약효가 떨어지기 전에 줄리엣을 납골당에서 꺼내 주라고 전했지만 심부름꾼의 착오로 편지가 로미오에게 전달되지 못했다고 말했다. 그래서 더 이상 기다릴 수 없어 본인이 직접 줄리엣을 구해내려 와 보니 생각지도 못하게 패리스 백작과 로미오가 죽어 있었다고 말했다.

나머지 사건의 전말은 패리스와 로미오의 결투를 목격한 시종과 베로나에서부터 로미오와 함께 왔던 시종의 증언으로 보충되었다. 충실한 남편이었던 로미오는 이 시종에게 편지를 남기고 만약 자신이 죽으면 아버지에게 전하라고 명령했다(이 편지가 수사의 이야기를 뒷받침해 주었다). 또한 편지에는 줄리엣과 결혼했다는 고백과 부모님께 용서를 비는 내용, 가난한 약장수에게 약을 산 내용, 납골당으로 가 줄리엣 곁에서 죽을 생각이라는 내용 등이 적혀 있었다.

이런 모든 정황으로 미루어볼 때, 수사가 두 사람을 위해 너무나 치밀하고 교묘하게 일을 꾸미려다 생각지도 못한 결과를 초래했다는 것 말고는 살인 사건과는 아무런 관계가 없다는 사실이 명백해졌다.

영주는 나이 지긋한 몬태규 경과 캐플릿 경을 향해서, 둘의 난폭하고 무조건적인 증오를 강력히 비난했다.

"그대들의 죄에 대해 하늘이 어떤 벌을 내렸는지 똑똑히 보시오. 하늘은 그대들의 자녀들을 서로 사랑하게 만들어 그대들이 서로 증오하는 마음에 벌을 내리셨소."

이렇게 해서 두 집안은 이제 서로에 대한 적개심을 버리고 오랜 세월에 걸친 두 집안의 싸움도 로미오와 줄리엣의 무덤에 함께 묻어버리는 데 동의했다. 그리고 캐플릿 경은 로미오와 줄리엣의 결혼으로 두 집안이 사돈이 됐다는 것을 승인하기라도 하듯이 몬태규 경에게 악수를 청하며 "형제여."라고 불렀다.

"몬태규 경, 화해의 의미로 악수를 해주신다면, 줄리엣이 아내로서 받아야 하는 재산 대신으로 여기겠소."

그러자 몬태규 경은 이렇게 말했다.

"아니오, 그것으로는 부족하오. 따님을 닮은 순금 상을 세우겠소. 베로나가 베로나로 존재하는 한 그 어떤 조각상이라 할지라도 아름답고 훌륭한 완성도에 있어서, 성실하고 정숙한 줄리엣 양의 조각상을 능가하는 것이 없을 거라며 세상 사람들의 추앙을 받게 될 겁니다."

그러자 캐플릿 경이 그 답례로 이렇게 말했다.

"그렇다면 저도 로미오를 위해 상을 하나 더 세우겠소."

이렇게 해서 불쌍한 노귀족들은 뒤늦게 서로 앞다투어 친절을 베풀었다. 지금까지 두 사람의 원한과 분노가 너무나 심했기 때문에, 두 명문가의 뿌리 깊은 증오와 시기를 잠식시키기 위해서는 두 집안의 아들과 딸이 희생될 수밖에 없었던 것이다.

이렇게 해서 로미오와 줄리엣은 두 가문의 싸움과 반목의 안타까운 희생양이 된 것이다.

햄릿

    덴마크의 왕비 거투르드는 햄릿의 갑작스런 죽음으로 미망인이 됐지만, 왕이 죽은 지 채 두 달도 되지 않아 왕의 동생인 클로디어스와 결혼했다. 이 사실은 당시 모든 사람들에게 무분별, 몰인정, 아니 어처구니없는 기행으로 주목을 받았다. 왜냐하면 클로디어스는 인품은 물론 모든 면에서 거투르드의 전남편과는 전혀 닮은 곳이 없었으며, 천박한 외모에 비열한 성격 등 형인 햄릿 왕과는 비교가 되지 않았기 때문이었다.

    때문에 자연스럽게 몇몇 사람들의 의혹을 사게 됐다. 클로디어스가 왕비와 결혼하여 덴마크의 왕위에 오르기 위해 몰래 형인 햄릿을 암살한 것은 아닌지, 그리고 죽은 국왕의 장남이자 정당한 후계자인 젊은 햄릿을 배제시켜 버린 것은 아닐지 하는 의혹이었다.

그러나 왕비의 무분별한 행동은 다른 누구보다도 젊은 왕자에게 너무나 큰 충격을 남겨 주었다. 왜냐하면 햄릿은 죽은 아버지를 사랑했고 우상으로 여길 만큼 아버지에 대한 추억을 숭배했으며, 스스로도 명예를 중히 여겨 엄격하게 예의범절을 지키는 인물이었기 때문에 어머니 거투르드의 이런 부끄러운 행동을 매우 슬퍼했다. 이렇게 아버지를 잃은 슬픔과 어머니의 재혼이 주는 부끄러움으로 인해, 이 젊은 왕자는 깊은 우울증에 빠져 마음을 닫아 버리고 말았다. 쾌활하던 성격과 아름답던 외모를 잃어버린 채, 늘 즐겨하던 독서의 기쁨도 완전히 잃어버리고 말았다. 젊은 왕자에게 어울리는 운동에서도 더 이상 재미를 못 느끼고 세상만사가 모두 귀찮게 느껴졌다. 이 세상은 잡초를 뽑지 않은 정원과도 같으며, 건강했던 꽃들이 모두 시들어 버리고 잡초만이 무성해졌다고 생각했다.

그리고 자신이 정당한 상속권을 가지고 있는 왕위에서 배제될 거라는 전망은 젊고 고결한 정신을 가진 왕자에게 있어 매우 고통스럽고 굴욕적인 것이기는 했지만, 그로 인해 심적 고통을 겪지는 않았다. 왕자에게서 이렇게 쾌활한 성격을 앗아가고 그를 초조하게 만든 것은, 어머니가 아버지에 대한 생각을 까맣게 잊어버렸다는 사실이었다. 게다가 그렇게 훌륭한 아버지를! 어머니에게 그렇게 정 깊고 자상했던 아버지를! 어머니 또한 아버지와 마찬가지로 사랑이 넘치고 순종하는 아내로 보였으며 아버지에 대한 애정이 더욱더 깊어지는 듯이 아버지에게 의지했었다.

그런데 겨우 두 달도 채 되지 않아서(젊은 햄릿에게는 두 달보다 짧게 여겨졌다) 어머니는 재혼해 버렸다. 자신의 숙부이자 죽은 남편의 동생과! 그 사실 자체만으로도, 근친이라는 것만으로도 너무나 부적절하고 불법적인 결혼이었지만, 사태를 더욱 악화시킨 것은 근신하지 않고 서둘러 결혼식을 올렸다는 것과, 어머니가 스스로 선택해 왕위에 올렸다는 것과, 배우자로 삼은 남자의 왕답지 못한 성품이었다. 열 개의 왕국을 잃은 것처럼 이 고결한 젊은 왕자의 기운을 꺾어 버리고 마음에 어두운 그림자를 드리운 것은 바로 이러한 일들이었다.

어머니 거투르드와 왕은 온갖 방법을 동원해 햄릿 왕자의 기분을 풀어 주려 했지만 허사였다. 왕자는 여전히 부왕의 죽음을 애도하며 검은 상복을 입은 채 왕궁에 나타나서도 결코 상복을 벗으려 하지 않았다. 어머니가 재혼하는 날 어머니에게 경의를 표하는 자리에서조차 상복을 벗지 않았다. 그래서 이 수치스러운 날(햄릿은 이렇게 생각했다)의 떠들썩한 축하 자리에도 왕자를 참석시키지 못했다.

햄릿의 마음을 가장 혼란스럽게 한 것은 아버지가 어떻게 죽었는지 확실하지 않다는 것이었다. 클로디어스 왕은 선왕이 독사에 물렸다고 발표했지만, 젊은 햄릿은 클로디어스가 바로 그 독사가 아니었을까 생각했다. 간단히 말해서 클로디어스가 왕관을 차지하기 위해 아버지를 살해하고, 아버지를 문 독사가 지금 왕위를 차지하고 있는 게 아닐까 하는 날카로운 의혹을 품고 있었다.

이 추측이 어디까지 맞는지, 어머니를 어떻게 생각해야 하는지, 어머니는 이 독살에 얼마나 가담했는지, 어머니가 과연 동의를 했는지, 아니면 어머니가 아무것도 모르는 사이에 사건이 일어났는지, 이런 의혹들이 햄릿을 끊임없이 고통스럽고 혼란스럽게 만들었다.

그러던 어느 날, 죽은 아버지와 쏙 빼닮은 망령이 사흘 연속 한밤중에 왕궁 앞 전망대에 나타난 걸 병사들이 봤다는 소문이 햄릿의 귀에 들어왔다. 망령은 항상 머리부터 발끝까지 부왕이 살아생전 입었던 갑옷으로 몸을 감싸고 나타났다. 망령을 본 사람들은(햄릿의 친구 호레이쇼도 그중 한 사람이다), 망령이 나타나는 시간은 물론 나타나는 모습에 대해서도 똑같은 증언을 했다. 즉, 시계가 정각 12시를 알릴 때 나타나는 것이었다. 창백한 얼굴로 화가 났다기보다는 슬퍼 보이는 얼굴을 하고 있었다. 턱수염은 반백으로 생전의 모습과 다를 바 없이 은색이 섞인 검은 색이었다. 망령에게 말을 걸어도 대답은 없었지만, 딱 한 번 뭔가 말하고 싶은 듯 고개를 들어 입술을 움직이려 할 때, 마침 새벽을 알리는 수탉의 울음소리가 울려 퍼졌기에, 망령은 황급히 자취를 감추었다는 것이었다.

젊은 왕자는 그들의 보고를 듣고 기이하게 여기며 놀랐다. 모든 사람의 증언이 시종일관 전혀 모순되지 않고 너무나도 일치했기 때문에 믿지 않을 수가 없었다. 그래서 그들이 본 것이 아버지의 망령임에 틀림없다고 판단했다. 그리고 어쩌면 아버지의 망령을 볼 수 있을지도 모른다고 생각한 햄릿은 병사들과 함께 지켜보기로 결심했다.

'그렇게 망령이 돼서까지 나타나는 데는 분명 이유가 있을 거야. 망령이 뭔가 하고 싶은 말이 있는 거야. 지금까지는 아무 말도 하지 않았지만 나한테라면 말을 할지도 몰라.' 라고 생각한 햄릿은 밤이 되길 애타게 기다렸다.

밤이 되자 햄릿은 호레이쇼와 보초병 마셀러스와 함께 망령이 나타난다는 전망대 위로 갔다. 차가운 밤이었으며 주변 공기는 유독 더 차가워 바늘로 찌르는 듯했다. 햄릿과 호레이쇼와 마셀러스가 오늘 밤은 유난히 춥다며 막 이야기를 나누려는 순간, 갑자기 호레이쇼가 망령이 나타났다며 비명을 질렀다.

아버지의 망령을 본 햄릿은 두려움에 움찔했다. 햄릿은 먼저 천사와 수호신의 보호를 바라는 기도를 올렸다. 왜냐하면 이 망령이 선령인지 악령인지, 그리고 선을 위해 나타났는지 악을 위해 나타났는지 알 수 없었기 때문이었다. 그러나 햄릿은 차츰 용기를 되찾기 시작했다. 햄릿의 아버지(그렇게 여겨졌다)가 너무나 처량하게 햄릿을 바라보며 햄릿에게 뭔가 말을 하고 싶은 듯 보였고, 생전의 아버지와 똑같았기 때문에 햄릿은 말을 걸지 않고는 견딜 수가 없

었다. 햄릿은 "햄릿이시여, 폐하, 아버지!" 하고 이름을 불렀다.

그리고 묘지에서 편히 잠들어 계셔야 할 아버지가 어째서 저승으로 가지 못하시고 달빛 아래 나타났는지 이유를 알고 싶다며 간청했다. 또한 우리가 아버지의 영혼이 편안히 잠들 수 있게 할 수 있는 일이 있다면 가르쳐 달라고 애원했다.

그러자 망령은 햄릿과 단둘이 말하기 위해 다른 곳으로 따라오라는 듯이 손짓을 했다. 호레이쇼와 마셀러스는 젊은 왕자가 망령을 쫓아가는 것을 말리려 했다. 왜냐하면 만약 악령이라면 가까운 바다로 왕자를 유인할지도 몰랐고, 아니면 어딘가 높은 절벽으로 유인해 무서운 본색을 드러내며 왕자의 이성을 빼앗아 버릴지도 모른다는 걱정이 들었기 때문이다. 하지만 두 사람의 충고와 탄원도 햄릿의 결심을 바꾸지는 못했다.

"내 목숨 따위는 아무렇지 않다. 그러니 목숨을 잃는 것은 전혀 두렵지 않다. 게다가 내 영혼으로 망령이 무슨 일을 할 수 있겠는가? 망령과 마찬가지로 내 영혼도 불멸할 것이다."

햄릿은 사자와 같은 대담한 마음이 들기 시작했다. 그리고 어떻게 해서든 햄릿을 보내려 하지 않는 두 사람을 뿌리치고 망령이 이끄는 대로 따라갔다.

두 사람만 있는 곳으로 가자 망령은 침묵을 깨고 이렇게 말했다.

"나는 잔인하게 살해당한 너의 아버지 햄릿이다. 너의 숙부이자 내 동생인 클로디어스 놈이 내게서 왕비와 왕위를 빼앗기 위해 날 죽였다."

그것은 햄릿이 이미 충분히 의심했던 바였다. 망령은 살해당한 상황을 말해 주었다.

"오후가 되면 늘 그랬듯이 정원에서 낮잠을 즐기고 있었는데, 배신자 놈이 몰래 다가와서 내 귀에 독초 즙을 흘려 넣었다. 그 독초는 마치 수은처럼 몸 전체의 혈관을 흐르며 피를 굳게 만들고 피부에 나병환자 같은 부스럼을 일으키는 것이다. 잠든 사이 동생에게 왕관과 왕비, 생명을 한순간에 빼앗기고 말았다. 내 아들 햄릿, 만약 네가 아버지를 사랑한다면 이 가증스런 살인자에게 복수를 해 다오.

그런데 네 엄마가 어째서 신성한 맹세를 한 남편인 날 배신하고 날 죽인 놈과 결혼해야 할 만큼 덕망을 잃었는지 정말 안타까운 일이로다! 하지만 잘 들어라, 햄릿. 사악한 숙부에게는 어떤 식으로 복수하든 상관하지 않겠지만 네 어머니에게는 해를 가해서는 안 된다. 어머니의 죄는 신께 맡겨라. 양심의 가책에 맡기는 것이다."

햄릿이 아버지의 지시대로 따르겠다고 약속하자 망령은 홀연히 사라져 버렸다.

햄릿은 홀로 남겨지자 자신의 기억에 남아 있던 모든 것, 책과 관찰을 통해 배운 모든 것을 깨끗이 지워 버리겠다고, 망령이 남긴 말과 지시를 빼고는 머릿속에서 다 지워 버리겠다고 굳게 맹세했다. 그리고 망령과 나눈 이야기를 친구인 호레이쇼에게만 자세하게 말해 주었다. 그리고 호레이쇼와 마셀러스 두 사람에게 오늘 밤일을 절대 아무에게도 말하지 말라고 명령했다.

햄릿은 이전부터 조금씩 기운을 잃으며 풀이 죽어 있었는데 망령을 보고 오감으로 파고든 공포 때문에 정신이 혼미해지며 이성을 잃을 것만 같았다. 그리고 이런 상태가 지속되면 자신에게 시선이 쏠려 뭔가 계략을 꾸미고 있는 게 아닐까, 부왕의 죽음에 대해 숙부가 공표한 것보다 더 많은 것을 알고 있는 게 아닐까 하는 의심을 사서, 숙부가 경계심을 품게 될지도 모른다고 생각하고 기묘한 결심을 했다.

'지금부터 나는 누가 보더라도 미친 것처럼 보이게 행동하자. 내가 아무런 계략도 꾸밀 수 없을 것처럼 보인다면 아무런 의심도 받지 않을 것이니, 내가 정신적으로 혼란을 겪고 있다는 것을 감추기 위해서는 미친 것처럼 꾸미는 게 제일이야.'

그 후로 햄릿은 복장과 말, 행동을 다소 난폭하게 하며 미친 것처럼 위장했다. 햄릿의 광기어린 행동은 너무나도 완벽해 왕은 물론 왕비까지 속고 말았다. 두 사람은 망령이 나타났다는 사실을 까맣게 모르고 있었기 때문에 부왕의 죽음에 대한 슬픔 때문에 햄릿이 이렇게 변할 리가 없다고 생각하고, 햄릿의 병은 사랑의 열병이라는 결론을 내렸으며 그리움의 상대가 누군지도 잘 알고 있다고 생각했다.

햄릿은 앞서 말한 우울증 증상을 보이기 전에는 국왕의 재상인

폴로니어스의 아름다운 딸 오필리아를 마음속으로 사랑하고 있었다. 햄릿은 오필리아에게 편지와 반지를 선물하며 몇 번이고 사랑을 고백했고 진지한 태도로 집요하게 구애를 했었다. 오필리아도 햄릿의 사랑에 대한 맹세와 집요한 구애가 진심이라는 것을 믿고 있었다. 하지만 햄릿은 최근 들어 우울증 때문에 오필리아를 멀리하게 됐다. 게다가 미친 시늉을 하기로 마음먹은 순간부터 오필리아에게 일부러 불친절하고 무례하게 대하게 됐다.

그러나 너그러운 오필리아는 햄릿의 그런 행동을 탓하기 보다는, 햄릿이 이전처럼 자신을 소중히 여기지 않는 것은 진심이 아니며 마음의 병을 앓고 있기 때문이라고 스스로 자위했다. 그리고 깊은 우울증에 시달린 탓에 이전의 고귀한 마음과 뛰어난 판단력이 흐려졌다고 생각했다. 마치 세상의 그 무엇과도 비교할 수 없을 만큼 아름다운 소리를 내는 종도 고장이 나거나 거칠게 흔들어 대면 소음에 불과한 듣기 싫은 소리를 내는 것과 마찬가지라고 생각했다.

지금 햄릿이 꾸미고 있는 계략, 아버지를 살해한 자에 대한 복수는 구애처럼 그리 간단한 일이 아니었기 때문에 쓸개 빠진 정열이라고밖에 느껴지지 않는 연애 따위에 관심을 기울일 여력이 없었다. 하지만 자신의 감정을 억누르지 못해 이따금씩 오필리아에 대한 자상한 진심이 끓어올랐다. 그리고 그런 기분이 든 어느 날 상냥한 오필리아에게 자신이 너무나 냉정했다는 것을 반성하며 편지를 보냈다.

편지에는 격정으로 가득 찬 과장된 표현이 가득했기에, 미친 시늉을 하는 햄릿에게는 아주 잘 어울리는 내용이었지만 곳곳에 자상한 애정이 묻어나는 말들이 한데 얽혀 있어, 이 훌륭한 여성은 햄릿의 마음 깊숙한 곳에는 여전히 자신에 대한 깊은 애정이 식지 않았다는 것을 느낄 수가 있었다.

별은 불이 아니라 여기시오.
태양은 움직이지 않는다고 여기시오.
진실은 거짓말쟁이라고 여기시오.
그렇지만 내 사랑을 의심하지는 마시오.

이밖에도 이와 비슷한 엉뚱한 말들이 적혀 있었다.

오필리아는 이 편지를 햄릿이 시키는 대로 아버지에게 보여 주었다. 그러자 늙은 재상은 다시 이 사실을 왕과 왕비에게 알려야겠다고 생각했다. 왕과 왕비는 이 편지를 본 뒤로 햄릿의 미친 행동들이 사랑 때문이라고 생각하게 됐다. 왕비는 햄릿의 광기가 오필리아의 빼어난 미모 때문이기를 바랐다. 왜냐하면 오필리아의 미덕으로 햄릿이 정상으로 돌아와 두 사람이 행복하게 결혼하길 바랐기 때문이다.

그러나 햄릿의 병은 왕비가 생각했던 것보다 훨씬 뿌리가 깊은 것이었기 때문에 오필리아와의 결혼으로 쉽게 고쳐질 수 있는 병이 아니었다. 햄릿이 본 아버지의 망령이 여전히 햄릿의 머릿속을 맴돌고 있었으며, 아버지의 원수를 갚으라는 명령을 이행하기 전까지 햄릿에게 휴식을 주지 않았다. 햄릿은 복수를 늦출 때마다 마치 죄를 저지르는 것 같았고 아버지의 명령을 거부하는 것처럼 느껴졌다. 하지만 항상 호위병과 함께 다니는 왕에게 복수를 하기란 결코 쉬운 일이 아니었다. 설령 호위병들이 없었다고 하더라도 늘 왕의 곁을 떠나지 않는 햄릿의 어머니인 왕비의 존재가 복수를 막고 있어 그 벽을 깨뜨릴 수가 없었다.

게다가 왕위를 찬탈한 자가 어머니의 남편이라는 사실이 햄릿을 주저하게 만들며 끝없이 복수의 칼날을 무디게 하고 있었다. 원래 사람을 죽인다는 것 자체가 햄릿처럼 선천적으로 온화한 기질을 가진 사람에게는 꺼림칙하고 두려운 일이었다. 또한 오랫동안 우울증으로 의기소침해 있었기 때문에 망설임과 마음의 동요가 일어 실행에 옮기지 못하고 있었다.

뿐만 아니라 햄릿은 자신이 본 망령이 진짜 아버지였는지, 혹시 악마는 아니었는지 생각했다. 악마라면 어떤 모습이든 자신이 원하는 모습으로 변할 수 있는 힘을 가지고 있으니, 악마가 아버지의 모습을 빌어 우울증으로 나약해져 있는 자신에게 살인이라는 엄청난 행위를 강요하는 것이 아닐까 약간의 의심을 품게 됐다. 그래서 햄릿은 환영이나 유령을 보는 게 자신의 기가 허약해져 있기 때문이라는 확실한 증거를 찾아내기로 결심했다.

이처럼 햄릿의 마음이 흔들리고 있을 때 연극배우 몇 사람이 왕궁을 찾아왔다. 햄릿은 이전부터 이 배우들의 연기를 좋아했으며, 그중에 트로이의 늙은 왕 프리암의 최후와 그의 왕비 허큐바의 슬픔을 묘사한 비극적인 부분을 듣는 걸 좋아했다.

 햄릿은 오랜 친구인 배우들을 따뜻하게 맞이했고, 이전에 그 대사가 자신을 즐겁게 해줬던 것을 떠올리며 배우에게 다시 한 번 그 대사를 들려 달라고 부탁했다. 그러자 배우는 너무나 생생하게 대사를 읊기 시작했다. 늙고 병든 왕이 무참하게 살해되는 장면과 화재로 백성들과 도시가 멸망하는 모습, 늙은 왕비가 슬픔으로 넋이 나가 머리에는 왕관 대신 더러운 천 조각을 쓰고, 몸에는 대충 얼기설기 얽은 모포 한 장만을 감고 맨발로 왕궁 이곳저곳을 뛰어다니는 모습을 묘사한 이야기였다. 배우의 대사를 듣고 있던 사람들은 너무나도 생생한 연기 때문에 눈앞에 그 광경이 펼쳐진 것 같은 느낌을 받아 눈물을 흘렸으며, 연기하던 배우도 목이 메어 눈물을 흘렸다.

 이 모습을 본 햄릿은 잠시 생각에 잠겼다.

 '만약 저 배우가 단순히 만들어 낸 대사만으로도 복받쳐 오르는 감정 때문에 몇 백 년 전에 죽은, 단 한 번도 보지 못한 허큐바를 위해 진심으로 눈물을 흘릴 수 있다면, 나는 얼마나 둔감한 사람이란 말인가. 진정한 왕이자 사랑하는 아버지가 살해당했으니, 분노를 참지 못하고 원수를 갚을 만한 진정한 동기와 계기가 충분한데

도 마음이 전혀 움직이지 않다니, 나의 복수심은 시들고 옅어져 망각의 늪 속에서 잠들고 있다는 말인가!'

그리고 배우가 훌륭한 연기로 진심을 울렸을 때, 구경꾼에게 미치는 강력한 영향력 등에 대해 곰곰이 생각하다가 한 살인자의 사례를 떠올렸다. 그 남자는 무대에서 공연된 살인극을 보고 연극의 박력과 자신의 범행 상황이 너무나도 흡사해, 마음이 흔들려 그 자리에서 자신의 범행을 자백했던 것이다. 그래서 햄릿은 다음과 같은 결심을 하게 됐다.

'이 배우들을 시켜 아버지가 살해당한 상황과 비슷한 연극을 숙부의 면전에서 공연하기로 하자. 그리고 숙부에게 어떤 변화가 일어나는지 유심히 살펴보는 거야. 그러면 숙부의 표정으로 살인자인지 아닌지를 좀 더 확실하게 알 수 있을 거야.'

햄릿은 자신의 목적을 달성하기 위해 연극을 준비하라고 명령했다. 그리고 그 연극에 왕과 왕비를 초대했다.

연극의 줄거리는 빈의 공작 자리를 노리고 저질러진 살인이었다. 공작의 이름은 곤자고이고 아내의 이름은 밥티스타였다. 이 연극은 루시에이너라는 공작의 가까운 친척이 공작의 자리를 찬탈하기 위해 정원에서 공작을 독살한 뒤, 얼마 지나지 않아 곤자고의 아내 밥티스타의 사랑을 쟁취한다는 내용이었다.

왕은 이 연극이 상연될 때까지 자신을 잡기 위한 덫이라는 것도 모른 채 왕비와 신하들을 모두 데리고 와서 감상했다. 햄릿은 왕의 곁에 앉아 주의 깊게 왕의 얼굴을 살폈다. 연극은 곤자고와 아내가 이야기를 나누는 장면부터 시작됐다. 부인은 몇 번이고 남편을 사랑한다고 맹세하며, 만약 남편이 먼저 죽더라도 결코 재혼하지 않겠다고 말했다. 그리고 만약 두 번째 남편을 맞이하게 된다면 지옥에 떨어뜨려 달라고 했다. 게다가 첫 남편을 살해하는 마녀가 아닌 한 재혼 같은 건 절대 하지 않을 것이라고 덧붙였다.

햄릿은 숙부인 클로디어스 왕이 이 대사를 듣는 순간 곧바로 안색이 바뀌는 것을 놓치지 않았다. 이 대사는 왕에게 있어서나 왕비에게 있어서도 쑥처럼 쓰다는 것을 알아차릴 수 있었다.

연극의 각본대로 루시에이너가 정원에서 잠들어 있는 곤자고를 독살하러 왔을 때, 정원에서 선왕인 형을 독살한 자신의 악행과 너무나 비슷해지자, 왕위를 찬탈한 이 남자는 양심에 가책을 느껴 끝까지 앉아 연극을 보지 못하고, 갑자기 등불을 자신의 방으로 가져가라고 명령했다. 그러더니 몸이 좋지 않은 시늉을 하며, 아니면 정말로 몸이 좋지 않았는지 서둘러 극장을 벗어났다. 왕이 떠나자 연극은 중단되고 말았다.

햄릿은 이렇게 해서 망령이 한 말이 진실이며 환영이 아니었다는 것을 인정할 만한 증거를 보고 말았다. 모든 사람이 품고 있던 의혹과 망설임이 갑작스럽게 풀렸을 때 느낄 수 있는 쾌감에 젖은 햄릿은, 호레이쇼에게 망령이 알려준 말은 천 파운드를 내고 사더라도 아깝지 않다고 했다. 이제 숙부가 아버지를 살해한 범인이라는 사실이 확실해지기는 했지만, 어떤 식으로 원수를 갚을지 정하지 못하고 있던 햄릿은 어머니인 왕비의 전령에게 은밀하게 할 이야기가 있다는 전갈을 받았다.

왕비가 햄릿을 부른 것은 왕이 요구했기 때문이었다. 햄릿의 조금 전 행동으로 인해 왕과 왕비가 얼마나 불쾌함을 맛보았는지를 햄릿에게 알리기 위한 것이었다. 왕은 두 사람이 무슨 이야기를 나누는지 남김없이 알고 싶었으며, 어머니 입장에서 햄릿의 역성을 드는 보고를 해서 정작 중요한 내용을 빠뜨리는 것이 아닐까 싶어, 늙은 재상 폴로니어스에게 왕비의 방 벽걸이 뒤에 몰래 숨어 이야기를 하나도 빠짐없이 듣고 오라고 명령했다.

이 계략은 폴로니어스의 성격과 아주 잘 맞는 것이었다. 왜냐하면 비뚤어진 권세욕과 정치판 속에서 나이를 먹은 남자라, 어떤 정보라도 몰래 교활한 방법으로 얻어내는 걸 좋아했기 때문이다.

햄릿이 어머니에게 가자, 왕비는 아주 노골적으로 햄릿의 행위와 태도를 비난하면서, 아버지에게 너무나 심한 짓을 했다고 말했다. 아버지라는 것은 햄릿의 숙부인 왕을 말하는 것으로, 숙부가 햄릿의 어머니와 결혼했기 때문에 햄릿의 아버지라 부른 것이다. 햄릿은 아버지라는 그립고 존경스러운 이름을, 자신의 아버지를 죽인 살인자를 부르는 데 쓰는 것에 분개하며 목소리가 거칠어졌다.

"어머니, 어머니야말로 제 아버지에게 심한 짓을 하지 않으셨나요?"

"정말 어이없는 대답이구나."

"어이없는 질문에 아주 잘 어울리는 답변 아닌가요? 오오! 잊을 수 있다면 얼마나 좋을까. 어머니는 남편의 동생의 아내입니다. 게다가 제 어머니이십니다. 그렇지 않다면 얼마나 좋았을까."

"좋아. 네가 그렇게 어미를 가볍게 여긴다면, 네가 듣고 싶은 말을 해 줄 수 있는 사람을 불러오도록 하지."

왕비는 이렇게 말하고 왕이나 폴로니어스를 햄릿 앞으로 데리고 오려고 일어서려 했다.

그러나 햄릿은 어머니와 단둘만 있는 지금, 어머니 스스로 자신의 사악한 생활에 대해 조금이나마 깨달을 때까지는 어머니를 아무데도 보내려 하지 않았다. 그래서 어머니의 손을 붙잡아 의자에 다시 앉혔다. 왕비는 너무나 진지한 아들의 모습에 놀라며, 제정신이 아닌 햄릿이 자신에게 해를 입히는 것이 아닐까 걱정이 돼서 큰소리를 질렀다. 그러자 벽걸이 뒤에서 "이리 오너라! 왕비님이 위험하시다!"라는 외침이 들렸다.

햄릿은 이 외침을 듣자마자 벽걸이 뒤에 숨어 있는 사람이 왕이라고 굳게 믿으며 칼을 뽑아 들고 방 안을 뛰어다니는 생쥐를 찔러 죽이듯 목소리가 난 곳을 향해 칼을 찔렀다. 이윽고 비명소리가 잦아들자, 남자가 죽었다고 추측했다. 하지만 시체를 끌어내 보니 그것은 왕이 아니라 밀정 역할을 자청하여 벽걸이 뒤에 몸을 숨기고 있던 끼어들기 좋아하는 늙은 재상이었다.

"이런, 분별없이 피비린내 나는 짓을 저질렀구나!"라며 왕비가 소리를 질렀다.

"어머니, 피비린내 나는 짓이라고요?"라고 햄릿이 대꾸했다.

"하지만 어머니, 어머니만큼 잔인하지는 않습니다. 어머니는 왕을 죽인 아버지의 동생과 결혼하셨잖아요."

햄릿은 이미 엎질러진 물이라 생각했기에 여기서 물러날 수는 없었다. 햄릿은 이제 아무 거리낌 없이 자신이 하고 싶었던 말을 거침없이 내뱉었다. 일반적으로 부모의 과실에 대해 자식들은 너그럽게 대해야 하는 것이지만, 그것이 큰 죄라면 설령 자기를 낳아 주신 어머니라 할지라도 엄중하게 말해도 좋을 것이다. 만약 그 꾸짖음이 책망하기 위한 것이 아니라 어머니를 위한 것이며, 어머니를 잘못된 길에서 바른 길로 인도하기 위한 것이라면 말이다.

그래서 이 고결한 왕자는 어머니의 마음을 흔들어 놓을 수 있는 말들로, 자신의 아버지이자 돌아가신 선왕을 완전히 잊어버리고, 짧은 시간 안에 아버지의 동생이자 살인자와 결혼한 것이 얼마나 가증스러운 죄인지를 어머니에게 하나하나 따져 들려주기 시작했다.

"어머니가 아버지에게 서약을 하고도 그런 행동을 하신다면, 모든 여성의 맹세가 의심을 받게 되며 모든 정절이 위선으로 여겨지게 되고, 결혼 서약은 한낱 노름꾼의 맹세에 지나지 않게 됩니다. 그리고 종교 또한 웃음거리와 조롱거리에 불과해집니다. 어머니의 행동은 하늘이 내려다보고 얼굴을 붉힐 것이며, 대지도 어머니를 거부할 겁니다."

그리고 햄릿은 어머니에게 두 개의 초상화를 보여줬다.

"이분은 돌아가신 선왕이시자 어머니의 첫 남편입니다. 이쪽은 현재의 왕이자 두 번째 남편입니다. 자아, 두 분의 차이를 잘 보십시오. 아버지의 초상화는 얼마나 기품이 넘칩니까. 마치 신처럼 보이지 않으시나요? 아폴로의 곱슬머리, 주피터의 이마, 마르스의 눈빛, 하늘에 입맞춤이라도 하듯 우뚝 솟은 산 정상에서 막 내려온 머큐리 신처럼 당당하신 모습. 이분이 바로 어머니의 전남편이었습니다."

다음으로 햄릿은 어머니가 두 번째 남편으로 삼은 남자를 가리켰다.

"자아, 이걸 보세요. 마치 해충이나 식물을 말라비틀어지게 하는 곰팡이 같은 남자 아닌가요? 마치 곰팡이처럼 건강한 형을 시들어버리게 했으니까요."

그러자 왕자의 말을 듣던 왕비는 자신의 내면을 돌아보고, 자신의 영혼이 얼마나 추악하고 비뚤어져 있었는지를 깨닫기 시작했기에 부끄러워 몸 둘 바를 몰랐다.

"어머니는 언제까지 아버지를 살해하고 왕관을 도둑질한 남자와 생활하면서 그의 아내로 사실 작정입니까?"라고 햄릿은 어머니를 책망했다.

햄릿이 이렇게 말한 순간 아버지의 망령이 생전의 생생한 모습으로 햄릿의 눈앞에 모습을 드러냈다. 그러자 햄릿은 황송해 하며 "무엇을 바라시나요?"라고 망령에게 물었다.

"네가 맹세했던 복수를 다시 떠올려 보거라. 넌 벌써 잊은 것 같구나. 어머니를 위로해 드려라. 그러지 않으면 슬픔과 공포에 질려 당장이라도 숨이 끊어질 것 같구나."

망령은 이렇게 말하고 사라졌다. 망령의 모습은 햄릿에게밖에 보이질 않았다. 망령이 서 있는 곳을 가리키며 아무리 설명을 해도, 왕비는 망령의 모습을 볼 수 없었다. 왕비는 햄릿이 조금 전부터 아무도 없는 허공에 대고 이야기를 하는 모습(왕비에게는 그렇게 보였다)을 보고 겁에 질렸다. 그리고 이것은 햄릿이 미쳤기 때문이라고 생각했다.

"어머니, 아버지의 망령을 지상으로 불러들인 것은 어머니의 죄가 아니에요. 제가 미쳤다고 치부하며 어머니의 사악한 마음을 속이려 하지 마세요. 제 맥을 짚어 보세요. 아주 정상이죠? 미친 사람 같은가요?"

햄릿은 다시 눈물로 어머니에게 호소했다.

"과거의 잘못을 하늘에 고백하세요. 앞으로는 왕을 피하고 더 이상 아내의 역할을 하지 마세요. 아버지에 대한 추억을 소중히 여기시고 제 어머니답게 행동해 주신다면, 저도 아들로서 어머니의 축복을 받겠습니다."

왕비가 햄릿의 지시에 따를 것을 약속하고 모자간의 대화는 끝이 났다.

그러자 햄릿은 불행하게도 자신이 무턱대고 죽여 버린 사람이 누구인지 천천히 생각할 여유가 생겼다. 그 사람은 바로 자신이 깊이 사랑하는 오필리아의 아버지 폴로니어스라는 걸 깨닫는 순간, 시신 곁으로 다가가 자신의 성급한 행동을 후회하며 눈물을 흘렸다.

폴로니어스의 불행한 죽음은 왕에게 햄릿을 해외로 추방할 구실을 만들어 주고 말았다. 왕은 햄릿이 위험하고 두려운 존재였기 때문에 당장이라도 사형에 처하고 싶었지만, 왕자를 존경하는 백성들과 왕자를 끔찍하게 사랑하고 있는 왕비의 눈치를 살펴야 했다.

그래서 이 교활한 왕은 폴로니어스를 살해한 책임을 묻고 햄릿의 안전을 위한다는 명목 하에, 두 명의 가신을 붙여 영국으로 가는 배에 태워 버렸다. 그리고 이 두 명의 가신에게 영국 왕실 앞으로 쓴 편지를 전해 주었다. 당시 영국 왕실은 덴마크에 예속되어 있었기 때문에 조공을 바치고 있었다. 그 편지에는 무슨 수를 써서라도 햄릿이 영국 땅을 밟자마자 죽여 버리라는 내용이 적혀 있었다.

햄릿은 뭔가 교활한 수를 쓰고 있다는 것을 눈치 채고, 한밤중에 몰래 편지를 훔쳐내서 자신의 이름을 깨끗하게 지운 뒤, 자신을 따라온 왕의 가신 두 명의 이름을 적어 넣어 이 두 사람을 죽여 달라는 내용으로 바꿔 버리고 편지를 봉인한 다음 다시 제자리에 돌려 놓았다.

그런데 얼마 못 가 해적의 공격으로 전투가 벌어졌다. 햄릿은 싸움이 벌어지는 동안 자신의 용기를 만천하에 드러내기 위해 칼을 뽑아 들고 홀로 해적선으로 뛰어 올랐다. 그런데 햄릿이 타고 있던 배는 비겁하게도 진로를 바꾸어 햄릿만을 남겨둔 채 도망쳐 버렸다. 두 가신들은 그들에게 어울리는 최후를 맞이할 수 있도록 햄릿이 바꿔치기한 편지를 가지고 서둘러 영국으로 갔다.

왕자를 포로로 잡은 해적들은 상대가 온화한 인물이라는 걸 알았다. 그들은 햄릿의 신분을 알게 되자 왕자에게 호의를 베풀면 충분한 보상을 받을 것이라 생각하고, 햄릿을 왕궁으로 돌려보내기 위해 덴마크의 한 항구에 내려 주었다. 이렇게 해서 햄릿은 운명의 장난 때문에 다시 고국으로 돌아왔으니, 내일 폐하를 알현하겠다는 편지를 써서 왕에게 보냈다. 궁으로 돌아오자마자 햄릿의 눈에 들어온 모습은 너무나도 처참한 광경이었다.

한때 햄릿의 소중한 연인이었던 젊고 아름다운 오필리아의 장례식이 벌어지고 있었던 것이다. 이 젊디젊은 아가씨의 마음은 불쌍한 아버지의 죽음으로 제정신이 아니었다. 아버지가 사랑하는 왕자의 손에 의해 비명에 죽자, 이 자상한 처녀는 심한 충격을 입어 정신이 이상해지고 말았다. 그리고 아버지의 장례식 꽃이라고 말하며 궁 안의 여인들에게 꽃을 나눠주거나 사랑의 노래, 죽음의 노래, 때론 아무런 의미도 없는 노래를 부르며 돌아다녔다. 그 모습은 마치 자신의 신변에 무슨 일이 일어났는지 전혀 기억을 하지 못하는 것 같았다.

시냇가 상류 경사면에 버드나무 한 그루가 냇물에 그림자를 드리우고 있었다. 어느 날 오필리아는 아무도 모르게 혼자 이 시냇가를 찾아가 데이지 꽃과 쐐기풀 등의 꽃과 풀을 따서 화환을 만들었다. 그리고 그 화환을 버드나무 가지에 걸려고 나무에 오르는데, 나뭇가지가 부러져 버렸다. 이 아름다운 처녀와 화환, 그녀가 따 모은 모든 식물들이 모두 냇물 위로 떨어지고 말았다.

오필리아는 한동안 자신이 입고 있던 옷 덕분에 물 위에 떠서 오래된 노래를 중얼거렸는데, 그 모습은 마치 자신이 어떤 상황에 처해 있는지 깨닫지 못하거나, 처음부터 물에 익숙했던 생명체처럼 보였다. 그러나 얼마 후 옷이 젖어 점점 무거워져 오필리아를 아름다운 노래에서 흙탕물 범벅의 처참한 죽음으로 끌어들이고 말았다.

햄릿이 궁으로 돌아오자마자 목격한 것은 왕과 왕비를 필두로 가신들이 참가하고, 오필리아의 오빠 레이티즈에 의해 거행된 장례식이었다.

햄릿은 이 광경을 보고 대체 무슨 일이 벌어지고 있는 것인지 알 수 없었기 때문에, 의식을 방해하지 않고 옆에 서서 지켜봤다. 햄릿의 눈에는 관행에 따라 처녀의 관 위에 꽃이 뿌려지는 모습이 들어왔다. 왕비가 꽃을 던지며 이렇게 말했다.

"아름다운 아가씨에게 아름다운 꽃을! 나는 이 꽃을 그대의 무덤

이 아니라 신부에게 주려고 했었어요. 그대가 내 아들 햄릿의 아내가 되어 주길 바랐는데…….”

햄릿은 오필리아의 오빠가 여동생의 무덤가에 제비꽃이 피기 기원하는 소리를 들었다. 그리고 슬픔에 복받쳐 미친 듯이 여동생의 무덤으로 뛰어들어, 자신의 머리 위에 산처럼 흙을 쌓아 여동생과 함께 묻으라고 소리쳤다. 그러자 햄릿은 이 아름다운 아가씨에 대한 사랑이 떠올라, 그녀의 오빠가 넋을 놓고 탄식하며 고통스러워하는 모습에 참을 수가 없었다. 왜냐하면 햄릿은 4만 명의 오빠들보다 훨씬 더 오필리아를 사랑하고 있다고 생각했기 때문이다.

그래서 햄릿은 자신의 이름을 밝히며 레이티즈에 뒤지지 않을 만큼 광란에 빠져 레이티즈가 뛰어든 무덤 속으로 뛰어들었다. 레이티즈는 무덤에 뛰어든 사람이 아버지와 여동생을 죽게 만든 햄릿이라는 것을 깨닫고 당장이라도 죽일 듯이 달려들어 햄릿의 멱살을 움켜쥐었지만 잠시 후 손을 놓아 주었다. 그리고 햄릿은 장례식이 끝난 뒤 레이티즈에게 용서를 빌었다.

“마치 자네에게 덤벼들 듯이 무덤 속으로 성급하게 뛰어들어 미안했네. 용서해 주게. 하지만 나는 아름다운 오필리아의 죽음을 나보다 더 슬퍼하는 사람이 있다는 것을 참을 수가 없었네.”

그리고 그때는 두 사람이 서로 화해를 한 것처럼 보였다. 그러나 햄릿의 사악한 숙부 클로디어스 왕은 아버지와 여동생을 잃은 레이티즈의 비탄에 젖은 분노를 이용해 햄릿을 파멸시킬 계략을 꾸몄다. 왕은 레이티즈에게 평화와 화해를 위장해 햄릿과 친선 펜싱 경기를 하라고 부추겼다. 햄릿은 이 경기를 승낙하고 시합 날짜를 결정했다. 이 시합에는 궁중의 모든 사람들이 참석했다. 레이티즈는 왕의 지시에 따라 독약을 칠한 칼을 준비했다. 모여든 모든 사람들은 햄릿과 레이티즈가 펜싱의 명수라는 것을 잘 알고 있었기 때문에 많은 돈을 걸기 시작했다.

햄릿은 시합용 칼 중에 하나를 골랐다. 햄릿은 레이티즈가 배신할 거라고는 꿈에도 생각하지 못했기 때문에 레이티즈의 칼을 조사해볼 생각조차 하지 않았다.

한편 레이티즈는 펜싱 규정에 정해져 있는 시합용 칼, 다시 말해 끝이 뭉툭한 칼을 쓰지 않고 뾰족하고 독이 발라진 칼을 사용했다.

레이티즈는 처음에는 햄릿을 가볍게 대하며 햄릿이 우세해지게 내버려 두었다. 왕은 감정을 숨긴 채 햄릿의 실력을 과도하게 극찬했다. 그리고 햄릿의 승리를 축복하는 건배를 하기도 하고 시합 결과에 막대한 돈을 걸기도 했다.

그런데 칼이 오고가다 보니, 레이티즈는 점점 흥분을 해서 독이 발라진 칼끝으로 격렬한 공격을 퍼부어 햄릿에게 치명타를 입혔다. 햄릿도 격앙됐지만 아직 배신의 음모에 대해서는 알지 못했다. 하지만 난투 끝에 서로 칼이 바뀌게 됐고, 레이티즈는 결국 자신의 칼에 찔려 치명상을 입게 됐다. 레이티즈는 이렇게 스스로가 친 덫에 걸리고 말았다.

그런데 갑자기 왕비가 "독이다!"라고 찢어지는 듯한 비명소리를 질렀다. 왕비는 왕이 햄릿을 위해 준비해 두었던 독이 든 술을 마시고 만 것이다. 그것은 빈틈없는 왕이 시합으로 갈증이 난 햄릿이 마실 것을 요구했을 때 주려고 미리 준비해 두었던 것이었다. 이렇게 해 두면 혹시 레이티즈가 실패하더라도 햄릿을 확실하게 독살할 수 있다고 생각한 것이다. 왕은 왕비에게 그 술잔에 대해 주의를 주는 것을 깜박했기 때문에, 왕비가 술을 한 모금 마신 뒤 숨을 거두기 직전에 독이 들었다고 외친 후 숨을 거둔 것이다.

햄릿은 뭔가 음모가 있다는 것을 깨닫자마자 모든 문을 봉쇄하라고 명령했다.

"왕자님, 더 이상 진상을 밝힐 필요가 없습니다. 제가 모반을 꾸민 장본인입니다. 왕자님께 받은 상처로 저는 곧 숨이 끊어질 것입니다. 저의 어리석은 계략은 결국 제게로 돌아왔습니다. 칼끝에 독을 발라 놓았기 때문에 왕자님의 생명은 채 반시간도 남지 않았습니다. 이제 그 어떤 약도 도움이 되질 않습니다. 햄릿 왕자님, 저를 용서해 주십시오."라고 레이티즈는 자백을 하고 음모를 꾸민 왕을 원망하며 눈을 감았다.

햄릿은 자신의 죽음이 임박한 것을 깨닫고 순식간에 왕에게 달려들어 아직 독이 남아 있는 칼끝으로 숙부의 심장을 찔러 아버지의 망령과 한 약속을 지켰다. 이렇게 해서 아버지의 명령은 달성됐고 아버지를 무참히 살해한 자에게 원수를 갚았다.

이윽고 햄릿은 점점 숨이 가빠졌으며 숨이 끊어지기 직전에 친구인 호레이쇼에게 이렇게 말했다.

"자네는 이 비극적 파멸의 목격자이네. 내 마지막 소원을 들어주게. 자네는 살아남아 나에 대한 이야기를 세상에 알려주게."

햄릿이 이렇게 말한 것은 호레이쇼가 왕자의 죽음을 한탄하며 자살할 것처럼 보였기 때문이었다.

"사건의 전말을 알고 있는 사람으로서 반드시 세상에 바르게 알리겠습니다."라고 호레이쇼가 약속했다.

이 말을 듣고 만족한 햄릿의 고귀한 영혼은 산산이 흩어져 날아가 버렸다. 호레이쇼를 시작으로 그 자리에 함께 있던 사람들은 비 오듯이 눈물을 쏟으며 자신들의 고귀한 왕자의 영혼을 수호천사에게 맡겼다.

햄릿은 자상하고 온화한 왕자였으며 고귀하고 왕자다운 성품으로 백성들의 사랑과 존경을 한 몸에 받고 있었다. 만약 햄릿이 살아 있었다면 더 없이 고귀하고 완벽한 덴마크의 왕이 됐을 것이다.

오셀로

베니스의 부자 원로원 의원인 브라벤쇼에게는 데스데모나라는 심지 곧고 아름다운 딸이 있었다. 데스데모나는 미덕을 갖추고 있었고 막대한 유산까지 물려받기로 되어 있었기 때문에, 청혼자들이 끊임없이 줄을 설 정도였다. 하지만 같은 국적과 같은 피부를 한 청혼자들 중에는 데스데모나의 마음을 사로잡는 사람이 한 명도 없었다. 왜냐하면 이 고귀한 아가씨는 남자의 겉모습보다는 정신을 더 중시했기 때문에 흑인인 무어인을 사랑하고 있었던 것이다. 언뜻 보기에 그녀의 선택은 누구도 흉내 내기 힘든 것이었지만 갸륵한 일이었다. 데스데모나의 아버지인 브라벤쇼도 이 남자를 상당히 좋아했기 때문에 자주 집에 초대를 했다.

하지만 아무도 데스데모나가 연인으로 고른 상대가 그녀와 어울리지 않는 인물이라고 비난하지는 못했다. 흑인이라는 점만 **빼면**이 고귀한 성품의 무어인은 그 어떤 귀부인의 애정을 받는다 해도전혀 이상하지 않은 인물이었기 때문이다. 오셀로는 군인이었으며아주 용맹한 남자였다. 터키 군대와의 피비린내 나는 전투에서 거둔 혁혁한 전과로 베니스 군대의 장군에까지 오르며 국가와 국민의 존경과 신망을 한 몸에 받고 있었다.

오셀로는 여행가였기 때문에, 데스데모나 또한 모든 귀부인들이그렇듯이 오셀로의 모험담을 듣는 걸 좋아했다. 오셀로는 철이 들면서부터 지금까지의 경험담을 하나도 남김없이 이야기해 주었다.자신이 경험했던 전쟁, 대규모 공격과 성곽 포위, 그리고 해상은물론 육상에서 맞이했던 수많은 위험, 부서진 성곽을 공격하거나빗발치는 대포를 향해 돌진하다가 구사일생으로 살아난 일, 잔인한 적의 포로가 돼서 노예로 팔려가 노예 생활을 하며 보낸 나날들, 구사일생으로 탈출을 해서 외국을 떠돌며 본 진귀한 풍광들,예를 들어 광활한 광야, 신비한 동굴, 채석장, 구름으로 둘러싸인높은 산, 야만인들과 서로를 잡아먹는 식인종, 어깨 바로 위에 머리가 달린 아프리카의 인종에 대해 이야기를 해주었다.

오셀로가 여행가로서 해 준 이런 이야기들은 데스데모나의 관심을 사로잡고 놓아주질 않았기 때문에, 집안일로 급한 용무가 생겨도 재빨리 처리한 다음 바로 자리로 돌아와 빠져들 듯이 오셀로의 이야기에 귀를 기울였다.

어느 날 오셀로는 기회를 엿봐, 데스데모나가 자신의 신상에 대해 질문을 하도록 유도했다.

"당신의 신상에 대해 빠짐없이 자세하게 이야기해 주세요. 지금까지 몇 번이고 들었지만 단편적인 이야기들뿐이라……."

이렇게 해서 오셀로는 젊어서 겪었던 불행에 대해 몇 가지 이야기를 해 주어 데스데모나가 눈물을 짜게 만들었다. 오셀로의 이야기가 끝나자 데스데모나는 대답 대신 수도 없이 한숨만 내쉬었다. 그리고 귀여운 말투로 이렇게 말했다.

"모든 이야기가 정말 놀랍고 너무 가엽고 불쌍해요! 이럴 줄 알았다면 안 듣는 게 좋을 뻔했어요. 하지만 신께서 저를 남자로 태어나게 해줬다면 얼마나 좋았을까 생각했어요. 정말 고마웠어요. 혹시 당신의 친구 중에 저를 좋아하는 사람이 있다면 당신처럼 자신에게 일어난 일을 들려주기만 하면 돼요. 그것만으로도 제 마음을 사로잡을 구애가 될 거예요."

솔직하면서도 조심스럽고 매력적인 귀여움과 부끄러움을 은근하게 비친 그녀의 속마음을 오셀로도 금방 눈치 챌 수 있었다. 그래서 오셀로는 좀 더 확실하게 자신의 사랑을 털어놓을 절호의 기회를 놓치지 않고 이 아무런 편견도 없이 마음이 넓은 데스데모나의 결혼 승낙을 얻어냈다.

피부색이나 재산 등을 생각해 본다면 브라벤쇼가 오셀로를 사위로 받아들일 가능성은 전혀 없었다. 브라벤쇼는 딸을 자유분방하게 키우기는 했지만, 나이가 되면 베니스 귀부인들의 관례에 따라 원로원 의원이나 엄청난 유산을 물려받을 남자를 고를 것이라고 기대를 하고 있었기 때문이었다. 하지만 브라벤쇼의 이런 기대는 완전히 어긋나고 말았다.

데스데모나는 흑인에다 무어인인 오셀로를 사랑하며 남자다운 기질과 성품에 자신의 마음과 운명을 맡기고 있었다. 데스데모나의 마음은 자신이 선택한 남자에게 정복당해 맹목적인 사랑과 애정을 쏟아 붓고 있었기에, 오셀로의 검은 피부가 이 명민한 데스데모나 이외의 여성들에게 있어서는 넘을 수 없는 장애물이었지만, 그런 장애물조차도 데스데모나는 자신에게 청혼하는 젊은 베니스 귀족들의 희고 말끔한 얼굴색보다 훨씬 멋지다고 생각했다.

두 사람은 비밀리에 결혼식을 올렸지만 비밀은 그리 오래 가지 않아 늙은 아버지 브라벤쇼의 귀에 들어가게 됐다. 브라벤쇼는 원로원이 중대한 회의를 하는 곳으로 찾아가 무어인인 오셀로를 고발했다.

"오셀로가 마술이나 요술을 써서 아비인 내 허락을 받지 않은 것은 물론이고, 그동안 친절을 베풀어준 은혜를 저버리고 아름다운 데스데모나의 사랑을 훔쳐 몰래 결혼을 해 버렸습니다."라고 주장했다.

공교롭게도 때마침 베니스는, 오셀로의 도움이 절실하게 필요한 긴급 상황을 맞았다. 현재 베니스가 점령하고 있는 주요 주둔지를 되찾기 위해 터키 군대가 대규모의 군사를 일으킨 것이다. 터키 군이 함대를 편성해 키프로스 섬으로 향하고 있다는 소식이 들어왔다. 이 위급한 상황이 닥치자 국가에서는 곧바로 오셀로를 주목했다. 터키 군대에 맞서 키프로스 방어를 맡을 적임자는 오셀로밖에 없다는 것이 국가의 생각이었다.

이렇게 해서 오셀로는 원로원의 부름으로 국가의 중대한 임무를 맡을 후보자이면서 동시에 베니스 법률에 의해 사형을 언도받아야 할 피고인으로서 원로원 의원들 앞에 서게 됐다.

브라벤쇼는 고령의 원로원 의원이었기 때문에 중대 회의 중이던 의원들도 꾹 참고 이야기를 들어야 했다. 그러나 격앙된 아버지는 흥분해서 증거도 없이 자신의 추측과 주장만을 늘어놓으며 고발했기 때문에, 오셀로는 자기변호를 위해 자신의 사랑에 대해 그저 있는 그대로를 말하기만 하면 될 정도였다. 게다가 앞서 말한 것처럼 자신이 청혼하게 된 경위 전부를 꾸밈없이 이야기했다. 그의 발언은 진실의 증표라고 할 만큼 기품이 넘치고 솔직했기 때문에 재판장 역할을 담당한 공작은, 그런 말을 들으면 자신의 딸이라도 마음이 흔들릴 것이라고 털어놓고 말았다.

오셀로가 청혼을 하는 데 이용했다는 마술이나 요술은 사랑하는 남자의 정직한 수단에 의한 것이라고 밖에 볼 수 없었다. 또한 오셀로가 쓴 유일한 마법은 모든 여성들이 반할 정도로 달콤하게 이야기하는 재능뿐이었다.

오셀로의 진술은 법정을 찾아온 데스데모나 본인의 증언으로도 확인됐다.

"아버님께는 저를 낳고 키워 주신 은혜가 있으니 딸로서의 의무를 다해야 합니다. 하지만 제 주인이자 남편인 분께는 그 이상의 의무가 있다고 말씀드려야 하는 걸 용서해 주세요. 그건 어머니가 외할아버지보다 남편인 아버지를 더 소중히 여기는 것과 같아요."라고 단호하게 말했다.

늙은 원로원 의원은 더 이상 자신의 주장을 펼칠 수가 없게 되자 무어인을 불러 이렇게 말했다.

"아무리 생각해 봐도 아쉽지만 하는 수 없이 자네에게 딸을 주겠네. 내가 딸을 막을 수만 있다면 무슨 수를 써서라도 자네와 딸을 떼어놓았을 것일세. 자식이 하나밖에 없는 게 천만다행이라고 마음속으로 생각하고 있네. 데스데모나에게 이렇게 배신당한 걸 한탄하면서 다른 자식에게는 엄하게 대하고 발에 족쇄를 채웠을지도 모르니까."

모든 난관을 극복한 오셀로는 군대 생활의 역경도 다른 사람들이 식사를 하고 휴식을 취하는 것과 마찬가지로 여기며 키프로스 섬의 지휘를 흔쾌히 받아들였다. 데스데모나도 다른 신혼부부처럼 사랑의 희열에 빠져 헛되이 시간을 낭비하기보다는 남편의 명예(위험을 동반한)를 중히 여겼기 때문에 기꺼이 남편의 출정에 동의했다.

오셀로와 아내가 키프로스 섬에 상륙하자마자 몰아친 어마어마한 폭풍우 덕분에 터키 군대가 산산이 흩어져 버려서, 당분간 공격의 위험이 없을 거라는 소식이 전해졌다.

그런데 오셀로를 정말로 고통스럽게 만든 싸움이 이제 막 시작되려고 했다. 아무 잘못도 없는 아내에 대한 악의적인 소문을 퍼뜨리는 적들은 외국인이나 이교도들보다 훨씬 두려운 존재였다.

오셀로 장군의 친구들 중에서 캐시오만큼 두터운 신망을 받는 사람은 없었다. 마이클 캐시오는 피렌체 출신의 젊은 군인으로 쾌활한 성격에 여자를 좋아했으며, 말투와 태도도 상냥해서 여자들이 좋아하는 성격을 가진 사람이었다. 캐시오는 핸섬하고 훌륭한 말솜씨로 젊고 아름다운 아내를 둔 나이 많은 남자들(오셀로도 약간은 이런 축에 해당한다)의 질투심을 자극하는 데 아주 제격인 남자였다. 하지만 오셀로는 고상한 성품에다 질투심이 전혀 없었고 본인 스스로 비열한 짓을 하지 않았기 때문에 타인 또한 비열한 짓을 하지 않을 것이라 여기는 사람이었다.

오셀로는 데스데모나와의 연애사건에 있어서도 이 캐시오를 잘 활용했기 때문에, 캐시오는 오셀로의 중매쟁이 역할을 한 것과 마찬가지였다. 오셀로는 자신에게는 달콤한 말솜씨로 여자들을 즐겁게 해주는 재능이 없는 게 아닐까 걱정했고, 캐시오에게는 그런 소질이 충분히 있다는 것을 알고 자주 캐시오에게(오셀로의 말을 빌리자면) 부탁해서 '자신의 대리인'으로 청혼을 하게 한 것이다. 이처럼 단순하면서도 순수한 성격은 용감한 군인인 무어인에게 있어 결점이라기보다는 오히려 명예라 할 수 있었다.

따라서 상냥한 데스데모나가 오셀로 다음으로 캐시오를 믿고 사랑하는 것은 조금도 이상할 것이 없었다. 또한 이 두 사람이 결혼한 뒤에도 부부가 마이클 캐시오를 대하는 태도에는 조금도 변함이 없었다.

캐시오가 오셀로 부부를 자주 방문하는 것도, 캐시오가 자유롭게 이야기하는 것도 성실한 성격의 오셀로에게 있어서는 그야말로 즐거운 기분전환에 불과했다. 왜냐하면 그런 성격을 가진 사람들은 너무 진지한 성격 탓에 기분전환을 위해 자신과 반대되는 성격의 사람들을 좋아하기 때문이다. 데스데모나와 캐시오는 캐시오가 친구의 대리인으로 청혼을 했을 때와 마찬가지로 자주 대화를 나누며 웃고 즐겼다.

오셀로는 최근 캐시오를 부관으로 승진시켰다. 이것은 장군의 측근으로서 신임이 두터운 자리였다. 이 승진은 오랫동안 그 자리에 머물러 있던 이야고를 분개하게 만들었다. 이야고는 캐시오보다 자신이 훨씬 더 부관으로서 적격자라고 여겼기 때문에 자주 이렇게 비꼬는 소리를 했다.

"녀석은 여자를 상대할 능력밖에 없는 놈이다. 여자들처럼 전략에 대해서도 모르고, 전투를 위한 대형을 꾸릴 줄도 모른다."

이야고에게 캐시오는 물론 오셀로도 증오의 대상이었다. 그것은 오셀로가 캐시오를 편애하기 때문이기도 했으며 또한 오셀로에 대한 부당한 의혹을 품고 있었는데, 그것은 무어인이 자신의 아내인 이밀리어에게 깊은 호의를 가지고 있다고 맹신했기 때문이었다. 이처럼 상상뿐인 적대감으로 음모를 품게 된 이야고는, 캐시오와 오셀로와 데스데모나 세 사람을 한꺼번에 파멸시킬 계략을 생각해 냈다.

이야고는 간사한 사람으로 인간의 심성을 깊이 연구하고 있었다. 그리고 인간의 마음을 고통스럽게 하는 모든 고뇌 중에서 질투의 고통이(육체의 고통보다 훨씬 고통스럽다) 가장 견디기 힘든 것이며 가장 아프게 가시가 돋친 것이라는 사실을 알고 있었다.

만약 이야고의 계략대로 오셀로가 캐시오에게 질투를 하게 만들 수만 있다면, 틀림없이 오셀로나 캐시오 둘 중에 한 사람이 죽거나 두 사람 다 죽음을 면치 못하게 될 것이라고 생각했다.

장군과 부인이 키프로스 섬에 도착하자마자 적의 함대가 사방으로 흩어졌다는 소식이 전해지자 키프로스 섬은 축제 분위기로 들떠 있었다. 모든 사람들이 맘껏 먹고 마시며 한바탕 소동이 벌어졌다. 술은 넉넉했으며 검은 피부의 오셀로와 아름다운 부인 데스데모나의 건강을 기원하는 건배 소리가 여기저기서 울려 퍼졌다.

캐시오는 그날 밤 경호를 하라는 명령을 받았다. 병사들이 술에 취해 싸움판을 벌여 주민들을 공포에 떨게 하거나 새로 온 군대와

충돌이 생기지 않도록 하기 위해 오셀로가 명령을 내린 것이다.

그날 밤 이야고는 오랫동안 고심한 음모를 실행으로 옮겼다. 장군에 대한 충성과 경의를 위장해서 캐시오를 꼬여내 실컷 술을 먹였다(경호 중의 장교에게 있어 음주는 엄연한 과실이다). 캐시오는 한사코 술을 거절했지만, 이야고가 진지하고 허심탄회한 태도로 그럴 듯하게 위장하며 권하자, 더 이상 거절을 못하고 권하는 대로 술잔을 받아 마셨다.

이야고는 끝없이 술을 권하며 신나게 노래를 불렀다. 캐시오는 비뚤어진 혀로 데스데모나 부인을 찬미하면서 몇 번이고 데스데모나 부인을 위해 건배를 하며 그녀는 세상에서 가장 훌륭한 여성이라고 단언했다.

결국 이야고가 캐시오의 입에 들이부은 술이라는 적은 캐시오의 이성을 잃게 만들었다. 그리고 이야고의 부추김으로 한 사내가 캐시오에게 도발해 와 두 사람은 칼을 뽑아 들게 됐다. 그리고 싸움을 막으려고 나선 몬타나라는 훌륭한 장교가 난투극에 휘말려 부상을 입고 말았다.

소동은 점점 번져 나갔다. 이야고는 자신이 소동의 장본이면서도 제일 먼저 달려가 위급을 알리는(술에 취한 사소한 싸움이 아니라 마치 반란이라도 일어난 듯이) 종을 울렸다.

위급을 알리는 종소리에 잠에서 깬 오셀로는 서둘러 현장으로 달려가 캐시오에게 소동의 원인에 대해 물었다. 캐시오는 이제 얼마

간 취기가 깨서 정신을 차리기는 했지만 자신의 어리석은 행위 때문에 입을 열 수가 없었다.

그러자 이야고가 나서서 캐시오를 비난하는 게 너무나 힘들지만, 진상을 파악하려는 오셀로 때문에 하는 수 없이 말하기라도 하는 듯이(캐시오가 술에 취해 기억을 못하자 자신이 관련된 부분을 제거하고) 사건의 전말에 대해 설명했다. 이야고의 보고는 캐시오의 죄를 가볍게 하려는 듯 보이게 했지만, 실제로는 사실보다 더 부풀려 말했다. 때문에 군법을 중시하는 오셀로로서는 어쩔 수 없이 캐시오의 부관 지위를 박탈할 수밖에 없었다.

이렇게 해서 이야고의 첫 계략은 완벽하게 성공하게 됐다. 이야고는 증오하는 라이벌의 평판을 떨어뜨려 부관의 지위에서 끌어내리게 됐다. 게다가 이 불길한 밤의 모험을 앞으로 다시 이용할 계획이었다.

이와 같은 불운의 술이 완전히 깬 캐시오는 거짓된 친구 이야고에게 한탄을 털어놓았다.

"아아, 술에 취해 짐승처럼 굴다니, 나는 정말 어리석은 놈이야! 이제 나는 틀렸어! 다시 복직시켜 달라고 장군에게 무슨 면목으로 부탁을 드리겠나! 장군은 내게 술주정뱅이라고 하시겠지. 나 자신이 환멸스러워."

이야고는 별로 대단한 일이 아니라는 식으로 캐시오를 위로했다.

"자네만이 아닐세. 인간은 누구나 때론 취할 때가 있는 법이니까. 지금 할 수 있는 일은 선처를 바라는 것뿐일세. 장군의 부인은 장군님이나 마찬가지 아닌가. 부인은 오셀로 장군을 맘대로 조종할 수 있네. 그러니 자네는 데스데모나 부인에게 잘 중재해 달라고 부탁을 드리는 게 최선일 걸세. 부인은 자상하신 분이니 자네의 부탁이라면 흔쾌히 받아들이셔서 자네를 다시 부관의 자리에 복귀시켜 주실 걸세. 그렇게 된다면 장군님과 자네 사이가 더욱더 각별해질 걸세."

만약 사악한 목적으로 한 충고가 아니었다면, 이것은 너무나 훌륭한 조언이었을 것이다. 이 점에 대해서는 나중에 명백하게 드러나게 될 것이다.

캐시오는 이야고의 충고에 따라 데스데모나 부인에게 부탁을 드리러 달려갔다. 데스데모나는 캐시오의 정직한 호소에 바로 마음이 흔들렸다.

"캐시오님, 제가 당신을 위해 남편에게 변호해 드리기로 하죠. 당신의 변호를 거절하느니 차라리 죽음을 선택하겠어요."

데스데모나가 곧바로 남편에게 달려가 매우 애교스럽게 열심히 변호하자, 캐시오에게 화가 단단히 나 있던 오셀로도 더 이상 버틸 수가 없었다. 오셀로가 아무리 좀 더 신중히 기다리라고, 그렇게 큰 죄를 범한 죄인을 너무 빨리 용서해 줄 수는 없다고 말해도 데스데모나의 고집을 꺾을 수는 없었다.

"내일 밤까지 용서해 주실 거죠? 아니면 다음 날 아침? 아무리

늦더라도 모레 아침까지는 용서해 주세요. 불쌍한 캐시오님은 지금 후회를 하며 자책하고 있어요. 게다가 그 사람이 저지른 잘못은 그렇게까지 엄히 물을 만한 게 아니잖아요."

하지만 오셀로가 여전히 주저하자 데스데모나는 이렇게 말했다.

"여보, 별거 아니잖아요. 캐시오 님을 위해 변호를 하기가 이렇게 힘들다니! 당신의 대리인으로 저에게 청혼을 하러 왔을 때, 제가 당신의 험담을 하자 당신 편을 들어주셨던 바로 그 마이클 캐시오 님이라고요! 그러니 그리 대단한 청을 드리는 것도 아니죠. 진심으로 당신에 대한 사랑을 시험해 보고 싶었다면 더 큰 부탁을 했을 거예요."

오셀로는 이 탄원자의 부탁을 거절할 수 없었다. 그리고 시간을 좀 더 준다면 마이클 캐시오를 원래의 자리로 돌려놔 주겠다고 약속했다.

조금 전에 캐시오가 데스데모나에게 중재를 부탁하고 방에서 나왔을 때, 우연히 다른 문으로 오셀로와 이야고가 데스데모나가 있는 방에 들어갔다. 술책에 능숙한 이야고는 마치 혼잣말을 하듯이 작은 목소리로 중얼거렸다.

"맘에 들지 않는군."

오셀로는 이야고가 한 말에 별로 신경을 쓰지 않았다. 곧바로 아내와 면담을 했기 때문에 그 말은 듣자마자 바로 잊어버렸다. 그러나 나중에 가서 그 말을 떠올리게 됐다. 왜냐하면 데스데모나가 방에서 나가자, 이야고가 마치 자신의 생각을 확인하기 위해서라는 듯 이렇게 물었기 때문이다.

"마이클 캐시오는 각하가 부인께 청혼했을 때 각하와 부인 사이에 대해서 알고 있었나요?"

"물론 알고 있었지. 그뿐만이 아니라 캐시오는 청혼의 중매쟁이 역할을 해 주었네."

이야고는 뭔가 무서운 사실을 알아냈다는 듯이 미간을 찡그리며 "역시 그랬군!"이라고 소리쳤다. 이 말을 들은 오셀로는 이야고가 방에 들어가면서 캐시오와 데스데모나가 함께 있는 모습을 봤을 때 흘렸던 말이 문득 생각났다.

'이건 뭔가 의미가 있는 것 같아.' 라고 오셀로는 생각했다.

'이야고는 정직한 친구야. 내게 충성을 다하고 있지. 거짓된 친구라면 뭔가 계략을 꾸미고 있는 거라고 생각하겠지만, 이야고는 너무 중대한 사안이라 가슴에 가득 담아 둔 채 말을 못하는 것처럼 보이는군.'

"이야고, 자네가 알고 있는 사실을 털어놔 보게. 아무리 나쁜 일이라도 상관없네."

"하지만 장군, 더러운 것이 파고들지 않는 궁은 어디에도 없습니다. 그와 마찬가지로 너무나 사악한 생각이 제 가슴속을 파고든 것이라면 어떻게 하시겠습니까? 저의 확실하지 않은 관찰 때문에 장군님께 폐를 끼치게 될까 심히 우려스럽습니다. 괜스레 제 생각을 들으시고 마음이 어지러워질까 걱정됩니다. 그저 걱정거리만 될 뿐입니다. 인간의 명성이 사소한 의혹 때문에 망가져서는 안 됩니다."

이렇게 넌지시 떠보면서 오셀로의 호기심을 자극해 당장이라도 폭발할 것 같은 순간에, 이야고는 오셀로의 마음을 진심으로 걱정하기라도 하듯이 질투심을 조심하라고 부탁했다. 이런 수법으로 이 악당은 의구심을 품지 않도록 경고하는 척하면서, 오히려 무방비 상태인 오셀로의 마음에 의혹을 심어 준 것이었다.

"나는 잘 알고 있네."라고 오셀로가 말했다.

"내 아내는 아름다우며 연회에서 사람들을 만나는 것을 좋아하네. 명쾌한 말솜씨는 물론 노래에 악기 연주, 춤도 잘 추지. 하지만 아내가 정숙한 이상 이런 기질들은 장점일세. 아내의 부정을 인정하기 전에 먼저 증거가 있어야 하네."

그러자 이야고는 오셀로가 아내의 부정을 믿으려 하지 않는 모습을 대단히 반기는 척하면서 딱 잘라 말했다.

"특별히 증거가 있는 것은 아니지만, 부디 캐시오가 함께 있을 때 부인의 행동을 유심히 관찰해 보십시오. 질투심을 가지고 보셔도 안 되고 너무 방심하셔도 안 됩니다. 왜냐하면 저는 이탈리아 사람이기 때문에 이탈리아 여성의 기질에 대해 장군보다는 더 잘 알고 있습니다. 베니스에서는 아내들이 남편에게 보여서는 안 되는 악행들을 신께 보이고 있습니다."

그런 다음 이야고는 데스데모나가 부친을 속이고 극비리에 오셀로와 결혼해서, 불쌍한 부친이 마법을 썼다고 생각하게 했다는 식으로 교묘하게 분위기를 끌고 갔다. 오셀로는 이 주장에 마음이 크게 흔들려 가슴이 아팠다. 데스데모나가 아버지를 속였다면 남편을 속이지 않을 것이라고 어떻게 장담하겠는가?

이야고는 오셀로가 동요하는 모습을 보고 용서를 구하는 척했고, 오셀로는 이야고의 이야기를 듣고 내심 치를 떨고 있었지만 아무렇지 않다는 듯이 이야기를 계속하라고 했다. 이야고는 캐시어를 친구라 부르며 자신의 친구에게 불리한 이야기를 전하는 것이 왠지 맘에 내키지 않는다는 듯이 몇 번이고 주저하다가 이윽고 자신이 말하고자 하는 요점을 강력하게 강조하면서 말하기 시작했다.

"부인은 같은 나라의 같은 피부색을 가진 수많은 남자들과의 혼담을 거절하고 무어인인 장군님과 결혼하셨습니다. 다시 말해 부인께서는 부자연스러운 결혼을 하셨으며 이로써 고집이 세신 분이라는 게 명백해졌습니다. 그러는 사이 정신을 차리고 동포인 이탈리아의 아름다운 청년의 순백의 피부색을 장군님과 비교하기 시작했다는 건 충분히 있을 수 있는 일입니다."

이야고는 끝으로 이렇게 조언을 하며 이야기를 마무리했다.

"장군님은 캐시오와의 화해를 잠시 뒤로 미루고 한동안 부인께서 얼마나 열심히 캐시오를 위해 변호를 하시는지 주의 깊게 들어 보십시오. 그러면 모든 것을 알게 될 것입니다."

이 교활한 악당은 그야말로 악랄하게도 아무 죄도 없는 데스데모나의 자상한 성격을 이용해 그녀를 궁지로 내몰아, 데스데모나의 자상함이 데스데모나 자신을 파멸의 길로 빠뜨리게 할 덫을 놓으려 한 것이다. 다시 말해, 일단 캐시오를 위해 데스데모나가 중재에 나서게 한 다음 그로 인해 데스데모나 또한 파멸하게 만드는 전략을 세운 것이다.

이야기를 다 마친 이야고는 좀 더 확실한 증거를 잡기 전까지는 부인의 결백을 믿으라고 오셀로에게 부탁했다. 오셀로는 결코 서두르지 않겠다고 약속했다. 그러나 그 순간부터 이야고에게 속은 오셀로는 두 번 다시 마음의 평안을 찾을 수가 없었다. 양귀비나 맨드라고라 즙도, 아니 세상의 그 어떤 수면제를 먹어도 어제까지의 즐겁고도 달콤했던 개운한 잠을 잘 수가 없었다.

오셀로는 만사가 귀찮아졌다. 더 이상 승전의 기쁨도 느낄 수 없게 됐다. 오셀로의 마음은 과거에는 군대와 깃발, 전투대형만 봐도 흥분됐으며, 북소리와 나팔소리의 울림, 말들의 지축을 흔드는 소리만 들어도 심장이 두근거렸지만, 지금은 군인의 미덕이라 할 수 있는 자부심과 야심이 완전히 사라진 것처럼 보였다. 군대에 대한 정열도, 과거의 기쁨도 전혀 찾아볼 수 없었다.

어떨 때는 아내를 정숙하다고 여겼고, 어떨 때는 부정하다고 여겼다. 그리고 평생 몰랐으면 좋았을 것이라고 생각했다. 설령 데스데모나가 캐시오를 정말로 사랑하고 있다고 할지라도 모르고 있었다면 아무 일도 없었을 테니까.

오셀로는 이렇게 어지러운 생각에 마음이 흐트러져 한번은 이야고의 멱살을 부여잡고 호통을 쳤다.

"이봐, 데스데모나가 부정하다는 증거를 보여라. 아니면 데스데모나를 중상 모략한 죄로 당장 네놈을 사형에 처하겠다."

이야고는 자신의 정직함이 악덕으로 치부되는 것을 믿을 수 없다는 듯이 꾸미며 오셀로에게, 장군님은 부인께서 딸기 모양의 수를 놓은 손수건을 가지고 계신 것을 자주 보시지 않았냐고 물었다.

"그 손수건은 내가 준 것이다. 내 첫 선물이었지."

"그렇다면 바로 그 손수건이네요. 오늘 마이클 캐시오가 그 손수건으로 얼굴을 닦는 것을 봤습니다."

"만약 네 말이 사실이라면 나는 두 사람에게 복수할 때까지 잠을 자지 않을 것이다. 먼저 네 충성심을 증명하기 위해 사흘 안에 캐시오를 죽여라. 그리고 아름다운 악당(데스데모나를 말함)은 내가 순식간에 없애 버릴 방법을 연구하겠다."

공기처럼 작고 가벼운 것에서 질투심을 느끼는 자에게는 마치 성경과도 같은 강력한 증거인 셈이다. 아내의 손수건을 캐시오가 가지고 있었다는 것만으로 눈이 뒤집혀진 오셀로는, 캐시오가 어떻게 그 손수건을 가지게 됐는지 한마디도 묻지 않은 채, 두 사람에게 사형선고를 언도하기에 충분한 동기를 얻었다고 생각했다.

데스데모나가 캐시오에게 그런 선물을 한 적이 없는 것은 물론이며, 이 정숙한 부인이 남편의 선물을 다른 남자에게 주는 부적절한 행동으로 남편의 명예를 실추시킬 만한 일을 할 리가 없었다. 캐시오와 데스데모나는 두 사람 다 오셀로에게 아무 죄도 짓지 않았다.

그러나 속이 검은 이야고는 마음속으로 계략을 꾸미기 위해 한시도 잠을 자지 않고 자신의 아내(선량하고 마음 약한)에게 명령해, 자수의 본을 뜨고 싶다는 핑계로 데스데모나에게서 손수건을 훔쳐내 캐시오가 다니는 길에 떨어뜨렸고, 캐시오가 그 손수건을 사용하면 데스데모나에게서 받은 선물이라고 주장할 구실을 만든 것이다.

오셀로는 데스데모나를 만나자마자 머리가 아프다는 구실로(아니 정말로 머리가 아팠을지도 모른다) 손수건을 좀 달라고 했다. 그리고 데스데모나는 남편이 시키는 대로 손수건을 내밀었다.

"아니, 이거 말고, 내가 당신에게 준 손수건을 주시오."

데스데모나는 그 손수건을 몸에 지니고 있지 않았다(왜냐하면 이미 이야고가 훔쳐 갔기 때문이다).

"뭐, 가지고 있지 않다고? 이거 야단났군. 그 손수건은 집시 여자가 어머니께 준 것이오. 그녀는 마법을 써서 사람의 마음을 읽을 수가 있소. 여자는 이렇게 말했다고 하오. 그 손수건을 가지고 있는 동안은 모든 사람의 사랑을 받는 것은 물론이고 남편의 사랑도 받겠지만, 잃어버리거나 다른 사람에게 줘 버리면 남편의 마음이 다른 사람을 향하게 되고 사랑했던 것의 백 배 이상 증오하게 된다고 말이오. 어머니는 돌아가시기 직전에 내게 그 손수건을 주면서 만약 결혼하게 되면 손수건을 아내에게 주라고 하셨소. 나는 어머님이 하라는 대로 했소. 조심하시오. 당신의 눈처럼 귀중하게 간직해 주시오."

"그런 일이 정말로 일어날까요?

데스데모나가 깜짝 놀라며 물었다.

"물론이오. 마법의 손수건이니. 200년이나 산 무당이 발작을 일으키듯 영감을 얻어 예언과 함께 수를 놓은 것이오. 그 비단 실을 뽑아낸 누에도 신성한 것이었으며, 그 실은 처녀의 심장에서 채취한 비법으로 염색을 한 것이오."

데스데모나는 그 손수건의 놀랄 만한 효험에 대해 듣고 너무 놀라 당장이라도 쓰러질 것 같았다. 왜냐하면 손수건을 잃어버린 것 때문에 남편의 사랑까지 잃는 게 아닐까 걱정됐기 때문이었다. 그러더니 오셀로는 뭔가 다급한 사람처럼 다시 손수건이 어디 있냐며 다그쳐 물었다. 데스데모나는 손수건을 내놓을 수가 없었기 때문에 남편의 재촉에서 벗어나기 위해 일부러 쾌활하게 애교를 부리며 말했다.

"손수건에 대해서만 말씀을 하시는 건, 마이클 캐시오를 구제해 달라는 제 청 때문에 일부러 그러시는 거죠?"

게다가 데스데모나가 계속해서 캐시오에 대해(이야고의 예측대로) 칭찬을 늘어놓자, 오셀로는 결국 미친 사람처럼 방을 뛰쳐나갔다. 이때 데스데모나는 남편이 질투를 하는 게 아닐까 자신도 모르게 걱정을 했다.

'남편이 무슨 이유로 질투를 하는지 알 수가 없어. 아니, 아니야. 고결한 오셀로님을 의심한 내가 잘못이야. 아마 베니스에서 뭔가 나쁜 소식이 왔거나 이곳에서 뭔가 정치적으로 문제가 발생해서 남편의 마음을 흩뜨려 놓았을 거야. 그래서 심사가 불편한 게 틀림없어.'

그리고 데스데모나는 이렇게 말했다.

"남자가 신도 아닌데 결혼식 때 보여줬던 친절을 결혼한 뒤에도 요구한 내 잘못이야."

다시 오셀로와 데스데모나가 함께 자리를 했다. 오셀로는 이전보다 더 확실하게 데스데모나가 자신을 배신했다는 것과 다른 남자를 사랑하고 있다는 것을 책망했다. 하지만 그 상대가 누군지는 밝히지 않았다. 그리고 오셀로는 눈물을 흘렸다.

"아아, 너무 슬픈 날이에요! 어째서 눈물을 흘리시나요?"

"나는 어떤 재난이라 할지라도 의연하게 견딜 수 있소. 빈곤이든, 병이든, 불명예든 그것이 무엇이든 간에. 그러나 당신의 부정은 내 마음을 갈기갈기 찢어 놓았소. 당신은 독초요. 아름답고 달콤한 향기로 눈과 코를 멀게 하는 독초. 당신은 이 세상에 태어나지 말았어야 했어."

오셀로가 이렇게 말하고 방을 나서자, 이 죄 없는 아내는 남편의 어처구니없는 의심에 너무 놀라 무거운 납덩어리처럼 피로가 몰려왔다.

데스데모나는 하녀에게

"잠자리를 봐줘. 그리고 신혼 때 썼던 시트를 깔아 줘."라고 부탁했다.

"어린애를 가르칠 때는 부드럽고 쉬운 것부터 시작하거늘. 남편이 그런 식으로 나를 꾸짖지 않았으면 좋으련만. 나는 마치 꾸중을 듣는 어린애가 돼 버린 것 같아."

이 정숙한 부인이 한 불평이라고는 이것이 고작이었다.

데스데모나는 남편이 다시 올 거라고 생각하고 침대에 누웠지만 마음이 불편했던 탓인지 얼마 되지 않아 옅은 잠에 빠지고 말았다. 바로 이때 오셀로가 이전부터 계획하고 있었던, 아내를 죽이겠다는 음산한 목적을 품고 침실로 들어섰다. 하지만 데스데모나의 잠든 모습을 보자, 절대 피를 흘리지 않겠다. 대리석보다 흰 피부에 상처를 남기지 않겠다고 결심했다.

그럼에도 불구하고 오셀로는 아내를 죽이기로 마음을 정했다. 그러지 않으면 자신을 속인 것처럼 앞으로 더 많은 남자들을 속일 것이라고 마음속으로 중얼거렸다. 그리고 아내에게 최후의 입맞춤을 했다. 그 입맞춤이 너무나도 달콤했기 때문에 한 번 더 입맞춤을 하지 않을 수 없었다. 그리고 오셀로는 눈물을 흘렸다. 그러나 이 눈물은 잔혹한 눈물이다, 라고 말했다.

데스데모나는 오셀로의 입맞춤에 눈을 떴다. 오셀로의 얼굴을 보니, 오셀로는 아랫입술을 찡그린 채 두 눈을 부릅뜨고 있었다. 데스데모나는 오셀로가 그런 얼굴을 하고 있을 때면 늘 뭔가 흉악한 생각을 하고 있다는 것을 잘 알고 있었다.

"죽을 준비를 해라. 어서 기도를 올려라. 네 영혼까지 죽이고 싶지는 않다."라고 오셀로가 말했다.

이 결백한 아내는 남편에게 목숨을 맡기고 누운 채 마지막으로 자신의 죄를 알려 달라고 말했다. 그러자 오셀로는 캐시어의 이름을 말하며 자신이 아내에게 줬던 손수건에 대해 이야기했다. 죄 없는 아내가 결백을 주장하려 하자, 오셀로는 더 이상 변명을 듣지 않고 순식간에 이불을 덮어 결국 질식시켜 죽이고 말았다.

마침 이 순간 캐시오가 상처를 입고 피를 흘리며 집 안으로 달려들어왔다. 이야고가 부하를 시켜 캐시오를 암살하려 했지만 결국 실패로 돌아가고 만 것이다(캐시오에게 상처를 입히기는 했지만 치명상은 아니었다). 암살자는 이 모든 계략이 발각되는 것을 막기 위해 이야고의 손에 죽임을 당했다. 편지 몇 통이 그 남자의 주머니 속에서 발견 됐고, 이야고의 범죄와 캐시오의 결백이 의심할 여지없이 명백하게 밝혀졌다. 그래서 캐시오는 용서를 구하러 오셀로에게 달려온 것이었다. 그리고 캐시오는 이렇게 물었다.

"이야고에게 저를 죽이라고 명령하시다니, 대체 제가 장군님께 무슨 잘못을 했습니까?"

진상을 파악하게 된 오셀로는 벼락을 맞은 듯 꼼짝도 할 수 없었다. 오셀로는 이제 자신이 살인자에 불과하다는 것과, 불쌍하고 결백한 아내는 항상 자신에게 순결했다는 것을 확실하게 깨닫게 됐다. 이 사실을 깨닫고 오셀로는 심한 자괴감에 더 이상 살아 있을 자신이 없어 자신의 칼 위에 몸을 숙이고 사랑스러운 그러나 부당한 의심을 받은 아내의 시신 위에 몸을 던진 채 숨을 거뒀다.

오셀로의 갑작스런 행동은 바라보던 사람들을 놀라움과 공포로 질리게 만들었다. 왜냐하면 오셀로는 지금까지 높은 명성을 날리던 사람인 데다가, 고귀한 성품에 악당의 계략에 속아 넘어가기 전까지는 자상한 아내를 결코 의심하지 않고 끔찍이 사랑했던 남편이었기 때문이다.

오셀로는 현명하지는 않았을지 모르나 넘칠 만큼 아내를 사랑했다. 오셀로의 남자다운 눈은 사소한 일로 눈물을 흘린 적이 없었지만, 자신의 잘못을 깨달은 순간 아라비아의 고무나무에서 수액이 흘러내리듯이 끊임없이 눈물을 흘렸다. 오셀로가 죽자 그의 생전의 무훈과 용감한 모든 업적들이 추억으로 남게 됐다.

이제 오셀로의 후임자인 캐시오에게 남겨진 임무는 이야고에게 법률에서 정한 가장 큰 죄를 물어 엄히 고문을 한 뒤 극형에 처하는 것과, 베니스에 명예로웠던 장군의 안타까운 죽음을 알리는 것뿐이다.

리어 왕

    브리튼 왕국의 리어 왕에게는 세 명의 딸이 있었다. 장녀 거너릴은 올버니 공작의 아내, 차녀 리건은 콘월 공작의 아내, 막내딸 코델리아는 젊디젊은 처녀로 프랑스 왕과 버건디 공작이 동시에 청혼을 한 상태였으며, 이 두 사람은 청혼을 위해 리어 왕의 궁에 머무르고 있었다.

    늙은 왕은 무거운 몸과 격무에 지쳐(왕은 80세의 고령이었다) 이제 슬슬 국사에서 손을 떼고 젊은 세대들에게 모든 일을 맡긴 뒤 머지않은 죽음을 맞이할 준비를 하기로 결심했다. 그런 이유에서 세 명의 딸을 불러 누가 제일 자신을 사랑하고 있는지 알아보기로 결심했다. 왕에 대한 애정의 깊이에 비례해서 세 사람에게 각각 영토를 나눠줄 생각이었다.

장녀 거너릴은 다음과 같이 말했다.

"아버님, 저는 말로 표현할 수 없을 만큼 아버님을 사랑합니다. 제 눈빛보다 더 소중합니다. 목숨보다, 자유보다 더 소중합니다."

거너릴은 이런 속이 빤히 들여다보이는 말들을 늘어놓았지만 진정한 사랑이 없을 때 상대를 속이기에 아주 그럴 듯한 말들이었다. 그럴 경우에는 자신만만하게 미사여구 두어 개 늘어놓으면 그만인 것이다.

리어 왕은 장녀에게 이런 사랑의 말들을 듣고 매우 기뻐하며 딸의 마음도 그녀의 말과 같을 것이라 믿고 넓은 영토의 삼분의 일을 거너릴과 그의 남편에게 증여했다.

다음으로 차녀를 불러 무슨 말을 하고 싶으냐고 물었다. 리건도 언니에게 지지 않을 정도로 거짓되고 진심이라고는 찾아볼 수 없는 여자로, 애정 고백에서도 언니에게 한 발짝도 뒤지지 않고 이렇게 말했다.

"언니의 사랑 고백은 제가 아버님께 품고 있는 사랑에 비하면 조금 모자랍니다. 제가 소중한 왕이신 아버님을 사랑할 수 있는 기쁨과 비교한다면 다른 기쁨은 모두 죽은 거나 마찬가집니다."

리어 왕은 이렇게 효성이 지극한 딸들이 있어 행복한 노인이라고 생각했다. 차녀 리건이 이렇게까지 훌륭한 사랑 고백을 한 이상 리건과 남편에게도 영토의 삼분의 일, 다시 말해 이미 거너릴에게 준 것과 똑같은 크기의 영토를 주지 않을 수 없었다.

그리고 리어 왕은 자신의 기쁨이라 여기고 있던 막내딸 코델리아를 바라보며 너는 무슨 말을 하고 싶으냐고 물었다. 리어 왕은 내심 '틀림없이 코델리아도 언니들처럼 사랑이 가득한 말로 내 귀를 즐겁게 해줄 거야, 아니 내가 가장 사랑하는 딸로 귀여움을 독차지했으니 언니들보다 훨씬 더 많은 사랑 고백을 해 줄 거야.' 하고 기대하고 있었다.

그런데 코델리아는 언니들의 마음이 본인들의 말과 전혀 딴판이라는 것을 잘 알고 있어 두 사람이 아첨을 떨고 있는 모습이 혐오스러웠다. 언니들의 아첨은 그저 늙은 부왕을 감언이설로 꼬여 가능한 왕의 영토를 많이 얻어낸 다음, 왕이 살아 있는 동안 자신들의 남편에게 통치권을 쥐어 주려는 것이라는 속내를 간파하고 이렇게 말했다.

"저는 자식으로서의 의무에 따라 폐하를 사랑해요. 그 이상도, 그 이하도 아니에요."

리어 왕은 자신이 가장 총애하는 딸이 배은망덕하게도 이런 말을 하자 깜짝 놀라 다시 코델리아에게 명했다.

"다시 한 번 잘 생각해서 말해 보거라. 그러지 않으면 너는 재산을 한 푼도 받을 수 없게 될 것이다."

그러자 코델리아가 부왕에게 대답했다.

"아버님은 자식으로서 저를 키우고 사랑해 주셨죠. 그 은혜에 보답하는 것은 당연한 의무이며, 아버님의 명에 따라 아버님을 사랑하고 마음속으로 존경하고 있어요. 하지만 저는 언니들처럼 과장된 사랑으로 이 세상에서 아버님 이외에는 아무도 사랑하지 않겠다는 약속은 할 수 없어요. 만약 언니들 말대로 아버님 이외에 아무도 사랑하지 않는다면 어째서 언니들은 결혼을 했을까요? 제가 만약 결혼을 하게 된다면 제 남편이 저의 애정을 절반, 마음과 의무도 절반을 요구하겠죠. 아버님만 사랑한다면 저는 결코 언니들처럼 결혼하지 않을 거예요."

코델리아는 마음속 깊이 아버지를 사랑하고 있었다. 그것도 언니들이 과장되게 사랑을 하는 것처럼 꾸민 것 이상으로 사랑하고 있었기 때문에 다른 때 같았으면 이렇게 무뚝뚝하게 말하지 않고 좀 더 여성스럽고 애정 넘치는 말로 확실하게 말했을 것이다. 하지만 언니들이 간교한 아첨을 통해 과다한 대가를 얻어낸 것을 보고 자신이 할 수 있는 가장 훌륭한 행동은 사랑하기 때문에 침묵하는 것이라고 생각했다.

이로써 코델리아의 사랑이 이해타산을 따지는 것이 아니라는 점은 의심할 여지가 없었으며, 또한 코델리아는 아버지를 사랑하고 있지만 대가를 바라지 않는다는 것, 그녀의 고백은 언니들처럼 과장된 것이 아닌 만큼 훨씬 진실과 성의가 담겨 있다는 것을 표현한 것이다.

리어 왕은 코델리아의 솔직한 대답을 거만하다고 말하고 얼굴을 붉혀가며 화를 냈다. 이 늙은 왕은, 젊어서는 쉽게 화를 내고 성미가 급했지만 지금은 나이가 들어 늙고 쇠약해짐에 따라 완전히 이성이 흐려져 진실과 아첨을 구별하지 못한 채 화려한 미사여구와 진심이 담긴 말을 구분하지 못했다. 그래서 리어 왕은 불같이 화를 내며 코델리아에게 줄 생각으로 남겨 두었던 영토 삼분의 일을 언니들의 남편 올버니 공과 콘월 공에게 각각 똑같이 나누어 주었다.

그리고 두 공작을 불러 신하들 앞에서 왕관을 두 공작이 공유하며 모든 권력과 수입, 정치의 실권을 두 사람에게 물려준다고 선포했다. 본인에게는 국왕이라는 명칭만 남기고 나머지 모든 왕권을 포기해 버린 것이다. 단, 왕은 백 명의 기사들과 함께 한 달에 한 번씩 두 딸의 궁에서 지내겠다는 제안을 덧붙였다.

리어 왕의 영토 분할은 비정상적이고 이성이 아닌 격정에 의해 이루어졌기 때문에 신하들은 모두 놀라움과 슬픔을 금치 못했다. 그러나 분노로 제정신이 아닌 왕과 그의 결정에 반대하고 나설 용기를 가진 사람은 단 한 명도 없었다. 단 한 명, 켄트 백작만이 코델리아의 변호를 하려고 나서자 격분한 리어 왕은

"닥쳐라, 아니면 네 목숨은 없다."고 고함을 쳤다.

하지만 충직한 켄트 백작은 그대로 물러서지 않았다. 켄트 백작은 항상 리어 왕의 충직한 신하로 리어 왕을 존경하고 아버지처럼 사랑했으며 주인으로 따랐다. 자신의 목숨 따위는 주군을 위해 던져진 체스의 병졸과 마찬가지라고 여겼으며 왕의 안위를 위해서라

면 목숨을 바치길 두려워하지 않았다.

또한 리어 왕 자신이 본인의 가장 큰 적인 지금, 왕의 충직한 신하는 오랜 충성심을 굽히지 않고 리어 왕을 위해 남자답게 반대하고 나선 것이다. 게다가 리어 왕이 이성을 잃었기 때문에 더더욱 강하게 밀어붙인 것이다. 켄트 백작은 이전부터 왕의 가장 충직한 조언자였다. 켄트 백작은 왕에게 이렇게 간청했다.

"폐하, 폐하는 지금까지 중대한 사안에 대해 결정을 하실 때는 수도 없이 제게 의견을 물으셨습니다. 부디 제 의견을 들어 주시고, 제 충고에 따라 주시길 간청 드립니다. 신중히 고려하시어 이 불길하고 경솔한 결정을 철회해 주십시오. 제 목숨을 걸고 간언하건대 막내 공주님의 효심이 가장 뒤처지는 것이 아니며 작은 목소리라고 해서, 진심이 담기지 않은 채 크게 울려 퍼지는 목소리가 아니라고 해서 공주님의 마음이 텅 비어 있는 것은 아닙니다.

권력이 아첨에 무릎을 꿇을 때는 명예를 중히 여기는 자로서 직언을 할 수밖에 없습니다. 폐하는 저를 사형에 처하겠다며 위협을 하고 계시지만 폐하를 위해 기꺼이 목숨을 바쳐야 할 신하로서 전혀 두렵지 않습니다. 그런 것으로 의무를 중히 여기는 자의 충언을 막을 수는 없습니다."

이 충직한 켄트 백작의 직언은 왕의 분노에 더욱 기름을 끼얹는 결과를 초래했을 뿐이었다. 리어 왕은 의사를 죽이고 자신의 병든 몸을 받아들이지 못하는 광분한 병자처럼 이 충신을 추방하라 명하고, 출발 준비를 위해 닷새의 말미를 주었다. 만약 엿새가 되는 날에도 이 꼴도 보기 싫은 놈이 브리튼 국내에서 발견된다면 그 자리에서 사형에 처하겠노라고 선언했다. 켄트 백작은 왕과 작별을 고하며 이렇게 말했다.

"폐하가 그리 행동하시는 이상 이 나라에 머물러 있어도 추방당한 것과 마찬가지입니다."

그리고 물러서기 직전에 가장 올바르게 판단하고, 가장 사려 깊게 말한 막내 공주 코델리아에게 신의 가호가 있길 기도했고, 코델리아의 언니들에게는 과장된 말들이 진정한 사랑의 행동으로 표현되길 바란다고 했다. 그리고 백작의 말을 그대로 인용한다면 '익숙하지 않은 나라라 할지라도 익숙한 삶의 방식을 지속하기 위해' 귀양길에 올랐다.

다음으로 프랑스 왕과 버거딘 공작을 불러 리어 왕의 막내딸에 관한 결정을 들려주고 아버지의 노여움을 사서 지참금으로 공주 외에 아무것도 받을 수 없는 지금도 코델리아에게 청혼할 것인지 물었다. 그러자 버거딘 공작은 그런 조건으로는 코델리아를 아내로 맞이할 수 없다며 거절했다.

하지만 프랑스 왕은 코델리아가 아버지의 사랑을 잃게 된 이유가 무엇인지, 다시 말해 단순히 입이 무겁고 신중했기 때문이며 언니들처럼 교묘한 아첨을 떨 수 없었기 때문이었던 것을 이해했기에, 이 젊디젊은 처녀의 손을 꼭 잡고 이렇게 말했다.

"그대의 미덕은 왕국과 견줄 만한 지참금입니다. 자아, 언니들과 냉정하신 아버님께 작별 인사를 고하시오. 이제 나와 함께 프랑스로 가서 나의 아름다운 프랑스 왕비가 되는 겁니다. 언니들보다 훨씬 아름다운 영토를 다스리게 될 겁니다."

그리고 나서 버거딘 공작을 경멸하며 '물 같은 공작'이라고 불렀다. 그 말은 이 젊디젊은 공주에 대한 공작의 사랑이 한순간에 물거품처럼 사라졌다는 의미였다.

코델리아는 눈물을 흘리며 언니들에게 작별을 고했다.

"아버님을 잘 부탁드려요. 부디 언니들이 한 말을 충실히 이행해 주세요."

두 언니는 코델리아에게 못마땅하다는 듯이 대꾸했다.

"우리에게 이래라저래라 명령하지 마. 우리도 자식으로서의 의무가 뭔지 잘 알고 있어."

그런 다음 두 사람은 조롱하듯 말했다.

"그보다는 남편의 맘에 들도록 노력하는 게 좋을 걸. 운명의 여신이 주신 선물이라고 여겨야 할 거야. 널 받아주신 분이니 말이야."

코델리아가 떠나자마자 언니들의 악마와도 같은 본성이 드러나기 시작했다. 늙은 왕은 장녀 거너릴과 지내기로 약속한 한 달이 채 끝나기도 전에 약속의 이행이 어긋나 있다는 것을 깨달았다.

이 부끄러움을 모르는 여자는 아버지에게서 받을 것을 전부 받아내고 왕의 머리에서 왕관까지 빼앗아 내고도 이번에는 노인 스스로가 아직 왕이라는 것에 위안을 삼을 수 있도록 남겨둔 얼마 안 되는 왕에 대한 존엄의 흔적조차 못마땅하게 여기기 시작했다. 거너릴은 왕과 백 명의 기사를 보는 게 탐탁지 않아 왕과 얼굴을 마주할 때마다 인상을 찡그리기 시작했다. 노인이 딸과 이야기를 하고 싶다고 하면 꾀병을 부리거나 온갖 구실을 대며 노인과 만나길 꺼려했다.

거너릴이 늙은 아버지를 아무 쓸모도 없는 짐짝 취급을 하고, 백 명의 기사들을 무용지물로 보고 있는 것은 확실했다. 거너릴이 왕에 대한 봉양을 게을리 하는 건 물론이고 그녀의 시녀들까지 주인을 닮아, 아니면 여주인의 은밀한 지시에 의해(그럴 확률이 높았다) 왕을 업신여기고 명령을 따르지 않거나 멸시하며, 명령을 해도 못 들은 척하곤 했다.

리어 왕은 이런 딸의 태도 변화를 눈치 채고 있었지만 가능한 모른 채하고 있었다. 왜냐하면 통상적으로 인간들이란 자신의 과오와 고집이 불러들인 불유쾌한 결과를 믿으려 하지 않기 때문이다.

허위와 위선은 아무리 참으려 해도 용서할 수 없는 것과 마찬가지로 진실된 사랑과 충성은 아무리 냉대당해도 손상되는 것이 아니다. 이 말은 충직한 켄트 백작에게서 현저하게 드러나고 있었다. 켄트 백작은 리어 왕에게 추방당해 만약 브리튼 국내에서 발견된다면 극형을 면치 못할 것이라는 사실을 잘 알고 있었지만, 주군인

리어 왕을 도울 기회가 있는 한 브리튼 왕국을 떠나지 않고 어떤 결말을 초래할지라도 감수할 각오를 하고 있었다.

　가난한 충신은 아무리 보잘것없는 책략과 변장으로 몸을 감춰야 하는 상황일지라도 주군의 은혜를 갚을 수만 있다면 비천하거나 하찮은 것이 아니다. 이 충직한 백작은 고귀한 신분과 화려한 생활을 내팽개치고 하인으로 변장해 리어 왕을 위해 일하고 싶다고 나섰다. 리어 왕은 하인으로 변장한 남자가 켄트 백작이라는 걸 깨닫지 못했지만 왕의 질문에 답하는 꾸밈없는 말투, 아니 오히려 무뚝뚝함이 마음에 들었다(이것은 언행이 일치하지 않는 거너릴의 태도를 접하고 질려버린 바로 그 달콤하면서도 듣기 좋았던 아첨과는 전혀 다른 것이었다). 그래서 쉽게 그의 청을 허락했다.

　리어 왕은 켄트 백작이 말한 카이어스라는 이름으로 켄트를 신하로 삼았지만 그 남자가 한때 자신이 가장 총애했던 높은 신분의 권력자 켄트 백작이라는 것은 꿈에도 상상할 수 없었다.

　얼마 지나지 않아 카이어스가 왕에 대한 충절과 사랑을 보여줄 기회가 찾아왔다. 마침 그날 거너릴의 집사가 리어 왕에게 무례한 태도를 취하며 건방진 표정과 말투를 보이자(물론 여주인이 몰래 그렇게 하도록 지시를 내린 것이다) 카이어스는 자신의 주군이 당하는 노골적인 굴욕을 그대로 보고 있을 수가 없어 아무 소리도 내지 않고 곧바로 이 무례한 집사 놈의 발을 걸어 내동댕이치고 도랑에 처박아 버렸다. 이런 아들과도 같은 태도가 맘에 든 리어 왕은 더더욱 카이어스를 총애하게 되었다.

리어 왕의 친구는 켄트 백작뿐만이 아니었다. 리어 왕은 왕궁에 있을 때 불쌍한 어릿광대를 데리고 있었다. 이 어릿광대는 그렇게 천한 신분이면서도 리어 왕에 대한 극진한 사랑을 품고 있었다. 당시 왕족과 귀족들은 어릿광대를 데리고 있다가 중요한 일을 끝낸 뒤에 기분을 푸는 습관이 있었다.

이 보잘것없는 광대는 리어 왕이 왕관을 물려준 뒤에도 곁을 떠나지 않고 가벼운 농담으로 기분을 풀어주었다. 하지만 리어 왕이 퇴위하면서 모든 걸 두 딸에게 물려준 경솔함을 조롱하기도 했다. 그럴 때는 음률에 맞춰 이렇게 노래를 부르곤 했다.

> 벼락 횡재에 딸들은 기뻐서 울고
> 나도 운다네, 하지만 너무 슬퍼서
> 훌륭하신 왕은 '까꿍놀이' 하다가
> 결국 어릿광대가 되고 말았다네.

이 유쾌하고 정직한 어릿광대는 머릿속에 가득한 재치 넘치는 문구를 늘어놓거나 노래를 불러 자신의 속내를 털어놓았다. 거너릴의 면전에서조차 심장에 비수를 찌르는 듯한 통렬한 비유와 농담을 태연하게 늘어놓은 것이다.

예를 들어, 리어 왕을 뻐꾸기 새끼를 다 자랄 때까지 키우고 그

보답으로 뻐꾸기에게 머리가 잘려버리는 참새에 비유하거나, 수레가 말을 끌고 있으면 거꾸로 됐다는 것을 어리석은 당나귀도 알고 있다(리어 왕의 딸은 아버지 뒤를 따라야 하지만 지금은 아버지 위에 군림하고 있다)고 비꼬거나, '당신은 리어 왕이 아니야. 당신은 리어 왕의 그림자야.' 라고 말하는 것이었다. 이런 거침없는 입담에 어릿광대는 한두 번 채찍질을 하겠다는 위협을 당하기도 했다.

리어 왕은 거너릴이 자신을 냉대하며 존경심이 사라졌다는 것을 느꼈지만 이 어리석고 정에 약한 아버지가 못된 딸에게 당한 것은 이뿐만이 아니었다. 이제는 완전히 공공연하게 불만을 토로하게 된 것이다.

"아버지가 여전히 백 명의 기사와 함께 계시겠다고 고집을 피우면 저희 궁에는 더 이상 둘 수 없습니다. 저희 궁에는 백 명의 기사가 필요도 없는데다 경비만 축낼 뿐이에요. 저들은 저희 궁에서 그저 배불리 먹고 왁자지껄 떠들어대기만 할 뿐이에요. 제발 기사들의 수를 줄여 주세요. 아버지에게 어울리는 비슷한 나이의 기사만 남겨 두세요."

리어 왕은 자신의 눈과 귀를 의심했다. 또한 이런 불친절한 말을 하는 게 자신의 딸이라는 걸 믿을 수 없었다. 왕관을 물려받은 딸이 자신의 기사들을 줄이려 하고 자신에게 당연히 가져야 할 존경심을 아까워한다는 것이 믿기지 않았다. 하지만 거너릴이 자신의 의견을 절대로 굽히지 않자, 격분한 노인은 거너릴을 가증스러운 매라 부르며 거짓말쟁이라고 소리쳤다.

실제로 거너릴은 거짓말을 했다. 왜냐하면 백 명의 기사들은 모두 품행이 방정하고 근엄하게 신하의 의무를 다하고 있었고, 거너릴이 말하는 것처럼 소동을 일으키거나 먹고 마시며 세월을 보내는 자들이 아니었기 때문이었다.

리어 왕은 백 명의 기사들을 데리고 둘째 딸 리건에게 갈 테니 말안장을 얹으라고 명령했다. 그리고 배은망덕한 딸에게 이렇게 말했다.

"배은망덕은 심장이 돌과 같은 악마다. 배은망덕이 자식의 모습을 하고 있으면 바다 괴물보다 더 무섭구나."

그리고 듣기에도 섬뜩한 저주를 장녀 거너릴에게 퍼부었다.

"신이시여 저 여자에게 아이를 주지 마십시오. 만약 태어난다면 훗날 저 여자가 내게 준 모멸을 그대로 맛보게 해주십시오! 그리고 배은망덕한 자식이 있다는 것이 독사에게 물리는 것보다 훨씬 큰 고통을 동반한다는 것을 깨닫게 해 주십시오!"

거너릴의 남편 올버니 공작은 자신은 불효에 가담하지 않았다며 변명하려 했지만 리어 왕은 올버니 공작의 변명을 끝까지 들으려 하지 않은 채 격분해서 말안장을 얹으라고 명령한 뒤 둘째 딸 리건의 궁을 향해 부하들을 데리고 출발했다. 리어 왕은 마음속으로 코델리아의 잘못이 언니와 비교한다면 얼마나 사소한 잘못이었는지 생각하며 후회의 눈물을 흘렸다. 그리고 거너릴 같은 여자에게 거구인 자신을 울릴 만한 힘이 있다는 사실을 수치스럽게 여겼다.

리건과 남편 콘월 공작은 자신들의 궁전에서 호화찬란한 생활을 하고 있었다. 리어 왕은 시종인 카이어스(실은 켄트 공작)에게 편지를 써 주어 리건에게 자신을 맞을 준비를 하라고 알렸다. 그리고 자신과 거느리고 있던 기사들도 뒤이어 출발했다.

그런데 거너릴이 아버지보다 한발 앞서 리건에게, 아버지는 까다롭고 고집불통이라고 비난하며 아버지가 거느리고 가는 일행을 받아들이지 말라는 충고 편지를 보냈다. 이 편지를 가지고 간 전령은 카이어스와 동시에 도착해 서로 얼굴을 마주하게 됐다. 전령은 다름 아닌 카이어스의 숙적인 집사였다. 이전에 리어 왕에게 건방진 태도를 취해 발을 걸어 넘어뜨렸던 남자인 것이다. 카이어스는 집사의 표정이 맘에 들지 않은데다 무슨 일로 왔는지 대충 감을 잡고 있었기 때문에 집사에게 욕을 하며 싸움을 걸었다. 집사가 전혀 대응을 하지 않자 카이어스는 분을 참지 못하고 남자를 거칠게 두들겨 패기 시작했다.

이렇게 부녀 사이를 갈라놓는 못된 편지를 가지고 온 놈이라면 두들겨 맞아 당연한 것이었다. 그러나 이 사건이 리건과 그녀의 남편 귀에 들어가게 돼, 카이어스를 부왕의 전령으로서 더없이 정중하게 맞이해야 했지만 형틀에 매달아 버렸다. 이렇게 해서 리어 왕이 성에 들어서자마자 제일 먼저 발견한 건 형틀의 두 구멍 사이에 두 팔이 끼워져 있는 자신의 충성스런 부하 카이어스의 초췌한 모습이었다.

　이것은 앞으로 리어 왕이 받을 대접에 대한 불길한 전조에 불과했다. 그 후 훨씬 더 좋지 않은 일들이 일어난 것이다. 리어 왕이 딸과 사위를 만나게 해달라고 요구하자, 두 사람은 어제 밤새도록 여행을 해서 피곤한 상태라 만날 수 없다는 대답만 돌아왔다. 그리고 리어 왕이 격분해서 완강하게 두 사람을 데려오라고 고함치자 결국 두 사람이 모습을 드러냈는데 꼴도 보기 싫던 거너릴이 함께 나타난 것이다. 거너릴은 교묘하게 말을 꾸며대 동생이 부왕에게 반감을 품게 만들려고 찾아온 것이었다.

　리건이 언니의 손을 잡고 맞이하는 걸 본 노인은 부아가 끓어올랐다. 리어 왕은 거너릴에게 물었다.

　"너는 늙은 아비의 흰 수염을 보고 부끄럽게 생각하지 않느냐?"

　그러자 차녀인 리건이 대답했다.

　"언니의 궁으로 돌아가셔서 기사들을 반으로 줄인 다음 조용히 사세요. 그리고 언니에게 용서를 구하세요. 아버님은 나이가 드셔서 판단력이 흐려졌으니 언니의 말에 따르시는 게 좋을 거예요."

　리어 왕은 이 말에 이렇게 대답했다.

　"내게 딸 앞에 무릎을 꿇고 제발 먹을 것을 달라고 애원하라니 그런 헛소리가 어디 있느냐! 부모가 자식의 명령을 따라야 한다니, 그런 터무니없는 일이 있을 수 있느냐! 거너릴의 궁으로는 절대 돌아가지 않겠다. 그러니 리건, 아비와 함께 살도록 하자꾸나! 나의 백 명의 기사들도 함께. 너는 설마 내가 영토의 절반을 나누어 준 걸 잊지는 않았겠지? 너의 눈은 거너릴처럼 차갑지 않고 온화하고 부드럽구나.

기사들을 절반으로 줄이고 거너릴의 궁으로 돌아가느니 차라리 프랑스로 건너가 지참금도 주지 않은 막내딸 코델리아를 아내로 맞아 준 프랑스 왕에게 매달려 목숨을 구걸하는 편이 훨씬 낫겠다."

그러나 리건이 거너릴보다는 나은 대우를 해 줄 거라는 믿음은 리어 왕의 착각에 불과했다. 리건은 불효에 있어서는 언니에게 지지 않겠다는 듯 이렇게 말했다.

"아버님의 시중을 드는 건 50명의 기사도 많다고 생각해요. 25명이면 충분해요."

그러자 리어 왕은 가슴이 찢어지는 듯한 심정으로 거너릴에게 말했다.

"거너릴, 너와 함께 돌아가기로 하겠다. 너는 50명이라고 했으니 25명의 두 배다. 그러니 너의 애정도 리건의 두 배겠지."

그런데 거너릴은 다음과 같은 변명을 늘어놓았다.

"어째서 25명이나 필요한가요? 10명, 아니 5명도 많아요. 제 시종이든, 동생의 시종이든 아버님을 돌봐드리기에 충분해요."

이런 식으로 불손한 두 딸은 자신들을 그렇게 소중히 키워준 늙은 아버지에 대해서 마치 서로 경쟁이라도 하듯이 잔혹하게 조금

씩 기사들을 줄여 한때 위대한 왕이었음을 나타내기 위해 남겨진 (한때 한 나라를 지배했던 왕에게 있어서는 아주 적은 기사들이었지만) 존엄성을 다 빼앗아 버렸다. 수행원이 많다는 것이 행복의 필요조건은 아니지만 왕에서 거지로 전락해, 백만의 백성을 호령하던 왕에게 한 명의 시종도 남지 않았다는 것은 너무나도 참기 힘든 굴욕이었다.

이 처량한 왕의 심장을 아프게 도려낸 것은 수행원이 없어 불편한 것보다 이 모든 걸 거부하는 딸들의 배은망덕함이었다. 그래서 두 딸이 합세한 학대와 어리석게 왕국을 물려준 자신을 책망하며 리어 왕은 점점 미쳐가면서 스스로도 무슨 말을 하는지 종잡을 수 없게 저 잔인한 마귀들에게 반드시 복수하고 말겠다, 세상 사람들이 공포로 벌벌 떨도록 본때를 보여주겠다고 맹세했다.

이렇게 리어 왕이 늙고 병든 몸으로는 절대 실행 불가능한 복수를 하겠다며 허무한 위협을 하는 사이 밤이 찾아와 천둥번개와 함께 엄청난 폭풍우가 몰려 왔다. 딸들은 여전히 왕의 시종은 한 명도 허락할 수 없다는 결심을 굽히지 않고 리어 왕의 분노는 극에 달했다.

"말을 가져와라. 이 배은망덕한 딸년들과 한 지붕 아래서 사느니 거친 비바람을 맞는 게 낫겠다."

딸들은 고집불통 늙은이가 스스로 자초한 재난은 당연한 벌이라며 리어 왕이 폭풍우 속으로 나가는 걸 지켜만 봤다.

노인이 폭풍우와 맞서기 위해 당당히 걸음을 옮겼을 때, 바람은 더욱 거세지고 빗줄기도 더욱 세차졌지만 딸들의 불효와 비교한다면 하찮은 것에 불과했다. 주변은 몇 마일에 걸쳐 숲조차 찾아볼 수 없었다. 어둠 속에서 맹위를 떨치는 폭풍우에 몸을 맡긴 채 황야를 방황하던 리어 왕은 비바람과 천둥번개에 도전을 했다.

"바람아, 불어라. 대지를 바다 속으로 날려 버려라. 아니면 파도를 춤추게 해 대지를 덮어 인간이라는 배은망덕한 동물들을 흔적도 없이 다 쓸어버려라!"

늙은 왕의 곁을 지키고 있는 건 이제 그 초라한 어릿광대뿐이었다. 어릿광대는 여전히 왕의 곁을 지키며 쾌활하고 재치 있게 불행을 날려 보내려 했다.

"수영을 하기에는 너무 거친 밤이군요. 솔직히 말하자면 왕께서 궁으로 돌아가 딸들의 축복을 받는 게 좋을 것 같아요."

지혜가 모자란 사람은
불어라 바람과 비야!
자신의 운명에 만족해야 한다
매일 비가 내린다고 해도

그리고 오늘 밤은 여자들의 거만함을 잠재우기에 아주 좋은 밤이라고 말했다.

한때는 위대했던 군주가 이 초라한 어릿광대만을 데리고 방황하고 있을 때 변함없이 충직한 신하, 선량한 켄트 백작을 만나게 됐다. 지금은 신분을 감추고 카이어스라는 이름으로 항상 왕의 곁을 지키고 있지만 왕은 아직 켄트 백작이란 사실을 알지 못했다. 카이어스는 이렇게 말했다.

"오오, 폐하께서 이런 곳에 계셨습니까? 밤을 즐기는 들짐승조차 이런 밤은 좋아하지 않습니다. 이 무서운 폭풍우가 짐승들을 모두 굴로 쫓아버렸습니다. 인간의 천성은 이런 고통과 두려움을 견딜 수 없습니다."

그러자 리어 왕은 상대를 꾸짖으며 말했다.

"큰 병을 앓고 있을 때 이런 작은 재난은 아무런 고통도 아니다. 마음이 평온할 때는 몸에 여유가 생겨 민감해지기 마련이다. 하지만 내 마음속에는 폭풍우만이 거칠게 소용돌이 치고 있어 그것 외에는 아무것도 느낄 수 없다. 배은망덕한 불효자들! 먹을 것을 입에다 넣어주니 손을 물어뜯는 것과 마찬가지다. 왜냐하면 부모는 자식의 손이고, 음식이며, 전부이기 때문이다."

그러나 선량한 카이어스는 여전히 왕에게 밖에서 비바람을 맞아서는 안 된다고 간청해 겨우 들판에 있던 작은 오두막에 들어가도록 설득했다. 먼저 어릿광대가 오두막에 들어갔는데 갑자기 깜짝 놀란 표정으로 튀어나오며 "유령이에요!"라고 소리쳤다.

하지만 자세히 살펴보니 그 유령은 그저 미친 거지에 불과했다.

비를 피해 이 쓰러져가는 오두막으로 숨어든 것인데 악마 이야기 따위로 어릿광대를 겁먹게 했다.

당시 이런 초췌한 미치광이들 중에는 진짜로 미친 사람도 있었지만 미친 척만 하는 사람들도 있었다. 미친 척을 하면 정 많은 시골 사람들에게 동냥을 얻기가 쉬웠기 때문이다. 그들은 시골을 떠돌며 자신을 '불쌍한 톰' 이나 '불쌍한 사나이' 라 자칭하고 "불쌍한 톰에게 은혜를 베풀어 주십시오."라고 말하면서 핀이나 바늘, 만년필 촉 따위로 자신의 팔을 찔러 피를 흘려 보였다. 기도를 하거나 광기어린 주문을 외우며 이런 무서운 행동을 하면서 못 배운 촌사람들의 동정을 사서 동냥을 얻는 것이었다.

이 불쌍한 남자도 그런 부류 중 한 사람이었다. 알몸을 감추기 위해 허리춤에 천을 두르기만 한 이 거지의 초라한 행색을 보고 리어 왕은 이 남자가 딸에게 전 재산을 물려주고 초라한 행색을 한 아버지라고 착각했다. 리어 왕은 남자가 이런 초라한 행색을 하고 있는 것은 불효한 딸 때문이라고 굳게 믿었기 때문이다.

왕이 아무 생각 없이 중얼거리며 종잡을 수 없는 말을 내뱉는 것을 보고 선량한 켄트 백작은

"오오, 왕께서는 제 정신이 아니야. 딸들에게 학대를 당해 정말로 정신이 나가셨어."라고 확실하게 깨달았다. 그리고 지금 이 선량한 켄트 백작은 기회가 있을 때마다 충성심을 발휘해 왔던 것 이상으로 더욱 중요한 충성을 하게 됐다.

아직도 리어 왕의 충직한 신하 몇 명의 도움을 받아 켄트 백작은 밤이 새자마자 리어 왕을 도버 성으로 모셨다. 켄트 백작의 친구와 신하들은 이곳을 주요 근거지로 삼고 있었다. 백작이 서둘러 프랑스로 출발해 코델리아의 성으로 가 부왕 리어 왕의 애처로운 상황을 감동스런 말로 호소해 두 언니의 몰인정한 행위를 마치 직접 목격하듯이 설명해 주자, 이 마음씨 착한 딸은 눈물을 뚝뚝 흘리며 남편인 프랑스 왕에게 애원했다.

 "부디 저를 브리튼으로 가게 해 주세요. 잔혹한 언니들과 남편들을 몰아내고 늙은 아버지를 다시 한 번 왕위에 올리기에 충분한 군대를 이끌고 가게 해 주세요."

 프랑스 왕이 허락하자 코델리아는 군대를 이끌고 가서 도버에 상륙했다.

 선량한 켄트 백작은 미쳐버린 리어 왕을 돌보기 위해 호위병을 붙여 두었지만 리어 왕은 어느 틈엔가 호위병의 손길에서 벗어나 도버 근처의 들판을 헤매고 있었다. 그 모습을 코델리아의 신하가 발견했다. 완전히 미쳐서 혼자 목청을 높여 노래를 부르며 보리밭에서 긁어모은 보리단과 쐐기풀, 그 밖의 잡초들을 얽어 만든 왕관을 쓴 너무나 초췌한 몰골이었다.

 코델리아는 아버지를 만나기를 열망했지만 의사들의 조언에 따라 일단 푹 쉬게 한 뒤 의사들이 처방한 약을 먹고 마음이 진정된 뒤에 만나기로 했다. 코델리아는 늙은 왕을 정상으로 회복시켜 준다면 자신이 가진 금은보화를 전부 주겠다고 의사들에게 약속했다. 뛰어난 의사들의 도움으로 리어 왕은 딸을 만나도 아무런 해를 입히지 않을 만큼 안정을 되찾았다.

이 부녀 상봉은 눈물 없이 볼 수 없는 서글픈 장면이었다. 이 애처롭고 늙은 왕이 한때 눈에 넣어도 아프지 않을 만큼 사랑했던 딸과 재회한 기쁨과, 하찮은 일에 화를 내고 내쳐버렸던 딸에게 극진한 효성을 받는 부끄러움 사이에서 갈등하는 모습을 보는 것은 너무나 애달픈 것이었다. 이 두 가지 감정이 왕의 완전히 치유되지 않은 병과 하나가 되어 때때로 정신이 반쯤 나간 머릿속에서 자신이 어디에 있는지 모르거나, 부드럽게 입맞춤하며 말을 거는 사람이 누군지 알아보지 못하게 했다. 그래서 리어 왕은 곁에 있는 사람들에게 부탁을 했다.

"부디 나를 조롱하지 말아 주게. 내 생각이 틀리지 않는다면 아무래도 이 처녀는 내 딸 코델리아인 것 같네."

그러더니 리어 왕은 무릎을 꿇고 용서를 구했다. 이 선량한 여성은 그동안 줄곧 무릎을 꿇고 아버지의 축복을 바라고 있었다.

"제게 무릎을 꿇다니, 아버지답지 않으세요. 무릎을 꿇는 건 제가 할 일이에요. 저는 아버지의 딸이니까요. 아버지가 피를 나눠주신 막내딸 코델리아요."

그리고 아버지에게 입맞춤을 하면서 이렇게 덧붙였다.

"제 입맞춤으로 언니들의 불효를 싹 씻어 드릴게요. 수염이 다

센 늙고 너그러우신 아버지를 들판으로 내몰다니, 언니들은 부끄러운 줄을 모르는 걸까요? 저라면 그런 폭풍우 치는 날에는 아무리 저를 물어뜯는 적이라 할지라도(코델리아는 교묘하게 표현했다) 제 난롯가로 데려가 따뜻하게 대해줬을 거예요."

그리고 나서 코델리아는 아버지를 돕기 위해 프랑스에서 달려왔다고 부왕에게 말했다. 그러자 리어 왕은 이렇게 말했다.

"부디 옛일은 잊고 용서해 주길 바란다. 나는 늙고 어리석은 인간으로 내가 무슨 짓을 했는지 모르겠구나. 너에게는 나를 증오할 명백한 이유가 있다. 하지만 너의 언니들은 아니다."

"아니오, 아버지를 증오할 이유는 전혀 없어요. 언니들도 마찬가지고요."

두 언니의 잔혹한 만행으로 인해 완전히 난폭해지고 미쳐버려 인격이 왜곡되었던 리어 왕의 사고력은 코델리아와 의사들의 극진한 간호와 휴식 덕분에 차츰 호전되기 시작했다. 이 늙은 왕의 일은 일단 이 효심 지극한 딸에게 맡기기로 하고 이야기를 잔혹한 두 언니들에게로 다시 돌리기로 하자.

이 배은망덕하고 짐승만도 못한 딸들은 늙은 아버지를 그렇게 간단히 배신할 정도이니 자신들의 남편에 대해서도 부모에게 한 것처럼 충실할 리가 없었다. 두 사람은 얼마 지나지 않아 정숙하고 애정이 가득한 척하는 데 싫증이 나 다른 남자를 사랑한다는 것을 공공연히 떠들고 다녔다.

두 사람의 불륜 대상은 우연히도 같은 남자였는데, 그 남자는 글로스터 백작의 사생아인 에드먼드였다. 에드먼드는 정당한 후계자인 형 에드거의 상속권을 찬탈하고 사악한 계략으로 지금은 백작 흉내를 내고 있었다. 악마 같은 인간으로 거너릴, 리건과 같은 악녀의 사랑을 받기에 아주 적합한 인물이었다.

마침 이때 리건의 남편 콘월이 죽자 리건은 곧바로 이 글로스터 백작과 재혼하겠다는 의사를 표명했다. 그런데 이 사악한 백작은 리건에게와 마찬가지로 거너릴에게도 자주 사랑 고백을 했었기 때문에 언니인 거너릴의 질투심을 유발하게 했고, 거너릴은 수단 방법을 가리지 않고 동생을 독살해 버렸다.

그러나 거너릴의 사악한 계략이 드러나 동생을 독살한 죄와 남편의 귀에 들어간 글로스터 백작과의 불륜에 대한 죄과로 남편 올버니 공작에 의해 투옥당해 거너릴은 분을 참지 못하고 스스로 목숨을 끊어버렸다. 이렇게 해서 두 사악한 자매에게 천벌이 내려진 것이다.

세상 사람들의 이목이 이 사건에 쏠렸고, 사람들은 악인들이 신에 의해 죽음의 심판을 받은 것을 당연히 여기며 감탄하였다. 동시에 갑작스럽게 이 사건에 휘말린 젊고 정숙한 딸 코델리아 공주에게 슬픈 운명을 맞게 한 신의 불가사의한 처사에 망연자실했다. 공주의 선행은 응당 행복한 결말이라는 대가를 받아야 마땅하다고 여겨졌다. 그러나 결백함과 지극한 효심이 반드시 성공할 수만은 없다는 것은 엄연한 사실이다.

프랑스 군과 브리튼 군의 전투에서 거너릴과 리건이 파견한 악당 글로스터 백작이 지휘하던 브리튼 군대가 승리를 거두게 되자 코델리아는 이 악당의 계략에 의해 사로잡혀 감옥에서 숨을 거두고 말았다. 백작은 그 누구도 자신이 왕위에 오르는 것을 가로막길 바라지 않았던 것이다.

이렇게 해서 신은 코델리아를 효심이 지극한 표본으로 세상에 널리 알린 뒤 순수한 코델리아를 아직 젊디젊은 나이에 천국으로 인도한 것이다. 리어 왕은 이 효심 지극한 딸이 죽은 후, 그리 오래 살지 못했다.

켄트 백작은 딸들의 학대가 시작될 때부터 이 비극적 몰락에 이르기까지 항상 자신의 군주 곁을 지키고 있었는데, 리어 왕이 죽기 직전에 카이어스라는 이름으로 왕의 곁을 지키고 있던 건 바로 켄트 백작이었다고 설명했지만 정신 줄을 놓아버린 리어 왕의 머리로는 대체 그게 무슨 말인지, 또한 켄트 백작과 카이어스가 어째서 동일 인물이라는 건지 전혀 이해할 수가 없었다.

그래서 켄트는 더 이상 설명을 하면 왕의 머릿속을 더 복잡하게 할 뿐 아무런 도움이 되지 않는다고 생각했다. 리어 왕이 숨을 거둔 지 얼마 지나지 않아 이 왕의 충직한 신하도 세월의 풍파와 늙은 군주의 고통을 애통해 하다 결국 왕의 뒤를 따르고 말았다.

그렇다면 악당 글로스터 백작에게는 어떤 천벌이 내려졌을까?

백작의 모반이 만천하에 밝혀지면서 정당한 백작의 후계자인 형 에드거와 결투한 끝에 글로스터는 쓰러지고 말았다. 거너릴의 남편 올버니 공작은 코델리아 살해에 관여하지 않았으며 거너릴이 부왕을 학대하는 것을 전혀 부추기지 않았기 때문에 리어 왕이 죽자 브리튼 왕국의 왕위를 물려받았다.

하지만 여기서 그에 대해 자세히 설명할 필요는 없을 것이다. 죽어 버린 리어 왕과 세 딸의 기구한 운명이 바로 이 이야기의 핵심이기 때문이다.

맥베스

온유한 왕 덩컨이 스코틀랜드를 통치할 때, 맥베스라는 위대한 영주가 살았다. 이 맥베스는 왕의 가까운 친척으로 수많은 전투에서 무공과 용맹을 떨쳐 왕궁에서 매우 존경받고 있었다. 그 일례로 최근에는 구름떼 같은 노르웨이 대군의 원조를 받은 반란군을 굴복시켰다.

스코틀랜드의 두 장군 맥베스와 뱅코우가 이 대격전에서 이기고 개선하는 도중 메마른 덤불숲을 막 지나려 할 때 갑자기 세 사람이 나타나 두 사람을 불러 세웠다. 여자들처럼 보였지만 수염을 기르고 주름투성이 피부에 초췌한 복장을 하고 있는 모습이 이 세상사람 같아 보이지 않았다.

맥베스가 먼저 세 사람에게 말을 걸자 세 사람은 기분이 상한 듯 잠자코 있으라며 뼈만 앙상한 손가락을 쭈글쭈글한 입술에 가져다 댔다. 그중 한 사람이

"맥베스 만세, 글래미스(스코틀랜드 동부 던디 시 북쪽 마을)의 영주여."라며 인사를 했다. 장군은 이런 노파가 자신의 정체를 알고 있다는 것에 적잖이 놀랐다.

그리고 두 번째 노파가

"맥베스 만세, 코더(스코틀랜드 북부 하일랜드 주의 마을)의 영주님."이라며 인사를 하자 맥베스는 더욱 놀랐다. 맥베스는 자신이 이런 호칭으로 불릴 만큼의 가치가 있다고 생각하지 않았기 때문이다.

마지막으로 세 번째 노파가

"만세, 맥베스. 왕이 되실 분이여!"라고 했다. 이런 예언 같은 인사에 맥베스의 가슴이 덜컥 내려앉은 건 당연한 일이었다. 왕의 아들이 살아 있는 한 자신이 왕위를 물려받지 못한다는 걸 잘 알고 있기 때문이었다.

그리고 세 번째 노파는 뱅코우에게 수수께끼처럼 이렇게 말했다.

"맥베스보다 못하지만 맥베스보다 위대한 분! 맥베스보다 운이 좋지 않지만 훨씬 운이 좋은 분! 당신이 왕위에 오르는 일은 없으나 당신이 죽은 뒤 아들들은 스코틀랜드의 왕이 될 것이오."

이 말을 남긴 세 노파들은 순식간에 허공으로 사라져버렸다. 그

래서 두 장군은 세 명의 노파가 운명을 담당하는 여신이거나 아니면 마녀라는 것을 깨닫게 되었다.

두 사람이 한참 동안 이 희한한 체험에 대해서 생각에 잠겨 있을 무렵, 국왕이 보낸 사신들이 도착해 맥베스에게 코더의 영주가 되는 명예를 받으라고 전하며 그 권한을 수여했다. 이 일은 마녀들이 예언했던 것과 딱 맞아떨어졌기에 맥베스는 깜짝 놀랐다. 그래서 사신들에게 아무 말도 하지 못한 채 멍하니 넋을 잃고 서 있었다. 순간 맥베스는 그렇다면 세 번째 마녀의 예언도 실현될지 모른다고 생각했다. 그리고 언젠가 자신이 스코틀랜드 왕으로 군림하게 될 거라는 욕망이 꿈틀거리기 시작했다. 그러더니 뱅코우를 바라보며 이렇게 말했다.

"마녀가 내게 약속했던 일이 이렇게 꿈처럼 실현됐으니 자네 자손이 왕이 됐으면 좋겠다고 생각하지 않나?"

"그런 희망을 품다 보면 왕관에 욕심이 생길지도 모르네. 그런 어둠의 사자들은 작은 일로 우리를 꾀어 놓은 다음 가장 중요한 시기에 배신해 버리는 경우가 자주 있네."라고 뱅코우 장군이 대답했다.

그러나 마녀의 사악한 암시가 맥베스의 마음 깊이 파고들었기에 선량한 뱅코우의 충고에 귀를 기울일 만한 마음의 여유가 없었다. 그리고 나서부터 맥베스의 머릿속은 온통 스코틀랜드의 왕위를 손에 쥘 수 있을지 없을지에 사로잡히게 됐다.

맥베스에게는 아내가 있었는데, 맥베스는 아내에게 운명의 세 여신이 희한한 예언을 했다는 것과 그 일부가 현실로 이루어졌다는 것을 이야기해 주었다. 그의 아내는 사악한 야심가로 남편과 자신을 고귀한 지위에 오르게 하려고 수단과 방법을 가리지 않았다. 그녀는 피를 흘려야 하는 일에 양심의 가책을 느끼며 머뭇거리는 맥베스가 결단을 내릴 수 있도록 마녀의 예언을 실현시키기 위해서는 반드시 왕을 죽여야 한다고 계속해서 주장했다.

왕에게는 자주 주요 귀족들을 방문하는 습관이 있었는데 수행원으로 맬컴과 도날베인 두 왕자와 수많은 귀족, 신하들을 데리고 맥베스의 눈부신 전과를 치하하기 위해 맥베스의 성을 방문했다.

맥베스의 성은 아주 쾌적한 곳에 세워져 있었으며, 주변 공기는 감미로울 정도로 맑았다. 아마도 성의 주변을 둘러싼 성곽 곳곳, 집을 짓기에 적당한 곳마다 흰털 발 제비들이 집을 짓고 있을 것이다. 이런 새들이 즐겨 모여들거나 집을 짓는 장소는 공기가 상쾌한 곳이니까.

성에 들어선 덩컨 왕은 성의 위치도 매우 맘에 들었고, 여주인 맥베스 부인의 극진한 마음씀씀이와 경의를 표하는 태도에서도 아주 만족스러움을 느꼈다. 왜냐하면 맥베스의 아내는 반역의 음모를 미소로 감춘 채, 속으로는 꽃 속에 숨어 있는 독사였지만 겉으로는 가련한 꽃처럼 능숙하게 연기를 했기 때문이다.

덩컨 왕은 여행으로 지쳐 곧바로 잠자리에 들었다. 왕의 침실로 배정된 넓은 방에서는 두 명의 시종(당시의 관습에 따라)이, 왕의 곁에서 잠을 잤다. 왕은 맥베스의 접대에 흡족해 하며 잠자리에 들기 전에 맥베스의 부하들에게 선물을 내렸고 맥베스의 아내에게는 더 없이 친절한 여주인이라며 고가의 다이아몬드를 선물했다.

그렇게 밤은 깊어지고 지구 절반 이상의 만물들이 쥐죽은 듯 조용해지자 악몽이 사람의 마음을 괴롭히고, 늑대와 살인마 외에는 아무도 떠돌아다니지 않는 시간이 됐다. 이 시각에 맥베스의 아내는 잠을 청하지 않은 채 덩컨 왕을 살해할 계획을 세우고 있었다. 남편은 너무나 인정이 많은 천성인지라 계획대로 왕을 죽여줄지 의문스러웠다. 그게 아니었다면 여자의 몸으로 그렇게 잔인한 계획을 세우지는 않았을 것이다. 남편은 야심가이지만 동시에 신중한 남자로 가당치 않은 야심을 품었다고 생각되면 대역죄를 저지를 결단을 내리지 못한다는 것을 이 여자는 잘 알고 있었다.

부인은 남편에게 왕의 암살 동의를 얻어냈지만 남편의 결심에 의구심을 품고 있었다. 천성이 선한 성품(부인보다는 인간미가 넘친다)이기 때문에 목적을 달성하지 못할까 걱정이 됐던 것이다.

그래서 부인은 스스로 단검을 들고 덩컨 왕의 침실로 숨어들었다. 두 시종은 권하는 술을 다 받아 마시고 만취해 잠들어 있어 왕을 호위할 책임은 이미 뒷전이라는 듯 세상 모르고 곯아떨어져 있었다. 덩컨 왕도 여독으로 인해 깊은 잠에 빠져 버렸다. 부인은 왕의 잠든 모습을 뚫어져라 바라보았는데 왕의 얼굴이 왠지 자신의 아버지와 닮은 것 같은 느낌이 들어 암살할 용기가 나지 않았다.

부인이 남편과 상의하려고 되돌아가 보니, 맥베스의 결심은 이미 흔들리고 있었다. 맥베스는 왕을 암살해서는 안 될 이유가 너무도 많다고 생각했다.

'무엇보다도, 나는 덩컨 왕의 신하일 뿐만 아니라 친족이기도 해. 그리고 오늘, 나는 이 성의 주인으로서 접대할 임무가 있어. 손님을 대접하는 예절을 생각할 때 살인자를 막기 위해 문을 굳게 닫는 것이 임무인데 내가 검을 들어서는 안 되지. 게다가 덩컨 왕은 국왕으로서 공정하고 인자해 신하들의 감정을 상하게 하지 않을 뿐더러 귀족들에게 애정을 쏟아 왔어. 그중에서도 특히 나를 총애하셨지.

이런 국왕은 하늘의 특별한 가호를 받고 있어서 그의 죽음에 대해 신하된 도리로 이중으로 복수할 의무가 있어. 게다가 국왕이 나를 총애해 줘서 모든 사람들이 나를 존경하고 있잖아. 이런 명예가 모두 끔찍한 살인으로 인해 더럽혀지는 게 아닐까!'

맥베스 부인이 돌아왔을 때, 맥베스는 이런 마음의 갈등으로 고민하고 있었다. 마음이 점점 선으로 향하여 암살에 대한 계획을 포기하기로 결심하고 있었다. 그런데 맥베스 부인은 그리 쉽게 사악한 목적을 버릴 여자가 아니어서 자신의 사악한 정신의 일부를 남편의 마음속에 불어넣을 수 있을 만한 말을 남편의 귀에 속삭였다. 그리고 암살 계획에 착수해야 할 이유를 속속 열거했다.

"이 일은 그리 대수롭지 않은 일이에요. 금방 정리가 될 거예요. 한밤중의 짧은 결단으로 오랜 세월 왕위에 올라 특권을 누릴 거예요."

그런 다음 이번에는 남편의 마음이 바뀌었다고 경멸하며 남편을 변덕스런 겁쟁이라 책망했다. 그리고 이렇게 딱 잘라 말했다.

"전 아기에게 젖을 먹인 경험이 있기 때문에 잘 알고 있어요. 젖을 물고 있는 아기는 너무나 귀엽죠. 하지만 당신이 덩컨 왕의 암살을 맹세했듯이, 만약 제가 맹세했다면 품에 안겨 방긋방긋 웃는 아기를 강제로 떼어내 머리를 부숴버릴 수도 있어요."

그리고 술 취해 잠들어 있는 두 시종에게 암살 누명을 씌워버리면 간단히 해결된다고 덧붙였다. 부인은 간교한 혀를 놀려 남편의 흔들리던 결심에 채찍질을 가했고 맥베스는 다시 한 번 용기를 내 피비린내 나는 암살을 실행에 옮기기로 결심했다.

맥베스는 단검을 손에 쥐고 어둠 속에 잠들어 있는 덩컨 왕의 침실로 숨을 죽이고 몰래 숨어들었다. 그런데 갑자기 허공에 떠 있는 단검의 칼날이 피를 뚝뚝 흘리며 자신을 향하고 있는 것 같은 느낌이 들었다. 하지만 그것은 맥베스의 고뇌로 뜨겁게 달아오른 머리와 지금 저지르려고 하는 일에 대한 죄의식이 만들어낸 환영에 불과했다.

맥베스는 공포감을 떨쳐내고 덩컨 왕의 침실로 들어가 단칼에 왕을 찔러 죽였다. 맥베스가 막 살인을 저지르고 있을 때 왕의 침실에서 자고 있던 시종 한 명이 잠결에 낄낄거렸고, 또 한 명은 "살인마!"라고 외쳤다. 그 목소리에 두 사람 다 잠에서 깼지만 짧은 기도를 할 뿐이었다. 한 사람이 "신이시여, 자비를 베푸소서!"라고 말하자 다른 한 사람은 "아멘."하고 대답했다. 그리고는 다시 깊은 잠에 빠져들었다.

구석에 숨어 두 시종의 말을 듣고 있던 맥베스는 시종이 "신이시여, 자비를 베푸소서!"라고 말했을 때 자신도 모르게 "아멘."이라고 할 뻔했지만 목이 메어 목소리를 낼 수 없었다. 어쩌면 맥베스야말로 신의 자비가 가장 필요한 사람일지도 모르겠다.

맥베스는 또 다시 어디선가

"더 이상 잠을 잘 수 없을 것이다. 맥베스는 잠을 죽이고 말았다. 죄도 없는 잠을, 목숨을 이어주는 잠을!"하는 외침이 들리는 것 같았다. 게다가 그 목소리는 집 안에 울려 퍼질 정도로 커다란 목소리였다.

"더 이상 잠을 잘 수 없을 것이다. 글래미스는 잠을 죽였다. 그러니 코더는 더 이상 잠을 잘 수 없을 것이다. 맥베스는 더 이상 잠을 잘 수 없다!"

이런 무시무시한 환영에 사로잡힌 채로 경과보고를 기다리던 아내에게로 갔다. 마침 부인은 남편이 목적을 달성하지 못해 암살 계획이 수포로 돌아가는 게 아닐까 걱정하고 있던 찰나였다. 허둥대는 모습으로 돌아온 맥베스를 보고 부인은 남자답지 못하다며 질책하고 두 손에 묻은 피를 씻고 오라고 했다. 한편 부인은 덩컨 왕의 시종들에게 죄를 뒤집어씌우기 위해 단검을 집어 들고 시종들의 얼굴에 피를 묻히러 갔다.

날이 새자마자 왕이 암살되었다는 사실이 밝혀졌다. 감추려야 감출 수 없는 일이었다. 맥베스 부부는 왕의 죽음에 비통한 척했고, 두 시종의 용의는 너무나 확실했다(한구석에서 단검이 발견됐고 얼굴에 피범벅을 하고 있었다). 하지만 모든 의혹은 맥베스에게 쏠렸다. 이 가련하고 어리석은 시종들에게는 왕을 살해할 동기가 없었고, 맥베스에게는 그 동기가 너무나 컸기 때문이었다. 덩컨의 두 왕자는 도망을 쳤다. 장남 맬컴은 잉글랜드 왕궁으로 달려가 도움을 청했고, 차남 도날베인은 아일랜드로 도망쳤다.

왕의 뒤를 이을 왕자들이 이렇게 멀리 도망쳐 버리고 없자 다음 왕위를 이어 맥베스가 스코틀랜드 왕이 되었다. 이렇게 해서 세 마녀의 예언은 그대로 적중하고 말았다.

왕이라는 높은 지위에 앉게 됐음에도 불구하고 맥베스와 왕비는 아무리 맥베스가 왕이 됐더라도 맥베스의 뒤를 이어 스코틀랜드의 왕이 될 사람은 맥베스의 아들이 아닌 뱅코우의 자식이 될 거라는 마녀들의 예언을 잊을 수가 없었다.

두 사람이 손에 피를 묻혀가며 왕을 암살한 것도 결국에는 뱅코우의 자손을 왕위에 올리기 위한 것에 불과하다는 생각이 마음속에 용솟음쳐, 뱅코우와 그의 아들들을 다 죽여 버려 마녀들의 예언을 무효로 만들기로 결심했다. 왜냐하면 마녀들의 예언이 자신들의 입장에서 보면 너무나 딱 들어맞았기 때문이었다.

그럴 목적으로 부부는 큰 연회를 베풀어 영주들을 모두 초대했다. 그중에 특별히 뱅코우는 그의 아들 플리언스와 함께 초대됐다. 밤이 되자, 뱅코우와 그의 아들이 입궁하는 길목에서 맥베스가 보낸 자객들이 숨어 기다리다 뱅코우를 칼로 찔러 죽였다.

하지만 플리언스는 난투를 틈타 도피에 성공했다. 이 플리언스의 자손이 훗날 대대로 스코틀랜드 왕위를 계승해 군주가 됐으며, 마지막에 제임스 6세 시대에 스코틀랜드와 잉글랜드 두 나라가 연합했고, 스코틀랜드의 제임스 6세가 바로 잉글랜드의 제임스 1세가 된 것이다.

연회석상에서 왕비는 더없이 상냥하고 위엄 있는 태도로, 우아하면서도 세심한 배려로 여주인의 역할을 다했기 때문에 연회석상에 모여 있던 모든 사람들의 호감을 샀다. 맥베스 왕도 영주와 귀족들과 즐겁게 대화를 나누었다.

"이제 내 오랜 친구 뱅코우만 오면 이 나라의 명사들이 모두 한자리에 모이게 되겠군. 하지만 뱅코우의 신변에 좋지 않은 일이 생겨 슬퍼하기보다는 내 초대를 가볍게 여겨 문책하는 편이 훨씬 나을 거야."

맥베스 왕의 말이 끝나자마자 맥베스가 죽인 뱅코우의 혼령이 연회장으로 들어와 맥베스가 앉으려 했던 자리에 먼저 자리를 잡고 앉았다. 맥베스는 용맹한 남자라 눈썹하나 꿈적하지 않고 악마와 대적할 배짱이 있는 사람이었지만, 이 모습을 보자 공포에 새파랗게 질려 혼령에게 눈길이 사로잡혀 겁쟁이처럼 망연자실한 채 서 있었다. 왕비와 모든 귀족들의 눈에는 아무것도 보이지 않았지만 맥베스 왕이 빈 의자(그들은 그렇게 생각했다)를 뚫어져라 응시하고 있는 걸 깨닫고 정신착란을 일으켰다고 생각했다. 왕비는 작은 소리로 맥베스를 책망했다.

"그저 환영에 불과해요. 당신이 덩컨 왕을 살해했을 때도 허공에서 단검을 봤잖아요. 그거랑 똑같은 환영이에요."

그러나 맥베스는 여전히 혼령이 눈에 보여 사람들의 소리는 전혀 귀에 들어오지 않았고, 의미심장한 말로 혼령에게 말을 걸었다. 그러자 왕비는 자신들이 저지른 끔찍한 일들이 들통 나는 게 아닐까 걱정이 되어, 맥베스의 병은 오랜 지병으로 맥베스를 고통스럽게 해왔다고 변명하며 손님들을 모두 돌려보냈다.

맥베스는 이런 무서운 환영 때문에 고통을 겪게 됐다. 맥베스는 물론 왕비도 잠을 잘 수 없을 정도로 끔찍한 악몽에 시달려야 했다. 뱅코우의 피도 두 사람을 괴롭혔지만 그 이상으로 도망간 플리언스가 근심거리였다. 두 사람은 플리언스야말로 자신들의 자손을 왕위에서 몰아내고 대대로 왕위를 이어갈 인물이라는 불안을 떨칠 수 없었기 때문이었다. 이렇게 불행의 씨앗을 품고 있었기 때문에 두 사람은 마음의·평온을 찾지 못했다.

그래서 맥베스는 다시 한 번 운명의 여신들을 찾아내 최후의 결말을 듣기로 결심했다.

맥베스는 마녀들을 만나기 위해 황야의 동굴로 찾아갔다. 마녀들은 맥베스가 올 걸 미리 알고 있었기 때문에 무서운 주술 약을 만들고 있었다. 그 약으로 지옥의 악령을 불러내 미래를 보여줄 심산이었다. 마녀들의 불길한 이 약의 재료는 두꺼비, 박쥐, 뱀, 도롱뇽의 눈, 개의 혀, 도마뱀의 다리, 부엉이 날개, 용의 비늘, 늑대의 이빨, 굶주린 상어의 위, 마녀의 미라, 독초 뿌리(이것은 어둠속에서 캐내지 않으면 효과가 없다), 염소의 쓸개, 묘지 위에 뿌리를 내린 주목의 작은 가지를 첨가한 유대인의 간, 죽은 아기의 손가락이었다.

이것들을 모두 큰 가마솥에 넣고 부글부글 끓였다. 뜨거워지자마자 원숭이의 피로 식혔다. 거기에 아기 돼지를 먹은 수퇘지의 피를 뿌리고, 불꽃 속에는 살인자의 교수대에 스며든 기름찌꺼기를 집어넣었다. 마녀들은 이런 주술 약을 만들어 지옥의 악령이 자신들의 질문에 대답하도록 만든 것이다.

마녀들은 맥베스에게 물었다.

"너는 우리에게 묻고 싶은 말이 있는가? 아니면 우리들의 스승이신 망령에게 묻고 싶은가?"

맥베스는 지금까지 봐 온 마녀들의 끔찍한 의식을 전혀 두려워하지 않고

"스승이라는 자는 어디에 있는가? 그를 만나겠다."라고 대담하게 대답했다. 마녀들은 망령을 불러냈는데 모두 셋이었다. 첫 번째 망령은 투구를 쓴 모습으로 나타났다.

"맥베스여, 파이프(스코틀랜드 동부)의 영주를 조심하라."

이 충고를 들은 맥베스는 감사를 표했다. 맥베스는 파이프의 영주인 맥다프를 평소부터 두려워하고 있었기 때문이다.

두 번째 망령은 피투성이 어린아이의 모습으로 나타났다.

"맥베스여, 아무것도 두려워 말라. 인간의 힘은 그저 웃어 넘겨라. 여자의 몸에서 태어난 인간은 모두 너에게 해를 입힐 일이 없으니 말이다. 잔인하고 대담하게 행동하거라."

"그렇다면 맥다프, 살아 있거라!"라고 맥베스가 말했다.

"내가 너를 두려워할 이유가 어디 있느냐? 하지만 조심에 조심을 더하기로 하자. 역시 살려둬서는 안 돼. 공포로 질린 마음에게 거짓말을 하라 엄히 꾸짖어 벼락이 치더라도 푹 잘 수 있도록 말이야."

두 번째 망령이 사라지자 세 번째 망령이 왕관을 쓰고 손에 한 그루의 나무를 든 소년의 모습으로 나타나 이렇게 말했다.

"맥베스여, 음모 따위를 두려워 마라. 버넘의 숲이 던시네인의 언덕(스코틀랜드 퍼스 주에 있는 숲과 언덕)을 향해 공격해 오지 않는 한 넌 절대로 지지 않을 것이다."

"고마운 예언이다! 좋아! 누가 감히 대지에 깊이 뿌리내리고 있는 숲을 전부 뽑아 움직일 수 있단 말인가. 아무튼 나는 천수를 누리며 비명횡사 따위는 하지 않을 것이다. 하지만 한 가지 무겁게 가슴을 억누르는 게 있다. 혹시 그대들의 마력으로 알 수 있는 일이라면 가르쳐 다오. 뱅코우의 자손들이 이 나라에 군림하게 될 것 같은가?"

맥베스가 이렇게 소리치자 큰 가마솥이 땅속으로 사라지고 음악 소리가 들려왔다. 그리고 왕의 모습을 한 여덟 사람의 그림자가 맥베스 곁을 지나갔다. 그 행렬의 마지막에 선 것은 뱅코우였다. 손에는 거울을 들고 있었는데 그 거울은 훨씬 더 많은 사람들을 비추고 있었다. 뱅코우는 온몸이 피투성이인 채로 맥베스를 보고 웃으며 거울에 비친 사람들을 가리켰다. 맥베스는 이 사람들이 뱅코우의 자손이며 자신의 뒤를 이어 스코틀랜드를 통치할 사람들이라는 걸 깨달았다. 마녀들은 조용한 음악 소리와 함께 한동안 춤을 추며 맥베스에게 경의와 환영의 인사를 하고 사라졌다. 이 순간 맥베스의 머릿속에는 온통 잔혹하고 무시무시한 생각들뿐이었다.

맥베스가 마녀들의 동굴에서 나와 처음 들은 소식은 파이프 영주 맥다프가, 잉글랜드로 도망쳤던 덩컨 왕의 장남 맬컴이 지휘하는 토벌대에 가담해 맥베스를 몰아내고 정당한 왕위 계승자인 맬컴 왕자를 왕위에 올리려는 계획을 꾸미고 있다는 소식이었다. 격분한 맥베스는 맥다프의 성을 공격해 성에 남겨져 있던 맥다프의 처자식은 물론 맥다프와 조금이라도 친분이 있는 사람을 모조리 학

살해 버렸다.

이 일을 비롯해 그와 비슷한 만행으로 맥베스를 따르던 귀족들의 마음이 모두 맥베스에게서 멀어졌다. 도망칠 수 있는 사람들은 모두 도망쳐 맬컴과 맥다프의 군대에 가세했다. 맬컴과 맥다프는 잉글랜드에서 일으킨 강력한 군대를 이끌고 맥베스의 성 가까이에 진을 쳤다. 그 밖의 사람들은 맥베스가 무서워 적극적으로 가담하지는 못했지만 마음속으로는 모두 반군의 승리를 기원했다.

한편, 맥베스의 신병 모집은 더디게 진행됐다. 모든 사람이 이 폭군을 증오하고 있었기 때문에 누구 하나 존경하는 사람도 없었으며 모두가 덩컨 왕의 암살을 의심하고 있었다.

맥베스는 자신이 살해해서 지금은 무덤 속에 평안히 잠들어 있는 덩컨 왕이 부럽게 느껴지기 시작했다. 덩컨 왕에 대한 반역은 더욱더 나쁜 결과만 초래하게 됐고 칼도, 독약도, 국내외의 어떤 적이라 할지라도 덩컨 왕에게는 더 이상 위협을 가할 수 없었기 때문이었다.

이런 와중에 왕비까지 죽고 말았다. 맥베스의 악행에 유일하게 가담한 사람이었으며 부부가 함께 밤마다 고통스런 악몽 속에서 서로 위안을 삼으며, 가슴에 얼굴을 묻었던 여성이었다. 왕비는 죄에 대한 양심의 가책과 백성들의 증오를 견디지 못해 자살한 것으로 여겨졌다. 이 사건으로 맥베스는 혼자 남게 되었다. 누구 하나 사랑해 줄 사람도, 걱정해 주는 사람도 없었고 자신의 사악한 만행을 털어놓고 상담할 친구도 없었다.

맥베스는 더 이상 목숨 따위는 상관없다고 생각하며 죽고 싶어졌다. 하지만 맬컴의 군대가 성 가까이까지 몰려왔다는 소식을 듣고, 맥베스는 과거의 사내다운 용기가 다시 들끓어 올랐다. 그리고 맥베스는 갑옷을 입고 죽겠다고 결심했다. 그밖에도 마녀들의 허무한 예언이 그에게 헛된 자신감을 갖게 해 주었다.

또한 망령들이 말했던 '여자의 몸에서 태어난 인간은 모두 너에게 해를 입힐 일이 없다.' 라든가, '버냄의 숲이 던시네인의 언덕을 향해 공격해 오지 않는 한 너는 절대로 지지 않을 것이다.' 라고 했던 말을 떠올렸다. 설마 숲이 공격해 올 거라고는 생각할 수 없었기 때문이다. 그래서 맥베스는 성 안에 진을 치고 기다렸다.

이 성은 난공불락으로 그 어떤 공격에도 끄떡없는 곳이었다. 이 성에 진을 친 맥베스는 벌레 씹은 표정으로 맬컴의 군대가 공격해 오기를 기다렸다.

그러던 어느 날, 전령 한 명이 새파랗게 겁에 질린 얼굴로 부들부들 떨면서 찾아왔다. 언덕 감시탑에서 버냄 쪽을 보니 마치 숲이 꿈틀거리는 것 같다는 것이었다.

"헛소리하지 마라, 이 거짓말쟁이야!"라고 맥베스가 소리쳤다.

"만약 거짓말이라면 네놈을 굶어 죽을 때까지 나무에 매달아 놓을 것이다. 하지만 네 말이 사실이라면 나를 나무에 매달아도 상관없다."

맥베스의 결심이 흔들리기 시작하며 망령들의 애매한 예언을 의심하기 시작했다. 버냄의 숲이 던시네인으로 움직이지 않는다면 그 무엇도 무서울 것이 없었지만, 지금 막 숲이 움직이고 있다는 보고를 받은 것이다.

"좋아, 네 말이 사실이라면 무기를 들어라. 더 이상 도망칠 곳도 숨을 곳도 없다. 나는 이제 햇빛이 싫어졌다. 나가서 싸우다 죽겠다."

맥베스는 이렇게 자포자기의 말을 남기고 성을 둘러싼 적을 향해 진격했다.

조금 전에 전령이 말했던 숲이 움직인다는 믿을 수 없는 현상은 쉽게 설명할 수가 있다. 포위군이 버냄 숲을 빠져나와 진군할 때, 맬컴은 노련한 장수답게 군사들의 수를 감추기 위해 병사들에게 큰 가지를 잘라 들고 진격하게 했던 것이다. 이렇게 큰 나뭇가지를 들고 진격해 오는 병사들을 멀리서 보면 전령의 말대로 숲 전체가 움직이는 것처럼 착각을 일으키는 것이다. 이렇게 해서 망령들의 예언은 맥베스가 이해했던 것과는 전혀 다른 의미로 실현됐다. 그래서 맥베스가 자신이 승리할 것이라 믿고 있던 구석 중 하나가 사라지고 만 것이다.

이제 여기저기서 작은 전투가 벌어지기 시작했다. 그 속에서 맥베스는 아군이라고 부르고 있지만, 폭군 맥베스를 증오하며 맬컴과 맥다프의 군대에 가담하고 싶어 하는 못 미더운 아군의 원조를 받으면서, 그럼에도 불구하고 극단적인 분노와 용맹함으로 적들을 하나둘씩 쓰러뜨렸다.

이윽고 맥다프가 싸우고 있는 곳까지 다가갔다. 맥다프를 보자 '누구보다도 맥다프를 피하라.'고 예언한 망령의 경고를 떠올리고 발길을 돌려 도망치려 했지만, 전투를 하면서 맥베스를 찾아 헤매던 맥다프가 도망치는 맥베스의 앞길을 가로막아 격렬한 전투가 벌어졌다.

맥다프는 "비열하게 내 처자식을 죽이다니!"하며 맥베스에게 온 갖 욕설을 퍼부었다. 맥베스는 마음속으로 맥다프의 가족을 죽였던 것이 견딜 수 없을 정도로 후회스러웠기 때문에 가능한 맥다프와의 싸움을 피하고 싶었지만, 맥다프는 맥베스를 폭군, 살인마, 지옥의 개, 악당이라고 욕하며 조금도 물러서려 하지 않았다. 맥베스는 순간 망령의 '여자의 몸에서 태어난 인간은 모두 너에게 해를 입힐 일이 없다.'고 한 예언을 떠올렸다.

그래서 맥베스는 자신만만하게 껄껄 웃으면서 맥다프에게 이렇게 말했다.

"맥다프, 헛수고 하지 마라. 내게 상처 입힐 수 있을 정도라면 허공도 쉽게 가를 수 있을 거다. 나는 마법에 걸려 있다. 여자에게서 태어난 인간은 나를 죽일 수 없다."

"네놈의 마법은 끝났다. 네가 믿고 있는 그 거짓말쟁이 망령들에게 물어 보거라. 나는 여자에게서 태어나지 않았다. 보통사람들처럼 태어나지 않았단 말이다. 달수를 다 채우지 않고 어머니의 배를 가르고 태어났다."

"내게 그런 말을 하는 네놈의 혓바닥에 저주가 내려라."

맥베스는 온몸을 부들부들 떨면서 말했다. 자신이 굳게 믿고 있었던 것이 수포로 돌아가는 느낌이 들었기 때문이다.

"앞으로 사람들은 마녀와 망령 따위의 거짓되고 애매한 말을 절대로 믿어서는 안 된다. 놈들은 두 가지 의미를 가진 말로 우리를 현혹시키기 때문이다. 그리고 말만으로는 약속을 지키지만 다른 의미로는 우리의 기대를 배신한다. 맥더프, 더 이상 너와 싸우지 않겠다."

맥더프는 조롱하듯이 말했다.

"그럼 살려 주마! 괴물을 구경거리로 삼듯이 네놈을 구경거리로 만들어 주마. 목에 널빤지를 걸어 그곳에 '여기 폭군이 있다!' 고 써 주마."

절망과 함께 마지막 용기를 내서 맥베스가 말했다.

"어림없는 소리. 살아서 풋내기 맬컴의 발에 입맞춤하고 구경거리가 될 성싶으냐! 버냄의 숲이 던시네인을 공격할지라도, 여자에게서 태어나지 않은 네놈이 상대라 할지라도 나는 끝까지 싸우겠다."

맥베스는 미친 듯이 소리를 지르며 맥더프를 공격했다. 맥더프는 힘껏 칼을 휘둘러 맥베스의 목을 베고 그 목을 젊고 정당한 국왕인 맬컴에게 바쳤다. 맬컴은 찬탈자의 음모로 오랜 세월 빼앗겼던 정권을 되찾았고 귀족과 백성들의 환호 속에서 온유한 왕 덩컨의 뒤를 이어 스코틀랜드의 왕이 됐다.

아테네의 타이먼

아테네의 타이먼 경은 공국의 영주처럼 재산이 풍족해 성대한 잔치를 벌이기를 좋아했다. 바닥이 없을 것처럼 보였던 타이먼의 재산은 수입이 지출을 따라잡을 수 없을 만큼 빨리 온갖 종류의 모든 계급의 사람들에게 물처럼 뿌려졌다.

가난한 사람들뿐만 아니라 지체 높은 귀족들도 시종과 부하들 사이에 섞여 타이먼 경의 은혜를 받는 걸 부끄럽게 여기지 않았다. 타이먼 경의 향연에는 온갖 사치스런 손님들이 빈번히 들락거렸고 아테네를 찾아온 모든 여행객들까지도 타이먼 저택을 자유롭게 들락거렸다.

막대한 재산이 있는 데다 대범하고 손이 큰 성격 탓에 타이먼 경은 만인의 신뢰와 사랑을 받고 있었다. 마치 거울에 자신을 비추듯 후원자의 기분을 자신의 얼굴에 반영시키는 아첨꾼들에, 거칠고 완고하게 빈정대는 사람까지 온갖 성격의 사람들이 타이먼을 떠받들어 왔다.

사람들을 경멸하고 세속적인 것에는 관심이 없는 척하며 빈정대는 냉소꾼들도 타이먼 경의 너그러운 태도와 대범한 심성에는 저항하지 못한 채, 결국(자신의 의지와 다른 행동이지만) 타이먼 저택에 찾아와 호화로운 접대를 받고 타이먼 경에게 인정을 받거나 인사라도 받을 양이면 그것만으로도 세상 전부를 얻은 듯한 기분이 되어 돌아갔다.

만약 시인이 시를 써서 시를 세상에 알리고 싶다면 타이먼 경에게 헌정하기만 하면 됐다. 시는 반드시 팔리고 곧바로 돈이 지불됐으며, 저택은 물론 연회의 출입도 언제든지 허락됐다.

만약 화가가 그림을 팔고 싶다면 타이먼 경에게 들고 가, 그 그림의 가치에 대해 경의 심미안을 묻는 척만 하면 그것만으로도 시원한 성격의 타이먼 경은 그림을 사 주었다.

만약 보석상이 고가의 보석을 가지고 있거나, 포목상이 호화로운 금실로 짠 옷감을 가지고 있지만 너무 비싼 탓에 팔지 못하고 있다면, 타이먼 경의 저택으로 달려갔기 때문에 매일 시장이 벌어진 것 같았다. 그리고 상인들은 원하는 값에 물건과 보석들을 팔아 치울 수 있었으며, 게다가 허물없는 타이먼 경은 아주 각별한 대접을 하며 정말 귀한 물건을 먼저 살 수 있는 권리를 줘서 고맙다는 듯이 상인들에게 감사의 인사를 했다. 때문에 타이먼 경의 저택은 항상 쓸데없는 물건으로 가득 찼다. 그런 물건들은 그저 불쾌할 정도로 요란스럽게 화려함을 더해줄 뿐 아무 도움도 되지 않았다. 그리고 타이먼 경 자신도 온갖 사람들이 꼬여들어 불편함을 느끼고 있었다. 빈둥대는 손님, 거짓말쟁이 시인, 화가, 악덕 장사꾼, 귀족, 귀부인, 돈을 걱정하는 신하와 뭔가를 얻어내려는 무리들이 끊임없이 저택을 점령한 채, 속이 뒤집어질 정도의 아첨을 타이먼 경의 귀에 속삭이며 마치 신에게 기도를 하듯 타이먼 경을 추앙했다. 타이먼 경이 말을 탈 때 발을 거는 등자까지 신성시했으며, 자유롭게 숨을 쉴 수 있는 것조차 타이먼 경의 허락과 은혜 덕인 양 여기는 것 같았다.

이렇게 매일 타이먼 경을 찾아오는 무리 속에는 자신의 능력을 초월한 호화로운 생활로 인해 채권자들의 신고로 감옥 생활을 하게 됐다가 타이먼 경의 도움으로 새 인생을 찾게 된 젊은이들이 몇 명 있었다. 이 젊은 난봉꾼들은 자신의 빚을 갚아준 타이먼 경을 추종하게 됐다. 이런 난봉꾼들과 절도 없는 생활을 하는 무리들은 공감대가 형성된 타이먼 경을 존경할 수밖에 없었다.

이들은 재산으로는 타이먼 경을 따를 수 없지만, 자신의 것이 아닌 재산을 물 쓰듯 낭비하는 사치로 타이먼 경을 흉내 내는 것이 가장 쉽다는 점을 깨닫게 된 것이다. 이런 파리 떼 같은 인간들 중에 벤티디어스라는 남자가 있었다. 타이먼은 최근 이 남자의 변제 기일이 다 된 5달란트의 빚을 그 자리에서 갚아 주었다.

그러나 이렇게 매일같이 넘쳐나는 무리들 중에서도 유독 눈에 띄는 것은 타이먼 경에게 선물을 가져오는 사람들이었다. 만약 이들의 개나, 말, 싸구려 가구들이 타이먼 경의 눈에 들기만 한다면 그들에게는 돈을 벌 절호의 기회였다. 어떤 물건이든 타이몬 경이 칭찬을 한 물건이라면, "정말 하찮은 물건이라 송구스럽지만 받아주신다면 영광으로 생각하겠습니다."라는 틀에 박힌 인사를 하고 다음 날 반드시 타이몬 경에게 상납하는 것이다.

그리고 이 개와 말 그 밖의 어떤 물건이라 할지라도 받은 선물에 뒤지지 않게 아끼지 않고 보답을 해 주는 타이먼 경이기 때문에, 스무 마리의 개나 스무 마리의 말보다 훨씬 가치가 있는 물건으로 보답해 줄 것이 틀림없었다. 이렇게 선물을 하는 척하는 무리들은 모두 이 사실을 알고 있었다. 그래서 그들의 거짓된 선물은 크고 빠른 이자가 붙어 되돌아오게 돼 있어 그만한 투자 가치가 있는 것이었다.

이 방법을 써서 루시어스 경은 최근 은으로 된 말 장신구를 단 유백색의 말 네 마리를 타이먼 경에게 선물했다. 이 빈틈없는 귀족은 우연히 타이먼 경이 그 말들에 대해 칭찬하는 소릴 들은 적이 있었던 것이다.

또 다른 귀족인 류컬러스 또한 마찬가지로 그야말로 정성을 다하는 것처럼 한 쌍의 그레이하운드 개를 타이먼에게 선물했다. 이 사냥개의 아름다운 자태와 빠른 다리에 대해 칭찬하는 것을 들었기 때문이다.

대범한 타이먼은 이런 것들을 선물하는 사람들의 검은 속을 조금도 의심하지 않고 받아들였다. 이들이 자신들의 욕심으로 가득한 선물의 대가로 뭔가 값비싼 것, 예를 들어 스무 배 이상의 가치가 있는 다이아몬드나 보석을 받게 된 것은 두 말할 필요도 없다.

때로 이런 무리들은 좀 더 직접적인 방법으로 접근하기도 했다. 조잡하고 빤한 수법들이었지만 타이먼 경은 털끝만치도 의심을 하지 않았기 때문에, 타이먼 경이 가지고 있는 물건이나 타이먼 경이 방치해 둔 물건, 최근 사들인 물건 등에 관심을 보이며 칭찬을 하는 것이었다.

그러면 자상하고 다루기 쉬운 타이먼 경에게서 칭찬했던 물건을 선물로 받아낼 수 있었던 것이다. 때문에 아무런 봉사도 할 필요가 없었다. 그저 빤하고 값싼 아첨만으로도 충분했다.

이런 식으로 불과 며칠 전에도 타이먼 경은 천박한 마음을 품은 귀족 중 한 명에게 최근 본인이 타고 다니던 밤색 털의 준마를 선물했다. 그 귀족이, 달리는 모습이 멋진 아주 훌륭한 말이라고 칭찬한 적이 있었기 때문이다. 타이먼 경은 사람들이 원하지 않는 것을 칭찬할 리가 없다고 생각하고 있었다.

왜냐하면 타이먼 경은 친구의 감정을 자신의 감정을 기준으로 측정했으며, 게다가 뭔가를 선물하는 것을 아주 좋아했기 때문에 이런 위선자들에게 나라를 통째로 선물해도 아깝지 않다고 여기고 있었다.

그렇다고 해서 타이먼 경의 재산이 전부 이런 사악한 아첨꾼들의 배를 불리는 데만 쓰인 것은 아니었다. 타이먼 경은 고상하고 칭송받을 만한 일들도 많이 했다. 예를 들어 타이먼 경의 시종 중에 한 명이 아테네의 부잣집 딸을 사랑한 적이 있었다. 그러나 그녀는 재산 면에서나 신분에서도 시종과는 차원이 달랐기 때문에 시종과 그녀의 결혼은 불가능할 것 같았다. 바로 그때 타이먼 경이 아테네의 금화 3달란트를 아낌없이 시종에게 건네주어 시종의 재산을 그녀의 지참금과 똑같이 해 주었던 적이 있었다.

그러나 타이먼 경의 재산을 제멋대로 갉아먹고 있는 것은 대부분의 건달들과 식객들이었다. 타이먼 경은 이 무리들이 거짓된 친구들이라는 것을 모르는 채, 자신의 주변에 꼬여들자 틀림없이 자신을 존경하기 때문이라고 생각했다. 게다가 그런 무리들은 타이먼에게 웃는 얼굴로 아부를 하고 있어, 현인들과 선인들이 틀림없이 자신의 행동을 칭송할 것이라고 생각하고 있었다.

타이먼 경이 이런 아첨꾼과 위선자들에 둘러싸여 식사를 할 때도, 그리고 그들이 타이먼을 몰락시키며 타이먼의 건강과 번영을 축복하고 최고급 와인을 벌컥벌컥 들이켜 서서히 타이먼의 재산을 낭비하고 있을 때도, 타이먼 경은 진정한 친구와 아첨꾼을 구분할

줄 몰랐다.

이런 광경을 보며 마음이 교만해져 진실을 꿰뚫어 볼 수 없게 된 눈에는 정말로 귀중하고 즐거운 경험처럼 비춰지는 것이었다(당연히 모든 경비는 타이먼 경의 주머니에서 나오고 있었다). 그리고 이렇게 경사스럽고 형제들처럼 우애가 돈독한 모습(타이먼 경에게는 그렇게 보였다)을 보며 희열을 느끼고 있었다.

이처럼 타이먼 경은 참된 친절을 넘어서, 마치 부의 신 플루터스가 자신의 집사라도 된 양 아낌없이 은혜를 베풀고 있었다. 타이먼 경은 이렇게 아무 근심걱정도 하지 않은 채, 호사스러운 생활을 멈추지 않고, 지출에 대해서도 전혀 신경 쓰지 않고, 이런 생활이 과연 언제까지 지속될지 생각하지도 않고, 무모하고 방탕한 생활을 멈추려 하지 않았다.

그러는 사이 타이먼 경의 재산도 끝없이 샘솟는 것이 아닌 이상 그 끝을 알 수 없는 낭비로 인해 전부 사라질 것은 당연한 이치였다. 그러나 누가 타이먼 경에게 그 사실을 알리겠는가? 아첨꾼들일까? 이 무리들은 타이먼 경의 눈을 가리기에 더 관심이 많을 것이다.

충직한 집사 플레비어스는 주인에게 계산서를 내밀며 다른 상황이라면 시종으로서 무례할 정도로 집요하게 부탁하고 탄원하면서 사태를 명확히 파악해 달라고 눈물로 호소해서, 타이먼 경이 처해 있는 상황을 직시할 수 있도록 노력했지만 허사였다.

타이먼 경은 늘 집사의 이야기를 얼버무리며 다른 화젯거리로 돌리려 했다. 지금까지 대부분의 부자였던 사람이 거지가 된 것은 남의 간언에 귀를 기울이지 않고, 자신이 처한 상황과 자신의 진상과 역전된 운명을 믿으려 하지 않았기 때문이다.

타이먼 경 저택의 모든 방이 타이먼에게 빌붙어 먹고 마시며 떠들어 대는 인간들로 가득 차 있을 때, 술에 취해 흘린 와인 때문에 바닥이 울었고, 거실마다 호화로운 조명이 켜지고 음악과 연회소리로 집안이 울려 퍼지고 있을 때, 이 선량한 집사는 자주 아무도 없는 곳에 혼자 숨어 눈물을 흘렸다.

주인의 광기어린 관대함을 보면서 집안의 술독에서 새어나가는 와인보다 먼저 집사의 눈물이 흘러내리고 있었다.

주인이 모든 사람의 칭송을 받고 있는 것은 재산이 있기 때문인데 이 재산이 전부 사라지고 나면 그와 동시에 그를 칭송하던 입도 닫혀버릴 것이며, 술과 음식 때문에 얻은 칭송은 먹을 것이 사라지면 사라질 것이고, 한겨울에 눈구름이라도 한 조각 나타나면 이 파리 떼들이 사라질 것이라는 사실을 생각하며 집사는 다시 눈물을 흘렸다.

그러나 결국 타이먼이 이 충직한 집사의 간언에 귀를 기울이지 않으면 안 될 때가 오고 말았다. 어떡해서든 돈을 마련해야 했기 때문이다. 타이먼이 땅의 일부를 팔라고 집사에게 명령하자 플레비어스는 이렇게 보고했다.

"이전에도 몇 번이고 주인님께 들어주십사 간청했지만 허사였습니다. 실은 주인님의 땅은 대부분 이미 팔아버렸거나 아니면 저당 잡혀 있습니다. 현재 남아 있는 재산을 다 처분해도 빚은 반도 갚지 못합니다."

타이먼 경은 집사의 설명을 듣고 어처구니가 없다는 듯 황급히 대답했다.

"내 땅은 아테네에서 스파르타까지 이어져 있지 않은가."

"오오, 주인님. 세상은 하나뿐이며 한계가 있습니다. 아무리 이 세상을 다 가졌다고 하더라도 말 한 마디에 다 줘버리고 나면 이슬처럼 사라지고 말 것입니다!"

타이먼 경은 이렇게 생각하며 스스로를 위로했다.

'나는 지금까지 부정한 목적으로 은혜를 베푼 적이 없다. 아무리 내 돈 씀씀이가 어리석었다고 할지라도 나 자신의 배를 불리기 위한 것이 아니라 친구들을 소중히 여겼기 때문이다.'

그리고 울고 있는 마음씨 착한 집사에게 말했다.

"플레비어스, 기운을 내거라. 내게 고귀한 친구들이 있는 한, 내가 돈 때문에 곤경에 처하는 일은 절대 없을 것이다."

이 세상물정 모르는 귀족은 자신이 곤경에 처해 있으니 친구들을 찾아가 돈을 빌려야겠다, 지금까지 내 돈을 함께 쓰며 지내 왔으니 이번에는 다른 친구들의 돈을 내 돈처럼 쓰면 된다고 자신을 위로했다.

그리고 타이먼 경은 마치 자신의 생각대로 잘될 거라고 확신한 듯이 밝은 표정으로 루시어스 경, 류컬러스 경, 셈프로니어스 경에게 각각 전령을 보냈다. 이 세 사람은 한때 타이먼 경이 아낌없이 금품을 뿌렸던 귀족들이었다.

그리고 벤티디어스에게도 전령을 보냈다. 이 남자는 타이먼이 최근 빚을 갚아주고 감옥에서 꺼내 준 인물로 아버지가 죽으며 남겨 준 풍족한 유산을 물려받게 돼 타이먼 경의 호의에 충분히 보상을 할 수 있었다.

타이먼은 벤티디어스를 위해 대신 지불해 주었던 5달란트를 즉시 반환해 주길 바란다고 했고, 나머지 세 귀족에게는 각각 50달란트를 빌려 달라고 청했다. 그들은 내 호의를 고마워했으니, 내가 곤경에 처해 있다고 하면 50달란트의 500배라도 빌려줄 것이라고 믿어 의심치 않았다.

타이먼 경이 가장 먼저 돈을 빌려 달라고 한 것은 류컬러스였다. 이 비열한 귀족은 전날 밤 꿈에서 은쟁반과 은잔을 봤기 때문에 타이먼 경의 시종이 왔다는 소식을 듣고 그의 검은 마음은 '이건 분명히 내 꿈과 맞아 떨어져. 타이먼 경이 꿈에서 본 것 같은 선물을 보내 온 게 틀림없어.'라고 확신했다. 하지만 타이먼이 돈을 빌리러 왔다는 것을 알게 되자 물처럼 옅은 그의 우정의 정체가 드러났다. 류컬러스는 온갖 변명을 늘어놓으면서 전령에게 말했다.

"나는 이미 오래 전부터 타이먼 경의 파산을 예견하고 있었기 때문에 점심식사를 하면서 충고를 해 주었다. 그리고 저녁에 다시 만났을 때도 소비를 줄이라고 설득을 했지만, 경은 내 충고를 전혀 받아들이지 않았다."

류컬러스 경은 그의 말대로 틀림없이 타이먼의 연회에 늘 참석했으며 중요한 일들로 타이먼 경의 은혜를 입고 있었다. 그러나 그가 말한 목적으로 타이먼 경을 찾았다거나, 타이먼 경에게 유익한 조언과 간언을 했다는 것은 비열하고도 부끄러운 거짓말이었다. 게다가 자신의 거짓을 감추기 위해 전령에게 추잡한 뇌물을 주며 주인에게 가서 류컬러스 경은 외출 중이라 만나지 못했다고 전해 달라고 부탁했다.

루시어스 경을 찾아간 전령도 주인의 목적을 달성하지 못했다. 이 거짓말쟁이 귀족은 타이먼의 음식으로 배를 불리고, 타이먼이 보내 준 고가의 선물로 주머니가 찢어질 정도로 부를 축적할 수 있었지만, 바람의 방향이 바뀌어 바닥을 드러내지 않을 것 같았던 샘물이 갑자기 말라버렸다는 말을 듣고 처음에는 믿지 않았다. 그러나 사실로 확인되자 매우 안타깝다는 표정으로 이렇게 말했다.

"아쉽게도 어제 값비싼 물건을 사서(이것은 비열한 거짓말이었다) 지금은 가진 돈이 없으니 타이먼 경에게 아무 도움도 줄 수 없다. 타이먼 경과 같은 훌륭한 친구에게 도움을 줄 수 없다니 나는 인간도 아니다(그는 자신을 이렇게 불렀다). 내게 그 분처럼 고귀한 분을 기쁘게 해 줄 능력이 없는 것은 내게도 큰 불행이라고 생각하고 있다."

자신과 한솥밥을 먹었다고 모두를 친구라고 부를 수 있는 걸까? 아첨꾼들이란 모두 이런 인간들이다.

모든 사람들이 타이먼 경을 루시어스의 아버지와 같은 존재로 여기고 있었다. 루시어스의 신용은 타이먼 경의 주머니 덕에 유지됐으며 시종들의 급여도 타이먼 경이 지불해 주었다. 오만한 루시어스는 자신의 호화 저택을 짓느라 피땀을 흘린 노동자들의 임금까지도 타이먼에게 지불해 달라고 졸랐었다.

그랬음에도 불구하고 이 배은망덕한 인간은 스스로 괴물임을 자청하는 것일까! 루시어스가 타이먼 경의 부탁을 거절한 금액은, 타이먼 경이 베풀어주었던 금액과 비교한다면 자비로운 사람이 거지에게 동냥을 하는 금액에도 훨씬 못 미치는 것이다.

타이먼 경이 돈을 꿔달라고 한 셈프로니어스를 필두로 욕심 많은 귀족들은 한결같이 변명을 하거나 확실하게 거절하겠다는 대답만 전했다. 벤티디어스조차—지옥에서 구해내 지금은 부자가 된 벤티디어스마저 5달란트를 갚아 달라는 타이먼 경의 부탁을 거절했다. 게다가 그 5달란트는 타이먼 경이 비탄에 젖어 있던 벤티디어스에게 빌려준 게 아니라 흔쾌히 쾌척했던 것이다.

타이먼 경이 풍요를 누리고 있을 때는 모든 사람들이 그렇게 아부를 하며 모여들었지만, 가난해지자 그와 반대로 모두가 꺼리게 됐다. 입에 침이 마르도록 타이먼 경을 칭송하던 무리들은 자비롭다는 둥, 배포가 크다는 둥, 손이 크다는 둥 하며 떠받들었지만 채 입술에 침이 마르기도 전에 부끄러운 줄도 모르고 자비롭다는 것은 어리석은 것이며, 배포가 크다는 건 낭비가 심한 것이라고 비난하기 시작했다.

하지만 자비로운 것이 어리석은 것이라고 한다면, 이처럼 천박한 무리를 대상으로 삼는 것보다 더 어리석은 일도 없을 것이다.

이제 왕궁과 같던 타이먼 경의 저택은 사람들의 버림을 받고 꺼리는 장소가 돼 버렸다. 예전에는 지나가던 사람들이 모두 반드시 들러 와인과 맛있는 음식에 파리 떼처럼 달려들었던 장소였지만, 이제는 그저 스쳐 지나가는 장소에 불과했다. 왁자지껄하게 먹고 마시는 손님들로 가득한 대신 거칠고 시끄럽게 빚 독촉을 하는 빚쟁이들이 밀물처럼 몰려 들어와 거침없이 보증금과 이자, 담보를 내 놓으라고 아우성이었다.

모두가 냉정하고 무정한 인간들뿐이라 기한 연기나 부탁을 전혀 들어주려 하지 않았다. 때문에 타이먼의 저택은 이제 그의 감옥이 돼 버렸다. 빚쟁이들 때문에 자유롭게 집안 출입도 할 수 없는 처지에 이르게 된 것이다. 50크라운의 빚 독촉을 하는 사람도 있는가 하면 5천 크라운의 청구서를 내미는 사람도 있었다. 설령 타이먼이 자신의 피 한 방울씩이라도 짜내서 빚을 갚으려 하더라도 더 이상 짜낼 피도 없었다.

타이먼 경의 재정 상태가 이처럼 돌이킬 수 없는 절망적 상태에 빠졌다고 여겼을 때, 이 저물어가는 태양이 내뿜는 새롭고도 믿을 수 없는 광채에 모든 사람들이 깜짝 놀라 두 눈이 휘둥그레졌다. 타이먼 경이 또 다시 연회를 베풀겠다고 선언하고 연회의 단골손님, 귀족, 귀부인 등 아테네 전체의 높은 사람들과 상류 사회의 인물들을 초대한 것이다.

루시어스 경, 류컬러스 경, 벤티디어스, 셈프로니어스와 그 밖의 모든 사람들이 모였다. 타이먼 경이 금전적으로 곤경에 처해 있다고 생각했었지만, 그것은 모두 거짓이며 자신들의 우정을 시험해 보기 위해 꾸민 것이었다고 여기며, 그때 속임수라는 것을 알아차리지 못하고 몇 푼 안 되는 돈을 거절해서 타이먼 경의 신용을 얻지 못했다는 것을 후회하는 인간이 이 열등한 무리들 중에 있지 않았을까?

하지만 그와 동시에 말라버렸다고 여겼던 그 고귀한 은혜의 샘이 여전히 철철 흘러넘치고 있다는 것을 깨닫고 그들처럼 기뻐한 인간들도 없었다. 그들은 찾아와서 모르는 척하거나 변명을 늘어놓았다. 매우 침통한 얼굴로 미안한 척하며 타이먼 경이 전령을 보냈을 때는 운이 나쁘게도 돈이 없어 이렇게 존경스러운 친구를 도울 수 없었다고 변명을 늘어놓았다. 그러나 타이먼 경은 이렇게 대답했다.

"제발 그런 사소한 일에는 신경 쓰지 말아 주오. 나는 이미 깨끗이 잊었소."

그리고 이 천박하고도 변덕스런 귀족들은, 타이먼 경이 곤경에 처해 있을 때는 도움을 거절한 주제에 타이먼 경의 부가 돌아와 다시 빛을 발휘하자 초대를 거절하지 않았다. 왜냐하면 그들은 원래, 제비가 여름을 좇는 것보다 훨씬 빨리 위대한 분의 행운을 좇으며, 또한 제비가 겨울을 버리고 날아가는 것보다 훨씬 재빠르게 역경의 전조가 보이는 순간 꼬리를 감추기 시작하기 때문이다. 다시 말해 인간은 이런 철새와도 같은 것이다.

어쨌거나 지금은 음악과 함께 김이 모락모락 피어오르는 진수성찬의 큰 접시들이 분주하게 나오고 있었다. 파산했다고 여겼던 타이먼 경이 어떻게 연회를 열 돈을 구했는지 의아해 하면서 눈앞에 펼쳐지고 있는 장면이 과연 꿈인지 생신지 손님들이 자신의 눈을 의심하던 찰나, 신호와 함께 일제히 큰 접시 뚜껑들이 열리며 타이먼 경의 속셈이 확실하게 드러났다.

한때 타이먼 저택의 호화로운 연회에 아낌없이 쏟아져 나오던 산해진미를 기대하고 있던 손님들 앞에서 드디어 요리 접시의 뚜껑이 열리자 드러난 것은 가난한 타이먼 경에게 어울리는 요리, 겨우 김이 피어오르는 미지근한 물뿐이었다. 이 입으로만 친구인 무리들에게 딱 어울리는 음식이었다. 그들이 떠벌리고 다녔던 칭송은 그야말로 피어오르는 김과 같은 것이었으며, 그들의 마음은 미지근한 물처럼 뜨겁지 않은 허무 그 자체였던 것이었다. 그래서 타이먼은 당혹스러워하는 손님들을 미지근한 물로 대접한 것이다.

"자아, 이 개들아. 뚜껑을 열고 핥아라!"

타이먼 경이 명령했다.

타이먼 경은 손님들이 정신을 차리기도 전에 그들이 물을 충분히 마실 수 있도록 그 미지근한 물을 손님들의 얼굴에 퍼붓고 접시를 집어던졌다. 그러자 귀족들도 귀부인들도 모두 허겁지겁 모자를 눌러쓰고 도망치기 시작했다. 차마 눈을 뜨고 볼 수 없을 만큼 우스꽝스런 광경이었다. 타이먼 경은 여전히 손님들의 뒤를 쫓으며 그들의 정체에 대해 고래고래 소리쳤다.

"거짓말쟁이, 흉측한 기생충들, 친절의 가면을 쓴 살인마, 양의 탈을 쓴 늑대, 얌전한 척하는 곰, 재산을 노리는 거지들, 연회만 노리는 식충이, 기회주의 파리 떼!"

손님들은 타이먼을 피하기 위해 서로 밀치며 밖으로 나갔다. 저택으로 들어올 때보다 돌아갈 때 더욱 허둥거렸다. 서둘러 빠져나가기 위해 가운과 모자를 잊은 사람도 있는가 하면 보석을 버리고 도망친 사람도 있었지만, 그들은 일단 광기어린 타이먼 경과 가짜 연회에서 벗어날 수 있었던 것을 천만다행으로 여겼다.

이것이 타이먼 경의 저택에서 열린 마지막 연회가 됐다. 타이먼은 이로써 아테네와 사람들에게 작별을 고했다. 타이먼은 그 후 숲속으로 들어가 가증스러운 아테네는 물론 전 인류에게 등을 돌리고 말았다.

"저 가증스런 아테네 성곽은 땅속에 묻혀 버려라! 집이란 집은 모두 그 집의 주인들 머리 위로 무너져라! 전쟁, 분노, 가난, 질병, 온갖 재난이 아테네의 주민들을 따라다녀라! 정의의 신이시여, 아테네 인간들은 남녀노소 신분의 고하를 막론하고 한 명도 남김없이 멸망시켜 주소서!"

타이먼은 이렇게 저주하면서 숲속으로 들어갔다. 숲속이라면 아무리 잔인한 야수라 할지라도 인간보다 훨씬 더 친절할 것이라고 말했다. 타이먼은 인간의 모습을 하나도 남기지 않으려 옷을 벗어버리고 벌거벗은 채 동굴에 들어가 들짐승처럼 생활했다. 풀뿌리를 씹고 냇물을 마시며 살았다. 인간의 얼굴은 보기만 해도 피했으며, 인간보다 훨씬 낫고 친절하다고 여겨지는 들짐승들의 친구가 됐다.

타이먼 경, 사람들의 기쁨이었던 돈 많은 타이먼 경이 이제는 벌거벗은 타이먼, 인간을 싫어하는 타이먼이 돼 버렸으니 얼마나 기가 막힐 노릇이란 말인가! 아첨꾼들은 지금 대체 어디에 있단 말인가? 시종들과 그를 따르던 무리들은 어디에 있단 말인가? 살을 에는 듯한 거친 바람이 시종이 되어 따뜻이 감싸줄 수 있단 말인가? 독수리는 죽었지만 그래도 살아남은 저 딱딱하고 늙은 나무가 시종이 돼 타이먼을 위해 쾌활하고 가벼운 발걸음으로 그의 명을 따라 달려갈 것인가? 겨울이 되면 꽁꽁 얼어붙는 냇물이 술에 취한 타이먼에게 따뜻한 수프와 죽을 만들어 줄 수 있단 말인가? 아니면 황량한 숲속에 사는 짐승들이 타이먼에게 다가와 손을 핥으며

아양을 떤단 말인가?

어느 날 타이먼이 조잡한 식량인 풀뿌리를 파내다 삽에 묵직한 것이 걸리는 걸 느껴 파보니 금화 상자였다. 아마도 어느 수전노가 위험을 피해 땅속에 파묻었다가 언젠가 다시 파낼 생각이었지만 기회가 없어 아무에게도 이 사실을 알리지 못한 채 죽은 것이 분명했다.

그래서 이 금화 무더기는 성스러운 대지의 품에서 한 번도 빛을 보지 못한 채 아무 도움도 아무 피해도 입히지 않고 땅속에 묻혀 있었을 것이다. 그런데 우연히 타이먼의 삽에 걸려 다시 세상의 빛을 보게 된 것이다.

그것은 막대한 금광과도 같았다. 만약 타이먼에게 예전과 같은 마음이 남아 있었다면 친구들과 아첨꾼들을 다시 끌어들이고도 남을 만큼의 막대한 금액이었다. 그러나 타이먼은 거짓으로 가득한 인간 세상에 질렸기 때문에 금화를 보고도 아무런 감흥이 일지 않았다. 그럼에도 불구하고 금화를 다시 땅속에 파묻지 않은 것은 이 금화로 인간에게 상상도 할 수 없는 재난을 내릴 수 있을 것이라고 생각했기 때문이다. 돈 때문에 사람들 사이에서 강도, 억압, 부정부패, 폭력, 살인이 일어나는 것이다. 자신이 발견한 이 금화에서 독이 흘러들어가 인간들에게 재난을 입힐지도 모른다는 걸 상상하는 것은 즐거운 일이었다. 타이먼은 그만큼 인간에 대해 뿌리 깊은 증오심을 품고 있었다.

마침 그때 타이먼의 동굴 근처 숲속을 몇 명의 병사들이 지나고 있었다. 그들은 아테네의 무장 엘시바이어디스의 군대에 소속된 병사들이었다.

엘시바이어디스는 아테네의 원로원 의원들을 지키기 위해 군대의 선두에 서서 전쟁을 승리로 이끌었지만 은혜를 모르는 원로원 의원들에게 실망해, 그들을 몰아내기 위해 다시 개선군의 선두에 서서 진군을 했었다(아테네 사람들은 자국 장군들과 친구들을 배신하는 배은망덕한 국민으로 이미 명성이 자자했다).

그들의 진군을 매우 흡족하게 생각한 타이먼 경은 부하들에게 나누어 주라며 금화를 주었다. 그리고 이렇게 말했다.

"내가 그대에게 바라는 것은 단 한 가지다. 개선하는 그대의 군대로 아테네 전체를 불태워 버려라. 아테네 주민들을 불태워 처참하게 죽여라. 흰 수염을 기른 노인이라 할지라도 용서하지 말라. 놈들은 고리대금업자다. 아무리 천진난만한 얼굴을 하고 있는 어린아이라도 용서하지 말라. 어른이 되면 배신자가 될 것이다. 누구를 보든 무슨 소릴 듣든 간에 동정하지 말라. 여자들과 갓난아기가 비명을 지르더라도 망설이지 말고 전부 멸망시켜라. 그리고 당신이 승리를 거두면 승리자인 당신도 신들에 의해 죽임을 당하길."

타이먼은 이렇게까지 아테네와 아테네 시민들을, 그리고 전 인류를 증오하고 있었다.

타이먼이 이렇게 혼자 인간의 삶이 아닌 짐승의 생활을 하고 있던 어느 날, 한 남자가 동굴 입구에서 자신을 우러러보며 서 있는 것을 발견하고 깜짝 놀랐다.

그것은 정직한 집사 플레이비어스였다. 주인에 대한 사랑과 충성심 때문에 비참한 생활을 하고 있는 주인을 찾아내 섬기고자 했던 것이다. 주인, 한때 고귀했던 타이먼 경이 초췌한 몰골로 막 태어났을 때와 똑같이 벌거벗은 채 짐승들과 함께 짐승처럼 살고 있는 모습. 애처로운 몰락을 그림으로 그린 듯한 애도의 기념비와 같은 모습을 본 순간, 이 충직한 집사는 충격과 공포에 사로잡혀 아무 말도 못하고 멍하니 서 있었다.

겨우 입을 여나 싶었는데 이번에는 눈물이 앞을 가로막아 무슨 소리인지 알아듣지 못했기에 타이먼은, 이 남자가 자신의 집사였다는 것을 깨닫는 데 꽤 시간이 걸렸다. 또한 타이먼이 알고 있던 인간들과 달리 나락에 떨어진 자신을 모시기 위해 찾아왔다니 도대체 이해할 수가 없었다. 인간의 모습을 한 집사 또한 배신자이며 거짓 눈물을 흘리고 있는 것이 아닐까 의심했지만, 충직한 집사가 온갖 증거를 제시하며 자신의 충성이 거짓되지 않았다는 것을 증명하자, 이 충직한 집사가 진심으로 다시 옛 주인을 섬기기를 원하고 있다는 것을 깨달은 타이먼도 "이 세상에 단 한 사람 정직한 친구가 있었군."하며 인정했다.

하지만 이 시종 또한 인간의 모습을 하고 있는 이상 혐오감을 떨치고 얼굴을 바라볼 수 없었으며 그의 입에서 흘러나오는 말 또한 역겨워서 들을 수가 없었다. 그래서 세상의 단 한 명의 정직한 집사도 떠나지 않으면 안 됐다. 이유는 단지 집사도 인간이기 때문이다. 다른 사람보다 너그럽고 인정이 많다고는 하지만 역겨운 인간의 모습을 하고 있는 건 변함이 없었기 때문이다.

그런데 가련한 집사와 비교도 할 수 없을 만큼 지체 높은 방문객들이 타이먼이 살고 있는 원시 동굴의 정적을 깨려고 하고 있었다. 배은망덕한 아테네 귀족들이 고결한 타이먼에게 했던 자신들의 잘못을 후회할 때가 오고 만 것이다. 왜냐하면 엘시바이어디스가 마치 맹렬한 멧돼지처럼 아테네 성곽을 둘러싸고 격렬한 공격을 퍼부어 당장이라도 아름다운 아테네 전체가 잿더미로 바뀌려 하고 있었기 때문이다.

그러자 이제 와서 은혜를 쉽게 잊어버리는 귀족들의 머릿속에 용맹했던 장군 타이먼 경의 무공과 군사행동이 떠올랐던 것이다. 타이먼 경은 한때 아테네의 용감하고 노련한 장군이었다. 아테네 전체를 통틀어 단 한 명, 타이먼이라면 지금 아테네를 포위하고 있는 적군 엘시바이어디스를 물리 칠 수 있을 것이라고 생각했기 때문이었다.

이런 긴급한 상황에서 타이먼을 방문할 원로원 의원의 대표단이 꾸려졌다. 타이먼이 곤경에 처해 있을 때 전혀 도움을 주지 않았지만, 자신들이 궁지에 몰리자 타이먼을 찾아온 것이다. 그것은 타이먼에게 도움주기를 거절하고서도 타이먼이 호의를 베푸는 것은 당연하다고 생각하고, 타이먼에게 무례와 무자비한 행동을 하고서도 친절을 기대하는 것과 같았다.

지금 원로원 의원들은 불과 얼마 전에 배은망덕하게도 타이먼을 아테네 시에서 쫓아낸 주제에 참회의 눈물을 흘리며 아테네를 살려달라고 호소하는 것이었다. 이제 와서

"타이먼 경의 부와 권력, 작위도 돌려드리겠습니다. 과거의 손해를 보상해 드리겠습니다. 그러면 시민의 존경과 사랑을 받게 될 것입니다. 만약 타이먼 경께서 아테네로 돌아오셔서 아테네 시민을 구해 주신다면 저희들의 목숨, 재산, 자유를 모두 가져가셔도 좋습니다."라며 간청했다.

그러나 벌거벗은 타이먼, 인간을 증오하는 타이먼은 더 이상 과거의 타이먼이 아니었다. 박애의 귀족, 용맹한 남자, 전쟁의 수호신, 평화로울 때 칭송받던 그 옛날의 타이먼 경이 아니었다. 타이먼은 대표단에게 이렇게 말했다.

"설령 엘시바이어디스가 동포들을 살육한다고 할지라도 나는 즐거울 뿐이다. 놈들이 설령 아름다운 아테네를 약탈하고 남녀노소를 불문하고 살육을 저지른다 할지라도 나는 그저 즐거울 뿐이다. 아테네에서 가장 존경받는 노인의 목보다 폭도들의 진영에 있는 칼이 내게는 더 소중하다."

이것이 실망하며 울부짖는 원로원 의원들에게 해준 답변의 전부였다. 타이먼은 그들이 떠나기 직전에 이렇게 덧붙였다.

"아테네 시민들에게 이렇게 안부를 전하라. 엘시바이어디스의 분노를 잠재우고 슬픔과 근심을 덜기 위한 한 가지 방법이 남아 있다고. 그것을 그대들에게 가르쳐 주겠다. 내가 아직 동포에 대한 애정을 완전히 버리지 못했기 때문에 죽기 전에 모두를 위해 한 가지만 일러 주겠다."

이 말을 들은 원로원 의원들은 조금이나마 희망을 품게 됐다. 타이먼의 마음에 아테네를 걱정하는 마음이 되돌아왔다는 희망을 가지게 된 것이다.

"나는 동굴 근처에 한 그루의 나무를 심어 두었다. 나는 때를 봐서 그 나무를 잘라낼 생각이다. 그 전에 아테네의 신분 고하를 막론하고 고통을 피하고 싶은 자가 있다면, 내가 나무를 잘라내기 전에 그 나무를 음미하도록 하라. 다시 말해 그 나무에 목을 매달라는 말이다. 그러면 고통에서 벗어날 수 있을 것이다."

이것이 타이먼 경이 인간에게 베푼 셀 수 없이 많은 고귀한 은혜 중의 마지막 친절이었다. 또한 바로 그날이 아테네 사람들이 타이먼을 본 마지막 날이기도 했다. 왜냐하면 그 후 며칠이 지나 한 가난한 병사가 타이먼이 자주 지나던 숲에서 조금 떨어진 해변 가를 지나다가 무덤 하나를 발견했다. 무덤에는 인간을 증오하는 타이먼의 묘라는 것을 짐작하게 해주는 묘비명이 새겨져 있었다.

나는 이 세상을 사는 동안 모든 인간들을 증오했다.

내가 죽어가며 바라는 것은

질병이 세상의 모든 비겁자들을 멸망시키는 것이다.

타이먼이 폭력으로 인해 살해당했는지 아니면 그저 살기가 싫어
져 인류를 저주한 나머지 스스로 목숨을 끊었는지는 확실하지 않
지만, 사람들은 타이먼다운 묘비명과 살아있을 때와 마찬가지로
죽어서까지도 인류를 증오한 타이먼의 일관된 삶에 탄식을 금하지
못했다.

또한 어떤 사람들은 파도 치는 해변 가를 묘지로 선택한 그의 기
발한 착상을 맘에 들어 하기도 했다. 그곳이라면 광대한 바다가 영
원히 타이먼의 묘지에 눈물을 적셔 줄지도 모르기 때문이었다.

위선적이고 사람을 속이는 인간들의 일시적이고 거짓된 눈물을
경멸이라도 하듯이.

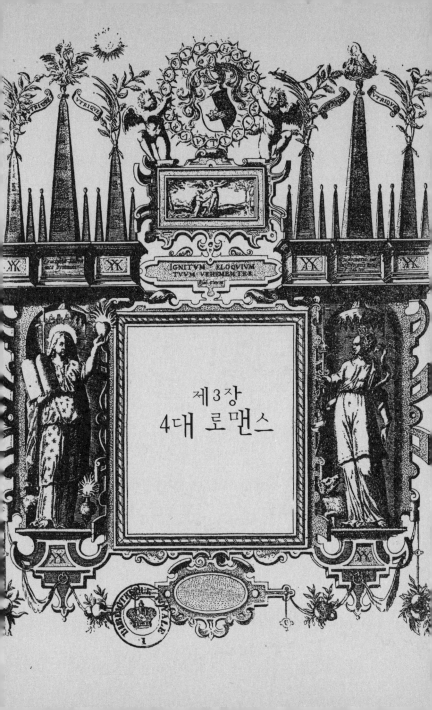

제3장
4대 로맨스

겨울 이야기

시칠리아의 왕 레온테스와 아름답고 정숙한 왕비 헤르미오네는 원앙처럼 사이가 좋았다. 이토록 훌륭한 귀부인의 사랑을 받는 레온테스는 너무나 행복해서 더 이상 바랄 게 없었다. 다만 이따금씩 오랜 친구인 보헤미아의 왕 폴릭세네스를 한번 왕궁으로 초청해서 왕비를 소개해 주고 싶은 바람이 있었다. 레온테스 왕과 폴릭세네스 왕은 어릴 적부터 함께 자랐지만, 둘 다 부왕의 죽음으로 본국으로 돌아가 나라를 다스려야만 했다. 그 후로 오랜 세월 동안 만날 수 없어서 자주 선물과 편지, 친선 사절단을 교환하고 있었다.

몇 번이나 초대를 받을 끝에 마침내 폴릭세네스 왕이 친구 레온테스 왕을 만나기 위해 보헤미아에서 시칠리아로 찾아왔다.

레온테스 왕은 너무나 기뻐서 왕비에게 어릴 적 친구를 각별하게 대접해 달라고 부탁했다. 그토록 그리워하던 옛 친구를 만나니 레온테스 왕의 행복은 완벽하고 충만해 보였다. 두 사람은 옛일을 떠올리며 학창시절의 일들과 어릴 적에 했던 짓궂은 장난들을 헤르미오네 왕비에게 들려주었다. 왕비는 항상 그들의 옛이야기에 함께 하면서 분위기를 돋우었다.

오랫동안 머무른 뒤에 폴릭세네스 왕이 돌아갈 준비를 하자, 헤르미오네 왕비는 폴릭세네스에게 남편 레온테스 왕이 간곡하게 부탁하니 좀 더 머물다 가라고 간청했다.

그런데 이 일로 마음씨 착한 왕비의 비극이 시작될 줄이야. 레온테스 왕이 직접 부탁할 때는 들어 주지 않던 폴릭세네스가 헤르미오네의 상냥한 설득에 감복해 출발을 몇 주 뒤로 미루자, 레온테스 왕은 마음의 평정을 잃어 갔다. 그는 친구인 폴릭세네스 왕의 성실하고 고결한 도덕심을 너무나 잘 알고 있었지만 그럼에도 그만 질투에 눈이 멀고 말았다.

헤르미오네는 그저 남편의 부탁을 받았기에 남편이 기뻐하길 바라며 폴릭세네스 왕을 성심성의껏 대접했지만, 아쉽게도 왕비의 마음씀씀이가 하나하나가 레온테스 왕의 질투심을 더욱 자극하는 결과로 이어졌다.

레온테스 왕은 애정이 깊고, 성실한 친구이자, 누구보다도 아내를 사랑하던 남편이었지만 갑자기 야만스럽고 냉혹한 괴물로 바뀌어 버리고 말았다. 레온테스는 신하인 카밀로를 불러 마음에 품고 있던 의혹을 털어놓고 폴릭세네스 왕을 독살하라고 명령하였다.

카밀로는 선량한 사람이었다. 레온테스 왕의 질투심이 전혀 근거 없는 의심이라는 것을 알고 있었기에 카밀로는 폴릭세네스 왕을 독살하는 대신에 왕의 명령을 폴릭세네스에게 알리고 시칠리아에서 함께 탈출하기로 했다. 카밀로의 도움으로 폴릭세네스는 무사히 자신의 나라 보헤미아로 돌아갈 수 있었다. 카밀로는 폴릭세네스 왕의 궁에 살면서 왕의 가장 친한 친구이자 신임 받는 신하가 됐다.

폴릭세네스가 도망치자 질투에 눈이 먼 레온테스의 분노는 완전히 폭발했다. 그가 왕비의 거처로 가 보니, 선량한 왕비가 어린 왕자 마밀리우스와 함께 있었고, 왕자가 엄마 앞에서 재롱을 떨며 자신이 제일 좋아하는 이야기를 막 시작하고 있었다. 왕은 성큼성큼 방으로 들어가 왕자를 데리고 나온 뒤 헤르미오네를 감옥에 가둬 버렸다.

마밀리우스는 아직 천진난만한 어린아이였지만 어머니에 대한 사랑이 매우 깊었다. 마밀리우스는 어머니가 굴욕을 당하고 자신과 떨어져 감옥에 갇혀 있다는 것을 알게 되자, 너무나 슬퍼한 나머지 점점 기운을 잃더니 식욕을 잃고, 잠을 이루지 못해 수척해지면서 당장이라도 죽을 것처럼 보였다.

왕은 왕비를 감옥에 넣은 뒤 클레오메네스와 디온이라는 신하를 시켜, 델포이의 아폴로 신전으로 가서 왕비가 자신을 배반했는지에 대해 신의 뜻을 듣고 오라고 명령했다.

헤르미오네는 투옥된 지 얼마 안 돼 예쁜 딸을 낳았다. 불쌍한 왕비에게는 귀여운 갓난아기가 큰 위로가 되었다. 왕비는 아기에게 이렇게 말했다.

"나의 귀엽고 사랑스러운 불쌍한 죄수야. 네가 아무 죄 없는 것처럼 나도 그렇단다."

한편, 헤르미오네에게는 폴리나라는 좋은 친구가 있었다. 기품이 넘치는 여성으로 시칠리아 귀족 안티고누스의 아내였다. 폴리나 부인은 왕비가 공주를 낳았다는 소식을 듣고 헤르미오네가 갇혀 있는 감옥으로 달려가 헤르미오네의 시중을 들고 있는 에밀리아에게 이렇게 말했다.

"에밀리아, 부디 왕비님께 이렇게 전해다오. 만약 왕비께서 나를 믿고 어린 공주님을 내게 맡긴다면 공주의 아버지인 폐하께 데려가겠다고 말이다. 천진난만한 공주의 얼굴을 보면 폐하의 마음이 조금이나마 누그러질지도 모른다고 말이야."

"부인, 부인의 고귀하신 말씀을 왕비님께 전하겠습니다. 오늘도 왕비님께서는 공주를 폐하께 보여드릴 용기 있는 친구가 있다면 좋겠다고 말씀하셨습니다."

"그리고 이 말도 전해 줬으면 해. 내가 폐하 앞에서 당당하게 왕비님을 변호할 생각이라고."

"자애로우신 왕비님을 위해 친절을 베풀어 주신 부인께 항상 신의 가호가 있기를 기도하겠습니다."

에밀리아는 곧바로 왕비에게로 달려갔다. 왕비는 매우 기뻐하며 공주를 폴리나에게 맡겼다. 왜냐하면 공주를 왕에게 데려가 보여 드릴 만큼 용기가 있는 사람이 한 사람도 없는 게 아닐까 걱정했기 때문이었다.

폴리나의 남편은 그런 짓을 하면 왕의 노여움을 더하게 할 뿐이라고 아내를 극구 말렸지만 폴리나는 그것을 뿌리치고 갓 태어난 공주를 품에 안고 무턱대고 왕에게 달려갔다. 폴리나는 왕의 발밑에 공주를 내려놓고 헤르미오네 왕비를 변호하는 품위 있는 연설을 시작했다. 또한 왕의 잔인한 처사를 엄격히 비난하며 죄 없는 왕비와 어린 공주에게 자비를 베풀어 달라는 탄원을 올렸다. 하지만 폴리나의 대담한 간언은 레온테스 왕의 노여움을 살 뿐이었다. 왕은 폴리나의 남편 안티고누스에게 여자를 끌어내라 명령했다.

폴리나는 물러나면서 어린 공주를 왕의 발밑에 그냥 놓아두고 나왔다. 왕과 어린 공주 단 둘이만 남게 되면 어린 공주의 가엽고 천진난만한 모습을 보고 측은한 생각이 들 것이라고 생각했기 때문이다.

하지만 이것은 선량한 폴리나의 착각이었다. 폴리나가 물러나자 무자비한 왕은 폴리나의 남편 안티고누스에게 공주를 바다로 데려가 아무도 없는 해안에 내버리라고 명령했다.

안티고누스는 선량한 카밀로와는 달리 레온테스 왕의 명령을 지나칠 정도로 충실하게 이행했다. 그는 즉시 공주를 배에 태워 바다로 나갔다. 어디든 맨 처음 눈에 띄는 적막한 해변에 내다 버릴 생각이었다.

왕은 헤르미오네의 부정을 조금도 의심하지 않는 터라, 아폴로 신전으로 파견했던 클레오메네스와 디온이 돌아오길 기다리지 않았다. 그리고 산후 조리도 채 끝나지 않았고, 소중한 공주를 잃은 슬픔으로 몸도 추스르지 못하는 왕비를 끌어내 왕궁의 고관과 귀족들이 늘어선 가운데서 재판을 열었다.

헤르미오네를 재판하려고 시칠리아 왕국의 고관과 재판관, 귀족들이 모였다. 불행한 왕비가 죄인의 몸으로 나와 신하들 앞에서 판결을 기다리며 서 있을 때, 클레오메네스와 디온이 재판장에 들어와서 밀봉된 신의 뜻을 국왕에게 전달했다. 그러자 레온테스 왕은 봉투를 뜯어 신의 뜻을 낭독하라고 명령했다.

그곳에는 이렇게 적혀 있었다.

"헤르미오네는 무죄, 폴릭세네스에게는 책임이 없음. 카밀로는 충신이며 레온테스는 질투심이 강한 폭군이다. 잃어버린 것을 찾지 못한다면 왕은 후계를 잇지 못할 것이다."

그러나 왕은 신의 계시도 믿지 않고, 그것은 다 왕비의 측근들이 꾸며낸 거짓말이라고 말했다. 그리고 재판관에게 왕비의 재판을 계속 진행하라고 명령했다. 그런데 레온테스가 막 명령을 내리는 사이, 신하 한 명이 다가와 마밀리우스 왕자가 어머니를 사형시키려는 재판이 열렸다는 소식을 듣고 슬픔과 굴욕을 참지 못해서 갑자기 숨졌다고 전했다.

헤르미오네는 사랑스럽고 정 많은 왕자가 어머니의 불행을 슬퍼하다 죽었다는 소식을 듣고는 그만 기절해 버리고 말았다. 레온테스 왕도 갑작스런 왕자의 죽음에 마음이 흔들려 왕비가 불쌍하고 애처롭게 느껴졌다. 그래서 폴리나와 왕비의 시녀에게 왕비를 데려가 의식을 되찾도록 간호하라 명령했다. 하지만 폴리나는 금세 돌아와서 헤르미오네 왕비가 그대로 승하하셨다고 말했다.

레온테스 왕은 왕비가 죽었다는 소식을 듣자 지금까지 자기가 너무나 가혹한 행동을 했다고 후회하면서 왕비가 얼마나 가슴 아파했을지 괴로워하다가 비로소 아내에게는 죄가 없었다는 사실을 믿게 됐다. 그리고 신의 뜻이 옳다고 여기게 됐다. "잃어버린 것을 찾지 못한다면"이라는 말의 뜻은 가여운 공주를 가리키는 게 분명하고, 이미 어린 마밀리우스 왕자가 죽어버렸으니 자신의 대가 끊겼다고 생각했다. 그리고 잃어버린 공주를 되찾을 수만 있다면 왕국 전체를 잃는다 해도 아까울 게 없다고까지 생각하게 됐다. 레온테스는 회한에 잠겨 몇 년 동안이나 침통하고 슬픈 나날들을 보내야 했다.

한편, 어린 공주를 바다에 버리러 갔던 안티고누스의 배는 거친 풍랑 때문에 이리저리 표류하다 선량한 폴릭세네스의 왕국인 보헤미아 해안으로 떠밀려 갔다. 안티고누스는 그곳에 상륙한 뒤 아기를 버렸다.

그가 배로 되돌아가려 할 때 숲속에서 갑자기 곰 한 마리가 나타나 안티고누스를 습격했다. 그는 피투성이가 되어 죽었다. 레온테스 왕의 사악한 명령을 따랐으니 천벌을 받은 것이다. 그래서 안티고누스는 시칠리아로 돌아가 레온테스 왕에게 공주를 어디에 버렸는지 보고할 수 없었다.

버려진 아기 공주는 좋은 옷을 입고 보석으로 몸을 감싸고 있었다. 헤르미오네 왕비가 공주를 레온테스 왕에게 보낼 때 깔끔하게 치장을 해서 보냈기 때문이다. 안티고누스는 공주의 망토에 메모 조각을 달아 두었다. 그 종이에는 '잃어버린 것'이라는 의미의 '페르디타'라는 이름이 적혀 있어 고귀한 태생에 불행한 운명이라는 것을 짐작할 수 있었다.

이 가여운 공주를 어느 양치기가 거두었다. 양치기는 인정이 많은 사람으로 어린 페르디타를 집으로 데려가 아내에게 보여주었다. 양치기의 아내는 그 아이를 소중하게 키웠다.

하지만 가난에 찌든 양치기는 자신이 발견한 귀중품들을 몰래 감추기로 마음먹었다. 그래서 자신이 어떻게 해서 부자가 됐는지 아무도 알 수 없도록 그 마을을 떠나 버렸다. 그리고 페르디타의 보석 중 일부를 팔아 양떼를 사들여 부자가 되었다. 양치기는 페르디타를 친자식처럼 키웠으며, 페르디타도 자신이 양치기 딸이 아닐

거라고는 상상도 못했다.

어린 페르디타는 아름다운 처녀로 성장했다. 양치기 딸로서의 교육밖에 받지 못했지만 왕비인 어머니에게 물려받은 선천적인 기품이 페르디타의 순박한 마음에서 빛나고 있었기 때문에 만약 왕궁으로 돌아간다고 해도 그녀의 품행으로 볼 때 페르디타가 친아버지의 왕궁에서 교육받지 않았다는 걸 아무도 간파하지 못했을 것이다.

보헤미아의 왕 폴릭세네스에게는 플로리젤이라는 외아들이 있었다. 어느 날 젊은 왕자가 양치기의 집 근처에서 사냥을 하다가 양치기 노인의 딸 페르디타를 발견했다. 페르디타의 아름다움, 신중함, 왕비와 같은 품행을 보고, 왕자는 한눈에 사랑에 빠져 버렸다. 그는 그 후로 평민 복장을 하고 이름도 도리클레스라는 가명을 쓰며 늙은 양치기의 집을 빈번히 드나들기 시작했다.

폴릭세네스 왕은 플로리젤 왕자가 자주 왕궁에서 빠져나가는 걸 수상히 여겨 신하에게 왕자의 뒤를 밟으라고 지시했고, 왕자가 양치기의 아름다운 딸에게 빠져 있다는 걸 알게 됐다.

폴릭세네스 왕은 카밀로를 불렀다. 분노에 차서 광기를 부렸던 레온테스 왕에게서 자신을 구해준 바로 그 충성스런 카밀로를. 그리고 페르디타의 아버지라 여겨지고 있는 양치기의 집까지 동행해 줄 것을 부탁했다.

폴릭세네스 왕과 카밀로 두 사람 모두 변장을 하고 늙은 양치기의 집에 가 보니 그곳에서는 양털 깎기 잔치가 한창 벌어지고 있었다. 두 사람은 처음 보는 낯선 사람이었지만 양털 깎기 잔치에서는 어떤 손님이라도 환대하는 풍습이 있어 그들도 집 안으로 초대돼 잔치에 참가하게 됐다.

모두가 와자지껄 떠들며 웃고 즐겼다. 식탁에는 시골에서 맛볼 수 있는 여러 가지 맛있는 음식들이 차려져 있었다. 집 앞의 풀밭에서는 몇 명의 젊은 남녀가 춤을 추고 있었고, 또 다른 젊은이들은 문 앞에서 떠돌이 장사꾼들에게서 리본이며 장갑, 그 밖의 잡동사니를 사고 있었다.

이렇게 모두가 와자지껄 잔치를 즐기고 있었지만, 플로리젤과 페르디타는 주변 젊은이들의 기분전환이나 즐거운 오락에 어울리기는커녕 멀리 떨어진 조용한 곳에 앉아 서로 이야기를 나누고 있었다. 그들은 그것이 훨씬 즐거워 보였다.

폴릭세네스 왕은 너무나 그럴듯하게 변장을 하고 있었기 때문에 왕자가 눈치 챌 걱정이 없었다. 그래서 두 사람의 이야기가 들리는 곳까지 가까이 다가갔다. 왕자와 이야기를 나누고 있는 페르디타의 수수하지만 품위 있는 태도에 폴릭세네스 왕도 적지 않게 놀랐다. 왕이 카밀로에게 말했다.

"이렇게 아름다운 양치기의 딸은 본 적이 없네. 아무리 봐도 이 처녀의 행동거지와 말투가 어딘가 기품 있어 보이는군. 이런 곳에는 어울리지 않네 그려."

"그렇습니다, 저 처녀는 그야말로 젖 짜는 여왕입니다."라고 카밀로가 대답했다.

"이보시오, 영감."

왕이 늙은 양치기에게 물었다.

"댁의 딸과 이야기하고 있는 저 잘생긴 청년은 누구요?"

"다들 도리클레스라고 부릅니다요. 제 딸에게 반했다는데 솔직히 지금은 누가 누구한테 반했는지 모르겠어요. 저 도리클레스라는 청년이 우리 딸과 결혼한다면 그야말로 호박을 넝쿨 채 거둬들이는 거죠."라고 양치기가 대답했다. 이는 페르디타의 남은 보석을 염두에 두고 한 말이다. 양치기는 보석 중 일부를 팔아 양떼를 사들였지만 나머지는 딸이 결혼할 때 가져갈 지참금으로 고이 간직하고 있었던 것이다.

폴릭세네스는 다시 아들에게 말을 걸었다.

"이보게, 젊은이! 자네는 어디에 마음을 빼앗겨서 진수성찬에는 눈도 돌리지 않나? 내가 젊었을 때는 사랑하는 사람에게 몰래 선물도 보냈는데, 장사꾼들이 다 돌아가 버렸으니 자네는 애인에게 줄 선물도 못 샀지 않나."

젊은 왕자는 그 사람이 자기 아버지인 줄은 꿈에도 생각지 못하고 이렇게 말했다.

"이것 보시오, 노인장. 이 사람은 그런 하찮은 것에는 관심이 없소이다. 페르디타가 원하는 선물은 이 마음속에 고이 간직하고 있소이다."

그리고 페르디타를 바라보며 이렇게 말했다.

"내 사랑, 페르디타. 이 노인장 앞에서 잘 들어주시오. 이분도 젊었을 때 사랑을 해본 것 같으니까 말이오. 이분도 함께 내 고백을 듣게 해 드리리다."

플로리젤 왕자는 이렇게 말하고 처음 보는 노인에게 지금부터 페르디타와 나누는 엄숙한 결혼 서약의 증인이 돼 달라고 간청했다.

"부디 저희 언약식의 증인이 돼 주십시오."

"아니, 젊은 친구. 내가 파혼의 증인이 돼 주지."

이렇게 말하고 왕은 변장을 벗어버렸다. 그리고 이런 천한 태생의 처녀와 결혼약속을 했다며 아들에게 호통을 쳤다. 게다가 페르디타에게 '양치기 소녀'니 '천한 양치기의 딸'이니 하며 온갖 심한 말을 퍼부은 뒤, 두 번 다시 왕자가 이곳에 발을 딛게 하면 너와 네 아비를 사형시키겠다고 으름장을 놓았다.

왕은 카밀로에게 플로리젤 왕자를 끌고 오라고 명령하고는 불같이 화를 내면서 궁전으로 돌아가 버렸다.

왕이 자리를 떠나자 폴릭세네스 왕에게 심한 모욕을 당한 페르디타는 공주의 피가 들끓어 올라 이렇게 말했다.

"이걸로 모든 게 끝이에요. 전 하나도 무섭지 않았어요. 몇 번이고 폐하께 분명히 말씀드리고 싶었어요. 폐하의 궁전을 비추는 태양은 우리가 사는 초가지붕도 똑같이 비추고 있다고 말이에요."

그리고 슬픔에 잠겨 이렇게 말했다.

"하지만, 이제 다행스럽게도 꿈에서 깨어났어요. 더 이상 왕비처럼 고상한 척하지 않겠으니 제발 이제 돌아가 주세요. 저는 양 젖이나 짜면서 울어야겠어요."

마음이 너그러운 카밀로는 페르디타의 꿋꿋하면서도 정숙한 태도에 매료됐다. 젊은 왕자도 그녀를 너무나 사랑하고 있기 때문에 그대로 부왕의 명령에 따라 사랑을 포기하지는 않을 것이라 여기고 한 가지 방법을 생각해 냈다. 그것은 연인들의 편이 돼 줌과 동시에 카밀로가 오랫동안 품고 있던 계획을 실행하는 일이었다.

카밀로는 이미 오래 전부터 시칠리아의 왕 레온테스가 진심으로 후회하고 있다는 사실을 알고 있었다. 지금은 폴릭세네스 왕의 신임을 받는 친구로 있지만, 죽기 전에 옛 주군과 고향을 한번 찾아보고 싶었다. 그래서 플로리젤와 페르디타에게 자신과 함께 시칠리아 왕국으로 가자고 제안했다. 레온테스 왕이 반드시 그들을 보호해 줄 것이고 폴릭세네스 왕도 마음을 풀 것이라고 그는 말했다.

두 연인은 기꺼이 그 생각에 따르기로 했다. 그리고 둘의 탈출에 관한 모든 지휘를 하던 카밀로는 늙은 양치기의 동행도 허락해 주었다.

양치기는 페르디타의 남은 보석과 페르디타가 갓난아기 때 입고 있던 옷, 망토에 달려 있던 종이쪽지를 챙겼다.

순조로운 항해로 플로리젤과 페르디타, 카밀로와 늙은 양치기는 무사히 레온테스 왕의 왕궁에 도착했다.

레온테스 왕은 여전히 죽은 헤르미오네 왕비와 잃어버린 공주 때문에 탄식하고 있었지만 아주 친절하게 카밀로를 맞아주었고, 플로리젤 왕자를 진심으로 환영해 주었다. 그러던 레온테스 왕은 플로리젤이 자신의 아내라고 소개한 페르디타에게 시선을 고정시켰다. 죽은 왕비 헤르미오네를 빼닮은 페르디타를 보며 왕이 비탄에 잠겨 이렇게 말했다. 자기가 공주를 내다 버리는 그런 끔찍한 일만 저지르지 않았다면 자기 딸도 저렇게 아름답게 자랐을 것이라고. 그리고 플로리젤에게 이렇게 말했다.

"나는 그대 부왕의 호의와 우정을 저버리고 말았네. 그를 다시 한 번 만날 수만 있다면 내 목숨을 내어 놓아도 아깝지가 않을 걸세."

늙은 양치기는 왕이 페르디타를 뚫어지게 보며 공주를 내다 버렸다고 하는 말을 듣고, 갓난아기였던 페르디타를 발견한 시기와 버려졌을 때의 모습, 보석, 그밖에 고귀한 태생이라는 것을 암시해 주는 모든 것들을 조합해 봤다. 그 모든 정황으로 미루어 페르디타가 바로 그 버려진 공주라는 걸 확신했다.

늙은 양치기는 플로리젤과 페르디타, 카밀로와 왕비의 충성스러운 폴리나가 함께한 자리에서 레온테스 왕에게 갓난아기를 발견했을 때의 모습과 안티고누스가 곰의 습격을 당해 죽는 모습을 목격한 것을 이야기했다. 양치기가 호화로운 망토를 보여주자 폴리나는 헤르미오네가 갓난아기에게 감싸 줬던 것임을 알아봤다. 양치기가 꺼내 든 보석도 헤르미오네가 페르디타의 목에 걸어주었던 것이었다. 그리고 망토에 달린 쪽지의 글씨도 남편의 글씨체가 분명했다. 이것으로 페르디타가 레온테스 왕의 친딸이라는 사실이 판명되었다.

폴리나는 남편의 죽음에 대한 슬픔과, 신의 뜻이 실현돼 오랫동안 행방불명 되었던 국왕의 후계자인 공주가 살아 돌아온 기쁨 사이에서 그저 탄식을 할 수밖에 없었다.

레온테스는 페르디타가 자신의 딸이라는 소리를 듣고, 헤르미오네가 살아서 공주를 볼 수 없다는 걸 생각하니 갑자기 큰 슬픔에 사로잡혀 한참 동안 그저 "오오, 네 어머니는, 네 어머니는!"이라고 되풀이할 뿐이었다.

그러자 폴리나가 앞으로 나와 레온테스 왕에게 다음과 같이 말해서 희비가 엇갈리는 상황을 수습했다.

"제가 최근 불세출의 이탈리아 조각가 줄리오 로마노에게 부탁해 왕비님과 꼭 닮은 조각상을 완성시켰습니다. 폐하가 저희 집에 오셔서 보신다면 틀림없이 왕비님과 똑같다고 여기실 겁니다."

그래서 다 함께 폴리나의 집으로 향했다. 레온테스는 자신의 아내 헤르미오네와 똑같이 생긴 조각상이 너무나 보고 싶었고, 페르디타는 한 번도 보지 못했던 어머니가 어떤 모습이었는지 간절히 보고 싶었다.

폴리나가 이 유명한 조각상을 가리고 있던 휘장을 걷자, 왕은 그것을 보고 한참 동안 아무 말도 못했으며 꼼짝도 하지 못했다. 그야말로 헤르미오네가 살아 있을 때의 모습과 똑같았기 때문에 왕은 다시 회한에 잠겼다.

"폐하, 아무 말씀도 하지 않으시네요. 그만큼 놀라움이 크시겠죠. 이 조각상은 왕비님과 정말 많이 닮지 않았습니까?"

드디어 왕이 입을 열었다.

"오오, 내가 처음 청혼했을 때 바로 이렇게 서 있었지. 이렇게 위엄 있게 말이지. 하지만 폴리나, 헤르미오네는 이 조각상만큼 늙지 않았었네."

"폐하, 그게 바로 이 조각가의 천재성입니다. 조각가는 왕비님이 지금 살아계셨다면 아마도 이런 모습일 거라고 느끼도록 조각한 것입니다. 하지만 폐하, 이제 휘장을 닫아야겠습니다. 그렇게 뚫어져라 바라보시다가 조각상이 움직인다고 착각하시면 안 되니까요."

"아니, 닫지 말아 주오. 오오, 이대로 죽어버리고 싶구나. 이보게, 카밀로. 조각상이 숨을 쉬고 있어. 눈동자가 흔들리는 것처럼 보이는구나."

"폐하, 이제 정말로 휘장을 닫아야겠습니다. 폐하께서 환상에 사로잡혀 조각상이 살아 있다고 착각하시는 것 같으니까요."

"오오, 너그러운 폴리나여, 이대로 20년 동안 나를 착각 속에서 살게 해 주게. 정말로 왕비가 숨을 쉬고 있는 것 같구나. 정말로 숨까지 조각해 낼 수 있는 끌이 있단 말인가? 아무도 나를 비웃지 말거라. 나는 왕비에게 입맞출 것이다."

"이런, 폐하. 부디 진정하십시오. 입술의 붉은 도료가 아직 마르지 않았습니다. 기름투성이 도료로 더럽혀지겠습니다. 이제 휘장을 닫을까요?"

"아니, 이대로 20년 동안 닫아서는 안 돼."

페르디타는 그때까지 무릎을 꿇고 앉아 더할 나위 없이 훌륭한 어머니의 조각상을 묵묵히 바라보다가 이렇게 말했다.

"아아, 저도 앞으로 20년 동안 여기 앉아 너무나도 그리웠던 어머니를 바라보고 싶어요."

"두 분 다 마음을 진정해 주십시오."

폴리나가 레온테스 왕에게 말했다.

"이제 휘장을 닫겠습니다. 그리고 더욱더 놀랄 일이 생길 테니 마음의 준비를 단단히 하십시오. 제가 정말로 조각상을 움직여 보이겠습니다. 단상에서 내려와 폐하의 손을 잡도록 해보이겠습니다. 그러면 폐하께서는 제가 악마의 힘을 빌리고 있다고 여기실 수도 있겠지만 결코 그렇지 않다는 걸 믿어주십시오."

"그대가 왕비의 조각상에 무슨 일을 하든지, 나는 묵묵히 지켜만 보겠다."

왕은 깜짝 놀라며 말했다.

"말을 한다고 해도 묵묵히 지켜만 보겠다. 움직이게 할 수 있다면 말하게 하는 것도 가능할 테니까 말이야."

폴리나는 미리 준비해 두었던 느리고도 장엄한 음악을 연주하도록 명령하였다. 그러자 그 자리에 모여 있던 사람들이 모두 소스라치게 놀라지 않을 수 없었다. 석상이 단상에서 내려와 레온테스 왕의 목에 두 팔을 걸며 말을 하기 시작했다. 남편과 자신의 딸, 다시 찾은 페르디타에게 신의 축복이 있기를 기도했다. 석상이 레온테스 왕의 목에 두 팔을 걸고 남편과 딸에게 축복을 한 것은 전혀 이상할 것이 없는 일이었다. 왜냐하면 석상은 진짜 헤르미오네 본인, 정말로 살아 있는 왕비였기 때문이다.

폴리나가 "왕비님이 승하하셨습니다."라고 거짓 보고를 한 것은, 그것이 왕비를 살릴 유일한 방법이었기 때문이었다. 그 뒤로 헤르미오네는 친절할 폴리나와 함께 살면서 페르디타가 발견될 때까지 자신이 살아 있다는 것을 왕에게 알리지 않을 것이라 마음먹었다. 왜냐하면 자신이 레온테스 왕에게 당한 잔인한 처사는 이미 용서했지만, 가여운 딸에게 한 잔혹한 짓은 절대로 용서할 수 없었기 때문이었다.

오랜 세월 슬픔에 잠겨 있던 레온테스 왕은 죽었다고 믿었던 왕비가 이렇게 환생하고, 잃어버렸던 딸도 되찾게 된 기쁨으로 손발을 주체할 수 없을 정도였다.

그 자리에 함께 있던 사람들은 축하의 인사와 애정이 담긴 인사를 했다. 행복으로 가득한 왕과 왕비는 다시 비천한 신분이었던 딸을 사랑해 준 플로리젤 왕자에게 감사를 전했다. 또한 두 사람은 딸을 지켜주고 키워준 선량하고 늙은 양치기에게도 축복을 내렸다. 카밀로와 폴리나는 자신들의 충성이 이렇게 기쁜 결과로 이어진 걸 볼 수 있을 만큼 오래 산 것을 감사히 여겼다.

게다가 이런 예기치 못했던 불가사의한 기쁨을 완전한 것으로 만들어 주기라도 하듯이 때맞춰 폴릭세네스 왕이 왕궁을 찾아왔다.

폴릭세네스 왕은 아들과 카밀로가 사라진 걸 깨닫자마자, 카밀로가 이전부터 시칠리아로 돌아가고 싶어 했다는 사실을 떠올리고 시칠리아로 가면 이들을 만날 수 있을 것이라고 추측했다. 그리고 서둘러 도망자들의 뒤를 쫓았고, 우연히도 레온테스 왕의 일생에서 가장 행복한 순간에 도착하게 된 것이다.

폴릭세네스 왕도 모든 사람들과 기꺼이 기쁨을 함께 했다. 옛 친구인 레온테스가 부당한 질투심을 품었던 것을 용서하고 다시 과거 소년 시절의 뜨거운 우정으로 서로를 사랑하게 됐다. 그리고 더 이상 왕자와 페르디타의 결혼을 반대할 이유도 없어졌다. 페르디타는 이제 '양치기의 천한 딸'이 아니라 시칠리아 왕의 후계자인 것이다.

이렇게 해서 우리는 오랜 세월 고통을 겪어왔던 헤르미오네 왕비의 강인한 인내의 미덕이 보상받는 것을 보았다. 이 훌륭한 귀부인은 그 후로 오랫동안 그녀의 남편 레온테스와 딸 페르디타와 함께 더 없이 행복한 왕비이자 어머니로서 살아갔다.

심벌린

로마제국의 황제 아우구스투스 카이사르가 통치하고 있을 때, 잉글랜드(당시는 브리튼이라 불렸다)는 심벌린이라는 왕이 통치하고 있었다.

심벌린 왕의 첫 아내는 세 명의 아이(왕자 둘과 공주 한 명)가 아직 어렸을 때 죽고 말았다. 장녀인 이모젠 공주는 부왕의 왕궁에서 자랐고, 불가사의하게도 두 왕자는 세 살과 갓난아기 때 방에 있다가 도둑을 맞아버렸다. 심벌린 왕은 두 왕자가 어떻게 됐는지, 누가 데리고 갔는지 전혀 알 수가 없었다.

심벌린 왕은 두 번 결혼했다. 두 번째 아내는 사악하고 속이 검은 여자로 전처의 딸 이모젠에게 매정하게 구는 계모였다.

왕비는 이모젠을 미워했지만 전남편(왕비도 재혼했다)과의 사이에서 태어난 아들과 결혼시키길 바라고 있었다. 그렇게 되면 심벌린 왕이 죽었을 때 브리튼 왕의 왕관을 아들 클로턴의 머리 위에 얹어 줄 수 있기 때문이다. 왜냐하면 두 왕자가 발견되지 않는다면 이모젠 공주가 왕의 후계자로 결정되니까. 그러나 이 계략은 이모젠 본인에 의해 무산되고 말았다. 이모젠이 부왕과 왕비의 동의도 얻지 않은 채 몰래 결혼을 해버렸기 때문이다.

포스튜머스(이모젠의 남편 이름)는 당대 가장 뛰어난 학자이자 가장 교양 있는 신사였다. 아버지는 심벌린 왕을 위해 전사했고, 어머니도 남편의 죽음을 슬퍼하다 포스튜머스를 낳자마자 죽고 말았다.

심벌린 왕은 이 의지할 곳 없는 고아를 불쌍히 여겨 포스튜머스를 데려와 자신의 궁에서 교육시켰다. 포스튜머스라는 뜻은 '유복자(아버지가 죽은 뒤 태어났다)'라는 의미로 심벌린 왕이 이름을 붙여 주었다.

이모젠 공주와 포스튜머스는 어릴 적부터 같은 스승에게 배운 소꿉친구였다. 어릴 적부터 서로를 아끼고 사랑했으며 나이가 들면서 더욱 애정이 깊어져 성인이 되자 몰래 결혼식을 올린 것이다.

왕비는 이 비밀을 금방 알아차릴 수 있었다. 왜냐하면 염탐꾼을 공주에게 붙여두고 항상 그녀를 감시하고 있었기 때문이다. 크게 실망한 왕비는 곧장 이모젠과 포스튜머스의 결혼 사실을 왕에게 알렸다.

딸이 공주로서의 체통을 잊은 채 신하와 결혼해 버렸다는 소식을 들은 심벌린 왕의 진노는 그 무엇과도 비교할 수 없었다. 왕은 포스튜머스에게 브리튼 왕국을 떠나라고 명령했다. 그리고 포스튜머스를 고국에서 영원히 추방시켜 버렸다.

왕비는 남편을 잃고 슬픔에 잠겨 있는 이모젠을 동정하는 척하며, 로마를 귀양지로 선택한 포스튜머스가 떠나기 전에 두 사람을 몰래 만나게 해주겠다고 제안했다. 왕비가 이렇게 친절을 베푸는 척한 것은 자신의 아들 클로턴에 대한 미래 설계를 원만하게 성공시키기 위함이었다. 왜냐하면 이모젠의 남편이 사라져 버리면 포스튜머스와의 결혼은 왕의 승낙이 없이 거행된 것이라 법률적으로 무효라고 이모젠을 설득할 생각이었기 때문이다.

이모젠과 포스튜머스는 깊은 사랑 때문에 이별을 안타까워했다. 이모젠은 남편에게 증표로 어머니에게서 받은 다이아몬드 반지를 건넸고, 포스튜머스는 소중히 간직하겠다고 약속했다. 그리고 아내의 팔에 팔찌를 끼워주면서 자신의 사랑에 대한 증표라 여기고 소중히 간직해 달라고 부탁한 뒤 영원한 사랑과 정절을 끝없이 맹세하고 이별을 고했다.

이모젠은 홀로 마음의 상처를 입은 채 궁에 남았고, 포스튜머스는 귀양지로 선택한 로마에 도착했다.

포스튜머스는 로마에서 온갖 국적의 쾌활한 청년들과 사귀게 됐다. 그들은 거리낌 없이 여자에 대해 말했고, 각각 자기 나라의 여자나 자신의 연인에 대해 자랑을 했지만 포스튜머스는 언제나 사랑스런 아내만 생각하고 있었기 때문에, 자기 아내인 아름다운 이모젠 만큼 덕망 있고, 현명하고, 정숙한 여자는 이 세상 어디를 찾아봐도 없을 것이라 단언했다.

이들 중에 야키모라는 청년이 있었는데 브리튼 왕국의 여성이 자신의 나라인 로마의 여성보다 훨씬 뛰어나다는 소릴 듣고 화가 나서, 포스튜머스가 침이 마르도록 칭송하는 아내의 정절이 의심스럽다며 포스튜머스를 자극하고 말았다. 결국 한참 동안의 격론 끝에 포스튜머스는 야키모의 제안에 동의했다. 그것은 바로 야키모가 브리튼 왕국으로 들어가서 남편이 있는 몸인 이모젠의 사랑을 얻어내겠다는 것이었다.

두 사람은 이렇게 해서 내기를 하게 되었다. 만약 야키모가 이 허무맹랑한 계획을 성공시키지 못한다면 그 벌로 막대한 돈을 포스튜머스에게 지불하고, 만약 야키모가 이모젠의 사랑을 쟁취해서 포스튜머스가 사랑의 증표로 영원히 간직하기 바란다며 간절히 호소했던 팔찌를 손에 넣게 된다면, 이모젠이 헤어지면서 사랑의 증표로 남편에게 선물했던 반지를 포스튜머스가 야키모에게 건네주기로 약속했다.

포스튜머스는 이모젠의 정절을 굳게 믿었기 때문에 아내의 명예를 시험하는 이 내기에 아무런 위험도 없을 것이라 자신했다.

야키모는 브리튼에 도착하자마자 이모젠에게 남편의 친구로서 궁정 출입을 허락받고 융숭한 대접도 받았다. 그러나 일단 야키모가 이모젠에 대한 사랑을 고백하기 시작하자 이모젠은 그를 경멸하며 내쳐버렸다. 그래서 야키모는 결국 이 황당한 계획이 도저히 불가능하다고 여기게 됐다.

야키모는 어떡해서든 내기에 이기고 싶다는 일념 하에 이번에는 포스튜머스를 속일 계략을 꾸미기로 했다. 그러기 위해 이모젠의 하인 몇 사람에게 돈을 쥐어주고 커다란 가방 안에 들어간 자신을 이모젠의 침실로 옮겨 달라고 부탁했다. 그리고 가방 안에서 몰래 숨을 죽이고 기다렸다. 이윽고 이모젠이 침실로 들어와 침대에 누워 깊은 잠에 빠져 들었다.

그러자 야키모는 가방에서 조용히 빠져나와 침실의 모습을 자세히 살펴본 뒤 하나도 빠짐없이 글로 적어 내려갔다. 특히 이모젠의 목덜미에 있는 점에 주목했다. 그리고 이모젠의 팔에서 포스튜머스가 선물한 팔찌를 몰래 빼내 다시 가방 속으로 숨어들었다.

다음 날 야키모는 서둘러 로마로 돌아왔다. 그리고 다음과 같은 거짓말을 하면서 포스튜머스에게, 이모젠이 자신에게 팔찌를 주었고 함께 침실에서 하룻밤을 보냈다고 자랑했다.

"부인의 침실에는 비단 천에 은실로 자수를 놓은 휘장이 걸려 있었네. 그림은 안토니우스와 만났을 때의 도도한 클레오파트라였네. 정말 훌륭한 작품이더군."

"그건 맞는 말이네. 하지만 그런 건 직접 보지 않고도 소문만으로 알 수 있지."

"그리고 난로는 침실 남쪽에 있었고 장식장에는 목욕하는 다이애나 조각이 놓여 있었네. 그렇게 생동감 넘치는 조각은 본 적이 없었네."

"그것도 원한다면 얼마든지 알아낼 수 있는 것이네. 세상에 잘 알려진 조각이니까."

야키모는 침실 천장의 모습에 대해 상세히 묘사한 다음 이렇게 덧붙였다.

"아참, 깜박할 뻔했군. 땔감 받침대는 은으로 돼 있었고 윙크하고 있는 큐피드 둘이 서로 한쪽 다리를 들고 있더군."

야키모는 그러고 나서 바로 그 팔찌를 꺼내 들었다.

"이 보석을 알고 있겠지? 자네 부인이 주더군. 아주 정중하게 팔에서 빼서 말이야. 아직도 눈에 생생하게 남아 있네. 그 아름다운 모습은 선물보다 훨씬 훌륭한 것으로 선물을 더욱 빛나게 해주는 것이었네. 팔찌를 내게 건네며 '이전에는 아주 소중하게 간직했던 거예요.' 라고 말하더군."

야키모는 끝으로 자신이 관찰했던 이모젠의 목에 있는 점에 대해 자세히 설명했다.

포스튜머스는 자신의 귀를 의심하며 이 교묘한 거짓말을 끝까지 듣고 있다가 갑자기 격렬하게 흥분하면서 이모젠에게 저주를 퍼붓고 다이아몬드 반지를 야키모에게 던져 주었다. 만일 야키모가 이모젠에게서 팔찌를 받아오면 자신의 패배를 인정하고 반지를 주기로 약속했기 때문이다.

그리고 포스튜머스는 질투에 눈이 멀어 피자니오에게 편지를 썼다. 피자니오는 브리튼 왕국의 신사로 이모젠의 신하 중 한 사람인데 오랜 세월 포스튜머스의 충실한 벗이기도 했다. 포스튜머스는 자신이 아내의 부정에 대한 증거를 가지고 있다며 이모젠을 웨일스의 항구 도시 밀퍼드헤이번으로 데려가 죽여 달라고 부탁했다. 그와 함께 이모젠 앞으로도 거짓 편지를 썼다.

"부디 피자니오와 함께 와 주시오. 나는 더 이상 당신을 못 보고는 살 수 없다는 것을 깨달았소. 브리튼으로 돌아가면 사형당할 것이라는 걸 잘 알지만 그래도 밀퍼드헤이번으로 가겠소. 그곳에서 나와 만나주길 바라오."

이모젠은 사람을 의심하지 않는 순박한 여성인 데다 무엇보다도 남편을 사랑하고 있어, 죽어도 좋으니 남편을 만나고 싶다는 일념으로 편지를 받은 바로 그날 밤 피자니오와 함께 길을 나섰다.

두 사람의 여정이 끝나갈 무렵, 피자니오는 포스튜머스의 충실한 벗이기도 하지만 사악한 죄를 함께 저지를 만큼 충실하지는 않았기 때문에 결국 자신이 받은 잔인한 부탁을 이모젠에게 털어놓고 말았다.

이모젠은 꿈에 그리던 남편을 만나기는커녕 믿었던 남편에게 죽음을 선고 당했다는 것을 알고 가슴이 찢어지는 듯 고통스러웠다.

피자니오는 이렇게 말하며 이모젠을 설득했다.

"기운을 내십시오. 그리고 포스튜머스가 자신의 잘못을 깨닫고 후회하는 날을 끈기 있게 참고 기다리십시오."

이모젠이 비관하며 더 이상 궁으로 돌아가고 싶지 않다고 하자, 피자니오는 여행의 안전을 위해 소년 복장을 하도록 권했다. 이모젠은 그의 충고에 따르기로 했다. 그리고 소년 복장을 한 채로 남편을 만나고 싶어졌다. 이모젠은 남편의 잔인한 처사에도 불구하고 여전히 남편을 버릴 수가 없었다.

피자니오는 이모젠을 위해 다시 여행 채비를 해 준 뒤, 이모젠을 불안한 운명의 소용돌이에 맡긴 채 궁으로 돌아가야 했다. 하지만 헤어지기 직전에 왕비에게 받은 모든 병을 치유해 준다는 특효약 병을 건네주었다.

왕비는 이모젠과 포스튜머스의 친구라는 이유만으로 피자니오를 증오했기 때문에 이 약을 준 것이다. 왕비는 이 약에는 독이 들어 있다고 착각하고 있었다. 왜냐하면 왕비는 동물에게 효과를 실험한다고 하며 궁중 의사에게 약간의 독약을 가져오라고 명령했기 때문이다.

그러나 의사는 왕비의 사악한 성품을 잘 알고 있었기 때문에 독약을 주지 않고 전혀 다른 약을 주었다. 그 약을 먹으면 두세 시간 동안 누가 보더라도 죽었다고 여길 만큼 깊은 잠에 빠질 뿐 그밖에는 아무런 위해가 없는 약이었다. 이 약을 피자니오는 아주 소중한 약이라고 여기고 혹시 이모젠이 여행 도중에 몸을 상하게 되면 먹으라고 건네준 것이다. 이렇게 해서 피자니오는 이모젠의 안전과 부당한 재난에서 구원해 줄 것을 신에게 기도한 뒤 이별을 고했다.

불가사의한 신의 섭리는 이모젠을 두 동생이 사는 곳으로 안내했다. 어릴 적 사라져버린 바로 그 동생들이었다. 왕자들을 훔쳐 낸 벨레리어스는 옛날에 심벌린 왕의 신하였던 귀족이었지만 역모를 꾀했다는 누명을 쓰고 궁에서 추방당했다. 그는 복수를 하기 위해 심벌린 왕의 두 왕자를 훔쳐내 숲속 동굴에 숨어 살면서 왕자들을 키우고 있었던 것이다.

벨레리어스는 복수를 위해 왕자들을 훔쳐내기는 했지만 결국 친자식처럼 왕자들을 사랑하게 돼 소중하게 가르쳤다. 따라서 두 왕자는 훌륭한 청년으로 자라 왕자다운 기백으로 대담하고 용맹한 행동을 자주 하곤 했다. 두 사람은 사냥을 하며 살아가고 있어 활발하고 건장하게 자라 아버지라고 여기고 있는 벨레리어스에게 늘 전장에 나가 자신들의 운명을 시험해 보겠다고 조르고 있었다.

이 두 청년이 살고 있는 동굴에 운명에 이끌리기라도 한 듯 이모젠이 찾아가게 됐다. 이모젠은 어느 넓은 숲속에서 길을 잃고 헤매고 있었다. 그 숲을 빠져나와 밀퍼드헤이번으로 가 그곳에서 배를 타고 로마로 갈 생각이었다. 먹을 걸 살 곳도 없었으며 피로와 배고픔에 지쳐 죽기 일보직전이었다. 금지옥엽으로 자란 공주가 깊은 숲속을 헤매다 물에 젖은 솜처럼 축 늘어져 버렸다. 남자답게 견디며 헤쳐 나가기에 남자 복장만으로는 부족했기 때문이다.

동굴을 발견한 이모젠은 누군가 동굴 속에 있어 먹을 것을 나눠주었으면 좋겠다고 생각하면서 동굴 속으로 들어갔다. 동굴에는 아무도 없었지만 주변을 둘러보니 식은 고기가 놓여 있었다. 너무나 배가 고픈 나머지 주인의 허락을 받을 틈도 없이 허겁지겁 먹기 시작했다. 이모젠은 혼자 중얼거렸다.

"아아, 남자들의 생활이란 참 힘든 거로구나. 완전히 지쳐버렸어. 이틀 밤이나 땅바닥에서 쪼그리고 잤어. 정신을 바짝 차리지 않으면 병이 들겠어. 피자니오가 산꼭대기에서 밀퍼드헤이번을 가리켰을 때는 바로 눈앞에 있었는데!"

그리고 이모젠은 남편을 떠올렸고, 또 남편의 잔인한 명령을 머릿속으로 떠올렸다.

"사랑하는 포스튜머스, 당신은 정말 못된 사람이야!"라고 중얼거렸다.

이모젠의 두 동생은 아버지라 여기고 있는 벨레리어스와 함께 사냥을 하고 동굴로 돌아오고 있었다. 벨레리어스는 두 왕자에게 폴리도르와 캐드월이란 이름을 붙여 줬는데, 두 사람은 아무것도 모른 채 벨레리어스를 아버지라고 여겼다. 하지만 두 왕자의 진짜 이름은 귀디리어스와 바비레이거스였다.

벨레리어스가 먼저 동굴로 들어가 이모젠을 발견하고 두 아들을 가로막으며 이렇게 말했다.

"아직 들어오지 마라. 우리가 남긴 음식을 먹지 않았다면 요정이라고 착각했을 거다."

"아버지, 무슨 일이십니까?"

청년들이 물었다.

"동굴 안에 천사가 있구나."라고 벨레리어스가 말했다.

"천사가 아니면 요정이겠구나!"

소년의 모습을 한 이모젠은 그만큼 아름답게 보였다.

이모젠은 인기척이 나자 동굴 밖으로 나와 세 사람에게 이렇게 말했다.

"여러분, 절 공격하지 말아주십시오. 여러분의 동굴에 들어가기 전에 저는 먹을 걸 좀 얻거나 살 생각이었습니다. 정말로 저는 아무것도 훔치지 않았습니다. 설령 바닥에 금화가 널려 있다고 해도요. 자아, 여기 제가 먹은 고기값입니다. 식사를 마치면 이 돈을 식탁 위에 올려놓고 은혜를 베풀어주신 분들께 감사의 기원을 드리고 떠날 생각이었습니다."

세 사람은 진심으로 돈을 거절했다.

"제게 화가 나셨나 보군요."라며 이모젠이 조심스럽게 말했다.

"하지만 여러분, 제 잘못 때문에 저를 죽일 거라면 다시 한 번 생각해 주십시오. 만약 음식을 먹지 못했다면 저는 굶어 죽었을 겁니다."

"어디로 가는 길인가? 그리고 이름은?"

벨레리어스가 물었다.

"이름은 피딜리(정절이라는 의미가 있음)입니다. 친척이 이탈리아에 가는데 밀퍼드헤이번에서 배를 타기로 돼 있습니다. 그리로 가는 길에 배고픔에 지쳐 결국 이런 잘못을 저질렀습니다."

"어린 미소년이여, 부디 우리를 야만인으로 여기지 말아 주게. 그리고 이런 초라한 곳에 산다고 해서 우리의 선량함을 의심하지 말아 주게. 마침 잘됐군. 얼마 있으면 해가 저물 거야. 가기 전에 따뜻한 음식을 대접할 테니 함께 먹어 주면 고맙겠네. 자아, 너희도 이 친구를 환영해 주거라."

이렇게 해서 이모젠의 동생인 이 기품 있는 두 젊은이는 친절을 베풀고 형제처럼 사랑하겠다며 이모젠을 동굴 안으로 안내했다. 동굴 안으로 들어오자 남자들은 사냥해온 사슴을 잡았고, 이모젠이 익숙한 손놀림으로 요리를 돕자 남자들은 매우 만족스러웠다. 지금은 신분이 높은 여성은 요리를 할 줄 모르는 것이 보통이지만, 당시에는 모든 여성들이 요리를 할 줄 아는 게 일반적이었으며 이모젠은 한층 더 요리 실력이 뛰어났다. 동생들이 아주 적절하게

"피딜리는 당근을 꽃모양으로 썰기도 하고, 스프의 간도 기가 막히게 잘 맞춰. 마치 주노 여신이 병이 나서 피딜리가 음식 대접을 하는 것 같아."라고 표현했다.

"게다가 마치 천사처럼 노래를 하잖아."라며 폴리도르가 동생에게 말했다.

동생들은 다시 서로 속닥였다.

"피딜리는 아주 아름다운 미소를 보이는가 하면 아름다운 얼굴에 살며시 슬픈 듯 우울한 그림자가 드리워져 있어 마치 슬픔과 강한 인내심이 한데 어우러져 있는 것 같아."

이런 상냥한 기질 때문인지(혹은 그들이 깨닫지는 못했지만 피를 나눈 남매이기 때문인지) 이모젠은 동생들의 사랑을 독차지하게 됐고, 이모젠도 마찬가지로 이 청년들을 사랑하게 되어 그리운 남편 포스튜머스에 대한 마음만 없다면 이 쓸쓸한 숲속의 젊은이들과 죽을 때까지 이 동굴에서 살아도 괜찮을 것 같다는 생각이 들었

다. 그래서 여독이 완전히 풀려 밀퍼드헤이번으로 여행할 수 있을 때까지 이들과 함께 할 것에 기꺼이 동의했다.

사냥한 사슴고기를 다 먹어버리고 다시 사슴 사냥을 나서려 할 때 이모젠은 몸 상태가 좋지 않아 동굴에 남아 있기로 했다. 숲속을 헤매다 누적된 피로와 남편의 잔혹한 처사에 대한 슬픔이 병의 원인이 된 것이 분명했다.

남자들은 이모젠을 남겨두고 사냥에 나섰다. 사냥 도중 피딜리 청년의 기품과 고상함을 서로 칭송했다.

이모젠은 혼자 남게 되자 피자니오가 준 만병통치약을 떠올리고 약을 먹었다. 그리고 얼마 지나지 않아 죽은 듯이 깊은 잠에 빠져버렸다.

이윽고 벨레리어스와 두 남동생이 돌아와 제일 먼저 폴리도르가 동굴 안으로 들어갔다. 이모젠이 잠들어 있다고 여긴 폴리도르는 무거운 신발을 벗어 발소리를 내지 않고 조심조심 걸어갔다. 이 숲에서 살아온 왕자들의 마음에 진정한 타애심이 싹트기 시작한 것이다.

그러나 폴리도르는 아무리 큰 소리를 내도 이모젠이 잠에서 깨지 않는다는 걸 깨달았다. 죽은 게 틀림없다고 생각하여 친형제처럼 애석한 마음으로 이모젠의 죽음을 슬퍼했다. 그것은 마치 어릴 적부터 한 번도 떨어진 적이 없었던 친형제의 죽음을 애도하는 것 같았다.

벨레리어스도 이모젠을 숲으로 옮겨 당시의 관습에 따라 노래와 엄숙한 장송곡으로 장례를 치르자고 제안했다.

이모젠의 두 동생은 이모젠을 숲속 그늘로 데려가 풀밭 위에 살며시 내려놓고 하늘로 올라간 이모젠의 영혼이 편안히 잠들도록 노래를 불렀다. 그리고 이모젠을 나뭇잎과 꽃으로 감싸며 폴리도르가 이렇게 말했다.

"내가 이곳에 사는 한 여름 내내 자네의 무덤에 꽃을 뿌려 주겠네. 옅은 색 앵초, 자네 얼굴색과 가장 닮은 꽃 수선화, 자네의 투명하게 비치는 정맥과 같은 장미 꽃잎, 자네의 숨결에는 비할 바가 못 되네. 이 모든 꽃들을 자네 무덤에 뿌려 주겠네. 그리고 겨울이 되어 자네의 아름다운 몸을 덮어줄 꽃이 없어진다면 가죽 같은 이끼로 덮어 주겠네."

세 사람은 이모젠의 장례식을 끝내고 진심으로 슬퍼하며 그 자리를 떠났다.

이모젠은 혼자 남고 얼마 안 돼 수면제의 약효가 떨어져서 눈을 떴다. 동생들이 몸 위에 얹어준 나뭇잎과 꽃잎들을 가볍게 털어내고 일어섰다. 마치 지금까지 꿈을 꾼 것 같은 느낌이 든 이모젠이 혼자 중얼거렸다.

"나는 동굴에서 착한 사람들을 위해 음식을 만들어 주며 살았었다고 생각했는데 어째서 이런 곳에서 꽃잎을 덮고 누워 있는 거지?"

동굴로 돌아가는 길도 모르고 새로 만난 친구들의 모습도 보이지 않자 지금까지 꿈을 꾸었다고 생각했다. 그리고 이모젠은 다시 힘들고 긴 여행길에 올랐다. 반드시 밀퍼드헤이번에 도착해 그곳에서 이탈리아로 가는 배를 탈 작정이었다. 이모젠은 여전히 남편 포스튜머스에 대한 생각뿐이었다. 소년의 복장을 한 채 남편을 찾아갈 생각이었다.

그런데 바로 그때 엄청난 사건이 일어나고 있다는 걸 이모젠은 전혀 모르고 있었다. 로마 황제 아우구스투스 카이사르와 심벌린 왕 사이에 갑작스런 전쟁이 발발하고 만 것이다. 로마 군은 브리튼 왕국에 상륙해 이모젠이 여행하고 있던 바로 그 숲을 향해 진군하고 있었다. 포스튜머스도 이 군대와 함께하고 있었다.

포스튜머스는 로마 군에 합세해 브리튼에 상륙하기는 했지만 로마 군의 편을 들어 조국의 백성들과 싸울 생각은 전혀 없었고, 브리튼 군대에 참가해 자신을 추방한 주군을 위해 싸울 생각이었다.

포스튜머스는 여전히 이모젠이 자신을 배신했다고 믿고 있었다. 하지만 그렇게 사랑했던 아내가 죽었다는 것, 게다가 그것도 자신이 명령했다는 것(피자니오의 편지에는 명령대로 아내를 죽였다고 적혀 있었다)이 마음을 무겁게 짓누르고 있었다. 따라서 전투를 하다 쓰러지거나 추방지에서 돌아온 죄로 심벌린 왕에게 사형을 당하고 싶다는 생각에서 브리튼으로 돌아온 것이다.

이모젠은 밀퍼드헤이번에 도착하기 전에 로마 군의 손에 붙잡히고 말았다. 하지만 그녀의 당당하고 고상한 태도에 매료된 로마 군 장군 루시어스는 그녀를 시종으로 삼았다.

심벌린 왕의 군대도 이미 적군을 물리치기 위해 진군해 온 상태였다. 그리고 이 숲에 들어섰을 때는 폴리도르와 캐드월도 왕의 군대에 가세했다. 두 젊은이는 전쟁에 나가 자신들의 용기를 맘껏 발휘하고 싶어 했지만, 자신들이 친아버지인 왕을 위해 싸우려 하고 있다는 것은 꿈에도 상상하지 못했다.

또한 늙은 벨레리어스도 두 사람과 함께 전쟁에 참가했다. 이미 오래 전에 왕자들을 훔쳐내 심벌린 왕에게 고통을 준 것을 후회하고 있었으며, 젊어서는 용맹을 떨치던 장수였기 때문에 자신이 해를 입힌 왕을 위해 싸울 결심을 하고 기꺼이 군대에 가세한 것이었다.

그리고 지금 막 두 군대 사이에서 격렬한 전투가 시작됐다. 브리튼 군은 포스튜머스와 벨레리어스, 거기에 심벌린의 두 왕자들의 눈부신 활약이 없었다면 자칫 전쟁에서 패배해 심벌린 왕 또한 죽음을 면치 못했을 것이다. 네 사람은 왕을 구출하고 왕의 목숨을 살려 그날의 운명을 완전히 역전시키고 브리튼 군대를 승리로 이끌었다.

전투가 끝나고 죽기를 각오했던 포스튜머스는 추방지에서 돌아온 벌로 사형당하기를 바라며 심벌린의 근위대 한 명에게 자신의 몸을 맡겼다.

이모젠과 그녀의 주인인 장군은 포로가 돼 심벌린 왕 앞에 끌려왔다. 이모젠의 원수이자 로마 군의 장교인 야키모도 포로가 됐다. 이 포로들이 왕 앞에 꿇어앉았을 때 포스튜머스가 사형 선고를 받기 위해 끌려 왔다. 이 불가사의한 상황 속에 벨레리어스도 폴리도르, 캐드월과 함께 용감히 싸워 나라와 왕을 위험에서 구한 업적을 치하받기 위해 심벌린 왕 앞으로 들어섰다. 피자니오는 왕의 신하 중 한 사람으로서 그 자리에 함께 했다.

이렇게 해서 심벌린 왕의 어전에는(각각 완전히 다른 희망과 두려움을 품고) 포스튜머스와 이모젠, 이모젠의 새 주인인 로마의 장군, 충직한 친구인 피자니오, 거짓된 친구 야키모, 거기에 행방불명 되었던 심벌린의 두 왕자들과 왕자들을 훔쳐낸 벨레리어스가 서 있게 되었다.

로마 장군이 제일 먼저 입을 열었다. 다른 사람들은 묵묵히 왕 앞에 서 있었지만 심장만은 요동치고 있었다.

이모젠은 농부로 변신한 포스튜머스를 한눈에 알아볼 수 있었다. 하지만 남편은 남장을 한 이모젠을 알아보지 못했다. 이모젠은 야키모도 알아 차렸다. 반지를 낀 모습을 보고 자신의 반지라는 걸 한눈에 알 수 있었다. 야키모가 자신을 이 모든 고통 속에 밀어 넣은 장본인이라는 것은 아직 모르고 있었다. 그렇게 자신의 친아버지 앞에 전쟁포로로서 서게 된 것이다.

피자니오는 이모젠을 알아 볼 수 있었다. 왜냐하면 이모젠에게 남장을 시킨 게 바로 자신이었기 때문이다.

"아아, 공주님."

피자니오가 중얼거렸다.

"공주님이 살아 계시는 한 싫든 좋든 간에 운명에 맡기기로 하자."

벨레리어스도 이모젠을 알아봤다. 그리고 캐드월에게 말했다.

"저 아이가 환생을 한 걸까?"

"저 귀여운 장밋빛 뺨을 한 소년은 죽은 피딜리를 쏙 빼닮았네요. 완전히 쌍둥이 같아요."라고 캐드월이 대답했다.

"죽었던 사람이 되살아난 거야."라고 폴리도르가 말했다.

"조용, 조용히 해."

벨레리어스가 말했다.

"만약 그 아이였다면 틀림없이 우리에게 말을 걸었을 거야."

"하지만 우린 그 아이가 죽은 걸 봤어."라고 다시 폴리도르가 작은 소리로 말했다.

"입을 다물어라."

벨레리어스가 말했다.

포스튜머스는 사형선고를 바라는 입장이라 묵묵히 기다리고 있었다. 그리고 전투 중에 왕의 목숨을 구한 게 자신이라는 것을 말하지 않을 것이며, 심벌린 왕이 그것 때문에 마음이 흔들려 죄를 용서해주면 안 된다고 마음속으로 다짐을 했다.

이제 좀 전에 말한 바와 같이 이모젠을 시종으로 데리고 있던 로마 장군 루시어스가 제일 먼저 심벌린 왕을 향해 입을 열었다. 장군은 매우 용감하고 고귀한 위엄을 갖춘 인물로 왕에게 이렇게 말했다.

"폐하는 포로의 몸값을 받지 않고 모두 사형에 처한다고 들었소. 나는 로마인이오. 로마인의 영혼을 간직한 채 죽겠소. 하지만 한 가지만 부탁하겠소."

이렇게 말하고 이모젠을 왕 앞으로 데려갔다.

"이 소년은 브리튼 사람이오. 이 청년만은 몸값을 받고 풀어주시오. 내 시종이었소. 이렇게 착하고 충실하며, 어떤 경우에도 근면하고 성실하게 마치 유모처럼 뒤를 돌봐주는 시종을 데리고 있던 사람은 나뿐이었을 거요. 로마인을 위해 일했다고는 하지만 브리튼 사람들에게 아무런 피해도 입히지 않았소. 다른 사람들은 살릴 수 없다고 하더라도 이 청년만큼은 살려주길 바라오."

심벌린 왕은 눈동자를 굴리며 자신의 딸인 이모젠을 바라봤다. 남장을 해서 딸이라는 것은 눈치 채지 못했지만 전능한 자연의 신이 왕의 마음을 흔들어 놓았는지, 왕은 이렇게 말했다.

"왠지 어디서 본 적이 있는 아이 같군. 낯이 익는 것 같아. 이유는 모르겠지만, 소년을 살려 주겠다고 하고 싶군. 그래, 목숨을 살려주마. 원하는 걸 말해 봐라, 네 소원을 들어주마. 그래, 포로 중에 가장 신분이 높은 사람의 목숨도 괜찮다."

"감사합니다, 폐하."라고 이모젠이 말했다.

'원하는 걸 말하라'는 것은 그 은혜를 받을 사람이 원한다면 그것이 무엇이든 간에 한 가지만은 이루어주겠다는 약속과 마찬가지였다. 그 자리에 있던 모든 사람들은 시종이 무엇을 바랄지 귀를 기울이고 있었다. 주인인 루시어스 장군이 이모젠에게 말했다.

"여봐라, 내 목숨을 구해달라고 하진 않겠지만 너라면 분명 그 소원을 말하겠지?"

"아니오, 아쉽지만 아닙니다. 달리 더 중요한 일이 있습니다. 장군의 목숨을 살려달라고 청할 수 없습니다."

로마 장군은 소년의 배은망덕한 말에 깜짝 놀랐다.

그리고 이모젠은 야키모의 얼굴을 뚫어져라 바라보며 단 한 가지 소원을 말했다. 그것은 야키모가 지금 끼고 있는 반지를 어떻게 얻었는지 고백하라는 것이었다.

심벌린 왕은 이 소원을 받아들여 야키모에게 손가락에 끼고 있는 다이아몬드 반지를 어떻게 손에 넣었는지 자백하지 않으면 고문을 하겠다고 협박했다.

야키모는 자신이 한 만행을 모두 털어놓았다. 앞에서 말한 것처럼 포스튜머스와 내기를 했고, 정직한 포스튜머스를 쉽게 속였다는 등의 이야기를 했다.

아내의 무고함을 증명하는 소릴 듣고 포스튜머스가 어떤 생각을 했는지, 자신이 잔혹하게 공주를 죽이라고 피자니오에게 명한 것을, 심벌린 왕에게 고백했다. 그리고 미친 듯이 절규했다.

"아아, 이모젠. 나의 공주, 나의 생명, 나의 아내! 아아, 이모젠, 이모젠, 이모젠!"

이모젠은 사랑하는 남편이 이렇게 탄식하며 괴로워하는 모습을 보고 결국 참지 못해 자신의 정체를 밝혔다. 포스튜머스의 기쁨은 말로 형언할 수 없을 정도였다. 왜냐하면 이렇게 자신의 죄에 대한 무거운 짐을 내려놓을 수 있는 데다, 비록 잔혹한 짓을 했지만 사랑하는 아내의 사랑을 다시 받을 수 있었기 때문이었다.

심벌린 왕도 행방불명이 됐던 딸이 이렇게 뜻밖의 상황에서 돌아와 주었기에 포스튜머스만큼 뛸 듯이 기뻐했다. 그리고 이전처럼 아버지의 따뜻한 사랑으로 맞아주었다. 남편 포스튜머스의 목숨을 살린 건 물론이고 사위로 인정해 주었다.

벨레리어스는 이 화해의 틈을 타서 자신의 잘못을 고백하고 폴리도르와 캐드월을 왕에게 소개하며, 이들이 행방불명 되었던 왕자 귀디리어스와 바비레이거스라고 말했다.

심벌린 왕은 늙은 벨레리어스의 죄를 용서해 주었다. 모든 사람들이 행복에 젖어 있을 때 누가 남에게 벌을 주고 싶어 할까? 공주는 살아서 돌아왔고, 행방불명 되었던 왕자들이 바로 왕을 호위하며 용감히 싸워 왕을 위험에서 구해낸 젊은이들이었다는 건 상상조차 할 수 없었던 기쁨이었다.

이모젠은 이제 자신의 마음대로 옛 주인이었던 로마 장군 루시어스를 위해 힘을 쓸 수 있게 되었다. 이모젠의 아버지인 심벌린 왕은 이모젠의 부탁을 받아들여 흔쾌히 장군의 목숨을 살려 주었다. 그리고 이 루시어스 장군의 중개로 로마 군과 브리튼 군 사이에 평화가 체결됐으며 그 협정은 오랜 세월에 걸쳐 굳게 지켜졌다.

심벌린 왕의 사악한 왕비는 자신의 계략이 실패로 돌아가자 실망과 양심의 가책을 느껴 시름시름 앓다 죽고 말았다. 죽기 직전에 왕비의 어리석은 아들 크로턴이 자신이 벌인 싸움 때문에 죽었다는 것을 알게 됐다. 하지만 너무나도 비참한 사건이라 길게 적어 내려가 이 행복한 결말을 방해할 만한 가치는 없을 것이다.

행복할 자격이 있는 사람들이 모두 행복해졌다고 하면 충분하다. 그리고 배신자 야키모조차 그의 사악한 거짓말이 모두 미수에 그쳐 벌을 받지 않고 자유의 몸이 되었다.

페리클레스

티로스의 왕 페리클레스는 그리스의 사악한 황제 안티오코스가 본인의 딸과 몰래 부적절한 관계를 맺는 모습을 보게 됐다. 황제가 그것을 알고 페리클레스와 티로스에 재난을 내리겠다고 협박하자, 페리클레스는 스스로 자신의 영토를 뒤로 한 채 기약 없는 먼 방랑 길을 떠났다. 예로부터 권력자의 비밀에 깊숙이 고개를 들이미는 건 너무나 위험한 일인 것이다.

페리클레스가 먼저 발길을 옮긴 곳은 타르수스였다. 페리클레스는 타르수스의 백성들이 심한 기근으로 고통 받고 있다는 소식을 듣고 대량의 원조용 식량을 가지고 갔다. 타르수스에 도착해 보니 백성들은 도탄에 빠져 있었다. 페리클레스가 하늘에서 내려온 천사처럼 생각지도 못했던 원조물품을 가져오자, 타르수스의 총독 클리온은 너무나 고마워하며 두 팔을 벌려 환영했다.

페리클레스가 이곳에 온 지 며칠 되지 않았을 때, 충직한 신하 헤리카누스로부터 편지가 날아들었다.

"폐하께서 타르수스에 머무시는 것은 위험합니다. 안티오코스가 폐하가 있는 곳을 알아내어 밀사를 파견해 목숨을 노리고 있습니다."

페리클레스는 이 편지를 받자마자 그의 은혜를 받은 타르수스 백성들의 축복과 무사안녕을 바라는 기원을 받으며 다시 바다로 나섰다.

항해를 시작한 지 얼마 되지 않아 페리클레스의 배는 거친 폭풍우에 휩싸이게 됐고, 페리클레스를 제외한 모든 사람들이 한 사람도 남김없이 바다 속에 수장되고 말았다. 페리클레스는 거의 벌거벗은 채로 파도에 휩쓸려 해안가로 밀려갔다. 한동안 해안을 헤매다가 가난한 어부들과 만나게 됐다. 어부들은 페리클레스를 자신의 집으로 데리고 가서 옷과 음식을 나눠 줬다. 어부들은 이 나라가 펜타폴리스이고 자신들의 왕은 시모니데스라고 가르쳐 주었다. 이 왕은 선정을 베풀어 나라를 평화롭게 다스리는 성군으로 백성들의 칭송이 자자했다.

그리고 어부들은 페리클레스에게 시모니데스 왕에게는 젊고 아름다운 공주가 있으며, 내일 공주의 생일을 맞아 성대한 마상경기가 펼쳐질 것이라고 말했다. 각지에서 수많은 영주와 기사들이 모여들어 이 아름다운 공주 데이서의 사랑을 얻기 위해 무예를 겨루기로 돼 있다는 것이었다.

페리클레스가 이 이야기를 듣고 자신의 훌륭한 갑옷과 투구를 폭풍우에 잃어 경기에 참석할 수 없다는 사실을 안타깝게 여기고 있을 때, 다른 어부 한 명이 어망에 걸려 올라왔다며 완벽하게 갖춰진 갑옷과 투구를 가지고 들어왔다. 페리클레스는 자신의 갑옷과 투구를 보고 이렇게 말했다.

"운명의 여신이여, 감사합니다. 온갖 역경을 맛보게 한 끝에 저를 다시 일으켜 세워 줄 물건을 선물해 주셨습니다. 이 갑옷과 투구는 돌아가신 아버님이 남겨 주신 물건입니다. 그리운 아버님을 위해 이 갑옷과 투구를 더 없이 소중히 여겨 왔기 때문에 어딜 가더라도 항상 제 곁에 두고 있었습니다. 이것을 제게서 빼앗아 간 거친 폭풍우도 이제는 잠잠해졌고 다시 제 손으로 돌아왔습니다. 정말로 감사드립니다. 아버지의 유물을 다시 손에 넣은 이상 이제 조난당한 것도 불행으로 여기지 않겠습니다."

다음 날, 페리클레스는 용감했던 아버지의 갑옷과 투구로 몸을 두른 뒤 시모니데스의 궁으로 향했다. 그리고 페리클레스는 마상경기에서 뛰어난 실력으로 데이서의 사랑을 얻을 수 있는 영예를 얻기 위해 무술을 겨루는 용맹한 기사와 영주들을 하나도 남김없이 쓰러뜨렸다.

용감한 전사들이 공주의 사랑을 걸고 궁에서 마상시합을 해서, 한 사람이 모든 사람을 쓰러뜨리고 승리를 쟁취하게 되면, 공주는 승자에게 모든 경의를 표하는 것이 관례였다.

데이서 공주도 이 관례에 따라 페리클레스에게 진 영주와 기사들을 퇴장시키고 페리클레스에게 각별한 친절과 경의를 표한 뒤, 그날의 행복한 승자에게 승리의 화환을 머리에 얹어 주었다. 페리클레스는 이 아름다운 공주를 보자마자 열렬한 사랑에 빠져 버리고 말았다.

성군 시모니데스는 페리클레스의 용맹하고 고귀한 성품에 탄복했다. 사실 페리클레스는 박식한 교양을 가진 신사이며 다방면으로 능통한 인물이었다. 페리클레스는 안티오코스가 추적할까봐 자신을 티로스의 한 이름 없는 기사라고 말했다. 시모니데스 왕은 공주가 이 낯선 용맹한 남자를 사랑하고 있다는 것을 눈치 채고, 신분은 알 수 없었지만 주저하지 않고 이 고귀한 외국인을 공주의 신랑으로 인정했다.

페리클레스가 데이서와 결혼하고 몇 달이 지나, 원수인 안티오코스가 죽었다는 소식을 접하게 됐다. 티로스의 백성들이 페리클레스의 오랜 부재로 인해 반란을 일으켜 헤리카누스를 왕위에 올리려 한다는 소식도 전해 들었다. 이 소식은 충신 헤리카누스가 전해 온 소식으로, 헤리카누스는 주군에게 충직한 신하였기 때문에 자신에게 제공된 왕위에 오르려 하지 않고, 페리클레스에게 이 사실을 알려 고국으로 돌아와 다시 왕위에 복귀해 주길 바라고 있었다.

시모니데스 왕은 무명의 기사라고 여겼던 사위가 명성 높은 티로스의 왕이었다는 소식을 듣고 놀라움과 기쁨을 감추지 못했다. 그리고 한편 자신이 생각했던 것처럼 일개 무명의 기사가 아니라는 사실을 아쉬워했다. 왜냐하면 모든 백성들의 칭송을 받고 있는 사위는 물론 사랑스런 딸과도 이별을 해야 했기 때문이었다.

데이서는 임신을 한 상태였기 때문에, 왕은 위험한 항해를 시키고 싶지 않았다. 페리클레스도 부인에게 출산을 할 때까지 부왕의 곁에 있어 달라고 부탁해 보았지만, 부인이 남편과 함께 하고 싶다며 간절히 애원해서 끝내 부왕과 남편의 동의를 얻어냈고, 결국 아이가 태어나기 전에 티로스에 도착하기만을 간절히 기원할 수밖에 없었다.

바다는 불행히도 페리클레스와 그다지 궁합이 좋지 않은 것 같았다. 일행이 티로스에 도착하기도 훨씬 전에 또 다시 엄청난 폭풍우가 휘몰아쳤다. 너무나 두려웠던 데이서는 병이 들고 말았다. 얼마 뒤 유모 리코리더가 갓난아기를 안고 페리클레스를 찾아와 왕비가 아기를 낳자마자 숨을 거뒀다는 비통한 소식을 전했다. 유모는 갓난아기를 아버지인 페리클레스에게 건네주며 이렇게 말했다.

"이렇게 귀여운 아기씨를 폭풍우 속에 둘 수는 없습니다. 여기 왕비님이 남기신 아기씨이십니다."

아내가 죽었다는 소식을 전해들은 순간 페리클레스가 얼마나 고통스러웠을지는 두 말할 필요도 없을 것이다. 겨우 정신을 차린 페리클레스는 이렇게 소리쳤다.

"오오, 신이시여. 어째서 신께서는 우리 인간들에게 아름다운 선물을 주시고 사랑하게 만든 다음 갑자기 그 선물을 빼앗아 버리십니까!"

리코리더가 이렇게 말했다.

"부디 고정하십시오. 돌아가신 왕비님이 남기신 것은 이 작은 공주님뿐입니다. 공주님을 위해 부디 마음을 굳건히 가지십시오. 폐하, 제발 이 소중한 공주님을 위해 마음을 단단히 잡수세요."

페리클레스는 갓 태어난 공주를 두 팔로 안은 채 갓난아기에게 이렇게 말했다.

"너의 일생이 부디 평온하길 바란다. 이런 소동 속에서 탄생한 아기는 어디에도 없을 것이다! 너의 삶이 부디 평탄하고 온화하길 바란다. 왕의 딸로 태어나 너처럼 거친 환영을 받은 아이도 없을 것이다! 앞으로의 삶이 부디 행복하길 바란다. 네가 태어났을 때 불과 공기, 물과 땅과 하늘, 모든 것들이 큰소리를 내며 너를 어머니의 뱃속에서 이 세상으로 인도했다. 네가 이 세상에 태어나자마자 잃은 것(어머니를 잃은 것을 말함)은, 네가 앞으로 새로 접하게 될 세상에서 맛보게 될 그 어떤 기쁨으로도 채울 수 없을 것이다."

폭풍우가 전혀 잠잠해질 기미가 보이지 않자, 선원들은 시신이 배 안에 실려 있으면 폭풍이 잠잠해지지 않는다는 미신을 믿고 있었기 때문에 페리클레스를 찾아가 데이서의 시신을 바다에 버리게 해달라고 부탁했다.

"폐하, 용기가 있으십니까? 신께서 지켜 주시길 기원합니다!"

"용기는 충분하다."라고 페리클레스가 슬픔에 잠겨 대답했다.

"폭풍우 따위는 두렵지 않다. 이미 가장 큰 아픔을 겪었다. 하지만 태어나자마자 항해를 하는 이 불쌍한 아이를 위해 빨리 폭풍우가 잠잠해졌으면 좋겠구나."

"폐하, 돌아가신 왕비님을 바다에 버리지 않으면 안 됩니다. 파도는 거칠고 비바람은 세차게 불어옵니다. 시신을 배 밖으로 버리지 않으면 폭풍우는 잠잠해지지 않을 것입니다."라고 선원들이 말했다. 페리클레스는 이런 말들이 아무런 근거도 없는 어리석은 미신이라는 사실을 알고 있었지만 감정을 억누르고 그렇게 하라고 허락했다.

"너희들이 원하는 대로 하라. 이제 아내를 바다에 버리지 않으면 안 된다니, 세상에서 가장 불쌍한 왕비다!"

그리고 이 불행한 왕은 마지막으로 아내의 얼굴을 보러 가 천천히 데이서의 얼굴을 바라보며 말했다.

"가엽게도 불빛도 없이 싸늘한 곳에서 힘든 출산을 하게 만들었구려. 무자비한 자연은 당신을 완전히 잊은 것 같소. 게다가 제대로 된 장례식을 치르고 무덤에 안장할 여유조차 주지 않았소. 제대로 된 관조차 없이 당신을 바다에 던져야 하오. 이름도 없는 조개

껍질과 한데 엉켜 잠든 당신의 시신 위에 묘비 대신 거친 파도만이 끊임없이 덮칠 것이오.

리코리더, 네스터에게 향료와 잉크, 종이와 보석이 든 작은 상자를 가져오라고 전하라. 그리고 니캔더에게 비단 천을 감싼 관을 가져오라고 전하라. 아기는 침대에 눕혀 놓아라. 리코리더, 지금 내가 지시한 것들을 빨리 처리해 다오. 그 동안 나는 장례식 대신 데이서와 짧은 작별 인사를 하고 있겠다."

페리클레스에게 큰 궤짝이 운반돼 왔다. 페리클레스는 왕비의 시신을 비단 천으로 감싼 뒤 궤짝에 안치했다. 그리고 향기로운 향료를 왕비의 몸에 뿌리고 호화로운 보석과 왕비의 신분을 알 수 있도록 글을 적어 넣었다. 페리클레스는 만약 왕비의 시신이 들어 있는 궤짝을 발견하면·매장을 해 달라는 부탁의 글을 적어 놓은 것이다.

그런 다음 페리클레스는 자신의 손으로 직접 아내가 잠들어 있는 궤짝을 바다에 던졌다. 폭풍우가 잠잠해지자 페리클레스는 타르수스를 향해 전속력으로 달리라고 선원들에게 명령했다.

"아기가 티로스에 도착할 때까지 견디기 힘들 것이다. 타르수스에서 소중히 키워 줄 사람에게 맡기기로 하자."

데이서가 바다에 던져졌던 폭풍우 치던 밤이 지나고 동이 틀 무렵, 에페서스의 훌륭한 신사이자 명의로 이름이 자자한 세리몬이 해변을 거닐고 있을 때, 시종들이 파도에 밀려 온 것이라며 큰 궤짝을 운반해 왔다.

"이렇게 큰 궤짝을 해변으로 밀어낼 정도로 어마어마하게 큰 파도는 한 번도 본 적이 없습니다."라고 시종 한 명이 말했다.

세리몬은 궤짝을 집으로 운반하라고 명령했다. 그리고 궤짝 뚜껑을 열어보니 젊고 아름다운 귀부인이 누워 있는 것을 보고 깜짝 놀랐다. 향기로운 향료와 호화로운 보석을 넣은 상자로 추측해 볼 때, 이런 희한한 장례를 치른 사람은 신분이 높은 사람임이 분명하다고 생각했다. 궤짝 안을 자세히 살펴보니 한 장의 종이가 발견됐고, 그것으로 지금 자신의 눈앞에 누워 있는 사람이 티로스의 왕 페리클레스의 왕비라는 사실을 알게 됐다. 세리몬은 자신이 발견한 이 기이한 사실에 경악을 하는 한편으로 이 아름다운 아내를 잃은 남편을 동정하며 이렇게 말했다.

"페리클레스 왕이시여, 폐하께서 아직 살아 계신다면 슬픔으로 가슴이 찢어지는 듯한 고통을 느끼고 계시겠군요."

그리고 데이서의 얼굴을 주의 깊게 관찰해 보니 얼굴이 너무나 생생해서 도저히 죽은 사람이라고는 믿기지 않았다.

"왕비님을 바다에 던진 사람들은 너무 성급했던 것 같군요."라고 세리몬이 말했다.

데이서가 죽은 것이 아니라고 생각했기 때문이다. 세리몬은 불을 지피고 강심제를 가져오라고 명령했다. 그리고 은은한 음악을 연주하기 시작했다. 음악은 데이서의 숨이 돌아왔을 때 놀란 심장을 진정시키는 데 도움이 될 것이라 여겼기 때문이다. 세리몬은 데이서 주변에 모여들어 안타까운 눈길로 바라보고 있던 사람들에게 부탁했다.

"여러분, 바람이 잘 통하게 비켜 서 주시오. 왕비님은 살아나실 겁니다. 가사 상태는 5시간 이상 지속되지 않습니다. 자, 보세요. 숨을 쉬기 시작했습니다. 살아나셨습니다. 보세요, 눈꺼풀이 움직이고 있습니다. 이 아름다운 왕비님은 환생하셔서 우리에게 눈물을 쏟게 할 서글픈 이야기를 해주실 겁니다."

데이서는 죽은 것이 아니었다. 아기를 낳은 뒤 깊은 혼수상태에 빠져, 누가 보더라도 죽은 것이라고 착각을 하게 된 것이었다. 그리고 지금 막 이 친절한 신사의 간호 덕분에 되살아나 다시 빛의 세계로 돌아온 것이다. 데이서는 눈을 뜨자마자 이렇게 말했다.

"여기가 어디지? 폐하는 어디 계시지? 여기는 어느 나라인가요?"

세리몬은 부드러운 말투로 천천히 데이서에게 일어났던 일에 대해 이야기해 주었다. 충분히 회복해 더 이상 아무런 지장을 주지 않는다고 판단한 세리몬은, 데이서에게 남편이 쓴 편지와 보석을 보여 주었다. 데이서가 그 편지를 뚫어져라 응시하며 말했다.

"이건 남편의 글씨체예요. 배를 타고 바다로 나간 건 기억하고 있지만 하늘에 맹세코 아이를 낳았는지는 확실하게 기억이 나지 않아요. 하지만 더 이상 남편을 만날 수 없게 됐으니 이 세상의 모든 기쁨을 끊어 버리고 수도사의 길을 걷겠어요."

"왕비님, 왕비님께서 그렇게 결심을 하셨다면 디아나 여신의 신전이 여기서 그리 멀지 않으니 그곳에 거처를 정하실 수 있도록 조치하겠습니다. 그리고 만약 괜찮으시다면 제 조카딸을 시종으로 딸려 보내겠습니다."

데이서는 세리몬의 제안을 고맙게 받아들였다. 그리고 데이서가 완쾌되자 세리몬은 데이서를 디아나 신전에서 살게 해주었다. 이렇게 해서 데이서는 디아나 여신을 모시는 신녀가 되었고 자기를 죽은 사람이라 여기고 있는 남편을 그리워하며 경건한 마음으로 하루하루를 보내게 됐다.

페리클레스는 바다에서 태어난 어린 딸에게 마리너라는 이름을 지어주고 타르수스로 데려갔다. 이곳의 총독 클리온과 그의 아내 디오니시아에게 딸을 부탁할 생각이었다. 타르수스의 백성들이 굶주림으로 고통 받고 있을 때 도운 보답으로, 엄마가 없는 어린 딸을 친절히 보살펴 줄 것이라고 생각한 것이다. 클리온 총독은 페리클레스 왕을 만나 왕의 신변에 벌어진 커다란 슬픔에 대해 듣고 이렇게 말했다.

"오오, 폐하의 자상하신 왕비님. 만약 하늘이 허락하셨다면, 폐하가 모시고 오셔서 저희도 알현할 수 있었을 텐데!"

"하늘에 계시는 신들의 뜻에 따르지 않으면 안 됩니다. 데이서가 잠들어 있는 바다처럼, 우리가 아무리 울부짖는다 할지라도 결과는 똑같을 것입니다. 나의 가여운 아기 마리너를 부디 잘 돌봐 주세요. 이 아이를 그대에게 잠시 맡기겠습니다. 부디 공주답게 교육을 시켜 주시길 부탁합니다."

그리고 클리온의 아내 디오니시아에게 부탁했다.

"부인, 이 아이를 맡아 주신다면 정말로 감사히 생각하겠습니다."

"저희에게도 아이가 하나 있습니다. 공주님을 친자식처럼 잘 돌보겠습니다."라고 디오니시아가 대답했다.

클리온도 이렇게 말하며 약속했다.

"페리클레스 폐하. 폐하께서 나눠주신 곡물 덕분에 제 백성들의 목숨을 살릴 수 있었습니다. 백성들은 지금도 그 은혜를 잊지 않고 여전히 감사의 축원을 드리며 폐하를 그리워하고 있습니다. 폐하의 고귀한 은혜를 생각한다면 공주님을 소홀히 대할 수 없습니다. 만약 공주님을 소홀히 대한다면 백성들이 들고 일어서 폐하에 대한 은혜를 갚으라며 저를 원망할 겁니다. 하지만 백성들의 원망이 무서워 공주님을 돌보는 것이라면 신이시여, 저와 제 가족은 물론 자자손손에 이르기까지 벌을 내려 주십시오."

페리클레스는 이렇게 어린 공주를 소중히 보살피겠다는 약속을 받고, 클리온 총독 부부에게 안심하고 공주를 맡겼다. 그리고 공주와 함께 공주의 유모 리코리더를 남기고 떠났다. 페리클레스가 떠날 때, 어린 마리너 공주는 소중한 아버지와 이별을 한다는 것을 알지 못했지만, 유모 리코리더는 왕이자 자신의 주인인 페리클레스와의 작별을 슬퍼하며 하염없이 눈물을 흘렸다.

"리코리더, 울지 말거라. 제발 울지 말거라. 이 어린 여주인을 잘 보살펴 다오. 앞으로 너는 이 어린 여주인에게 의지하며 살게 될지도 모른다."

페리클레스는 무사히 티로스에 도착했다. 그리고 다시 평화롭게 왕위에 오를 수 있었다. 페리클레스는 아내가 죽었다고 생각했지만, 데이서는 슬픔에 잠긴 채 에페서스에 머물고 있었다.

이 불행한 어머니가 한 번도 본 적이 없는, 어린 마리너 공주는 클리온의 보호 하에 고귀한 태생에 걸맞은 교육을 받고 있었다. 클리온이 정성을 다해 교육시킨 덕분에, 마리너 공주는 14살이 될 때까지 학식이 깊은 그 어떤 남자에게도 뒤지지 않을 정도로 학문을 쌓았다. 천사와 같은 목소리로 노래 부르고 여신처럼 춤을 추었다. 자수 실력 또한 뛰어나 바늘을 집으면 새든, 과일이든, 꽃이든, 자연의 모든 모습을 그대로 옮겨 놓은 것 같았다. 들장미는 진짜 장미보다도 마리너가 비단 실로 수놓은 장미가 훨씬 더 장미처럼 아름다울 정도였다.

마리너가 교육을 받아 이처럼 온갖 소양을 몸에 익히게 된 것을 세상 사람들은 경탄의 눈으로 바라봤다. 그런데 클리온의 아내 디오니시아는 자신의 딸이 머리가 좋지 않아 마리너처럼 완벽한 경지에 이르지 못하자 마리너를 시기해 그만 마리너와 불구대천의 원수가 되고 말았다.

디오니시아는 자기 딸에게 마리너와 같은 나이에 같은 교육을 시켰지만 마리너 만큼의 성과를 올리지 못했다. 사람들의 칭찬은 항상 마리너 차지였고 자기 딸은 그저 마리너의 비교 대상에 지나지 않은 채, 아무 주목도 받지 못했다. 그래서 디오니시아는 마리너를 죽이려고 마음먹었다. 마리너만 사라진다면 불쌍한 자기 딸이 좀 더 존경을 받을 것이라는 어리석은 희망을 품은 것이다.

디오니시아는 이 계획을 실행시키려고 마리너를 암살할 남자를 고용했다. 때마침 충직한 유모 리코리더가 죽자 절호의 기회라고 생각했다. 마리너 공주가 리코리더의 시신 옆에 앉아 울고 있을 때, 디오니시아는 암살을 지시한 남자와 밀담을 나누고 있었다. 이 악행을 저지르기 위해 고용한 리어나인이라는 남자는 유명한 악당이었지만 마리너를 살해하라는 지시에는 따르려 하지 않았다. 마리너는 사람들의 마음을 사로잡을 만큼 사랑을 받고 있었다.

"공주님은 아주 훌륭하신 분입니다!"라고 리어나인이 말했다.

"그러니까 더더욱 신의 부름을 받는 게 어울리는 거야. 저길 봐, 마리너가 울면서 이리로 오고 있어. 유모인 리코리더의 죽음을 슬퍼하며 울고 있어. 이제 내 명을 따르기로 마음을 정하라고."

마리너의 무자비한 적이 이렇게 말했다.

리어나인은 부인의 명을 거스르는 걸 두려워하며

"결정했습니다."라고 대답했다.

이렇게 순식간에 그 누구와도 비할 데 없는 마리너의 너무나도 이른 죽음이 결정되고 말았다.

마리너는 손에 꽃을 들고 이렇게 중얼거리며 걸어오고 있었다.

"너그러운 리코리더, 이 꽃을 당신의 무덤 앞에 매일 바칠게. 보랏빛 제비꽃과 금잔화로 여름 내내 유모의 무덤을 화단처럼 덮어줄게. 아아, 너무나 불행해! 폭풍우 속에서 태어나 어머니를 보지도 못한 불쌍한 아이. 이 세상은 나의 친한 사람들을 한 사람씩 데려가고 있어. 대체 이 불행은 언제 끝나는 걸까?"

"마리너, 무슨 일이니?"

속내를 감춘 채 디오니시아가 물었다.

"어째서 혼자 울고 있니? 내 딸과 같이 있지 않았니? 리코리더 때문에 더 이상 슬퍼하지 마라. 내가 있잖니. 아무 도움도 되지 않는 슬픔에 잠겨 있으니 아름다운 얼굴이 상해 버렸구나. 자아, 꽃을 이리 다오. 바닷바람에 다 시들겠구나. 리어나인과 잠시 산책이라도 하고 오거라. 맑은 공기를 마시면 기운이 날 거야. 자아, 리어나인의 팔을 잡고 산책을 다녀 오거라."

"부인, 아니에요. 부인의 시종을 빼앗을 수는 없어요."라고 마리너 공주가 말했다.

리어나인은 디오니시아의 시종 중 한 명이었다.

이 교활한 여자는 어떻게 해서든지 마리너를 리어나인과 단둘이 있게 할 구실이 필요해 이렇게 말한 것이다.

"난 네 아버지를 좋아하고 너도 사랑한단다. 우리는 네 아버지가 오시길 학수고대하고 있단다. 아버님께 네가 절세미인으로 자랐다고 알려 드렸는데 슬픔에 잠겨 야윈 모습을 보시게 된다면, 우리가 너를 소홀하게 대했다고 여기실 것 아니겠니? 그러니 제발 산책을 좀 하고 오거라. 그리고 다시 기운을 차려 다오. 남녀노소 모두가 넋을 잃고 바라보던 그 아름답던 얼굴로 돌아가야지."

마리너는 디오니시아의 권유를 더 이상 거절할 수 없어 이렇게 말했다.

"그럼 다녀오겠어요. 하지만 전혀 내키지가 않아요."

디오니시아는 자리를 떠나면서 리어나인에게 "아까 말한 걸 잊지 마!"라고 했다. -너무나 무서운 말이었다. 마리너를 죽이는 걸 잊지 말라는 의미였던 것이다.

마리너는 자신이 태어난 곳인 바다를 바라보며 물었다.

"지금 부는 바람이 서풍인가?"

"남서풍입니다."라고 리어나인이 대답했다.

"내가 태어났을 때는 북풍이 불었대."

이렇게 말한 마리너의 마음속으로 자신이 태어난 날의 폭풍우, 아버지의 슬픔, 어머니의 죽음에 대한 회한이 한꺼번에 몰려 왔다.

"리코리더의 말에 의하면 아버지는 전혀 두려워하지 않고 선원들에게 용기를 내라고 말씀하셨대. 왕이시지만 손바닥이 벗겨질 정도로 직접 밧줄을 붙잡고 돛대에 매달려, 당장이라도 갑판을 두 동강 낼 것 같은 큰 파도와 싸우셨대."

"그게 언제 적 일이지요?"

"내가 태어난 날. 파도가 그렇게 거셌던 걸 본 적이 없었대."

그리고 마리너는 폭풍우와, 선원들의 움직임과 갑판장의 호각 소리, 선장이 큰소리로 외치며 명령하던 모습 등을 생생하게 이야기해 주었다.

"그래서 배 안은 온통 난리가 났었대."

유모인 리코리더가 마리너의 불행한 탄생에 대해 수도 없이 말해 주었기 때문에 모든 정황이 마리너의 머릿속에 생생하게 존재하고 있었다.

그런데 바로 이때, 리어나인이 마리너의 말을 가로막고 나섰다.

"이제, 기도를 올리세요."

"그게 무슨 말이지?"

마리너는 왠지 모르겠지만 갑자기 무서운 생각이 들었다.

"기도할 시간이 필요하다면 잠시 시간을 드리겠다는 말씀입니다. 하지만 너무 길게 끌어서는 안 됩니다. 신께서 바로 알아들으실 테니까요. 게다가 이 일을 빨리 끝내겠다고 약속을 했거든요."

"나를 죽일 생각인가? 대체 왜?"

"부인의 명령이십니다."

"부인이 왜 나를 죽이라고 시키셨을까? 내 기억으로는 태어나서 지금까지 단 한 번도 부인의 마음에 상처를 준 적이 없는데. 남을 흉본 적도 없고 살아 있는 생물을 죽인 적도 전혀 없어. 쥐새끼 한 마리 죽인 적이 없고 파리에게조차 상처를 입힌 적이 없어. 단 한 번 나도 모르게 벌레를 밟아 죽였을 때도, 벌레가 너무 불쌍해 울었을 정도야. 대체 내가 무슨 잘못을 했단 말이지?"

"제 역할은 죽이는 이유를 설명하는 게 아니라 죽이는 겁니다."

암살자가 이렇게 말하고 막 불쌍한 마리너 공주를 죽이려 할 때, 몇 명의 해적들이 해안으로 올라와 마리너를 발견하곤 멋진 사냥감을 잡았다는 듯이 의기양양하게 공주를 해적선으로 데리고 사라져 버렸다.

마리너를 사냥감으로 잡은 해적들은 미틸레네까지 데리고 가 노예로 팔아넘겼다. 그곳에서는 노예라는 낮은 신분이었지만, 마리너의 아름다운 외모와 미덕에 대한 소문이 순식간에 미틸레네 전체로 퍼져 나갔다. 마리너를 산 사람은 마리너가 벌어들인 돈으로 풍요를 누리게 됐다. 마리너는 음악, 춤, 수예 등을 가르치며 학생들에게 받은 수업료를 모두 주인 부부에게 바쳤다.

마리너가 박식하고 성실하다는 평판이 미틸레네 섬의 총독인 젊은 귀족 리시마커스의 귀에까지 들어가게 됐다. 총독은 미틸레네 백성들 전체가 미덕의 표본으로 칭송하고 있는 이 여성을 보고 싶어서, 마리너가 살고 있는 집으로 직접 발걸음을 옮겼다. 마리너와의 대화는 총독을 매우 기쁘게 했다. 모든 사람들의 찬사를 받는 이 처녀에 대한 평판을 귀가 따가울 정도로 들어 왔지만, 이렇게까지 현명하고 이렇게까지 정숙하고 선량한 아가씨라고는 기대하지 않았기 때문이다. 총독은 돌아가기 직전에 이렇게 말했다.

"부디 언제까지나 근면하고 정숙하길 바라오. 다음에 내가 소식을 전하게 된다면 그건 아마 당신을 위한 것이 될 것이오."

리시마커스는 마리너의 아름다움은 두 말할 것도 없고 그녀의 현명함, 훌륭한 가정교육, 훌륭한 성품까지 모두 훌륭하고 아름답다고 여기며 꼭 결혼하고 싶다고 생각했다. 그리고 지금은 비록 비천한 신분이지만 태생만큼은 고귀한 신분이었으면 좋겠다고 생각했다. 하지만 누군가가 마리너에게 태생에 대해 물으면 그녀는 늘 아무 말도 하지 않고 눈물만 흘렸다.

한편, 타르수스에서는 리어나인이 디오니시아의 문책이 두려워 마리너를 죽였다고 보고했다. 그러자 이 사악한 여자는 마리너가 죽었다고 세상에 공표하고, 거짓 장례식을 치른 뒤 당당하게 비석을 세웠다.

그로부터 얼마 지나지 않아 페리클레스 왕이 충신 헤리카누스와 함께 티로스에서 타르수스를 향해 배를 출발시켰다. 마리너를 데리고 고향으로 돌아올 생각이었다. 페리클레스는 어린 마리너를 클리온 부인의 손에 맡긴 후로 단 한 번도 만나지 못했다. 죽은 아내가 남긴 유일한 흔적인 사랑하는 딸을 만날 걸 생각하면서, 이 선량한 왕의 가슴은 기쁨으로 벅차올랐을 것이다. 그러나 총독 부부에게서 마리너가 죽었다는 소식을 전해 듣고 그들이 세운 비석을 본 순간 느낀, 이 세상에서 가장 불행한 아버지의 견디기 힘든 고통은 말로 표현할 수 없을 정도였다.

페리클레스의 마지막 희망이자 사랑하는 데이서의 유일한 흔적이었던 마리너가 묻혀 있는 땅을 더 이상 밟고 있을 수가 없어 배를 타고 서둘러 타르수스를 떠났다. 페리클레스는 배에 올라 탄 순간부터 심한 우울증에 빠져 버렸다. 페리클레스는 아무 말도 하지 않은 채 주변의 모든 일에 무감각한 듯이 보였다.

타르수스에서 티로스로 귀향하는 도중에, 우연히 마리너가 살고 있는 미틸레네 섬 옆을 지나게 됐다. 미틸레네 총독 리시마커스는 절벽에서 왕이 탄 배를 발견하고는, 어느 왕이 탔는지 자신의 호기심을 충족시키기 위해 작은 배를 타고 그 배의 뒤를 쫓았다. 충신인 헤리카누스는 극진하게 총독을 맞이한 뒤, 이 배는 티로스에서 왔으며 페리클레스 왕이 타고 있고 지금은 고국으로 돌아가는 중이라고 말했다.

"폐하는 최근 석 달 동안 아무와도 말씀을 나누지 않으셨습니다. 깊은 슬픔으로 인해 음식도 거의 드시지 않습니다. 그 원인을 처음부터 끝까지 말씀드리자면 너무 길지만, 현재 가장 큰 원인은 사랑하는 공주님과 왕비님을 잃은 슬픔 때문입니다."

리시마커스 총독은 비탄에 잠겨 있는 왕을 만나게 해달라고 부탁했다. 리시마커스는 페리클레스 왕을 보자마자 한때는 훌륭한 용모를 지닌 분이었다는 것을 알 수 있었다.

"폐하, 저음 뵙겠습니다. 신의 가호가 폐하와 함께 하시길. 폐하!"하며 리시마커스가 말을 걸었다.

그러나 아무리 말을 걸어 봐도 허사였다. 페리클레스는 대답을 하지 않는 것은 물론이며 낯선 사람이 다가오는 것조차 깨닫지 못하는 눈치였다.

그 순간 리시마커스 총독은 문득 그 누구와도 비교할 수 없는 처녀 마리너를 떠올렸다.

'혹시 마리너라면 다정한 말로, 이 말을 잃은 왕에게서 어떤 대답을 얻어낼 수 있을지도 몰라.'

총독은 헤리카누스의 동의를 얻어 마리너를 불러오라고 시켰다. 이렇게 해서 마리너는 자신의 아버지가 비탄에 빠져 꼼짝도 하지 않고 있는 배로 오게 됐다. 그 순간 사람들은 마치 마리너가 자신들의 공주라는 것을 알기라도 하는 듯 마리너를 환영하며 "훌륭한 아가씨다!"라고 소리쳤다. 리시마커스는 사람들의 탄성 소리를 듣자 매우 기뻐하며 말했다.

"이 여인은 정말 훌륭한 여성으로 만약 고귀한 태생이라는 것이 밝혀진다면, 나는 이 여인을 아내로 삼을 것입니다. 그리고 저의 복을 매우 기뻐할 것입니다."

그런 다음 총독은 겉으로 보기에는 천한 신분으로 보이는 아가씨가, 자신이 내심 바라던 대로 고귀한 태생의 아가씨라도 되는 듯이 고상한 말투로 마리너에게 말을 걸었다. 그리고 아름다운 마리너라 부르며, 이 배에 타고 계시는 왕께서 깊은 슬픔에 빠져 누구와도 말을 하지 않는다고 알려 줬다. 그리고 마치 마리너가 건강과 행복을 전해 주는 힘을 가지고 있기라도 하듯이 왕의 우울증을 고쳐 달라고 부탁했다.

"네, 쾌유하실 수 있도록 가능한 모든 정성을 다하겠어요. 하지만 저와 제 시종 이외에는 아무도 폐하의 곁에 오지 못하게 해 주세요."

마리너는 왕의 딸이 노예가 됐다는 걸 부끄럽게 여겼기 때문에 미틸레네 섬에서는 자신의 출생을 조심스럽게 감추고 있었지만, 페리클레스 왕에게 처음으로 자신의 허망한 운명에 대해 이야기하기 시작했다. 그리고 자신이 얼마나 높은 신분에서 추락했는지를 말해 주었다. 마치 자기 앞에 있는 왕이 자신의 아버지라는 것을 알고 있기라도 하듯이, 마리너는 자신의 처량한 신세에 대해 이야기했다. 마리너가 이런 이야기를 꺼낸 이유는 불행한 사람의 주의를 끌기 위해서는 그 사람의 불행과 필적할 만큼의 비참한 이야기를 들려주는 것이 가장 좋다는 사실을 알고 있었기 때문이었다.

풀이 죽어 있던 페리클레스 왕은 마리너의 경쾌한 목소리에 번쩍 정신을 차렸다. 그리고 오랫동안 한 곳에 시선을 집중시킨 채 굳어버린 것 같았던 눈동자를 돌렸다. 그리고 죽은 왕비의 젊었을 때와 똑같은 모습을 발견하고 깜짝 놀랐다. 마리너는 어머니를 쏙 빼닮았던 것이다. 오랫동안 입을 다물고 있던 왕은 다시 입을 열었다.

"이 아이는 나의 사랑하는 아내를 쏙 빼닮았구나. 내 딸이 살아 있다면 바로 이 아이처럼 생겼을 것이다. 왕비처럼 넓은 이마, 키도 똑같고 대나무처럼 꼿꼿한 허리, 은방울처럼 맑은 목소리, 보석 같은 눈동자, 어딜 보나 왕비와 똑같구나. 아가씨, 그대는 어디에 살고 있는 누구인가? 태생을 알려주게. 그대가 지금까지 온갖 풍파 속에서 겪어 온 역경과 슬픔은 내 슬픔과 견주어 조금도 뒤지지 않을 거야. 조금 전에 서로의 슬픔을 털어놓을 수 있다면 좋겠다고 했는가?"

"네, 그렇게 말씀드렸어요. 그리고 그렇게 생각한다는 말씀 외에는 아무 말씀도 드리지 않았어요."

"그대의 이야기를 들어 보자. 만약 그대가 내 고통의 천분의 일만큼의 고통이라도 겪었다면, 그대는 사내들처럼 힘든 고통을 이겨낸 것이 되고, 나는 어린 계집애처럼 슬퍼한 게 된다. 하지만 그대의 얼굴을 보고 있으면 왕들의 무덤을 뚫어져라 바라보며 항상 미소를 짓고 있어 '재난' 조차 무력하게 만들어 버리는 '인내' 그 자체와도 같구나. 세상에서 가장 상냥한 아가씨, 그대의 이름을 알려 다오. 제발 부탁이니 그대의 신상에 대해 말해 다오. 자아, 내 옆에 앉아라."

처녀가 자신의 이름은 마리너라고 밝힌 순간 페리클레스는 깜짝 놀랐다. 마리너라는 이름은 결코 흔한 이름이 아니며 바다에서 태어났다는 의미로, 페리클레스 왕이 자신의 딸을 위해 직접 지어 준 이름이었기 때문이다.

"오오, 나를 조롱하는가? 신이 화가 나서 나를 세상의 조롱거리로 삼으려 그대를 내게 보낸 것인가?"

"폐하, 고정하십시오. 아니면 이야기를 계속할 수 없습니다."

"좋아, 그래, 진정하기로 하겠다. 하지만 그대의 이름이 마리너라는 말을 듣는 순간 내가 얼마나 놀랐는지 그대는 모를 것이다."

"마리너라는 이름을 붙여 주신 건 제 아버지로 한때는 엄청난 권력을 지닌 일국의 왕이셨대요."

"뭐, 왕국의 공주라고! 그리고 이름이 마리너! 정녕 그대는 피가 통하는 인간인가? 요정이 아닌가? 자아, 이야기를 계속하라. 어디서 태어났느냐? 마리너라는 이름은 어떻게 갖게 된 것이냐?"

"마리너라는 이름은 바다에서 태어났기 때문이에요. 어머니는 한 나라의 공주였고 저를 낳다가 돌아가셨죠. 죽은 유모인 리코리더가 울면서 자주 그렇게 이야기해 주었어요. 아버지인 왕께서는 저를 타르수스에 남겨 두었어요. 타르수스의 총독 클리온의 부인은 잔인한 여자로 저를 암살하려고 했어요. 마침 그때 해적들이 나타나 저는 살아남을 수 있었어요. 그리고 이 미틸레네 섬으로 끌려왔어요.

그런데 폐하, 어째서 눈물을 흘리시나요? 혹시 저를 사기꾼이라고 생각하시나요? 하지만 폐하, 저는 정말로 페리클레스 왕의 딸이에요. 만약 자상하신 페리클레스 왕께서 아직 살아 계신다면 말이죠."

　그러자 페리클레스는 갑작스런 기쁨 때문에 오히려 두려움을 느끼며, 지금 자신에게 벌어진 상황이 꿈인지 생신지 의심하면서 큰 소리로 부하들을 불렀다. 부하들은 사랑하는 국왕의 목소리를 듣고 뛸 듯이 기뻤다. 페리클레스는 충신 헤리카누스에게 말했다.

　"오오, 헤리카누스, 나를 한 번 찔러보게. 나를 칼로 내리쳐 보게. 당장 내게 고통을 느낄 수 있게 해주게. 안 그러면 이 거센 기쁨의 파도에 휩쓸려 목숨을 잃고 말 것일세. 자, 이리 오너라. 바다에서 태어나 타르수스에서 죽음을 맞이하고 다시 바다에서 되찾은 내 딸아. 오오, 헤리카누스, 무릎을 꿇고 성스런 신들께 감사의 기도를 올려라! 이 아이가 마리너다. 내 딸아, 네게 축복이 있기를! 내게 새 옷을 가져다 다오, 나의 헤리카누스. 마리너는 타르수스에서 죽은 것이 아니었구나. 잔인한 디오니시아가 음모를 꾸몄구나. 자네가 공주 앞에 무릎을 꿇고 공주라 부르면 모든 것을 다 이야기 해 줄 것이다. 이런, 저 사람은 누군가?"

페리클레스는 이제야 리시마커스 총독이 그 자리에 있다는 것을 깨달았고, 헤리카누스는 이렇게 말했다.

"폐하, 이분은 미틸레네 섬의 총독이십니다. 폐하께서 우울증에 걸리셨다는 말을 듣고 문병을 오셨습니다."

"그대를 환영하오. 어서 예복을 가져오너라! 딸의 얼굴을 보니 병이 씻은 듯이 나았구나. 오오, 하늘이시여, 딸에게 축복을 내리소서! 어, 이게 무슨 소리지? 무슨 음악소리지?"

그것이 자비로운 신이 들려주는 축복의 노래 소리인지 아니면 격앙된 페리클레스 왕의 망상의 산물인지 알 수 없지만, 어쨌거나 바로 그때 조용한 음악소리가 들려오는 것처럼 느껴진 것이다.

"폐하, 제 귀에는 아무것도 들리지 않습니다."라고 헤리카누스가 대답했다.

"아무 소리도 들리지 않는다고? 아니, 저건 천상의 음악 소리다."

리시마커스 총독은 음악 소리가 전혀 들리지 않았기 때문에, 갑작스런 기쁨으로 인해 왕의 판단력이 흐려진 게 아닐까 생각하며 헤리카누스에게 이렇게 속삭였다.

"폐하의 생각을 거슬러서는 안 됩니다. 폐하께서 편안하게 생각하게 두십시오."

그래서 모두 음악 소리가 들린다고 왕에게 대답했다. 이윽고 왕
이 이렇게 말했다.

"왠지 갑자기 피로가 몰려오는구나."

리시마커스는 잠시 안락의자에 누워 휴식을 취하시라고 권하며
머리맡에 베개를 대 주었다. 페리클레스는 갑작스럽고 격정적인
기쁨에 지쳐 깊은 잠에 빠져들었다. 마리너는 잠들어 있는 아버지
곁을 묵묵히 지켰다.

페리클레스는 잠들어 있는 동안 꿈을 꾸었다. 그 꿈을 꾼 뒤 페리
클레스는 에페서스로 가기로 결심했다. 에페서스의 백성들이 숭배
하는 디아나 여신이 꿈속에서 이렇게 말했기 때문이었다.

"에페서스의 신전으로 가거라. 제단 앞에서 그대의 불행했던 일
생을 이야기하라. 나의 반짝이는 은빛 활에 대고 맹세하건대, 그대
가 내 명령을 따른다면 더 없는 행복을 누리게 되리라."

페리클레스가 잠에서 깨어났을 때는 믿을 수 없을 정도로 기력을
되찾게 되었다. 페리클레스는 자신이 꾼 꿈에 대해 이야기하며 여
신의 명을 따르겠다고 말했다.

그러자 리시마커스는 페리클레스에게

"부디 미틸레네 섬에 들러 주십시오. 저희 섬에서 잠시 휴식을
취하시고 기력을 충분히 회복해 주십시오."라며 초대를 했다.

페리클레스는 리시마커스의 정중한 청을 받아들여 하루, 이틀 정

도 리시마커스의 성에 머무는 데 동의했다. 그 동안 리시마커스는 미틸레네 섬에서 가능한 모든 연회, 축하연, 연극과 여흥 들을 펼쳤다. 사랑하는 마리너의 부왕을 어떻게 대접했을지는 쉽게 상상이 갈 것이다. 총독은 마리너가 비천한 노예 신분이었을 때부터 마리너를 매우 존경했다.

페리클레스 왕은 비천한 신분이었던 자신의 딸을 총독이 얼마나 존경하고 있었는지 듣고, 또한 마리너도 총독의 청혼에 싫은 내색을 하지 않는 것을 보고 리시마커스의 청혼을 반대하지 않았다. 하지만 페리클레스는 승낙하기 전에 한 가지 조건을 달았다. 그것은 두 사람도 자신과 함께 에페서스의 디아나 신전에 참배하는 것이었다. 그래서 얼마 후 세 사람은 함께 신전을 향해 출항했다. 디아나 여신이 순풍을 일으켜 준 덕분에, 몇 주 뒤에 세 사람은 무사히 에페서스에 도착하게 됐다.

페리클레스가 일행과 함께 신전에 들어갔을 때, 제단 가까이에는 선량한 의사 세리몬과 데이서가 서 있었다. 세리몬 의사는 페리클레스 왕의 왕비 데이서를 환생시킨 사람으로 지금은 매우 늙은 노인이 되었다. 데이서는 현재 이 신전의 여사제로서 제단 앞에 서 있었다. 페리클레스는 오랜 세월 아내의 죽음을 슬퍼하면서 지내왔기 때문에, 얼굴이 많이 변해 있었지만 데이서는 페리클레스 왕의 얼굴이 낯익다고 생각했다.

그리고 남편이 제단 앞에서 이야기를 시작하자, 그 목소리 또한 낮익은 목소리라고 생각했다. 그래서 데이서는 경이로움과 정신이 아득해질 정도의 기쁨을 억누르며 남편의 이야기에 귀를 기울였다. 페리클레스 왕이 제단 앞에서 한 말은 다음과 같았다.

"오오, 디아나 여신이여. 당신의 명령을 따르기 위해 여기 티로스의 왕 페리클레스가 모든 것을 고백합니다. 위험을 피하려고 잠시 도피 생활을 하다가 펜타폴리스에서 아름다운 데이서와 결혼했습니다. 아내는 바다에서 출산을 하다가 마리너라는 딸을 낳고 하늘나라로 갔습니다. 딸은 타르수스에서 디오니시아의 손에 자랐지만 14살 때, 디오니시아는 마리너를 죽이려 했습니다. 하지만 마리너는 행운의 별의 인도에 의해 미틸레네 섬으로 가게 됐습니다. 제가 미틸레네 섬 옆을 항해하고 있을 때, 다행히도 우연히 딸이 제 배에 타게 됐습니다. 그리고 딸의 정확한 기억 덕분에 제 딸이라는 사실을 알 수 있었습니다."

데이서는 남편의 말을 듣고 갑작스럽게 복받쳐 오르는 기쁨을 견디지 못해

"당신은, 당신은, 오오 페리클레스 왕이시여!"라고 외친 뒤 실신하고 말았다.

"대체 이게 무슨 일이냐. 이 여자는? 여자가 죽는다. 어서 도와주거라."라고 페리클레스 왕이 소리쳤다.

"폐하, 만약 지금 디아나 여신의 제단에서 말씀하신 것들이 모두 사실이라면, 이 분이 바로 왕비님이십니다."라고 늙은 의사 세리몬

이 말했다.

"고귀한 사람으로 보이는 선생, 그건 불가능한 일이오. 내가 이 손으로 직접 왕비를 바다에 수장시켰으니까."

그러자 세리몬은 자세한 사정을 설명해 주었다. 어느 폭풍우 치던 새벽, 이 귀부인이 파도에 휩쓸려 에페서스 해안으로 떠밀려 왔다는 것, 관을 열어 보니 호화로운 보석과 편지가 들어 있었다는 것, 다행히도 자신이 데이서의 목숨을 살려내 이곳 디아나 신전에 살게 했다는 것을 전부 이야기해 주었다. 그리고 기절했던 데이서가 정신을 차리고 이렇게 말했다.

"아아, 폐하. 정말로 페리클레스 왕이 아니십니까. 남편처럼 말을 하고 남편과 똑같이 생기셨습니다. 조금 전에 폭풍우에 대해, 아이가 태어난 것에 대해, 그리고 제가 죽었다고 말씀하지 않으셨나요?"

"죽은 데이서의 목소리다!"

페리클레스는 깜짝 놀라 소리쳤다.

"제가 바로 데이서예요. 죽어서 바다에 잠들어 있다고 여기시는 데이서요."

"오오, 영험하신 디아나 신이시여!"

페리클레스는 경건한 마음으로 놀라움을 금치 못했다.

"더 이상 의심의 여지가 없어요. 당신이 손가락에 끼고 계시는 그 반지는 제 아버지인 부왕께서 당신께 선물하신 거예요. 저희가 펜타폴리스에서 눈물을 흘리며 아버지께 작별 인사를 고했을 때 말이에요."

"더 이상의 증거는 필요 없다. 오오 신이시여!"

페리클레스는 다시 탄성을 올렸다.

"이 은혜를 생각한다면 지금까지의 불행은 전부 웃어 버릴 수 있소. 데이서, 이리 오시오. 다시 한 번 당신을 안아 보고 싶소."

그러자 마리너가 이렇게 말했다.

"어머니 품에 안기고 싶어서 제 심장이 요동을 치고 있어요."

그러자 페리클레스는 딸을 데이서에게 보여 주며 이렇게 말했다.

"보시오, 여기 무릎을 꿇고 있는 딸을. 당신이 피와 살을 나눠준 아이요. 바다 위에서 낳은 아이요. 바다에서 태어나 마리너라는 이름을 붙여 준 아이오."

"축복 받은 나의 딸!"

데이서는 이렇게 말하고 뛸 듯이 기뻐하며 마리너를 끌어안았다. 그러는 동안 페리클레스는 제단 앞에 무릎 꿇고 이렇게 말했다.

"청순한 디아나 여신이시여, 영험하신 꿈속의 계시를 감사드립니다. 보답으로 매일 밤 제를 올리겠습니다."

페리클레스는 그런 다음 곧바로 데이서의 동의를 얻어, 자신들의 딸인 정숙한 마리너와 그에 어울리는 신랑 리시마커스를 결혼시켰다.

이처럼 우리는 페리클레스 왕, 데이서 왕비, 그리고 마리너 공주에게서 훌륭한 미덕을 엿볼 수 있었다. 다시 말해 하늘이 인간에게 인내와 정조를 가르치기 위해 아무리 힘든 고난을 내리더라도, 미덕은 하늘의 인도에 의해 결국 성공을 거두고 변화무쌍한 운명을 극복할 수 있는 법이다. 이 이야기가 그 실례인 것이다.

충신 헤리카누스는 성실, 신의, 충성의 본보기였다. 헤리카누스는 자신이 왕위에 오를 수 있었음에도 불구하고, 타인에게 부당한 처사를 하며 자신이 위대해지기보다는 정당한 주인을 왕위에 올리는 것을 선택한 것이다.

우리는 데이서를 되살려 낸 덕망 높은 의사 세리몬을 통해, 학식과 만난 선행은 인간에게 많은 이익을 가져다준다는 점에서 신들의 특성과 가깝다는 사실을 조금이나마 알 수 있게 됐다.

마지막으로 꼭 짚고 넘어가야 할 것은, 클리온의 악처 디오니시아가 응당한 대가라고 할 수 있을 만한 최후의 순간을 맞이했다는 것이다. 타르수스의 백성들은 디오니시아가 마리너에게 한 잔혹한 짓을 알게 되었고, 은인의 딸을 위해 복수하려고 클리온 총독의 궁에 불을 질렀다. 총독과 그의 아내는 물론 궁 안의 모든 사람이 화형된 셈이다.

잔인한 살인이 비록 미수에 그치기는 했지만, 그 악행에 걸맞은 방법으로 벌을 받게 된 것을 보면 신들도 마음이 흡족할 것이다.

폭풍우

바다 한가운데 홀로 떠 있는 외딴 섬에 프로스페로라는 노인과 눈부시게 아름다운 그의 딸 미란다가 단둘이서 살았다. 미란다는 어릴 적에 이 섬에 들어와서 아버지 외에는 사람을 단 한 명도 본 적이 없었다.

두 사람은 커다란 바위에 난 동굴에서 살았다. 프로스페로는 동굴에 방을 몇 개 만들고 그중 하나에 서재를 꾸며 그곳에서 책을 읽었다. 책은 주로 마술에 관한 것으로, 마술은 당시 모든 학자들이 즐거하던 학문이었다.

프로스페로에게 마술 이론은 꽤 쓸 만했다. 기이한 인연으로 이 섬에 처음 발을 디뎠을 때, 이곳은 시코렉스라는 마녀의 마법에 걸려 있었다. 시코렉스는 프로스페로가 이 섬에 오기 직전에 죽었는데, 수많은 요정들이 시코렉스의 부당한 명령을 거역한 죄로 커다란 나무줄기 안에 갇혀 있었다. 프로스페로가 마술로 요정들을 풀어 주었고 그 후로 요정들은 순순히 프로스페로의 충실한 하인이 되었다. 이 요정들의 대장은 생기발랄하고 귀여운 아리엘인데 심술궂지는 않았지만 칼리반이라는 추악한 괴물만은 아무 이유 없이 괴롭히며 즐거워했다. 왜냐하면 칼리반은 아리엘의 원수인 시코렉스의 아들이었으니까.

프로스페로는 칼리반과 숲에서 처음 마주쳤다. 그리고 사람 비슷한 원숭이처럼 생겨 먹은 칼리반을 동굴로 데려와서는 말을 가르쳐 보았다. 친절하고 상냥하게 이것저것 가르쳐 주려고 했지만 어미에게 물려받은 비뚤어진 성질 탓에 뭐 하나 귀담아 듣지 않고 배우지를 못했다. 그래서 칼리반은 장작을 줍는 일 같은 고된 일만 하며 노예처럼 살아가고 있었다. 아리엘은 칼리반의 엉덩이를 때려 가며 이런 일을 시키고 감독했다.

칼리반이 게으름을 피운다든가 꾀를 부리면, 아리엘이(그의 모습은 프로스페로 이외의 다른 사람의 눈에는 전혀 보이지 않는다) 몰래 다가가 꼬집거나 흙탕물에 내동댕이쳐 버렸다. 그러다가 원숭이 모습을 하고 칼리반을 향해 으르렁거리며 이빨을 드러내거나 인상을 찌푸리기도 했다. 또 그러다 갑자기 고슴도치로 모습을 바

꿔 칼리반이 가는 길 앞에 데굴데굴 굴러갔다. 왜냐하면 칼리반은
맨발이었기에 고슴도치의 날카로운 바늘에 찔릴까 봐 겁을 냈기
때문이었다. 이런 식으로 아리엘은 프로스페로가 명한 일을 게으
리 할 때마다 온갖 수단을 동원해 칼리반을 괴롭혔다.

이처럼 재주 많은 요정들을 마음대로 부렸기에, 프로스페로는 요
정들을 이용해 바람과 파도를 다스릴 수 있었다.

지금 요정들은 프로스페로의 명령으로 어마어마한 폭풍우를 일
으키는 중이다. 그 폭풍우 한가운데에서는 크고 훌륭한 배 한 척이
삽시간에 무엇이든 삼켜 버릴 듯한 거친 파도와 위태롭게 싸우고
있었다. 프로스페로는 미란다를 불러서 그 광경을 보여 주었다. 그
리고 그 배에는 자신들과 똑같은 사람들이 잔뜩 타고 있다고 말해
주었다.

"아버지, 아버지가 마법으로 이 무서운 폭풍우를 일으키셨다면
자비를 베풀어 주세요. 저 사람들이 너무 불쌍하잖아요. 보세요,
배가 곧 부서지겠어요. 아, 불쌍한 사람들! 저러다 다들 죽겠어요.
내게 힘이 있다면 저 멋진 배가 귀중한 인명을 실은 채 잠기게 하
기보다는 차라리 바다를 땅 밑으로 잠기게 할 텐데……."

"얘야, 걱정 말거라. 괜찮아. 사람들은 해치지 말라고 명령했으
니. 내가 이러는 건 다 널 위해서다. 내 소중한 딸아, 너는 네 신분
도 모르고 네가 어디에서 이곳까지 오게 됐는지도 모르지. 내가 네
아비이고 이 초라한 동굴에서 산다는 것 말고는 아무것도 모른다.

여기 오기 전 일을 기억하니? 아니, 기억할 리가 없지. 그때 넌 세 살도 안 됐을 때니까."

"아뇨, 기억하고 있어요."

"어떤 걸? 여기와 전혀 다른 집이나, 사람들 말이니? 어떤 것들인지 말해 보렴, 내 딸아."

"너무 옛날 일이라 꿈속처럼 흐릿하지만 여자들 네다섯 명이 항상 절 돌봐주었던 것 같아요."

"맞다, 그보다 더 많은 사람들이 있었지. 용케 기억하는구나. 그렇다면 어떻게 이 섬에 오게 됐는지도 기억하니?"

"아뇨, 다른 건 하나도 떠오르지 않아요."

"미란다야, 벌써 12년이나 된 옛날이야기구나. 아빠는 밀라노 공국의 왕이었다. 넌 공주이자 나의 유일한 상속인이었고. 아빠한테는 안토니오라는 동생이 있었는데 난 안토니오에게 나랏일을 모두 맡겼단다. 아빠는 서재에 들어앉아 학문에 몰두하는 걸 좋아해서 정치는 대부분 네 삼촌이자 못된(이건 나중에 안 사실이지만) 동생이 했어. 난 세속적인 문제에는 등지고 책에 파묻혀 종일 정신 수양에 전념했단다.

안토니오 삼촌은 그렇게 아빠 대신 권력을 행사하다 자신이 왕이라도 된 듯 착각을 하기 시작했지. 아빠가 신하들의 신임을 얻을 기회를 만들어 준 게 오히려 화근이 되었어. 삼촌은 아빠의 나라를 빼앗겠다는 사악하고도 끝없는 욕망에 눈을 뜨기 시작한 거야. 결국 삼촌은 아빠의 적수로 세력이 강대했던 나폴리 국왕의 도움을 얻어 야망을 이루게 됐단다."

"그럼 왜 그 당시에 우리를 처형하지 않았지요?"

"애야, 놈들도 그렇게까지는 할 수 없었단다. 백성들은 마음속 깊이 아빠를 섬기고 따랐거든. 안토니오는 우리를 배에 태워 먼 바다로 데리고 가서는 노, 돛, 돛대도 없는 작은 배에 억지로 옮겨 태워 놓고 사라졌어. 파도에 배가 뒤집혀 죽게 할 작정이었지. 하지만 아빠의 충신 곤잘로가 남들 몰래 작은 배에 물과, 음식, 옷 그리고 아빠가 나라보다도 더 소중히 여기던 몇 권의 책들을 실어 주었단다."

"아, 아버지. 그때 제가 아버지께 얼마나 짐이 됐겠어요!"

"아니, 내 귀여운 딸아. 너야말로 아빠를 지켜준 작은 천사였지. 아무것도 모르는 네가 방긋방긋 웃는 얼굴을 보면 어떤 어려움도 헤쳐 나갈 용기가 샘솟았거든. 다행히 이 섬에 도착할 때까지 먹을 음식도 충분했었고. 미란다야, 이 섬에 온 다음부터 아빠의 유일한 낙은 널 가르치는 일이었다. 넌 아빠의 가르침에 착실히 따라 충분한 교양을 갖추었단다."

"아버지, 정말 고맙습니다. 그럼, 왜 이런 폭풍우를 일으키셨는지도 가르쳐 주시겠어요?"

"그럼, 잘 들어라. 이 폭풍우로 아빠의 원수인 나폴리 왕과 잔악한 안토니오가 해안으로 떠밀려 왔단다."

프로스페로는 말이 끝나자마자 마법 지팡이를 딸의 몸에 살짝 가져다 댔다. 그러자 미란다는 깊은 잠에 빠져들었다. 왜냐하면, 마침 그때 아리엘이 나타나서 폭풍우며 배에 탄 사람들에 대해 보고하기 시작했기 때문이었다. 미란다의 눈에는 요정들이 보이지 않으니, 프로스페로가 아무도 없는 허공에 이야기하는 것처럼 보일 것이다.

"자아, 우리 기특한 아리엘. 일이 어떻게 되고 있지?"

아리엘은 폭풍우가 휘몰아치는 상황을 생생하게 전하기 시작했다. 그리고 선원들의 공포에 질린 모습, 나폴리 왕의 아들 페르디난드가 제일 먼저 바다에 뛰어든 사실, 국왕은 그의 귀한 아들이 파도에 휩쓸려 죽었을 거라며 슬픔에 빠져 있다는 사실 등을 이야기해 주었다.

"하지만 왕자는 살아 있어요. 섬 끝자락에 쭈그리고 앉아 팔짱을 낀 채 아버지가 죽었을 거라고 생각하면서 슬픔에 잠겨 있지요. 왕자는 털끝 하나 다치지 않았고, 왕자의 훌륭한 옷도 바닷물에 젖어 버리기는 했지만 오히려 훨씬 선명하게 보일 정도지요."

"그래, 나의 듬직한 아리엘. 왕자를 이리 데려오너라. 그 젊은 왕자를 내 딸과 만나게 해 줘야겠다. 나폴리 왕과 나의 동생은 어디 있느냐?"

"왕자를 찾아 헤매고 있었어요. 물에 빠져서 찾기 어려울 거라 생각했는지 포기하는 것 같았지만. 배에 탔던 사람들 모두 사라진 사람은 한 명도 없고 제각각 혼자만 살아남았다고 착각하고 있어요. 배는 눈에 띄지 않도록 무사히 항구에 붙들어 매두었습니다."

"아리엘, 명령을 충실히 이행했구나. 하지만 할일이 아직 남아 있다."

"아직 할일이 남아 있나요? 주인님, 주인님께서는 저희들을 자유롭게 풀어주신다고 약속하셨습니다. 부디 잊지 말아 주세요. 저희는 아주 중요한 역할을 했고 속이거나 실수를 한 적도 없습니다. 불평불만을 늘어놓지도 않고 충실히 일해 왔잖아요?"

"이런 고얀 것들! 내가 너희를 어떤 고통 속에서 구해 줬는지 벌써 잊은 게로군. 네놈들은 벌써 그 사악한 마녀 시코렉스를 잊어버렸단 말이냐? 기나긴 세월 동안 참혹한 짓을 하며 허리가 꼬부라진 마귀할멈을 말이다. 자아, 그 마귀할멈이 어디서 태어났는지 말해 봐라."

"네, 알제(알제리의 수도)입니다."

"오, 그래. 네놈이 어떤 수모를 겪었는지 벌써 잊은 것 같으니 다시 상기시켜 줘야겠구나. 흉측한 마녀 시코렉스는 듣기에도 치가 떨리는 요술을 부린 벌로 알제에서 추방당했고, 선원들이 이 섬까지 끌고 와 내다 버렸다. 넌 너무나도 화사한 요정이라 그 마귀할멈의 못된 명령에 따를 수 없었지. 그래서 마귀할멈은 나무 기둥을 갈라 그 속에 널 가둬버렸고, 넌 나무에 갇혀 울부짖고 있었다. 이제 기억나느냐? 내가 널 고통 속에서 구해 줬다는 것을?"

"주인님, 용서해 주십시오. 분부대로 거행하겠습니다."

아리엘은 은혜를 모르는 배은망덕한 놈으로 비춰지는 것이 부끄러웠다.

"그리 하라. 그러면 내가 너를 자유롭게 해주겠다."

그리고 프로스페로는 할일들을 아리엘에게 명령했다. 아리엘은 먼저 페르디난드를 두고 온 곳으로 달려갔다. 왕자는 아까와 마찬가지로 슬픔에 잠긴 채 풀밭에 앉아 있었다.

"이봐, 젊은 왕자님."

아리엘이 페르디난드를 보자마자 이렇게 말했다.

"미란다 아가씨께 멋진 당신을 보여드야 하니 함께 가자고. 자아, 어서 따라와."

그러더니 아리엘은 노래를 부르기 시작했다.

아버지는 다섯 길 바다 깊숙한 곳에서

뼈는 산호가 되고

두 눈은 진주가 되었네.

몸은 하나도 썩지 않은 채

바다의 오묘한 조화로

풍성하고 진귀한 보물이 되었네.

바다의 요정들이 울려대는 애도의 종소리

저기, 지금 들리는 바로 그 종소리.

땡그랑, 땡그랑, 땡, 땡

페르디난드 왕자는 멍하니 넋을 잃고 있다가 죽었다고 생각했던 아버지에 대한 이 해괴한 노래를 듣고 깜짝 놀라 정신을 차렸다. 왕자는 당혹스러워하면서도 아리엘의 노랫소리에 이끌려 프로스페로와 미란다가 앉아 있는 나무 그늘까지 따라왔다.

미란다는 아버지가 아닌 남자를 처음으로 보았다.

"미란다, 저기 보이는 것이 뭔지 말해 보렴."

"아, 아버지."

미란다가 놀라 어리둥절해 하며 말했다.

"저건 틀림없이 요정일 거예요. 저런, 여기저기 두리번거리면서 뭔가를 찾고 있네요. 아버지, 정말 아름다워요. 저건 요정이 아닌가요?"

"얘야, 저건 밥도 먹고 잠도 자는, 우리들하고 똑같은 사람이란다. 저 젊은이는 조금 전까지 아까 그 배에 타고 있었지. 너무 큰 슬픔에 잠겨 있어 평소와는 조금 다르겠지만 꽤 잘생긴 청년이로구나. 동료들과 뿔뿔이 흩어져버려서 두리번거리며 찾고 있는 중이란다."

미란다는 지금까지 모든 남자들이 아버지처럼 생겼을 거라고 생각했다. 모두들 위엄 있는 얼굴에 회색 턱수염을 기르고 있을 거라고 믿어 왔던 것이다. 미란다는 이 아름답고 젊은 왕자를 보고는 가슴이 두근거리고 뛸 듯이 기뻤다.

한편 페르디난드 왕자는 무인도에 이렇게 아름다운 아가씨가 있다는 사실과 조금 전에 들려왔던 희한한 노래를 떠올리며 앞으로 일어날 모든 일이 평범하지 않을 것이라 짐작하고 마음을 단단히 먹었다.

'이 섬은 마법에 걸렸고, 저 여인은 이 섬의 여신일 거야.'

페르디난드는 이렇게 생각하며 미란다에게 말을 걸었다.

"여신이여."

"저는 여신이 아니에요. 그냥 평범한 여자예요."

미란다가 대답하고 자신이 누구인지 이야기하려 하자 프로스페로가 가로막았다.

프로스페로는 두 사람이 서로에게 호감을 느끼는 걸 보고 무척 기뻤다. 왜냐하면 둘이 서로 첫눈에 반한 것 같았기 때문이다. 하지만 페르디난드의 마음이 진실한지 확인하고 싶어서 사랑을 잠시 방해하기로 결심했다. 그래서 프로스페로는 앞으로 나서며 엄한 태도로 왕자에게 말을 걸었다.

"네놈은 이 섬을 강탈하려고 몰래 숨어들어온 첩자가 아니냐? 나를 따라오너라. 네놈 몸과 손발을 단단히 묶어 놓겠다. 이제부터 짠 바닷물과 썩은 조개, 말라비틀어진 풀뿌리, 도토리 껍질만 먹게 될 것이다."

"나보다 강한 적수를 만날 때까지 그런 대접은 사양하겠소이다."

페르디난드는 이렇게 말하고 칼을 뽑아 들었다. 하지만 프로스페로는 마술 지팡이를 휘둘러 페르디난드를 움직이지 못하게 만들었다. 페르디난드는 전혀 힘을 쓰지 못했다.

그것을 보자 미란다는 아버지에게 매달려 애원했다.

"아버지, 너무 심하세요. 너무 힘들어 보이잖아요. 제가 대신 약속드릴게요. 사람이라고는 아버지와 저 사람밖에는 못 봤지만 왠지 진실한 사람 같아 보여요."

"잠자코 있거라. 더 이상 방해하면 혼날 줄 알아. 어째서 저런 사기꾼을 변호하느냐! 비교할 상대가 칼리반뿐이니 이놈을 훌륭한 청년이라고 착각한 거겠지. 어리석은 딸아. 이놈이 칼리반보다 잘난 것처럼 세상 남자들 거의가 이놈보다 훌륭하단다."

프로스페로가 이런 말을 한 것은 미란다의 마음이 혹시 바뀌지는 않을지 시험하기 위해서였다. 그러자 미란다는 이렇게 대답했다.

"제 사랑은 아주 얌전한 것이니 더 훌륭한 사람을 찾기는 싫어요. 이 사람이면 충분해요."

프로스페로는 못 들은 척하고 왕자에게 말했다.

"이놈, 냉큼 따라오래도. 네게는 내 명령을 거스를 힘이 없어."

"분명 그렇습니다만……."

페르디난드가 대답했다. 그는 마법 때문에 싸울 기력을 빼앗긴 것을 몰랐기에 프로스페로의 뒤를 힘없이 따라가는 자신이 이상하게 생각될 뿐이었다. 그는 미란다가 보이지 않을 때까지 몇 번이고 돌아보며 이렇게 말했다.

"마치 꿈처럼 순식간에 마음을 빼앗겨 버렸구나. 감옥에 갇히더라도 하루에 한 번만 저 아름다운 여인을 볼 수 있다면 어떤 협박이나 무기력함도 가볍게 견뎌낼 것 같아."

프로스페로는 페르디난드를 동굴에 가두지는 않았다. 곧 밖으로 끌고 나와 이것저것 고된 육체노동을 하도록 명령했다. 그리고 왕자가 일하는 것을 딸에게 감시하라고 이르고 자신은 서재로 들어가는 척하다 몰래 둘을 엿보았다.

페르디난드가 해야 할 일은 둥글고 무거운 통나무를 쌓아 올리는 것이었다. 페르디난드는 왕자로 태어나 중노동을 해본 적이 없는 탓에 금박 숨을 헉헉대며 지쳐 버리고 말았다.

미란다가 그걸 지켜보고 있다가 안타까운 듯 말했다.

"그렇게 열심히 하지 않아도 괜찮아요. 아버지는 서재에서 책을 읽고 계시니 앞으로 세 시간은 괜찮을 거예요. 그러니 제발 쉬도록 하세요."

"아가씨, 저는 쉴 수 없습니다. 쉬기 전에 이 일을 전부 끝내야 하니까요."

"당신이 쉬는 동안 제가 통나무를 나를게요."

하지만 페르디난드는 그 말에 절대 동의할 수 없었다. 게다가 미란다가 오히려 방해만 될 뿐이었다. 왜냐하면 둘이 한참 실랑이를 하느라 통나무 운반이 점점 더뎌졌기 때문이다.

프로스페로가 왕자에게 그런 일을 시킨 것은 그저 왕자의 사랑을 시험해 보기 위해서였다. 프로스페로는 딸이 생각했던 것과 달리 책은 읽지 않고 모습을 감춘 채 두 사람 곁에 서서 이야기를 엿듣고 있었다.

페르디난드가 이름을 묻자, 미란다는 아버지의 뜻을 거스르는 것이라고 말하면서도 결국 자신의 이름을 알려 주었다.

프로스페로는 딸이 처음으로 아버지인 자신의 당부를 어기는 것을 보고 그저 피식 웃을 뿐이었다. 그리고 페르디난드가 한참을 이야기하다가 지금까지 만난 여성들 중에 당신을 가장 사랑한다는 말을 하자 매우 기뻤다.

페르디난드가 미란다에게 당신은 이 세상 그 어떤 여자보다도 아름답다며 칭송하자, 미란다는 이렇게 대답했다.

"전 다른 여자들의 얼굴은 기억하지 못해요. 그리고 남자라고는 당신과 아버지밖에 본 적이 없고요. 그래서 다른 사람들은 어떤 모습을 하고 있는지 몰라요. 하지만 이것만은 믿어 주세요. 전 당신 이외의 친구는 바라지도 않고, 당신 이외의 다른 사람은 마음속에 품을 수도 없어요. 이런, 아버지가 신신당부하신 말씀도 깜박 잊은 채 너무 많은 이야기를 한 것 같네요."

이 말을 들은 프로스페로는 미소를 지으며

'내 생각대로 잘 되고 있어. 내 딸은 나폴리의 왕비가 될 거야.'
라고 말하기라도 하듯 고개를 끄덕였다.

곧 페르디난드는 장황한 미사여구로(젊은 왕자란 우아한 왕궁의 말투를 쓰기 때문이다) 순진한 미란다에게 자신은 나폴리 왕국의 뒤를 이을 왕자이며 미란다는 왕비가 될 것이라고 말해 주었다.

"아아! 왕자님. 이 어리석은 저는 너무 기뻐 눈물이 나네요. 아무 가식 없이 솔직하게 대답하겠어요. 저를 원하신다면 당신의 아내가 되겠어요."

페르디난드가 고맙다고 말하려 할 때 프로스페로가 두 사람 앞에 모습을 드러내고 말을 가로막았다.

"애야, 아무것도 두려워하지 마라. 네가 하는 말을 다 들었다. 나도 찬성한단다. 그리고 페르디난드, 자네를 혹사시킨 대가로 내 딸과 결혼하도록 허락하겠네. 자네에게 여러 가지 힘든 일을 시킨 건 그저 자네가 내 딸을 진실하게 사랑하는지 확인하려고 그런 거였네. 용케도 잘 참았네. 자네의 진실한 사랑을 잘 알았으니 내 딸을 데려가도록 허락하겠어. 자네는 비웃을지도 모르지만, 저 아이는 그 어떤 칭찬도 아깝지 않은 소중한 딸이라네."

이렇게 말하고 프로스페로는 꼭 해야 할 일이 있다며 돌아올 때까지 둘이 이야기를 나누고 있으라고 했다. 미란다는 순한 양처럼 아버지의 말에 따랐다.

프로스페로는 두 사람 곁을 떠나 아리엘을 불렀다. 아리엘은 곧바로 주인 앞에 나타나 프로스페로의 동생과 나폴리 왕을 어떻게 처리했는지 서둘러 보고했다. 아리엘의 말에 따르면, 두 사람은 아리엘이 만들어낸 온갖 괴상한 현상을 보고 또 듣고 결국 공포에 질려 제정신을 잃을 지경이 되었다는 것이었다.

예를 들어 두 사람이 정신없이 길을 헤매다 지치고 먹을 게 없어 굶어 죽기 직전에 이르렀을 때 갑자기 그들 앞에 먹음직스러운 진수성찬을 늘어놓았다. 그리고 그걸 먹으려 하면 아리엘은 하피(그리스 신화에 나오는 날개가 달린 여자 괴물)로 둔갑해 차려진 음식들을 순식간에 먹어치웠다. 두 사람이 완전히 겁에 질리자 하피의 모습을 한 괴물은 그들이 프로스페로와 어린 딸을 왕국에서 쫓아내고 바다에 빠져 죽게 했는데 그게 얼마나 잔인한 짓인지 꾸짖고 그 벌로 이런 끔찍한 일을 당하게 된 것이라고 알려 주었다. 나폴리 왕과 못된 동생 안토니오는 자신들이 프로스페로에게 한 짓을 후회했다. 아리엘은 주인에게 이렇게 말했다.

"두 사람은 진심으로 참회를 하는 것 같았어요. 보잘 것 없는 요정에 지나지 않는 저조차 불쌍하게 여겨질 정도였죠."

"좋아, 아리엘. 그들을 여기로 데려오너라. 요정인 네가 불쌍히 여길 정도라면 같은 사람으로서 어찌 동정하지 않겠느냐. 어서 데려와라, 예쁜 아리엘."

아리엘은 곧 나폴리 왕과 안토니오를 데려왔다. 두 사람 뒤에는 늙은 곤잘로도 함께 있었다. 세 사람은 아리엘이 공중에서 연주하는 거친 음악을 이상하게 여기면서 아리엘의 뒤를 따라온 것이다. 곤잘로는 그 옛날 안토니오가 갑판도 없는 작은 배에 형과 조카를 태워 바다에 수장시키려 했을 때 프로스페로를 위해 친절하게 책과 음식을 실어 준 바로 그 충신이었다.

세 사람은 슬픔과 공포에 질려 넋을 잃고 있었기 때문에 프로스페로를 알아보지 못했다. 프로스페로는 먼저 선량하고 늙은 곤잘로에게, 그대는 내 생명의 은인이라고 말하고 자신의 정체를 밝혔다. 그리고 동생과 나폴리 왕에게는 자신이 바로 두 사람이 죽이려 했던 프로스페로라고 말해 주었다.

동생 안토니오는 눈물을 흘리며 비통함과 진정어린 참회의 눈물로 형에게 절절한 용서를 구했다. 나폴리 왕도 안토니오를 도와 프로스페로를 왕위에서 몰아낸 것에 대해 진심어린 참회를 했다. 프로스페로는 두 사람을 용서해 주었다. 그리고 두 사람이 왕국을 반환할 것을 약속하자 나폴리 왕에게 말했다.

"나도 그대에게 선물을 하나 준비해 두었소."

그렇게 말하고는 문을 열어 나폴리 왕의 아들 페르디난드가 미란다와 체스를 두는 모습을 보여주었다.

나폴리 왕과 왕자에게 이 뜻밖의 재회보다 반가운 일은 없었다. 서로 폭풍우 속에서 죽은 줄로만 알고 있었기 때문이었다.

"어떻게 이런 일이!"

미란다가 말했다.

"정말 너무나 품위 있는 분들이네요. 이런 분들이 살고 계시는 세상은 틀림없이 아름다운 세상일 거예요."

나폴리 왕은 젊은 미란다의 아름다움과 고상한 품위에 아들에 뒤지지 않을 만큼 깜짝 놀랐다.

"이 아가씨는 누구냐? 우리 부자를 떼어 놨다가 다시 이렇게 만나게 해 주신 여신이 아니냐?"

"아닙니다, 아버지."

페르디난드는 자신이 처음 미란다를 봤을 때와 마찬가지로 착각을 하고 있는 아버지를 보고 미소 지으며 대답했다.

"이 아가씨는 사람입니다. 하지만 신의 뜻에 따라 이제는 제 아내가 됐습니다. 아버지가 살아 계신 걸 모르고 허락도 구하지 않고 결혼을 약속했습니다. 저 이름 높은 밀라노의 성주 프로스페로 님이 바로 제 아내의 아버님이시지요. 예전부터 명성은 익히 들어 알고 있었지만 오늘날까지 만나 뵌 적이 없었습니다. 제가 이분의 사랑스러운 따님을 얻었으니, 저의 두 번째 아버님이십니다."

"그렇다면, 나도 이 아가씨의 아버지가 될 수 있겠구나. 하지만 오오! 내 딸에게 용서를 구해야만 하다니 참으로 기묘한 운명의 장난이로구나."

"이제 지난 일들은 깨끗이 잊읍시다."

프로스페로가 말했다.

"과거의 일은 모두 덮어둡시다. 만사가 잘 해결됐으니까요."

그리고 프로스페로는 동생을 끌어안으며 "안심해라, 다 용서했다."라고 다시 한 번 말해 주었다.

"내가 가난한 밀라노 공국에서 쫓겨나고 내 딸이 나폴리의 왕위를 계승하게 된 것은 만물을 지배하는 하늘의 뜻이다. 왜냐하면 우리가 이 무인도에서 다시 만났기에 왕자가 미란다를 사랑할 수 있었으니까."

프로스페로가 동생을 위로하려고 한 이 너그러운 말에 안토니오의 마음은 부끄러움과 참회로 넘쳤다. 안토니오는 그저 울기만 하며 아무 말도 못했다. 그리고 친절한 노인 곤잘로는 이 뜻 깊은 화해를 보고 눈물을 흘리며 젊은 두 사람에게 신의 가호가 있기를 기도했다.

이때 프로스페로가 그들의 배는 항구에 무사히 정박해 있으며 선원들도 아무 이상 없이 배에서 기다리고 있다는 것과 본인과 딸도 내일 아침, 모두와 함께 고향으로 돌아갈 것이라고 모든 사람들에게 전했다.

"준비가 끝날 때까지 내 초라한 바위 동굴에서 대접할 수 있는 최고의 만찬을 즐기시오. 만찬의 여흥을 돋우기 위해 내가 이 섬에 처음 상륙했을 때부터의 이야기를 들려 드리겠소."

그리고 프로스페로는 칼리반을 불러 동굴을 깨끗이 치우고 식사 준비를 하라고 명했다. 모여 있던 사람들은 프로스페로를 받들고 있는 유일한 하인의 흉측하고 사나운 모습에 깜짝 놀랐다.

프로스페로가 섬을 떠나기 전에 아리엘을 자유롭게 풀어주자, 이 활달하고 작은 요정은 뛸 듯이 기뻐했다. 아리엘은 주인에게 충실하게 복종해 왔지만 최근 들어 자유를 만끽하고 싶어 했다. 새처럼 푸른 나무 사이를, 상큼한 과일과 향기로운 꽃들 사이를, 누구의 방해도 받지 않고 하늘 이리저리로 날아다니기를 바라고 있었다.

"영리한 아리엘."

프로스페로가 아리엘에게 자유를 주기 전에 이 작은 요정에게 한 마디 말을 남겼다.

"네가 곁에 없다면 참으로 쓸쓸할 것이다. 하지만 너에게 자유를 주겠다."

"주인님, 고맙습니다. 하지만 주인님의 충실한 하인에게 자유를 주시기 전에 마지막 봉사로, 주인님이 순풍에 돛을 올려 고향으로 돌아가실 수 있게 함께 배에 타도록 허락해 주십시오. 주인님! 그럴 수 있다면 저는 자유의 몸이 되더라도 정말 즐겁게 살 수 있을 거예요."

그러고는 다음과 같이 아름다운 노래를 불렀다.

벌이 꿀을 먹는 곳에서 우리도 함께 꿀을 먹네.
우리가 자는 곳은 구륜초 꽃망울 속
부엉이가 울 때면 거기서 잠이 들지.
박쥐 등에 올라 타
즐거이 여름의 뒤를 쫓아다니지
신나게, 즐겁게 지낼 거야.

프로스페로는 마술 책과 지팡이를 땅속 깊이 묻어 버리고 두 번다시 마술은 쓰지 않겠다고 굳게 다짐했다. 이처럼 한때 적이었던동생과 나폴리 왕과 화해를 한 지금, 프로스페로의 행복이 완벽해지기 위해서는 태어났던 고향으로 돌아가 자신의 공국을 되찾은다음, 딸과 페르디난드 왕자의 행복한 결혼식을 보는 일만이 남았다. 나폴리의 왕도 본국에 돌아가기만 하면 두 사람의 결혼식을 성대하게 치르겠다고 다짐했다.

배는 요정 아리엘의 안전한 호위를 받으며 즐거운 항해를 했고,얼마 후 나폴리에 도착했다.

❖ 셰익스피어 연보

1564년 4월 23일, 워릭셔 주 스트랫퍼드폰에이번에서 출생.

1582년 8세 연상인 안 하사웨이와 결혼.

1587년 이때쯤 어느 극단을 따라 셰익스피어가 런던으로 갔을 것이
라는 설이 있다.

1590년 『헨리 6세』 제2부, 제3부 초연.

1591년 『헨리 6세』 제1부 초연.

1592년 『리처드 3세』 초연. 『착오의 희극』 초연. 런던에 질병이 유행
하여 이 해 후반에 극장이 폐쇄됨.

1593년 『말괄량이 길들이기』 초연. 시집 『비너스와 아도니스』 출
판.

1594년 시집 『루크리스의 능욕』 출판. 『베로나의 두 신사』, 『로미오
와 줄리엣』 초연. 『타이터스 앤드로니커스』 출판.

1595년 『리처드 2세』 초연. 『한여름밤의 꿈』 초연.

1596년 『존 왕』 초연. 『베니스의 상인』 초연.

1597년 고향에 호화스러운 저택을 구입. 『헨리 4세』 제1, 2부 초연. 『리처드 2세』 출판. 『리처드 3세』 출판. 『로미오와 줄리엣』 출판.

1598년 『헛소동』 초연. 『사랑의 헛수고』 출판. 프란시스 미어즈의 『지혜의 보고』가 출판 됨.

1599년 『뜻대로 하세요』 초연. 『십이야』 초연. 『로미오와 줄리엣』 다시 출판.

1600년 『햄릿』 초연. 『헛소동』, 『한여름밤의 꿈』, 『베니스의 상인』 출판.

1601년 이 무렵부터 부동산 투자에 관심을 갖는다. 5월과 9월에 각각 토지를 구입한다. 『끝이 좋으면 다 좋다』 초연.

1603년 셰익스피어가 배우로 무대에 섰다는 마지막 기록이 있다. 『햄릿』 출판. 질병이 유행하여 극장 폐쇄.

1604년 『오셀로』 초연.

1605년 『리어 왕』 초연.

1606년 『맥베스』 초연. 『안토니와 클레오파트라』 초연.

1607년 『아테네의 타이먼』 초연. 질병으로 여름부터 가을까지 극장 폐쇄.

1608년 『페리글레스』 초연. 『리어 왕』 출판.

1609년 『심벨린』 초연. 『소네트집』 출판. 『페리클레스』 출판. 여름
       부터 이듬해 봄까지 질병 때문에 극장 폐쇄.

1610년 『겨울이야기』 초연. 이때 고향으로 돌아갔다는 설이 있음.

1611년 『폭풍우』 초연.

1613년 『헨리 8세』 초연 중에 화재로 극장이 소실됨.

1616년 유언장 작성, 이후 유언장을 수정하고 4월 23일에 사망.

1622년 『오셀로』 출판.